［长篇盗墓小说］

盗墓时空

**谜一般的秦始皇之墓，
开启之后将发现千百年来不朽的传奇。**

【冥 月／著】

中国华侨出版社

图书在版编目(CIP)数据

盗墓时空/冥月著. —北京:中国华侨出版社,2011.10
ISBN 978-7-5113-1791-9

Ⅰ.①盗… Ⅱ.①冥… Ⅲ.①长篇小说—中国—当代
Ⅳ.①I247.5

中国版本图书馆 CIP 数据核字(2011)第 202145 号

●盗墓时空

著　　者 /	冥　月
策　　划 /	刘凤珍
责任编辑 /	宋　玉
责任校对 /	吕　红
装帧设计 /	周吾设计
经　　销 /	全国新华书店
开　　本 /	710×1000 毫米　1/16 开　印张 17　字数 300 千字
印　　刷 /	北京中印联印务有限公司
版　　次 /	2011 年 12 月第 1 版　2011 年 12 月第 1 次印刷
书　　号 /	ISBN 978-7-5113-1791-9
定　　价 /	30.00 元

中国华侨出版社　北京市朝阳区静安里 26 号通成达大厦 3 层　邮编:100028
法律顾问:陈鹰律师事务所

编辑部:(010)64443056　64443979
发行部:(010)64443051　传真:(010)64439708
网　　址:www.oveaschin.com
E-mail:oveaschin@sina.com

第一章　少年遭遇 / 001

第二章　校园生活 / 012

第三章　惊天秘密 / 028

第四章　黑暗灵魂的魔鬼 / 040

第五章　秦皇之墓 / 052

第六章　紧张的国际形势 / 064

第七章　老人的回忆 / 076

第八章　夜魔的出现：鬼雾 / 085

第九章　生死时刻 / 097

第十章　藤树 / 110

第十一章　风之城的危机 / 122

第十二章　古庙 / 134

第十三章　凤凰神殿与徐福 / 155

第十四章　第五卷轴的秘密 / 181

第十五章　空墓穴 / 187

第十六章　契约 / 206

第十七章　第十卷轴 / 253

目录

盗墓时空

第一章　少年遭遇

风之城。

凌晨的天边已有一丝光亮，闪耀着云彩。

街道上冷冷清清的，当人们依然还沉睡于梦中时，街上传来一阵阵刷刷的响声。

随声望去，只见朦胧的蓝灯下站着一名少年，消瘦的身体，正双手紧握着扫帚清扫着地面上的枯叶。

少年身上穿着一件黄色短袖背心马褂，上面清晰地印着：风城是我家，爱护靠大家。

黄色短袖背心马褂里是一件白色的衬衫，虽然衬衫显得有些斑旧，却依然干净平整，再往下是一条淡蓝色的裤子，最后是一双边缘已有些开嘴的皮鞋。

一阵风吹来，少年颤抖了一下身体，然后继续埋头扫着地上的树叶，一步一步地往前走。

风之城的风比起其他城市的风要大得多，同样，风之城的树也比其他城市的树要多得多，所以取名为风之城。

风之城的深秋，寒霜凝珠，深透彻骨，少年抬头看了看天，叹息着，憔悴的脸庞已被寒气冻得青一块，紫一块，只能裹紧身上单薄的衣服，继续埋头挥着扫帚前行。

不多久，落叶在扫帚下越集越多，少年终于停下了脚步，放下扫帚回头推着斗车。

突然，一阵狂风刮来，迷蒙的景象令少年闭了闭眼睛，一股股寒意袭来，消瘦的身体不停地哆嗦着，待少年睁开眼睛时，原已堆集好的树叶却被风吹得撒落了一街，少年气愤地伸手指着天，怒吼道："该死的深秋！"

无奈，少年只好重新拾起扫帚，再一次将撒落满街的树叶全部扫起，装进斗车，终于干完了。

少年坐在斗车旁想休息一会儿，转回头看到，不知何时已扫过的街旁又堆满了树叶。

少年望着眼前满布枯叶的街，一定是刚才那阵狂风惹的祸，看来秋天的树叶

是扫也扫不完的，心里一阵郁闷，拿着扫帚推着斗车继续一步一步地往回走。

不知过了多久，少年抬起头挺了挺腰，天已大亮。

回头看着满街的清洁，露出了一丝欣慰，正想赞美一下自己，忽然一位身披西装外套的大汉，穿着光亮的皮鞋从身边走过，看也不看一眼地就随手丢下一杯空牛奶和未吃完的三明治。

少年看着西装大汉扔出的东西，落地瞬间就像一块玻璃摔在了地上，残碎的玻璃狠狠地刺进了少年的心房，一阵阵的心血蔓延开来，痛彻心扉。

少年冲上去拦住身披着西装外套的大汉，西装大汉被人拦住了去路，感到有些惊愕，少年伸手指着地上说道："先生，请你把刚才扔的垃圾捡到车斗里。"

西装大汉回头看了看地上的东西，明白了少年的意思，用手轻掠了一下有些修长而油亮的发丝，然后露出一排白牙阴笑道："垃圾我是不会捡的，如果你要罚款，我给你。"

说完伸手入怀，掏出一叠钞票在眼前晃了晃，看得出，那是一叠美元，西装大汉冷哼一声，手一松，钞票撒落了一地，然后潇洒地头也不回地走了。

少年惊愕了，只觉一阵的愤怒和耻辱，然后毫不犹豫地冲了上去……

就这样，少年接下来的日子是在少管所里度过，接受思想的教育与行为的改造。

这天，铁门开启。

少年眯了眯眼睛，刺眼的阳光并没有阻挡少年的步伐，街上车来车往，来往的车辆就像没有归宿一样疯狂地在面前奔驰着。

少年对这个世界已死心，一切的漠然，冷冷地看着，车来了，少年掏出警官给的搭车零钱投到了币箱，然后公车像蜗牛一样慢慢地向前爬去。

清洁公司。

对于眼前的这幢大楼，少年是再熟悉不过了，因为这里曾留下太多的足印，有着太多的回忆。

经理办公室。

少年就和往常一样直接走了进去，正在埋头工作的经理，似乎没有想到少年会在这个时候进来。

尽管如此，经理还是从金发女郎的身上爬了起来，然后伸手打开抽屉拿出一张白纸扔在桌面上，经理知道，少年会来，对于这些他已经准备好了。

少年看着白纸上的印章，然后拿起白纸就走出了门。

经理冷笑地看着少年离去的背影，一双像蛇一般柔软的手，充满热情地缠着经理的脖子，然后经理继续埋下头苦干着未完成的"工作"。

会计办公室。

少年走进去将白纸放在桌面上，一位紧束着腰的美女把头从电脑屏幕前移了出来，抬头望了望身前的少年，然后不屑一顾地随手打开抽屉拿出几张红太阳丢在桌面上，看也不看地就把头转回了电脑屏幕。

少年拿起桌上的红太阳数了数，头也不回地就走出了大楼。

街道上人潮人海，少年随着人流走进了一个市场，拿出一张红太阳买了一只鸡和一些水果，然后提着这些东西上了公车，拥挤的公车让少年有些茫然，许久，许久，公车终于到终点站了。

少年提着东西下车，不停地走着，走着。

来到一条小巷，然后一直走，走到一破屋前停下了脚步，伸手掏出钥匙，少年停住了，抬起头深深地吸一口气，让胸口的起伏渐渐恢复平缓，咽了咽口水，然后露出微笑，将钥匙插进去打开门，唤道："妈！我回来了!"

"翔儿？是翔儿回来了吗?"一位老人激动地拄着拐杖从内屋蹒跚地走了出来，少年已放下东西奔上前扶着老人道："妈，是翔儿！是翔儿回来了!"

老人激动地伸手抓着少年的手，然后抚摸着少年的脸庞，"是翔儿！是翔儿！我的翔儿回来了……"老人微闭的双眼落下了两行清泪。

少年看着母亲满头的白发与皱痕，一阵心酸，"妈!"喊出后已是泣不成声。

老人的眼睛不大好，几乎是靠耳朵来辨别方向，屋里清贫，一张补腿的桌子，还有几张历经岁月的凳子，唯一值钱的就是摆在正中央台柜上的那台黑白电视机，再往上，是一张中年人的遗像，遗像前堆满了残留的香根和香灰，看来已历经多年，屋里虽然清贫，却干净无尘。

少年扶着老人坐下，柔声说道："妈，翔儿以后再也不离开你了，就留在身边陪着你!"

老人听后高兴地道："傻孩子！这些年来妈想通了，妈虽然舍不得你，但是你是年轻人，年轻人就应该为自己的将来拼搏，外面的世界很精彩，难道你想要像你爸和你妈一样吗?"

少年环顾房内四周，看到父亲的遗像，其他依旧如前，但一想到外面的世界很无奈时，露出一个微笑道："妈，我想过了，我就在这附近找份工作，也可以常回家照顾你。"

"翔哥!"一名少女端着盆热水出现在门口，对于少年的突然出现感到很惊讶。

"萤儿，快进来!"老人招呼着，然后对着少年说："翔儿，你不在家的这段时间里，一直是隔壁的萤儿照顾我，才能坚持到现在，将来你有出息了，你一定要好好地报答人家，知道吗?"

少年回头感谢道："谢谢萤妹一直以来对我妈的照顾，快，请进来坐！"

女孩面对少年似乎有些扭捏的样子，走进门将盆放好，坐在少年旁已是满脸的通红，然后低着头听母子俩叙旧，平日冷清的屋，在这深秋寒冷的夜，渐渐地透出一丝温暖……

已入深夜，老人依然回味着儿子和萤儿的拿手厨艺——白斩鸡，然后在两人的哄劝下，老人渐渐地上床入睡，少年看了看母亲安详进入梦乡的笑容，感觉到一丝欣慰，当看到母亲的白发与眉宇间的皱纹，感觉到心里一阵阵地滴血，将拳头抓得紧紧的，说道："妈，以后翔儿一定要让你过上好日子。"

杨萤萤看着林翔将棉被重新为伯母盖好，心中一阵心酸，她知道林翔一家的凄离，也知道林翔背负着的重担，一想到林翔那瘦弱的身体，在外饱受的辛酸，心中一阵难过，把头转向另一边，就忍不住地掉下眼泪。

"萤妹，你怎么了？"不知何时，林翔已转回头来惊呆地看着杨萤萤的反应，看到杨萤萤伤心的眼泪，以为是自己做错了什么，让杨萤萤感到委屈，上前拉着杨萤萤的手歉意地说道："萤妹，对不起！是翔哥回来晚了，让你受了这么多的委屈。"

杨萤萤一阵的感动，虽然心里难过流泪，但并不是因为自己辛苦委屈，而是因为林翔在外吃苦了，此时此刻，能得林翔如此一句关心的话，对于杨萤萤来说，就算将来付出再多，也心满意足了。

杨萤萤抽了抽林翔的手，然后做个手势，不要打扰伯母休息，我们还是到外面说话吧！林翔看到杨萤萤破涕为笑，点了点头，在离开房间的一瞬间，林翔回头看了看母亲，露出一丝微笑，跨门而出。

天台上，夜风寒凉，弯月如钩，杨萤萤就站在明月之下，轻风吹舞，发丝轻飘，好美！林翔离家这么多年，还从未仔细地留恋过世间的女孩，在他的印象中，都是些身如妖蛇，心如毒蝎的女人，而眼前，多年未见，年少的邻家小女孩却已亭亭玉立，成了出水芙蓉的大美人。

杨萤萤回头看着林翔那一副惊呆的眼神，掩着嘴扑哧笑了，打趣道："翔哥，多年不见，怎么还是和小时候一样傻傻的。"

林翔回过神来，满脸通红，暗骂自己刚才想到哪里去了，事业未成，怎么就想谈情说爱，杨萤萤越长越漂亮了，如此贫苦潦倒的自己，怎么可能配得上她，林翔啊林翔，你怎么可以如此的妄想，林翔脑海一闪而过，微笑着上前道："萤妹也许不知，萤妹是越来越漂亮了。"

"是吗？有你这句话就足够了。"杨萤萤满脸通红地低着头，喃喃自语着，声音小得连自己都听不清楚。

林翔站在天台上，望着远方的城市，高大、壮观，却让人感到生畏，出来了这么多年，却无法闯出属于自己的一片天地，顿时感觉到一阵无语的叹息。

杨萤萤默默地在旁看着林翔对着眼前的城市陷入沉思，没有开口，知道这些年来林翔的生活与遭遇一定不好，他忧郁的眼神，还有饱受风霜的脸庞，以及那陷入沉思的神情，就给予了她答案。

如果可以，她真的很想帮助林翔。心里不停地呐喊着，虽然自己的家庭还算富裕，但家人对隔壁的林家，却不怎么关心，然而自己从小到大，就只认识林翔那种纯洁般的关爱，可以说，杨萤萤、林翔，是青梅竹马长大的童伴，但两家的文学修养、家庭生活，却有着极大的差异。

林翔的父亲林海，多年前是街道上出名的酒鬼，天天不务正业，就只懂和狐朋狗友吃喝玩乐，对于家庭却不屑一顾，然而林翔的母亲却是一个善良温柔的女子，每天起早贪黑地出外打工，辛苦挣回来的钱，却不够丈夫在外喝酒的钱，更悲惨的是，丈夫在外喝醉酒回家，就会发酒疯似的辱骂和殴打妻子，这样长年累月的，妻子却依然守在丈夫的身边，希望一日，丈夫能洗心革面，重新做人。

然而，俗话说的好：江山易改，本性难移。妻子的美好愿望破灭了，就在丈夫又一次酒醉宣泄般的殴打时，翔哥就要出生了，当邻居听到凄惨的哀嚎声与求助声时，人们冲进房间，看到了地上躺着浑身是血的妇人，于是，人们愤怒地冲了上去，就这样，妇人在妇科分娩手术室，而丈夫却在紧急抢救室，一夜间，风雨雷电，怒吼着，整整一夜，天终于渐渐放晴了。

"哇——哇——哇——"分娩手术室里传来了一阵阵婴儿的哭喊声，手术室外站满了人，见到医生出来，都满目猩红急切地问妇人如何？当得知妇人已脱离危险，并顺利地生下一名男婴，大伙儿都高兴了，然而紧急抢救室那里的医生却急步踏过来，寻找伤者的家属，当众人询问时，医生说："我们已尽力了，由于伤者脑部受到强烈的撞击，经我们抢救无效，伤者已于清晨7点10分死亡。"

当众人得知这一消息时，都惊呆了，妇人得知丈夫去世的消息，是生下儿子一个星期后，心力交瘁整整昏迷了好一段时间，街道邻居自发地组织，轮流到医院看守这对不幸的母子，然而众人却不知，一直在身后默默为其母子填交医疗费用的是杨萤萤的父母杨浩与周倩。

就这样，当林翔懂事时，问到父亲是怎么去世的，母亲含着泪诉说当年的情景，原来当年众人一部分送妇人上医院时，却受到丈夫的阻扰，一时气愤就涌上前殴打一顿，谁知众人即将离开房门时，丈夫拿着酒瓶站了起来，却没有站稳，身体一倒，后脑就撞到了桌子的尖角上，就这样躺着一动不动，众人见状赶紧送医院，可惜……

林翔就这样默默地听着，真的无法接受这是事实，就这样，不完美的童年，深深的伤痕印在心灵的深处，母亲虚弱的身体不停地在外辛苦劳力，挣着那份不易的生活费供儿子读书，这一年，林翔14岁，看着母亲一年比一年的辛苦，一年比一年的头发斑白，一年比一年多的皱纹，林翔心里在滴血，母亲不应该是这样的，像现在相同年龄的母亲，应该是开心快乐、容光焕发的美丽妇人，而我的母亲却……

林翔不止一次地在夜里独自流泪，知道这一切都是母亲为了孩儿的将来，才会如此的辛苦劳力，这天，林翔终于决定了，放弃学业，去社会闯荡，要挣多多的钱，要给母亲好的生活环境，来填补这么多年来母亲无私的奉献。

就这样，林翔悄悄地留下了一封信，因为他知道，如果和母亲当面道别，不管说什么母亲都不会让他放弃学业，独自一人闯荡，林翔也知道，离别的情景，会让自己忍不下心离开这已经很脆弱的家，于是，他决定要在短短的数年里，努力挣钱，然后回家陪着母亲过上安稳、舒适的生活。

林翔乘上车回头望着渐渐远去的城市背影，心里不停地祈祷着："妈！请恕翔儿不孝，一定要等翔儿回来，妈！你要多注意身体，妈！翔儿走了，一定要等翔儿……"

离开风之城时，林翔揣着自己的梦想一头倒在车上，虽然已入梦，却在梦中开始计划着自己的将来。

说起也讽刺，未成年的林翔从此走进社会，可想而知，未成年，工作单位是不可能征招的，不断地应聘，老板看都不看一眼，就取消了林翔面试的资格，这一刻，林翔终于明白，外面的世界并没有自己想象中的那么美好，于是林翔开始隐瞒自己的真实年纪，终于得到了一位老木匠的收留。

林翔渐渐地知道，在这经济开发区，没有绝好的机会，就必须要有精湛的手艺，于是林翔决定留下来学好手艺，虽然学徒工没有什么工资，但至少能保三餐有饭吃，再说自己手头上的钱已经不多了，也该攒些钱为将来等待机会。

就这样，林翔白天跟师学艺，夜里却望月兴叹，时间一晃就一年多了，在这一年多的时间里，林翔从头到尾的就是刨，不知刨了多少根木头，不知将手磨出了多少个水泡，林翔都不介意，只要能学东西，将来能挣钱，这些苦对于林翔来说，比起母亲的辛劳差远了。

没有想到的事情发生了，这天林翔离开了工作岗位，发现另外一位师傅正在看着一张画有图的纸，思考着问题，林翔就上去瞧了瞧，那位师傅发现林翔蹲在旁看图纸时，赶紧将图纸收起，匆匆而去，只留下一脸惊愕的林翔。

夜里，老板招集众位工匠开会，当林翔踏进这小小的会议门槛时，众人都回头了。看到师傅一脸沮丧的样子，林翔不知道发生了什么事情，刚想开口，老板却已站起身来命令道："林翔，因为你偷师学艺，你被开除了。"

会议就这样结束了，冷漠的人群渐渐散去，没有任何的同情。

第二天清晨，当林翔被赶出门，看到被扔出来包袱时，林翔终于明白了，抬头望天，冷冷地笑了笑，提着包袱就再也没有回头，忽然一人挡住了去路，林翔惊讶地叫了一声师傅，只见师傅从怀里掏出了三张红太阳递在林翔的面前，说是这一年多来，帮助师傅工作的辛苦钱。

林翔微笑着，这一年多来一直是师傅照顾自己，若没有师傅，想想也许就没有这一年多来的木匠生活，就没有现在还能生存下来的林翔，这一年多以来，林翔学会了看透这个社会，这个环境。

林翔头也不回地走了，只留下了一句话："师傅，你要好好地照顾自己。"不善语言的师傅依然捧着三张红太阳愣愣地站在那里，而林翔的背影越来越远，渐渐地模糊⋯⋯

接下来的日子，林翔遍布全城地找工作，没有一家木匠店肯收留他，即使是知道林翔有一年多的工龄，都不肯接收，林翔一脸的郁闷，工作无着落，但是生活是要过的，于是林翔开始干起了打杂的工作，按老板的话讲，你未成年，就在厨房里洗碗，就这样林翔辗转数年，历经数座城市，受到的遭遇都是如此的冷淡，深感天道不平，于是就回到了风之城，在一家清洁公司上班。

接下来就发生了前面的事情，林翔终于成年了，只是没有想到，林翔的 18 岁生日是在少管所里过的，铁窗沧桑，道尽无数凄凉，林翔无言地流泪了，四年过去了，美好的青春在这四年除了坎坷，一无所获，该如何去面对，曾信誓旦旦对着母亲的豪言壮语，而今，"妈！翔儿不孝⋯⋯"林翔哭了，哭得很惨，18 岁的生日，沧桑的年华，重重地锁着沉痛的心。

"翔哥⋯⋯"看着林翔陷入沉思，忽然情不自禁地流下泪水，让杨莹莹一阵的担心。

一阵夜风吹来，杨莹莹全身颤抖忍不住地打了个喷嚏，将林翔拉回了现实，林翔用手轻拭眼泪，然后上前双手搂着杨莹莹入怀，亲切地问道："莹妹，冷吗？"

杨莹莹被林翔大胆的举动吓得全身直发软，17 岁以来第一次与男生如此的靠近，而且还⋯⋯杨莹莹只觉一阵阵的心跳加速，满脸通红，朝思暮想心爱人的怀抱，这不正是自己需要的吗？在心里已不下数次地反问自己，想抵抗，可是全身却不听使唤柔软无力般的倚在林翔的怀里，只能紧闭着双眼，感受着这突如其来的温暖。

林翔抱起杨莹莹走进门，随着哒哒哒的下楼声，杨莹莹的心也跟着哒哒哒地

蹦跳着，羞红的脸庞蔓至耳根，早已深埋在林翔的胸膛里。

林翔突然停下，伸手轻抚着杨萤萤顺柔的发丝，爱怜地说道："萤妹，夜深了，该回家休息了，你明天还要上学。"

杨萤萤睁开羞红的眼睛，看到林翔已将自己抱到了家门口，忙说声："明天见!"转身打开门"哐"的一声，门就锁上了，杨萤萤靠在门背上大口地呼着气，不停地用手抚着起伏的胸口，满脸通红的眼神好像做错了事一样，紧张而有些慌乱。

门外只留下惊愕的林翔，不知为何，感觉到杨萤萤突然怪怪的样子，轻叹一口气，便返回家中，临睡前，进内屋看了看母亲，一切安然，林翔才躺回床上盖着薄薄的棉被，想着事情，然后闭上双眼，渐渐睡去。

天已大亮，林翔打了个哈欠，伸了伸懒腰，凝望着从窗外洒落进来的阳光，微微一笑，又是一个阳光明媚的早晨，今天也该出门找份工作了，虽然很留恋床的感觉，但是一想到生活，工作节奏的步伐就似乎永远不能停下来。

"妈……"林翔轻唤着，老人正在厨房里弄着早餐，林翔忙上前道："妈，你多睡一会儿，这些事情以后就让我来做。"

老人高兴地道："翔儿，这些事情妈都能做，妈只是希望你能回学校上课，等念完了高中，也了却妈的一桩心事。"

"高中?"林翔不知所云。

老人继续高兴地道："翔儿，今天一大早隔壁的萤儿就跑过来说，萤儿她妈今天会向学校递交一份有关你的入学申请，这两天就会有消息。"

"妈，翔儿不想读书，再说了，我们家也交不起学费。"

老人抚着林翔的手，语重心长地道："翔儿，爸妈都没有学问，只盼你能念个高中，让咱家也有个文化人，关于学费的事情你不用担心，妈会去挣，翔儿只要好好读书就行了。"说着说着，老人已是两眼泪痕。

看得林翔一阵心酸，不忍心拒绝道："妈，翔儿听您的话，翔儿去读书，不过翔儿有个要求，翔儿要靠自己的双手挣学费。"

老人高兴地连声道："好! 好! 好! 翔儿长大了，只要翔儿去学校读书，完成爸妈的心愿，什么都依你。"

吃完早餐，林翔将剩下的那几张红太阳交到老人的手里，披了件陈旧的外套，然后离门而去，门外阳光明媚，却已是寒冬的艳阳，让许多人忍不住地停下步伐，继续沉睡于温暖的被窝中。

风之城，一切都是熟悉的感觉。

清洁公司是不能去了，白天又要到学校上课，看来只能利用夜晚的时间打工挣学费了。晚上能有什么工作呢？走在人群拥挤的街上，林翔对这问题已不知问了多少次，看了家政公司，以及许多的招工广告，林翔都摇了摇头。

"月收入过十万，只要你拥有强壮的身体，绝对不会是神话。"

林翔被这样的招工信息给吸引住了，什么工作呢？居然会有那么高的收入，想想自己曾在清洁公司上班，一天早起贪黑的，一个月才五六张红太阳的收入，而广告上写的，一个月的收入就是自己不吃不喝几年的收入总和，天，真不可思议。

找了个电话厅，拨通了上面留下的电话号码，很快，一个戴着墨镜穿着西装外套，看起来很像大老板的家伙从车里走了出来，当看到电话厅边的林翔时，来人惊愕了一下，动了动墨镜问道："喂！小子，刚才是你打的电话？"

林翔听着来人的语气不太友善，心里想：有钱人都是一个样。忙点了点头，来人仔细地打量着林翔，消瘦的身体，一米七的个子，相貌一般，脸形偏瘦，眼神深陷，看起来像营养不良的样子，而且还是个高中生的年纪，来人摇了摇头，要是身体强壮，这小子说不定还是个可造之材，叹道："小子，等你体重有 140 斤的时候再来找我。"说完就转进车里。

林翔大惑不解，追上问道："为什么一定要 140 斤？这很重要吗？"

来人从车里探出头来，神秘地笑了笑，说道："因为 140 斤压上去会让人有压迫感，很容易让人满足，小子你现在还小，等以后长大了就知道了，哈哈……"说完开车而去，留下独自茫然的林翔，实在是抓破头脑，也无法猜透那人的想法。

沿着几条街，找完了所有的商店，都是些招女生的工作，想想无奈，林翔来到了城郊碰碰运气，也许这里能找到一份工作，城郊还真够荒凉的，没什么人烟，这里到处都是公路，有的只是车辆在呼啸而过，带起一阵阵的寒风，冻得人都忍不住牙齿打架。

林翔裹紧身上的衣服，漫无目标地走着，"风之城西郊加油站"，眼前的几个大字，醒目地刻着，一辆辆的车停靠，等待着加油，看到人影跑动，不时的吆喝与客人的谩骂声传来，林翔露出了一丝微笑，看来今天找工作有望了。

林翔上前找到加油站主管，加油站正好缺少人手，主管看了看眼前之人略一犹豫，问道："小伙子，你今年多大了？"

林翔掏出身份证，说道："今年已经过 18 岁了。"

主管接过身份证看了看，然后问道："我们这里只缺少夜班人手，你看……"主管知道，目前加油站工作薪水低，公司上面安排下来的人都没能留下几天，就走人了，而且这该死的加油站就建在风口处，四周又没有什么人烟，没有足够的胆量，守在这里，的确是让人感到很后怕的，再说了，风之城的冬天冷啊，这里就更不用说了。

林翔笑了笑道："没关系！我相信我能做好。"晚上工作，这正是林翔所需要的，再说了，好不容易才找到的工作，怎么能轻易地放弃呢。

主管提到待遇问题时，沉思了一会儿，然后说："关于月收入嘛，考虑你是新来，一个月八百块，怎么样？过了试用期三个月后再给你加工资。"主管还真怕林翔不答应，眼睛似乎没有离开过林翔的眼神，打算如果遭到拒绝，主管会再提一提待遇，因为在风之城普遍平均收入在三千来说，这八百块，似乎有点说不过去。

林翔并没有太多的考虑就点了点头，对于他来说，八百块已经很高了，也许此刻，习惯拿高薪的人并不了解，对于现在的林翔来说，只要能挣钱交起学费与能陪在母亲的身边，就已经很满足，对于那年少的梦，太不现实了，至少现在自己还没有能力去实现年少对将来美好的憧憬，这些年来的经历，已磨削了少年的斗志。

主管高兴道："那好！明天晚上你就来上班。"说完就伸手招呼着："陈师傅陈师傅……你过来一下。"

一位身穿工作服的老人气喘吁吁地跑了过来，问道什么事。

主管给两人相互介绍，然后交待陈师傅给林翔说说遵守规则和工作注意事项，主管就出门开会去了。

陈师傅人比较好，他仔细地给林翔讲完所有的章程以及操作，都已下午了，一个很漂亮的女孩骑着单车过来，林翔还未曾注意看，陈师傅客气道："小子吃饭了没有？我请你吃饭，怎么样？"

林翔笑着回绝道："不用麻烦陈师傅了，我妈已经在家等我回去吃饭了……"

未等林翔说完，陈师傅已经催促道："那你还不快回去吃饭，别让老人在家等急了。"说完，看着林翔渐渐远去的背影，吆喝着："小子，别忘了明天晚上上班的时间。"

林翔回头摇了摇手，"知道了！"只听一阵很悦耳的声音随风吹来："爸，该吃饭了！"风刮起一阵沙尘，却已看不真切。

回到家，林翔高兴地告诉母亲好消息，今天终于找到工作了，只是帮车辆加油而已，工作不辛苦的，老人欣慰，知道现在的翔儿已经长大了，懂事了，把冷饭冷菜热了热，林翔稍微吃了些饭，就说要陪着母亲出门走走，老人开心地笑了。

林翔陪着母亲回到家已是傍晚，晚饭时，杨莹莹拿着张纸，高兴地跑过来，说道："翔哥，学校董事会通过我妈提交的申请报告了，你明天就可以到学校报到了。"

老人接过入学通知书，高兴地望着丈夫的遗像说道："林海，你听到了吗？翔儿要上高中了。"

林翔不知说什么好，母子俩说什么都要留下杨萤萤在家吃饭，然后就是交待杨萤萤转告心意，向她的父母表示感谢，将来有机会一定好好地报答，说着说着，杨萤萤只顾点头，都不好意思了，杨萤萤脑海闪过，为什么爸妈肯帮忙却不愿亲自过来说呢？

林翔明天就要到学校上课了，明天晚上也要开始工作了，明天都是新的一天，明天会怎么样呢？睡前，对于明天，似乎充满了期待。

第二章　校园生活

天已蒙蒙亮，老人很早就起床了，做好了早餐等着林翔起床，因为今天是林翔第一天去学校报到，总不能迟到吧，其他林翔一直在说自己会照顾自己，作为老人应该多注意休息，其他能做的事就让年轻人去做，但是老人总喜欢说这么多年来，都习惯了，如果停下来不做事，还真是有点不习惯。

林翔无奈，知道是时代思想与社会环境造成的，不是一朝一夕就能改变过来，林翔也只能督促母亲多注意身体，老人高兴地笑了，总说还盼着抱孙子呢，林翔听了差点喷饭，现在才多大呀，再说了，八字还没有一撇呢，唉，老人的思想还真够长远的。

轻轻的敲门声传来，原来是杨萤萤来了，杨萤萤穿着一套校服，背着一个书包，还梳了两条辫子，林翔一阵偷笑，想不到杨萤萤还真够青春靓丽可爱的，杨萤萤不依不饶地提醒，快迟到了，还不快点，未等林翔吃完饭已拖着他出门了。

林翔今天上学，什么都没带，就拿了张入学通知书去，关于学费嘛，一打听下，才知道原来杨萤萤的母亲昨天已经帮补交了，林翔一阵的感动，看来家里欠她家的情太多了，将来有机会，一定好好地报答，虽然学费已交，林翔心中已打定注意，等在加油站打工攒够了钱，一定要亲自上门还这份情。

公车缓缓地行驶，杨萤萤一直在旁给林翔诉说着校园里的趣事，其实对于学校，林翔接触的并不多，连中学都没上过的人就直接上高中了，说出来都让人感觉不可思议，天才嘛，都是跳级的，说出来吓倒一堆人。看来杨萤萤的母亲在学校里一定是很有影响力，想不到这样的事情也能让自己遇到，一定要好好地读书，不能再伤母亲的心了。

学校终于到了，站在学校的门口，只见校门石雕上刻着：风之城富贵一中。富贵？林翔一阵惊讶，拥有富贵字眼的学校都是私立学校，换句话说，就是有钱人的私人学校，这里不但环境好，教学质量也是非常的高，总之，在这里读书，什么都好，只是不知道人品好不好？林翔郁闷，一中？排名第一，那么这所学校就是私立高中最好的一所学校，一想到自己如此的贫穷，进入这样的学校，多少在良心上都有些不安。

杨萤萤看到翔哥眼神透露出来的迷惘，而学校门口聚集的学生也越来越多，

对林翔一身的衣着，甚感奇怪，已有人议论开来，杨萤萤不管众人惊讶的目光，伸手扯着翔哥的手就往校门走进去，门口的保卫一阵的愕然。

校长办公室。

杨萤萤陪着林翔走到门口，便回教室上课了，杨萤萤知道，学校会安排好一切的，在来学校的路上，杨萤萤已经告诉林翔，她就在高一二班，如果有什么事情需要帮忙，就过来说一声。

林翔敲了敲门，只听里面有声音传来，知道可以进去了，推开门走了进去，看到办公桌后坐着一位老人，听到脚步声抬起头，动了动金边眼镜，手里依然执着笔地看着身前的林翔，然后微笑地问道："您是……"

林翔一阵的紧张，说真的，办公室一直以来对林翔都拥有比较可怕的威慑力，看到老人时，已是愣住不知所然，当看到老人的笑容时，林翔才感觉到自己的贸然，然后收住心神说道："我叫林翔，是新来的……"林翔一面说着，一面掏出入学通知书放在桌上。

老人伸出枯瘦的手拿起入学通知书看了看，打开手提电脑翻查着，然后对着电脑说："陈主任，麻烦你到我办公室来一趟。"林翔看着身前的老人，估计有六十岁，让林翔感到更惊讶的是，校长居然会是女性。

老人抬起头微笑道："林翔同学，我是校长，欢迎你到我们学校来读书。"说着，只听有敲门声，然后一位中年男人走了进来，轻唤了一声校长。

女校长介绍，中年男人姓陈，是高一的教导主任，接下来陈主任带着林翔到高一年级组办公室，林翔的班主任张海霞，女，今年二十五岁，主教英文，国家高级院校毕业，漂亮指数五个星，动作魅力指数九十八，身材诱惑力度百分百，单身至今仍未有男朋友，如此人间尤物，却为何没有男朋友，这一直是个谜。

流清芳，女，今年十七岁，高一一班，学校十朵金花排名第一，个人拥资五百万，事业型女人，座右铭：将天下的强男打倒。其父是通海石油公司的股东，其母是风之城五星饭店的创始人，家庭资产，全校排名第一。

黄华，男，今年十七岁，高一一班，学校网络犯罪恶搞排名第一，极具特别的犯罪心理，高超的电脑技术，座右铭：黑客任我遍走天下。恶搞以来，从未受到过任何的惩罚。很重要的一点其父是风之城安全厅厅长。

陈晓晓，女，今年十七岁，高一一班，学校七大花痴之四，进校一学期，曾表达爱意七十六次，遭爱情拒绝七十六次。其父是天地房产无限公司老总，其母是创新技术顾问，家庭资产排名全校第三。

陆湘湘，女，今年十七岁，高一一班，学校二十大古董迷排行第一兼学校十朵金花排名第二，真假古董，一看便知，座右铭：待进秦皇墓陵时，一手遮天盖

古今。其父亲、母亲都是国家重级考古学家，学校流传着这样的一句顺口溜：在校苦读历史书，不如上门问湘家。翻古知识，家庭排全校第一。

这是林翔进入学校后的两个星期知道的，班上的百晓书生方叶桐的编记手册，里面记载的资料就像古代的百晓生一样，他自称江湖百晓生，看到上面的资料，看来他已经得到了上代高人的真传。

"喂！小兄弟，加油时要集中精神。"车里一位年轻人说道。

"哦。"林翔忽觉刚才的走神，油居然加到了车身上，忙向车里的人致歉，拿着水枪和抹布过来冲洗车子，车里的年轻人也不责备，只是打开车门，走出来拿了根白烟在手上敲了敲，林翔终于把车给抹干净了，摘下帽子上前再次表示歉意。

咦？年轻人眼神闪动，有些惊讶，目不转睛地看着林翔，林翔心里暗叫：完了，看来眼前的年轻人是不打算放过我了，如此名贵的跑车……

"小兄弟，你叫什么名字？"

林翔感到一阵的愕然，果然，问起名字了，一会儿肯定就是索赔了。

"我叫林翔……"似乎感觉到自己回答的语气不够坚定。

"林翔？"年轻人喃喃自语着，然后伸手从怀里掏出一张名片说道："林翔，不知道你对历史与文物之类的东西感兴趣否？"

林翔接过名片一看，风之城太空科技无限公司总裁李天翔。天，林翔想：我怎么可能对这种东西感兴趣，我现在感兴趣的是你快走吧！林翔露出一丝歉意，回道："不好意思，李总裁，我本人对历史与文物不感兴趣。"

李天翔拍了拍林翔的肩膀说道："没关系！如果有一天你对历史与文物感兴趣了，就来找我！"说完坐上车，探头出窗笑了笑，摆了摆手飞驰而去。

林翔看着远去的车，喘着气直拍胸口，我的天，终于走了。

林翔看着车离去，看来今夜是幸运的，要不然工作失职，后果不堪设想。

"林翔林翔，快过来帮忙！"陈师傅吆喝着。

"知道了，马上就来。"林翔放好水枪与抹布，马上跑过去帮忙。就这样，忙碌的工作到了晚上十二点就开始停歇了。

"下雪了。"斑白的雪花在夜空的蓝灯下，点点发光，陈师傅继续吆喝着："臭小子，快进来躲躲寒。"两人拥挤在一间小屋里，由于这里是加油站，禁火，陈师傅已经是冻得浑身打颤，牙齿直打架，而林翔只是搓了搓手。

陈师傅看了看林翔身上单薄的衣服，"臭小子，你不冷啊？"

林翔笑着，露出两排洁白的牙齿，"是有点冷，还行，今年的冬天没有去年冷。"

陈师傅翻着白眼，"臭小子，少来，可别把身体冻坏了。"说完，打开衣柜拿出一件厚棉袄披在林翔的身上，然后说道："知道你小伙子衣着单薄，这是我女儿拿过来的，旧是旧了点，不过还是挺暖和的。"

林翔一阵的感动，自从来到加油站上班，一直得到陈师傅一家人的帮助，让林翔不知道该如何报答才好。

陈师傅一面从衣柜里扯着棉被，一面说道："臭小子，今天晚上算你走运，我女儿拿过来的棉被，怎么样？够大够厚吧，足够我们两人盖了。"将棉被铺在床上，将原来那床作铺垫。

小屋里就一张比单人稍宽点的床，还有个衣柜，一张书桌，一张椅子，书桌上还有一壶开水，还有就是两人稍微往里一站，能转过身走一步，就已经放不下任何东西了。

加油站上夜班，就两个人值班，一是林翔、一是陈师傅，夜班从晚上十点到第二天早晨六点，工作八小时，按冬天季节情况来说，十点到十二点为忙碌期，过了十二点基本上是没什么车辆了，一般都是选择一人值班，一人睡觉，时间到了深夜两点，就可以两人进入梦乡了。

就这样，到了十二点，陈师傅就先进入梦乡，而林翔则利用这两个小时的时间复习功课，对于一个没有上过中学的人来说，直接上高中，的确是有些勉强，尽管林翔勤奋好学，却也感到甚是吃力，对于外语，林翔可是吃尽了苦头，还好有陈师傅女儿陈圆圆的复习题纲帮忙，总算没有落到班上最后一名。

陈师傅女儿陈圆圆今年高二，正好与林翔同岁，但林翔却比陈圆圆要大上一个月，所以陈圆圆总喜欢喊翔哥，不自不觉中，林翔又多了个妹，圆妹。当杨萤萤得知此事后，郁闷了一段时间，最后想开了，要林翔答应，以后不能再胡来，就这样，杨萤萤就多了一位姐姐。

陈圆圆所在的高中是公立学校，在学校可是品学兼优的三好学生，而且还是学校的校花，远近闻名，认识的人都称赞她是才女，对于诗、词都有比较深的认识与创作。

林翔从书包里拿出仍留有余香的复习题纲，翻开每一页都是圆妹的娟秀文笔，使得林翔一阵的心悬幻梦。接着陈师傅的打酣声，将林翔拉回了现实，林翔摇摇头笑了笑，打开书本，专心地复习中。

不知不觉中，春去秋来，时光飞逝。两年后。

林翔终于高三了，在这过去两年的时间里，得到圆妹的帮助，林翔的成绩进入了全班的前十名，使得全班同学刮目相看，圆妹于去年考上了公立重点大学，两年的时间里，林翔也还完了学费，尽管杨萤萤的母亲说不用还钱，但林翔还是决定自己努力挣钱上学，对于杨萤萤一家的恩情，林翔是铭记于心。

老人非常高兴，对于翔儿的成绩以及两年来的变化，再也不像以前那样的任性了，也不再像以前那样的孤独了，因为翔儿在学校、在班里交了许多的朋友，比如流清芳、黄华、陈晓晓、陆湘湘等等，每当周末有空，她们都会来家里和老人聊聊天，说起笑话让老人乐得合不拢嘴。

林翔依然还在加油站打工，老搭档依然还是陈师傅，只是不同的是，林翔的薪水加了，现在已经加到一千五百元了，在这两年的时间里，对于林翔来说，是多么的可贵与值得怀念，两年，林翔已年满二十岁，身体强壮，相貌可居，已不再是多年前的消瘦少年。

深夜，林翔看书有些沉思，陈师傅开口询问，林翔回头看了看还未入睡的陈师傅，说道："过两天是同学的十九岁生日，不知道该买什么生日礼物？"生日，对于没有参加过生日的林翔来说，的确是有些不知所措。

"哦，是女孩子吧！她平时喜欢些什么呢？你可以往这方面考虑考虑。"

林翔想了一下，说道："要说她喜欢什么？那应该是古董之类的东西吧。"

陈师傅听后吓了一跳，然后打趣道："古董？你那位女同学还真够另类的，古董可不是一般人能买得起的。"

林翔若有所思道："是啊！古董，太遥远的事情了……"

沉默，继续沉默……

陈师傅突然道："要不你就买个古董的艺术品做生日礼物如何？"

林翔恍然大悟，"是啊，我怎么就没有想到，呵呵，还是陈师傅有办法。"

陈师傅在旁看着林翔高兴的样子，没有再说什么，转回头，轻轻地闭上眼睛就进入了梦乡，在梦里，陈师傅想到了女儿陈圆圆……

林翔在家和母亲商量了一下，关于去参加班上女同学陆湘湘的生日聚会之事，老人是满口的赞成，平日翔儿班上的同学常来看望老人，让老人觉得生活快乐多了，特别是那个名叫陆湘湘的女同学，很讨老人喜欢呢，总觉得很亲切，似乎很多年前就认识一样。

老人知道翔儿在想什么，神秘地笑了笑，然后从抽屉里拿出十张红太阳递给翔儿，林翔惊讶道："妈，要不了那么多。"说着，就从十张里抽出了五张。

老人把钱全部塞到林翔的手里，笑道："傻孩子，都拿去吧，平日你的同学对妈挺好的，你也应该好好地报答人家才是。"

林翔拗不过老人，只得将钱收好，其实林翔心里知道，班上的同学家里都是非常有钱的，去参加生日聚会，像林翔的家庭情况，根本就送不出什么像样的东西，为此，林翔曾一度地想推脱，可是不管林翔怎么找借口，陆湘湘就像跟魂似的出现在林翔的身边，直到林翔答应为止。

答应是答应了，但是林翔却还未肯定会去参加，毕竟那样的场合不适合像林翔这样家庭出身的人参加，在这一点上，林翔的自尊心还是非常动摇的，本想听听母亲的意见，没有想到母亲会赞成，这给林翔的自尊心多少都起到了鼓舞。

林翔利用周末的时间，按照陈师傅的提示，拉着杨萤萤是满街地跑，古董？真的是太昂贵，低则几十万，高则上千万，天，这样的东西，林翔是感到一阵的郁闷，真不知道这些钱，要工作多少年才能攒到手。

杨萤萤知道林翔要去参加上流社会的生日聚会，这让林翔有很大的压力，在心里很想帮助，可是又怕会打击林翔的自尊心，现在彼此都长大了，不再是以前那样的天真与纯洁的少年时代了。

"萤妹，你买了什么生日礼物？"林翔在旁看了看杨萤萤，然后问道。

"没什么？只是普通的装饰品而已。"杨萤萤随口地回道，对于她来说，其实生日聚会重要的不是礼物，如果说有特别含义的话，只要能和心爱的人在一起度过这特别的一天，就已经非常满足了，这是女孩子家的心思，当然是不会告诉给男孩子听的，因为，杨萤萤在心里总感觉到有一丝的不安，就好像将要失去林翔一样。

林翔还不死心，直到逛完风之城的最后几个古董商店，才明白的确如此，林翔深吸一口气，叹道："看来这个世界的有钱人还真不少。"虽然有些苦笑，但不得不承认，年少时所遭遇的仍历历在目。

"萤妹，走吧！其实生日聚会重要的是有这份祝福的心意就已经足够，礼物嘛，并没有那么的重要。"林翔拉着杨萤萤随着人流消失在豪华晶亮的古董商店。杨萤萤非常的高兴，想不到林翔会有此觉悟，在心目中又增添了几分爱慕之心。

装饰城，风之城最大的物流大厦，这里的东西多不胜数，人流拥挤，看来生意是非常的好，就这样坐上电梯从一楼上到十五楼，然后又从十五楼一直往下逛到一楼，天，都没有中意的东西，杨萤萤只觉得两腿发软，跟在林翔的身旁，看到林翔一脸认真地四处张望，毫无疲倦的样子，看得杨萤萤如痴如醉，真想不到林翔对要买的东西会如此仔细、耐心地寻找，可惜礼物不是送给自己，在杨萤萤的心里，已开始秘密地策划自己二十岁的生日。

最后来到了地下商城，在地下第三层中，林翔终于找到了自己认为比较有意义和喜欢的物品，一个小颈瓶，杨萤萤随着林翔的惊呼，看到精致的小颈瓶有点像观音像手里拿着的净瓶，不过要略小些，正好可以放于床头，插上一只水仙花。

杨萤萤也觉得很漂亮，看来林翔的眼光不错，老板走了过来，赞道："年轻人，算你有眼光，这玉颈瓶可是秦始皇当年搜刮民间的喜爱之物，据说后来秦始皇将这玉颈瓶赠与少林，接受佛光灵气，以致将来能回归身边助其长生不老，谁

知秦始皇临终之时念念不忘这玉颈瓶，希望能陪其葬，在另外一个国度能继续寿与天齐，后人流传，此物就到了这里……"

"哇，老板！你是卖东西，还是说书讲故事啊！"杨萤萤在旁吆喝道，大有拉着林翔就走的气势。

老板也有些惊慌，好不容易来了个客人，你看，地下的生意总没有地上的生意好，都已经开张几天了，好不容易来了个客人，怎么就让其溜了呢，要是碰到门外汉，狠狠地宰上一刀，这个月也就赚回本了，难怪老板会如此地夸夸其谈。

看来身前的小姑娘是门道中人，一看就知道是杀价高手，老板眼睛一转，忙赔笑道："你看，这不是生意难做嘛，两位喜欢就拿去，价钱嘛，好商量。"确实，只要回头看一下，走道上的确没有几个客人，这里很奇怪的，地上是人山人海，到了地下，生意就是一层不如一层，想想，这里已经是第三层了。

"这小颈瓶多少钱？"林翔开口问了。

老板心里默算了一下，然后奸诈地笑了笑道："只要你喜欢，给你个实价，五千块……"

啊……

还未等老板说完，杨萤萤已经尖叫了起来，喊道："老板！你抢钱啊，这小小的瓷瓶要五千块，你还不如去抢银行。"尖叫声引得很多店主纷纷跑出来张望着。

老板赶紧做了个手势，"天啊！你们小声点。"老板望了望外面，然后一脸的伤心，叹道："既然你喜欢，我就亏本卖给你，一千块……"

"三百块！"未等老板说完，杨萤萤直接砍断。

"六百块！"老板毫不退让的架式，双手插着腰。

"不！就三百块！"

"六百块！"

两人的讨价还价，直看得林翔一阵茫然，记得出门之时，杨萤萤就一直交代，价钱由她杀，你就不要开口，对于这一点，林翔就全权交给杨萤萤了，真想不到平时看起来柔弱的杨萤萤，现在看起来是如此的凶狠，半步不让，在林翔看来，喊八百块，也买了，想不到老板会喊六百块，说不定还能少一些。

"就三百块，不卖就拉倒，翔哥，我们到楼下看看。"说完，放下小颈瓶，拉着林翔就走。

没走几步，老板突然跑出来道："年轻人，过来，三百块就三百块，唉……我老人家做生意也不容易，今天就亏本卖你一个。"

杨萤萤高兴跑回来道："我就知道老板的心眼最好！那就干脆亏本亏到底，帮忙把它放到盒子里包装好。"

"啊……"老板惊讶的脸神，唉……叹气，动起手把小颈瓶放进去，就拿出漂亮的包装纸一层一层的包好，然后打上蝴蝶结，再拿剪刀小心地剪着，然后道："好了！做好人做到底，给！"

林翔伸手接过，掏出三张红太阳递给老板，杨萤萤开心地拉着林翔的手就走，问道："怎么样？今天没有白来吧！"

林翔赞道："想不到萤妹如此精明能干，将来要是谁娶了萤妹，那真是有福气啊！"

一句赞赏的话直说得杨萤萤满脸通红，在心里不停地骂道："笨蛋！萤妹只喜欢翔哥一个人，只有你这笨蛋才会不知道！"

"走，萤妹，翔哥请你吃肯德基去。"

杨萤萤欢呼着，一阵高兴，已浑然不知疲倦，高兴地跳了起来，拉着林翔的手，已跑在前面。

今天是班上女同学陆湘湘的生日，班里一阵热闹，全班四十五位同学都会去参加，当然，少不了全校第一美女，本班班主任张海霞，她的理性、成熟与身材，让许多男人为其魂飞魄散，极具杀伤力的一颦一笑，不是普通人能抵挡的。

听说不但班主任张海霞会去参加，就连全校的九朵金花也会去参加，意想不到的还有十大酷哥哦，班上的百晓书生方叶桐拿着编记手册，趁着课余时间，坐在讲台上，念念有词道，令得班上一阵阵的喧闹声，美女、酷哥，看来今夜的生日聚会风云并起啊！

林翔用手支撑着脸庞靠在书桌上，另一只手不停地翻转着笔，看着女同学们一听到十大酷哥要参加，充满期待般的尖叫声，还有那群男生自称风流潇洒的唐伯虎，听到九朵金花也会去参加，就像遇到了九朵秋香一样，跃跃欲试，一脸的色相，唉……公子哥就是这样了。

"林帅哥，今天晚上你也会去参加吧？"坐在林翔旁的一位女同学刘惠眨了眨眼睛问道，就好像偶像剧里女主角要放电一样，稍微一不注意，男主角将会被电倒失身。

"呵呵……"林翔露出了一个笑容，并没有直接回答，其实直到现在，林翔在心里还有些犹豫。

"林帅哥的笑容真迷人！"刘惠一脸的痴梦，令得林翔尴尬不已，连哼数声，希望刘惠能收敛点，可是刘惠未发觉，反倒引来了班上女同学的注意，天啊！林翔赶紧低下头，装作在专心看书，曾几何时，林翔变成了全校十大酷哥之一，还排名第三哦，除了家庭身世不好外，其他的无论是人品、成绩、相貌，都可以称得上是上上之选。

也许是由于林翔年龄大一岁的原因吧！虽然林翔排名第三，其实名誉已超过了第一位，根据百晓书生方叶桐的调查，女生普遍喜欢比自己年龄要大的男生，也许比较给人安全感与成熟感，用百晓书生方叶桐的话来解释，就是女生是需要男生来疼的，在感觉上和意识上很重要，总不能来个姐第恋吧！此语一出，成为了全校女生拒绝求爱男生的经典语录。

改变这一切，是林翔进入高二的这段时间，飞速般的改变与成长，让人感觉像是在做梦，直到现在的高三，已经有些完美化的林翔，在学校以及附近的粉丝已不下数千。

未待女同学们开口，已有个身影站在了林翔的桌前，"林翔，今天晚上你会来吧！"听到声音，林翔猛然地抬起头，知道是陆湘湘，在她面前，林翔似乎有些无法拒绝，点了点头道："嗯，你的生日，我会去的。"

陆湘湘露出一丝的笑容，如卸下千斤重担般，高兴地说道："谢谢，我还真怕你不来参加我的生日聚会。"听到此回答，班上一阵阵的欢呼声，看来有点像生日聚会已经提前开始一样。

陆湘湘临走之前，依然不忘和林翔打声招呼："别忘了，今天晚上我的生日。"

林翔笑了笑，摆了摆手，杨萤萤已在楼下等候了，看到林翔走出来，马上上前抓着林翔的手，一起回家，看起来好像害怕林翔迷路，找不到回家的路一样，学校里的同学见怪不怪，这样的事情都已经见了两年多了。

"晚上去参加你们班上大美女的生日聚会，怎么样？你决定了吧！"杨萤萤在旁问道。

"嗯！"林翔点了点头确认道。

"晚上我们一起去！"杨萤萤高兴地道。原来萤妹是因为林翔才认识他们班上的同学，萤妹是林翔的好朋友，当然也就成为了她们的好朋友，所以就一起接到了陆湘湘的邀请。

"好的，吃完晚饭你过来叫我，带我一起去！"说真的，说到要去陆湘湘家，林翔还真的没有去过呢，再说了，那是富人区，恐怕林翔就这样进去，保卫还不一定给进去，当然，现在社会手机通信非常良好，可是我们的男主角林翔目前还未拥有手机哦。

入夜，萤妹就过来喊林翔，老人亲自送林翔出门，待林翔走后，老人皱了皱眉头，用手不停地捂着肚子，一阵阵的疼痛传来，蹒跚地走回床上躺下，隐忍了一下，觉得没那么痛了，才露出一丝的微笑。

路上，林翔和杨萤萤坐上公车向陆湘湘家的方向飞驰而去，今夜，杨萤萤漂亮极了，手提一只流行包，一条漂亮合身的长裙，脚下穿着一双银白色的高跟鞋，雪白的手背与粉颈，直看得林翔有种蠢蠢欲动的感觉，特别是轻抓着杨茧茧的小手，柔软轻滑，觉得一身的燥热，在心里不停地骂道："该死的盛夏，这个时候也太热了点吧！"

杨茧茧一脸幸福的样子，此刻，怎么就觉得像是和林翔在约会呢，一想到这，心砰砰地跳，一脸的红晕。

不知道过了多久，换了几趟车，终于到了富人区的门口，杨茧茧不理保卫，拉着林翔就进，林翔习惯了别人的眼色也就不觉得什么了，依着门牌号，01、02、03……20，杨茧茧高兴道："终于找到了！"从手提包里掏出陆湘湘发出的邀请卡，在大门的卡槽上一划，绿色灯一闪，"身份确认，欢迎光临，请进！"大门随着咔嚓的一声，缓缓打开。

杨茧茧拉着一脸惊讶的林翔走了进去，大门自动合上，林翔还真没有见过如此方便的门，虽然陆湘湘已交待林翔怎么使用邀请卡，但还是非常地疑虑，难道不怕坏人拿卡进屋偷东西？陆湘湘听林翔一问，忍不住地偷笑道，这次发的邀请卡是临时的钥匙，过完生日，便没有用了，因为是电子门，程序已经设好了的。

林翔才发现自己真的好土，一时间尴尬不已，现在总算是见识到高科技的东西了。

进到大门口，一辆敞篷电子车自动开过来，车上有八个座位，还会说话呢，"欢迎光临，请您坐上车，让我为您效劳。"杨茧茧拉着林翔坐上车，车马上又说道："请您坐好，此车行程需十分钟，祝您旅途愉快！"

林翔一阵阵的好奇，杨茧茧高兴地笑道："哈哈……看来这个生日聚会一定很有意思。"

沿途一路盆景，在灯光下漂亮不已，不一会儿车自动开到了一个大院，灯火通明，眼前一片豪华，令得林翔一阵目瞪口呆，转而两人微笑道："陆湘湘，祝你生日快乐！"

"谢谢！林翔，你来了！"陆湘湘一脸的期盼，高兴地接过礼物，作势要上前轻吻一下林翔的脸庞，"哗"的一声响起，在场之人一阵的骚动，这样的礼遇看来也只有林翔才有，看得杨茧茧一肚子的火，拉着林翔避开，正当陆湘湘尴尬之时，一对看起来温文尔雅的夫妇走了过来，微笑道："湘儿，不给爸妈介绍一下吗？"

陆湘湘回头高兴道："这是我爸、我妈。"然后转过头来说道："这位是我们班上的同学林翔，这位是我的校友杨茧茧。"

"伯父伯母好。"林翔和杨茧茧异口同声道，虽然茧妹有些气恼陆湘湘对林翔亲近的举动，但是基本的礼貌还是有的。

"嗯，好！欢迎你来参加我女儿的生日，希望你们今夜玩得尽兴，玩得开

心！请随意。"打完招呼，然后还要接待和应酬其他的客人，林翔和杨萤萤在场中找了找，看到许多不认识的人，最后终于找到同学们了，大家正在一起有说有笑的，好不热闹。

而林翔的身后不远处，却有一双眼睛盯着，身影移动，渐渐地靠近……靠近……

看到林翔拉着杨萤萤的手走过来，班上男生一阵欢呼，感谢老天，又甩掉一个超级竞争对手，而班上女生紧接着的尖叫，是失去了一次表白爱慕的机会，林翔一脸的无奈，上前问道："你们这是怎么了？给人的感觉好奇怪耶！"

同学们无语，只是眼睛死死地盯望着一个方向，林翔和杨萤萤随着众人的目光往下轻移，天！杨萤萤正挽着林翔的手腕，加上两人一身的衣着打扮的确很像一对夫妻、一对恋人，两人满脸通红地拆开手，不知何时，杨萤萤已经靠得林翔那么近了。

看着两人同时的动作，同学们打趣道："将错就错，四个字，马到成功！"

林翔心里不自在，却一脸笑容对着杨萤萤说："萤妹，不管他们了，同学们都是这样地喜欢开玩笑，我们找个位置坐。"

林翔忽觉有人轻拍了一下肩膀，招呼道："嗨，林翔……"

林翔让杨萤萤坐好，转身回头一看，好熟悉的面孔，只见身前的年轻人微笑着："怎么？两年不见，你倒是越来越出众了，不会就不认识我了吧！"

"李天翔，李总裁？"林翔终于想起了，两年前在风之城西郊加油站，那位开着豪华跑车的年轻人，由于当时李天翔并没有因为林翔的工作疏忽而投诉，多少都给林翔留下了个良好的印象。

"呵呵……你还记得我，两年了，我们还能见面，看来我们还真有缘啊！"李天翔微笑道。

"怎么？不给我介绍一下你身边这位漂亮的女孩吗？"李天翔打趣道。

杨萤萤已经起身，林翔介绍道："我朋友杨萤萤。"

"这位是我两年前曾有一面之缘的李天翔，是太空科技无限公司的总裁。"李天翔点了点头，表示林翔说的话并没有错，然后微笑道："杨小姐，很高兴认识你，这是我的名片。"说完，上前递给杨萤萤一张名片。

杨萤萤一阵愕然，没有想到林翔会认识这样重量级的大人物，要知道李天翔可是风之城的首富，而且父亲李小超还是国家委员会的一名要员，当然，关于这些资料林翔并不知道，林翔只知道名片上的事情，其他的就一无所知。

"很高兴认识你！李总裁。"杨萤萤伸手接过李天翔的名片。

呵呵呵……

李天翔笑道："杨小姐不介意我耽误林翔几分钟的时间吧！"

"当然不会！"想不到林翔还有这样的朋友，杨莹莹在心里为林翔高兴，心想快高中毕业了，不管将来读不读大学，如果能有像李天翔这样的人物帮忙，日后的工作根本就不成问题，其实杨莹莹还没有意识到，在富贵高中学校里，任何一人的父母都能让林翔有份好的工作。

李天翔神秘地说："林翔，我给你介绍一个人！"不管林翔同不同意，拉着林翔就走，林翔无奈，和杨莹莹说声离开一下，便跟着李天翔离开大院，左拐右弯地来到一间书房，只见书房门口站着两名彪形大汉，直立立地站着，估计是保镖之类的。

"少爷。"两名彪形大汉见到李天翔走来肃然起敬。

"我爸在书房里吗？"

"董事长在房里……"

未等彪形大汉说完，李天翔已经拉着林翔推门而进，林翔正感惊讶，已被拖了进去，门咣的一声，自动合上。

房内一片漆黑，搞什么鬼，如此的神秘，林翔心里一阵的纳闷，灯光突然亮起，只见房内一张办公桌里坐着一位满头白发的老人，皮肤干燥，却已有些破损，露出尖骨，看起来的确是有点恐怖，闭目养神的，不注意看，还以为已经是入土之人，身后站着两位面无表情的西装大汉，直挺挺的腰，就像军人一样。

林翔打量了一下房间四周，全部是古董，天！不会吧！会不会是装饰品，但看那瓶的颜色与样貌，有些斑旧，像刚出土一样，让人感觉又像真的一样，只不过，这些摆放的古董也太大了吧，想想自己买的生日礼物就是一个很小的玉颈瓶，那可是林翔翻遍了秦皇古董收藏集才找到唯一相似的玉颈瓶。

"爸！两年前，我给你说的人已经带来了。"李天翔上前轻声地说道。

只见白发老人突然睁开双眼，血红的眼睛似乎可以看穿林翔一样，看到那双血红的眼睛，林翔全身一阵的颤抖，怎么有点像是在拍恐怖片。

"这位是……"林翔用话来掩饰自己的害怕，说真的，面对这样的一个人，不害怕那他就不是人了。

"他就是我父亲，太空科技无限公司的董事长李小超。"

"你爸怎么会这样？还不赶紧送医院。"林翔担心这位老人还能不能活过今晚。

"少年，你是叫林翔吧，请坐！"只见白发老人动了动嘴，一阵阵苍老的声音传来，天，好像历经几千年的沧桑。

李天翔移过一张板凳让林翔坐下，林翔疑惑地问道："不知道你们找我有什么事情？"

白发老人睁着血红的眼睛望着李天翔，李天翔毕恭毕敬说道："天翔还未和他透露半字。"

白发老人将视线转移到林翔的身上，然后动了动嘴说道："你看到我这个样子，一定很奇怪，是吧？少年。"

林翔不可否认地点了点头。

白发老人继续说道："少年，你一定听说过秦始皇之墓吧？"

"秦始皇之墓？"林翔惊讶道，心里暗道：秦始皇之墓当然知道，只要读过书的人都知道，教科书上不是有吗？这也要问，靠！估计白发老人年纪大了，头脑有点问题，才会问出这样白痴的话。

白发老人似乎知道林翔在想什么，只是笑了笑。我的天！白发老人笑起来，脸上露出来的骨头和脸皮都耸动着，比鬼片还要恐怖，忽觉一阵阵的阴森。

"少年，给你说个故事，不知你可有兴趣？"

林翔点了点头，知道外面都是高层社会的人，无论是在谈论还是在交往上，都不太适合林翔，正好可以找个借口避开一下。

白发老人继续说道："当年我也和你一样年轻，只是略比你大几岁而已，当时得到一条秘密消息，也就是秦始皇之墓，并被挖掘了一部分，也就是你们现在看到教科书上记载的秦始皇兵马俑，当时国家封锁一切，我们只得到了一块超科技的历史文物。"

"超科技的历史文物？怎么可能，喂，老伯，照你这么一说，那岂不是秦朝比现在的科技还要先进？"林翔抗议道。

白发老人笑了笑，知道林翔已经开始对故事感兴趣。对于林翔，实在是不敢面对白发老人的笑容，太恶心了，已把视线转到其他方向。

白发老人继续道："你知道我年轻时，在大学里主修什么？我主修的就是太空物理学，后来经检测论定我们从秦皇兵马俑里得到的超科技历史文物就是穿梭时空的印盘。"

"穿梭时空的印盘？"靠！看来大伯病得不轻，以致神经出现恍惚的科技幻想，林翔在心里猜测着。

"嗯，穿梭时空的印盘，因此我们发明了时空穿梭机，并成功地将一只猴子送回了古代，并接收回到现代。"

"猴子不能证明什么？大伯，你是不是科幻片看多了。"

白发老人不理林翔的辩论，继续说道："于是我们开始寻找合适的人选，通过时空穿梭机进入古代，以证明科技发明的存在。"

"找到了吗？"

"找到了，他就是项少龙！"

"项少龙？"林翔惊讶道，"那么结果怎样？"

"没有结果！"

"没有结果？"林翔怀疑地问道。

"是没有结果，当年我亲眼看着他乘坐时空穿梭机消失的，因为电脑故障，不知道时空穿梭机误把项少龙送入了哪个朝代，许多年过去了，一直没有项少龙的消息。"

"怎么可能？你们让项少龙回到什么朝代？做什么事情？"

"我们只是让项少龙回到秦朝，给我们拍一部赢政登基的历史见证，如果顺利的话，也就半个时辰而已。"

"那距离现在有多长时间了？"

"四十年！"

"四十年？"

"大伯，这是个很有趣的历史故事，好了！时间差不多了，我也该回去了！"林翔站起来，和眼前的白发老人道别，李天翔惊愕地看了看父亲，只见父亲笑了笑，并未说话，李天翔便带着林翔离门而去。

林翔一直在估计着时间，想想自己出得门时，生日聚会也该结束了……

走廊上脚步的回音，看来夜已深，林翔若有所思，转头问道："李总裁，你爸怎么会变成这样？"

李天翔似乎没有想到林翔会突然问这样的问题，本能的反应，喃喃自语道："预知天机，也许这就是报应……"

"预知天机？报应？"什么意思？林翔看着李天翔奇怪的表情，心里也跟着奇怪，只是接下来的话，林翔并没有听清楚，管他什么事情，就算是天塌下来，也会有人扛着，这就不用我担心了，林翔安抚了一下糟糕的心情，不停地深呼吸，看来还挺管用的。

"林翔……林翔……终于找到你了，你跑到哪里去了？大家都在等你！"一阵阵急促的声音传来，林翔抬起头来一看，"咦？怎么是你！生日聚会还没结束吗？"

来人站到面前惊愕了一下，马上恢复平静地问道："你们……认识？"

李天翔回转过神来，伸了伸手，给人一种很意外的感觉，微笑道："认识，当然认识，两年前我们就认识了，林翔，你说，对吗？"

林翔点了点头，然后说道："两年前我们是见过一次，这算是第二次见面吧！怎么了？陆湘湘，有什么不对吗？"林翔说得如此坦白，只是想证明自己不是附势之人，不会因为对方是有权有势之人就去追随。

陆湘湘翻了一个白眼，伸手扯着林翔的手就走，也不说一句话，林翔觉得一阵奇怪，陆湘湘是出生在一个文化素养很深的家庭，父母都是名望很高的科学家，按理说，素质很高的啊，为什么会如此地不讲理，想了一会儿，估计陆湘湘和李天翔的关系不太好吧！

林翔回头看了看李天翔，刚想说句什么话，也好掩饰刚才陆湘湘的野蛮冲动，只见李天翔依然面带笑容，然后陆湘湘再用力一扯林翔走进拐弯处，就只留下李天翔一个人呆呆地站在那里。

林翔在视线中消失，李天翔依然还面带微笑，只是刚才看着林翔突然在拐弯处消失，头本能地往前伸了伸，"咔嚓"一声，整颗头颅从颈处折断掉到地上，滚了滚，没有喷出鲜血，只见站立的无头人向前走两步，弯下腰伸手捡起头颅放到颈上，扭了扭脖子，然后呻吟道："呃……舒服多了！"脸上依然还保存着笑容……

林翔在陆湘湘的拉扯下来到一门口，推门就进，门里一片黑暗，门"喹"的一声自动合上，此刻，林翔心里有点寒毛直竖的感觉，不会又出现什么恐怖的东西吧！一想到这，林翔忍不住地眨了眨眼睛，伸手不见五指，再这样下去，会吓死人的。

啊的一声尖叫传来。

林翔只觉起一身鸡皮疙瘩，突然眼前随着尖叫声烛火通明，烛火下是一张张熟悉的面孔，不停地传来："祝你生日快乐！祝你生日快乐！祝你生日快乐！……"

靠！吓死人哦！林翔不停地用手拍着胸口，走上前，抓着黄华就狠狠地在大腿处拧了一把，直痛得黄华嗷嗷大叫，这种鬼主意一定是这小子出的，除了他不会有人这么恶搞。

众人在旁偷笑，杨莹莹早已离开座位，坐到了林翔的身边，关心地问道："翔哥，你去哪里了？怎么谈话谈了那么久？大家都在等你了。"

随着灯光一亮，林翔眼睛一望四周，全班的同学们都在，张老师上前主持道："湘湘，快许个心愿，把蜡烛吹了，愿望就可以实现了。"

陆湘湘一脸的感动和惊讶，来到蛋糕面前，微闭上眼睛，然后睁开眼睛说道："我的愿望是希望有一天，我是第一个进入秦始皇的主墓的人。"说完就吹灭蜡烛，同学们一阵阵的欢呼……

江湖百晓生方叶桐打趣道："湘湘，还是这个愿望啊，你都许了十九次了，还许？"

黄华懒洋洋地坐着，拿起一杯深红葡萄酒饮了一小口，回道："方叶桐，还说你是江湖百晓生，大美女湘湘是执着，由此可见，湘湘将来一定是个感情专一的女孩，再说了，愿望就在于大胆执着的追求，不追求，怎么可能实现呢？大家说是不是这个道理。"

张老师上前劝道："好了！好了！你们俩啊，就知道斗嘴，就像前世欠了债似的，今天可是我们班上大美女湘湘的生日，来，湘湘，切蛋糕。"

一个特大五层的蛋糕，在张老师的帮助下，湘湘终于把它切成了四十多份，每人捧着蛋糕，林翔还没有回答杨莹莹的问题，一转头就挨了一个蛋花脸，"哈哈……"众人狂笑，小厅地方够大，蛋糕战四处纷飞，殃及无辜，好不热闹。

张老师也像回到了童年，顽皮的心，和同学们玩得不亦乐乎。

高潮过后，众人都在擦洗脸庞、衣服？看来是今夜的牺牲品了。林翔待得平静下来与杨莹莹聊天时，才得知外面大院的生日晚会早已经结束，客人都走了，就还剩下班里的同学，独自在开个小聚会庆祝一下。

大家回到座位，江湖百晓生方叶桐故意轻咳几声，引起同学们的注意，然后走到场中坐上台桌上，顺手拿起一串葡萄扯下几颗抛入口中，神秘地道："说到秦始皇之墓，你们知道什么最值钱？最神秘吗？"

林翔知道他又要讲故事了，其实你还别说，同学们还真的很喜欢他讲故事呢，说得有板有眼的，很像那么一回事。

陆湘湘早已经第一个回答："皇帝玉玺！"

方叶桐摇了摇头，得意地笑了笑："不对！"

张老师感兴趣地说道："秦始皇的墓穴里一定有很多的奇珍异宝，要说最值钱与最神秘的东西，那可谁也猜不上来，一定要进去考古研究，才能说出真正的答案，不过呢？我倒想听听方叶桐的答案。"

"哈哈……还是美女老师聪明，从来不说没有把握的话，这一点值得我欣赏！"方叶桐大赞美女老师，令得张老师高兴不已，要知道自己的学生方叶桐一向眼高过人，所知的奇门八卦更是包容万千，得一赞赏，不容易啊！

同学们面面相觑，一时也说不上来，杨莹莹突然说道："秦始皇头上戴的王冠最值钱！"

同学们一听，议论纷纷，杨莹莹摇了摇林翔，林翔笑了笑，知道答案不会那么简单。

果然，方叶桐直接回答："不对！"顿了顿语气，然后说道："还是让我来告诉大家吧！其实呢，秦始皇的墓穴里最值钱和最神秘的东西是……"

"是什么？"大家不约而同地问道，一时间小厅里静若聆音，只听到方叶桐独自一人"嘿嘿"的阴笑……

第三章 惊天秘密

"是搜神录!"

搜神录?……

没听说过,同学们和张老师感觉到很意外,还以为会是什么奇怪的瓶啊、碟啊,或者雕像马车之类的东西,要么就是皇帝身着的衣服首饰之类的东西,一听搜神录,就纷纷起哄。

"搞什么吗?搜神录,听起来像一本书,一本破书有那么值钱和神秘吗?"流清芳已站起身来抗议道,同学们也在一旁助威,而方叶桐则含笑不语,张老师呢,也在沉思,只是不像同学们那样的张狂直接说出自己的想法。

"搜神录?怎么会有个神字?从古代到现代都还没有科学能证明神仙的存在,方叶桐,你是从哪里听到的消息啦?"陆湘湘已经开口盘问道。

林翔也开始有点好奇,故事嘛!总会有些曲折离奇的情节,说不定中途还会与美女、钱财打上交道,那可谓称得上精彩两字,相不相信倒无妨,但听一下也没有什么坏处。

杨莹莹也觉得好奇,已经等不及地抢道:"方叶桐,快接着说……"

方叶桐不管同学们的焦急样,只是闲情悠然地吃着葡萄,觉得十分的钓上了大家的瘾,才慢慢地开口道:"同学们都知道秦始皇是个暴君,虽然历史对秦始皇的评论并不好,但是在秦始皇的心里,他可是非常伟大,自命不凡之人,统一六国,建立第一个皇帝王朝,修筑万里长城……"

"这些我们都知道!还是请方叶桐同学说重点!"流清芳开口打断了方叶桐的话,对于陆湘湘来说,只要是有趣的历史,她都想知道,更何况现在讨论的是自己最喜欢的史事。

方叶桐也不怪流清芳突然打断话题,看来方叶桐是有十足的把握,能让同学们听完这个故事,方叶桐问道:"相信同学们一定知道秦始皇想长生不老的事情?"

同学们都点了点头,说到秦始皇想长生不老在现代教科书里有提到过。

方叶桐又继续说道:"当年秦始皇想长生不老,于是亲自出巡,每次出巡都是到海边,因为秦始皇认为,神仙都是在海边的,但是每次都是失望而归,但是呢,秦始皇并不气馁,回到都城咸阳,即刻委派众多方术深入民间,遍寻灵丹妙

药，其中一位比较著名的徐福，就很具有代表性。"

方叶桐故意顿了顿语气，斜眼瞟了一下，看到同学们一脸聚精会神的样子，心里在暗暗地偷笑，然后又接着道："徐福呢，他本人的想法也和秦始皇一样，认为神仙也是在海边出现的，而不像其他术士，认为在深山悬崖处，于是徐福亲率三万水兵乘船出海，甚至东渡到了日本，可以说徐福为了寻求不死药，踏遍了东西南北四片海域。"

方叶桐拿着红酒倒了一杯，然后慢慢地饮上一口，不停地赞道："好酒！好酒！"

小厅里一片寂静，都在专心听方叶桐讲故事，这是以前都没有听过的，看来方叶桐的故事还挺有吸引力的。

方叶桐继续说道："这天夜里，突然海上狂风大作，雷鸣闪电，徐福的船队遇上了暴风雨，一夜间徐福率领的三万水兵差点全军覆没，当徐福醒来时，他已经在一个不知名岛屿的岸边，朦胧却袅若仙境，徐福大喜，当时就赞道：人间仙境！人间仙境！

"徐福重整队伍，被冲到岛上幸活的只剩下两千士兵，于是徐福下令趁着朦胧的雾色，遍岛寻找仙人，可是神仙没有找到，却遇到了一只火凤凰。"

"火凤凰?"同学们惊讶道。

"对！火凤凰，一只巨大如两人合抱，会喷火的凤凰，五彩飘飞，流离景致，徐福就认为找到了仙物，于是命令众将士上前捕捉，经过三天三夜的恶斗，火凤凰终于力竭而倒地，而徐福的将士也死伤一半，徐福决定取少许火凤凰之鲜血献给秦始皇，于是将火凤凰放生，徐福命令将士回岸边寻找工具在岛上伐木造船，而徐福则在岛上篆写搜神录。"

"那么后来呢?"陆湘湘急切地问道。

"后来? 后来徐福率领剩下的将士回到了故土，可是很搞笑的是秦始皇已经死了！徐福呢? 知道未能及时赶回救治君主，一定会被坐连九族，于是被捕的当夜，徐福就将火凤凰的鲜血给喝了，徐福率领的返回的将士全部都被陪秦始皇活葬，也就是同学们现在看到的一部分兵马俑，还有被搜查出来的搜神录也一起陪葬，至于徐福后来就不知去向，成为了历史的一个谜。"

"那意思是说，只要找到搜神录就能找到火凤凰，只要能找到火凤凰就能长生不老。"杨萤萤在旁推测道。

方叶桐笑了笑说："聪明！"

黄华站起来大咧咧地说："靠！方叶桐，你是从哪里听来的故事！我怎么不知道?"

"黄华，你还自称网络第一高手，现在网络最流行的小说《地狱究竟有几层》你看了没有？上面记载得清清楚楚呢！靠！"方叶桐不屑一顾道。

"好了！方叶桐的故事很有趣啊，现在时间也不早了，我看今天的生日聚会就开到这里吧！明天同学们还要上课，可别迟到了啊！"张老师看了看时间，然后上前打圆场，还真怕两人没完没了。

就这样，陆湘湘非常感谢同学们还有老师能来参加生日聚会，亲自送到富人区门口，和大家道别，同学们纷纷回头摆着手："明天见!"

此时，夜色朦胧，星辰无光。

同学们刚走不久，陆湘湘依然还沉迷在快乐中，远远地眺望，夜色的灯火如繁星点点，人生如能天天如此，多好啊！忽觉有人轻拍肩膀，陆湘湘回头一看，问道："爸、妈，你们还没休息啊？"

一对高贵却又温和的夫妇站在陆湘湘的身后，父亲微笑道："怎样？湘儿，今夜玩得开心吧!"

陆湘湘点头，面容依然还保存着快乐的微笑，母亲上前挽起陆湘湘的手，然后说道："湘儿，爸妈有话对你说。"

陆湘湘一脸的奇怪，已是如此的深夜，能有什么重要的事情呢？不能明天说，却要现在说，看到父亲的微笑，陆湘湘放下心来，一同回房。

父亲的书房，总是典雅而庄重，这是陆湘湘从小就对父亲书房留下的感觉，有时不停地劝着父亲不要如此地深埋工作，国家又不是只有父亲和母亲两位考古学家，但从小也一直奇怪，既然父母都是考古学家，母亲也应该有个书房才对！难道会客书房不是母亲的书房？记得小时候曾问过母亲，然而母亲只是神秘地笑了笑，并未回答，从那以后，陆湘湘知道了保密，说与不说，全在一念之间，那时，陆湘湘才八岁。

在母亲的扶持下，陆湘湘来到了父亲的书房，书房里依旧如前，古铜色的灯光，四周满是横架的文集，还有一张书桌和一张椅子，书桌上摆放着一台电脑，最里边靠墙是一张长沙发，陆湘湘记得长沙发是父亲查阅文件时，困了就在沙发上休息一会儿，和普通书房不一样的是，父亲的书房，没有窗户。

书房的空气，清新流通，给人的感觉也不会枯闷烦躁，一间宽长三丈正方立体的书房，看来是经过科学设计的建筑工程师所筑造。

普通人的眼中，它只是一间普通的书房，但如果你用另外一只眼去看待，那么它就不仅仅是一间书房。这句话是父亲在陆湘湘懂事时，给予的指点，但是陆湘湘十九年来，由矮小发胖的小女孩长成如今亭亭玉立的大姑娘，却始终看不透书房有什么玄机。

还有一点，陆湘湘从小到现在还没有见过父亲和母亲是同时进书房的，陆湘湘的疑惑已随着父亲的动作，暂时抛到了九霄云外，只见父亲站在书房的中心处，高举双手，挂在鼻梁上的眼镜瞬间从镜片里释放出一道绚彩光芒，然后父亲轻轻地飘离地面，悬于空中，陆湘湘张大着嘴，目瞪口呆地看着眼前发生的事情，简直太不可思议了。

紧接着陆湘湘的母亲向前走几步，立于丈夫的身后，瞬间一道光从母亲的额头前射出，直穿丈夫的身体，陆湘湘捂嘴惊讶着，眼前更为恐怖的一面出现了，只见父亲全身透明，影射出脉络般的线条，不！那不是人体的脉络，而应该是电脑机械人的数据线，天啊……怎么会是这样？

没有等陆湘湘反应过来，父亲的双眼射出两道白色的光芒，停驻悬空，瞬间打开一道白色的门，只觉一股吸引力，陆湘湘还没有心理准备，就已经被吸入门中，眼前一片缭乱，速度之快，令得陆湘湘紧闭双眼张嘴尖叫着，一股股混浊之力压来，陆湘湘头脑一眩，昏死过去。

林翔回到家已是深夜，看到母亲的房间还亮着灯，"妈！"在门外连喊了两声，都没反应，甚觉奇怪，母亲怎么睡觉不关灯呢？不会是在等我回家吧！一想到这，林翔就觉得一阵的愧疚，想不到自己都那么大了，还让母亲担心，唉……林翔啊！林翔！以后可不许再这样了，林翔在心里不停地告诫自己，然后推开门，想帮忙关上灯。

林翔推开门，"妈！你怎么了？"只见母亲已倒在地上，一脸的痛苦，紧闭着双眼，双手不停地捂着肚子，林翔大惊，拿起抽屉里的钱，赶紧背起母亲出门，上得出租车往风之城人民医院急奔而去。

急诊室外，林翔焦急地来回走动，时不时地望着两扇关闭的大门，心里已是一阵慌乱，不停地祈祷母亲的平安。

大门开启，林翔快步冲上前抓住医生的衣服，急切地问道："医生！我妈怎么样了？"

医生望了望眼前之人，然后脱下面上的口罩道："你是病人的家属？"

林翔猛点了点头，追问道："医生！快说，我妈到底怎么了？"

医生回道："病人肝已坏死，并已侵入脑髓，引起昏迷，现在病人急需做手术，你赶紧把钱交了。"说完，身后一名护士手上将一张白纸黑字递给林翔。

林翔看了看白纸黑字，完全看不懂上面写什么，都是些奇怪的符号，林翔赶紧跑下一楼，来到交费处，一打账单，只听收银员说：五十万，谢谢！

"什么？"林翔以为是幻觉，可能是因为太心急，所以有可能听错了，惊讶地

再问了一遍："多少钱？"

"五十万！"收银员继续补充道，"由于数额太大，医院规定不收现金，请您用银行卡划账支付，谢谢！"

"五十万？"林翔脑袋一阵轰然，愣呆着，五十万何止是个天文数字，更何况像林翔这样的家庭，五十万要攒到猴年马月？林翔上前哀求道，能不能先动手术，然后再付钱，现在是深夜，一时找不到那么多钱，不管林翔怎样的哀求，怎样的下跪，医生和收银员就是不肯，说医院有规定，他们也无能为力，除非领导同意。

于是林翔冲上医院办公室，相关领导也作出批示，没有钱也无能为力，林翔哀嚎着，眼睁睁地看着母亲被护士推出急救室，停放在观察室里，林翔只觉一阵心痛，赶紧跑回家找杨莹莹帮忙，一阵阵急促的敲门声，已将杨莹莹一家人敲醒，当林翔诉说到五十万时，杨莹莹的父母也一阵摇头，说钱太多了，他们也没有办法。

杨莹莹上前安慰，说不如去找陆湘湘，说不定她有办法，就这样杨莹莹陪着林翔赶上出租车，飞快地向富人区驶去，一路上，杨莹莹抓着林翔的手，不停地安慰道："翔哥！伯母不会有事的，你放心吧！"

林翔已是哭红双眼，来到富人区，在门外不停地嘶喊着陆湘湘的名字，却丝毫没有反应，拨通手机号码，却告之"对不起！你所拨打的用户号码不在服务区！"不知不觉中，天已渐渐亮，杨莹莹说道："不如我们去找李天翔帮忙，相信他一定有办法！"

林翔已是一阵心乱，不知如何是好！经杨莹莹这么一说，猛点着头，杨莹莹则掏出名片，拨通手机，对方却是电脑秘书回音："您好！李总裁不在，如您有事情，请留言，谢谢！"

杨莹莹和林翔两人面面相觑，一时间不知如何是好！天已大亮，林翔赶紧回到学校，找同学们帮忙，都怪平时没有记住同学们的号码，林翔不停地暗责自己，如果母亲有什么三长两短，自己则是天大的罪人，永远也不会原谅自己。

同学们看到林翔急匆匆地冲进教室，上气不接下气地说明情况，都很吃惊，五十万！现在谁的身上卡里有那么多钱？流清芳皱了皱眉头道："林翔，这样吧！你拿我的卡去，虽然卡里不足五十万，却可以无限透支！"说完，将卡从书包里拿出，递给林翔，然后附在林翔的耳旁轻声说道："密码是我的生日……"

林翔接过金卡，像抓到了救命的稻草，一时激动得不知如何答谢，一想到母亲依然还躺在观察室里，赶忙说声谢谢，便飞奔似的奔跑出校门，搭上出租车向医院飞奔而去。

陆湘湘像做噩梦似的，不停地尖叫着："不要！不要！不要！"声音一浪高过一浪，忽然整个人弹跳了起来。睁开眼睛时，陆湘湘已是全身冒冷汗，胸口不停地起伏，喘着气息，头脑还是有点昏觉，只听耳旁不停地有声音传来："湘儿……湘儿……"

陆湘湘紧闭双眼摇了摇头，让头脑逐渐地冷静下来，再睁开双眼时，却发现父母不知何时已在旁边不停地焦急着，一阵奇怪，问道："爸、妈，我刚才是怎么了？"

中年夫妇相互对望了一眼，然后轻舒一口气。"中旗，还是你说吧！"妇人把眼光移到丈夫的脸上说道，然后轻叹一口气，则站起身来，待在一旁。

陆湘湘惊惑的眼光落到父亲的脸上，母亲的话很奇怪，让陆湘湘心里直打疙瘩，不明白究竟发生了什么事情？再看父亲一脸难以启齿的神情，更让陆湘湘感到不安。

陆湘湘依稀记得……是啊！只觉心里一振，才发现自己不知何时已经躺坐在一张软床上，再打量四周，全部是仪器、电脑、花盆与书籍，没有窗户，就像父亲的书房一样，所不同的是这里多了仪器和花盆，还有就是陆湘湘从来没有来过这里。

"这里是哪里？刚才又做了一个什么样的梦？竟然如此的真实和可怕！"陆湘湘再追寻记忆，却有些恍惚，然后就是一阵的头痛。

"中旗，既然你不说，还是由我来说吧！"妇人见丈夫一脸的深埋，想了许久，这一切也应该让湘儿知道了，毕竟这事情一直瞒了湘儿十多年，迟早有一天，湘儿也会知道的，恐怕到那时再解释已晚。

妇人见丈夫不回话，于是上前来到陆湘湘的面前柔和地说道："湘儿，你还记得吗？小时候你不是一直在问妈妈的书房在哪里吗？"

陆湘湘不知母亲此时为何会突然这样问，听了后，点了点头。

妇人用手轻抚着女儿的头发，微笑道："现在妈妈可以告诉你了，这里就是妈妈的书房。"

陆湘湘转头看了看四周，的确是个书房，书房里还悠悠地飘荡着母亲最喜欢的花香，看得出，这是一间实验与研究通用的书房，只不过带着花香，让人的感觉是比较女性化而已。

"艳梅，你别说了，还是让我来说吧！"陆中旗突然抬起头猛然地说着，似乎下了很大的决心，未等妻子回话就直接说道："湘儿，其实我和你妈已经死了。"

"爸，你在说什么？你是不是哪里不舒服？"陆湘湘觉得此时，父亲真不应该对她开这样的玩笑。

"湘儿，其实我和你妈已经死了。"陆中旗突然大声地说道。

"什么？"陆湘湘一阵的惊讶，只觉脑袋轰然，听力暂时地短路，已听不到接下来父亲所要说的话，眼前是朦胧的影像，似乎看到父母在旁关心着，不停地在摇着陆湘湘的身体。

陆湘湘回到现实，扑在陆中旗的怀中不停地哭泣着："爸，你在胡说些什么？你和妈不是完好地站在我面前吗？爸，不要吓我。"

陶艳梅用眼睛瞪了一下丈夫陆中旗，然后抚着陆湘湘温和地说道："湘儿，你也不小了，总不能让爸妈一直陪伴在你的身边，是吧。湘儿，你要学会独立，不管将来发生什么事情，你都要坚强地活下去，知道吗？"

"妈，这到底是怎么一回事？请你告诉我。"母亲的话勾起了陆湘湘的回忆，记得在进这书房前，陆湘湘看到了很恐怖的一幕，陆湘湘真的无法接受这是现实，虽然生于科学考古学家的家庭，受着良好的素质修养，但对于失去亲人的噩耗，任谁都无法接受眼前的现实。

陶艳梅伸手擦拭陆湘湘脸庞上的眼泪，然后微笑道："这才是我和你爸的好女儿，别哭了啊！"陆中旗也在一旁哄劝道。

陆湘湘强忍着眼泪，望着身前的父母，这到底是怎么一回事？

陆中旗略沉思片刻，眼神中透露出一丝的恐惧，然后缓缓开口，道出了这不为人知的内幕：

二十年前，就在陆中旗和陶艳梅新婚的第二天，陆中旗和陶艳梅同时接到了国家的Ａ级召回令，说是有重大考古发现，立即赶回国家考古科研警备室。

等陆中旗和陶艳梅回到驻研科室，才知道原来国家决定实行秦始皇陵考古挖掘第二阶段，要知道秦始皇陵乃古至今第一皇帝陵，对于考古学家来说，那可是千载难逢的机会，毕生的心愿，就这样，陆中旗和陶艳梅作为国家考古学家入驻队伍，同行的还有好几位考古学家，当时是国家机密，并不知道彼此的姓名，而陆中旗和陶艳梅的相识却是例外。

在秦始皇陵的第二阶段挖掘过程中，大量地出土了铜车马、兵马俑、箭簇以及做工精细、花样繁杂的青铜制品，玉石、黄金制品等文物，然而在快要出土大将军陪葬墓时，陆中旗却惊讶地发现，前排大将军手中盈握着一幅画着龙象图腾的卷轴，后经国家汇集著名的历史学家三年的破译，终将卷轴上怪异的字符破译了出来，名为第十卷轴。

陆中旗顿了顿语气，陆湘湘对这段历史事件已是听得入神，喃喃自语道："第十卷轴？怎么会是第十卷轴？而不是搜神录？"

陆中旗和陶艳梅面面相觑，不知陆湘湘在说什么，于是陆中旗又沉浸到了回忆中，恐惧地说着：

"第十卷轴里被翻译出来的内容，让人大吃一惊，简直就是不可思议！"

陆湘湘抬起头来看着父亲，看到那有些扭曲和恐惧的眼神，抓着父亲问道："爸，你怎么了？"

陆中旗没有看女儿陆湘湘，恐惧地道："第十卷轴乃预言结果的卷轴，上面记载着人类即将灭亡！"

"啊？"陆湘湘惊讶地听着这天大的秘密，忍不住颤抖地说着："不可能！不可能！"

陆湘湘无法相信这样的预言，摇着父亲的身体问道："爸，你是考古学家，讲究的是科学依据，怎么连这些鬼话你也相信啊？"

陶艳梅也知道，这样说女儿并不会相信，但觉得时间已不多了，即使不相信，也必须要告诉她，将来会是什么样子？没人会知道。

陶艳梅在旁安慰着女儿，让其保持平静的心情，冷静地听下去，因为陶艳梅知道，丈夫中旗还有很多话要说。

陆中旗抬头看着女儿，凄笑着说："我和你妈的死，就是第十卷轴预言的一部分。"

"啊……"陆湘湘一阵的惊讶，不可避免的话题又重新回到了面前，陆湘湘喃喃自语道："怎么可能？"

"其实我和你妈，现在是国家最高级的智能改造人。"陆中旗注视着女儿，始终没有眨上一眨眼睛。

"智能改造人？"陆湘湘不解地问道。

"对！智能改造人，一种拥有最真实感受与模拟的机器人，其实除了身体结构以外，其他与真人没有什么区别，拥有思想，拥有感情，能自主控制思维的智能机器人。"

陆湘湘不敢相信父亲所说的每一句话，说得竟然如此的天方夜谭，更何况说出此话的人是自己从小就崇拜的人，而且还是国家声望非常高的考古学家，天！怎么会是这样，陆湘湘抬头望了望母亲，希望母亲能给个不同的答案。

然而陶艳梅却点了点头，证明了这一切都是真的。

陆湘湘只觉一阵心痛，没有想到自己的亲生父母已离开人世，而一直待在身旁的父母却是国家生产的两台冷冰冰的机器人。

陆湘湘失魂落魄地问道："那我父母是什么时候去世的？"

"在你七岁那一年，我和你妈就已经离开了这个人世。"陆中旗伤感地回答着。

陆湘湘突然发疯似的狂叫道："不！你们不是我的父母，不是……"

陶艳梅赶紧抓住激动的女儿，在旁喝道："湘儿，冷静点，我和中旗现在虽然不是你的亲生父母，可是这么多年来，我们一直把你当成我们的女儿，你想想，我和中旗的身体都是你父母的，难道你就不该叫我们一声爸妈吗？"

陆湘湘渐渐地冷静了下来，哭道："爸、妈，你们说，这究竟是怎么一回事？"

陆中旗抱着乖女儿，柔声道："事情是这样的！"

原来当年破译了第十卷轴，预测人类的命运，当局领导与科学家们震惊不已，预言说道：第一天看到此卷轴的人，将在八年后的一天死亡。

刚开始没有人会相信这没有根据的预言，科学家们经过论证，一致认为这是古人愚弄后人的杰作。

然而随着第十卷轴的怪异文字逐步破译，惊奇地发现预言中提到日本将于两年后发生巨浪海啸，还有提到五年后美国将产生剧烈地壳移动。

事实证实，两年后日本海异常，发生巨浪海啸，正向日本本土袭卷而去，巨浪海啸历经七天七夜，所经城市，无不摧毁一切，联合国当局立即采取救援工作，眼前景象凄惨不已。

事件的发生，令科学家们一阵心惊，本着人道主义的精神，无论古人预言是非真假，国家领导人决定通知美国，美国领导人接到消息，冷笑，论证会上，美国人认为，怎么可能，简直就是胡言乱语，就这样消息被高层封锁了。

就在日本巨浪海啸事件三年后的一天夜里，美国本土突然一阵地动山摇，高层次的地壳运动，引发超强的地震，火山，天！美国本土二十五座城市，一瞬间变成了人间地狱，简直太可怕了……

第十卷轴的预言一一应验了，世界顶尖的考古科学家们不得不重新坐到一起，因为接下来就是考古科学家们的生命，再接下来便是人类的命运，国际紧急灾难科研会正式成立，指挥总部办公室设在联合国大楼，然而下属考研机构，就设在国家西元城。

三年的时间里一无所获，无论怎样的论证都无法得到补救的办法，就这样，从发现第十卷轴已八年了，当日曾见过第十卷轴的考古科学家们，在一夜间全部离奇死亡，根据国际法医的鉴定为正常死亡，并没有发现任何的异常。

陆湘湘的父母陆中旗与陶艳梅也列在其中，当事发之时，陆湘湘年仅七岁。由于这些科学家是第一批发现第十卷轴，尤其重要，于是国际创新技术公司接受联合国的要求，将这批已死亡的考古科学家，利用躯体改造成了最高级的智能机器人，为人类科研继续工作。

当年国家第一阶段挖掘秦始皇的陵墓时，还有一件事，那就是风之城太空科技无限公司的创始人李小超利用金钱关系从墓中得到了一块印盘，经李小超旗下科学家的研究发现，秦始皇陵墓中遗留下的印盘是一块可以穿梭时空的时间连接器，经过破译与实验，终于发明了全人类第一艘时空穿梭机。

李小超通过穿梭机成功地将一只猴子送回了古代，并将其安然无恙地接收回来，实现这一重大的创举，当时李小超年仅二十五岁，一生的梦想就是穿梭时空，于是接下来，便是真人穿梭时空回到秦朝拍一部嬴政登基的历史见证，谁知在穿梭时电脑程序发生故障，从此杳无音讯，当时穿梭时空之人便是 G4 特工项少龙。

陆湘湘在静静地聆听着，当听到父母的死，感觉到心在滴血，事情怎么可能会是这样的，第十卷轴简直就是魔鬼，杀人不沾血的恶魔，太可怕了。

陆中旗继续说道："由于无法解开所有的谜，于是最后的预言就要开始了。"

"人类灭亡?"陆湘湘惊讶地抬起头。

陆中旗与陶艳梅点了点头，并没有继续再说下去。

"为什么要告诉我这些?"陆湘湘已是满脸的憔悴，经过这次打击，已是精神不振，整个人就像颓废了一样。

陆中旗与陶艳梅相互望了一眼，沉默许久，陆中旗开口了，沉吟道："因为你是第五卷轴!"

"什么?"陆湘湘惊讶地从床上跳了起来，抓着陆中旗道："你说什么? 你说我是第五卷轴?"

陆中旗与陶艳梅让陆湘湘冷静下来，继续诉说着不为人知的内幕。

原来当年第十卷轴最后的预言并没有拼注准确发生的时间，有政客认为，既然已经发现了危险，就要尽快地查找原因，将后续的可怕消除掉，并得到了绝大多数的高层政客同意，于是考古学家们继续挖掘秦始皇之墓。

突然有一天，陆中旗与陶艳梅具书上表国家，两人退出秦始皇之墓的挖掘工作。原来在挖掘中，陆中旗无意中得到了另外一张卷轴，当时出于对卷轴的好奇，陆中旗并没有将卷轴上交给国家，而是自己私藏起来独自研究，惊讶地发现，陆中旗手上的卷轴竟然是第五卷轴，据上面记载是一把能打开魔鬼的万能之匙。

就在这时，陆湘湘却无意地闯了进来。

当时深夜大雨倾盆，雷鸣闪电，陆中旗与陶艳梅各自忙碌着，陆湘湘被这突如其来的恐惧惊吓醒来，哭着寻找父母，当时陆湘湘只是年仅六岁的小女孩，却无意中闯进了父亲的书房，忽然一道闪电劈下，炸雷似的吼叫，第五卷轴突然散发着光亮，引导出一道形如钥匙的光芒向陆湘湘飞来，紧接着一没而入，直看得陆中旗一脸的惊悚。

待陆中旗回过神来，发现女儿陆湘湘已倒在地上，不醒人事。

陆湘湘再次醒来，已是三天后，当时可急坏了陆中旗夫妇，第五卷轴也随着光芒的遁走而化为灰烬，从此，陆湘湘胸口前，多了一把小钥匙的印记。

当听到这些，陆湘湘慌忙地翻开上衣的领子，只见胸口的中心处隐约地印着一把银白色的钥匙，自小以来，陆湘湘一直以为是胎记，觉得这胎记也太有型了吧！居然像一把古文的钥匙，曾问过父母未得答案，陆湘湘也就把它当成了胎记与纹身的象征。

想不到它还有如此的来历，真是让陆湘湘大吃一惊。

陆中旗继续解释，经过多年的研究，知道第五卷轴一定是把陆湘湘作为了活人钥匙，寄存了灵魂的意志，于是剩下的这些年，陆中旗夫妇不停地寻找解救之法，却不料第十卷轴的预言成真，在女儿陆湘湘七岁的那一年，陆中旗夫妇同时悄然地死去，然后经历了一年的改造，终于又回到了陆湘湘的身边。

改造后的陆中旗夫妇，并没有失去记忆，依然如旧地寻找解救之法，经过十年的时间对秦朝历史的解读与文物的研究，终于发现了秦始皇的另外一个墓穴，依此可以推断出秦始皇陵不止一个，一定还有第三、第四个，那么卷轴的奥秘除了第十和第五卷轴，一定还有其他序号的卷轴。

既然这样，那么其他的卷轴上一定有破解之法，陆中旗夫妇决定一探新发现的秦始皇陵，谁知墓穴还未进去就惊讶地发现了第三异类的存在。

那是深夜，陆中旗夫妇为隐密行踪而选择夜行，在路经一村庄时，突然听到凄厉的惨叫声，深山幽幽，风吹树摇，这恐怖的声音阵阵传来，一向科学知识根深蒂固的陆中旗夫妇也不免全身打了个冷颤，湮没其中借着月光看到了恐怖的一幕。

只见几头恐怖的人形状猛兽，突袭了村庄，居然以人为食物，一时间慌乱逃跑的人群被咬得四肢离体，血肉横飞，陆中旗夫妇一阵愤怒，端起枪冲出来，对着猛兽就是一阵的狂射，当看到猛兽死后化成一滩浓水时，还有眼前血腥的一幕，陆中旗夫妇终于明白了第十卷轴最后的预言。

为解卷轴之谜，陆中旗夫妇赶到目的地，经测终于找到了秦始皇陵墓口所在，当一路上脚踏着一堆堆白骨而过时，才顿觉这里已被盗挖，看来历经岁月的洗礼，盗墓之人并没有成功，因为眼前一道城墙挡住了去路，白骨也到此而尽。

陆中旗夫妇循着历史的痕迹，凭着多年的考古经验，终于找到了城墙的机关所在，那是一寸见方的凹口，如果不注意细看，是无法发现风化两千年后的尘埃挡住了这样一个小口子的，轻抚而过，那是一道门的锁眼。

陆中旗夫妇细究多日，并无其他方法能穿过此墙，用声波探测，略考察，此墙厚五米，纯天然凿空山腹而成，地面漆黑幽亮，看得出那是黑岩，黑岩并搭着如燧石的墙。

看到墙下少许的坑，就知道是盗墓者遗留下来的痕迹，陆中旗蹲下伸手捏了捏黑色粉末，知道这是最坚硬的黑岩被盗挖产生的些许粉末，要想进此墙必须要用激光层射，但这些先进的仪器可不是你说拿来就能拿来的。

陆中旗轻抚着锁眼，和妻子相对地望了一眼，心生意会，突然陆中旗大喝一声："快跑！"拉着妻子的手就往外跑，片刻墙面上出现一张张恐怖的面孔，摆头张口瞪眼地狞叫着，瞬间又恢复了平静。

气喘吁吁的陆中旗夫妇跑出墓穴，腿一软一头倒在荒郊处，陆中旗慌忙地打开背包，将一小本子拿出翻开，颤抖的手在地图上画着圆圈，标注了九个字，然后不敢停留地拉着妻子的手就跑，两人此时都知道，那墙的锁眼，就是女儿陆湘湘的钥匙，而墙中是一群魔鬼。

第四章　黑暗灵魂的魔鬼

"魔鬼?"陆湘湘越听越不可思议,"真的有魔鬼的存在吗?"听起来完全是在看科幻片。

陆中旗望了望陶艳梅,只见陶艳梅点了点头,像是同意了什么重大决定一样,于是陆中旗继续说道:"是啊!若不是亲眼所见,亲身遭遇,真的是不敢想象这会是真的。"

说完,陆中旗伸手摘下眼镜在眼前晃了晃,一束轻蓝的光线轻化而成一间如方锁的监牢,只见监牢里困着一头人像巨兽,张牙舞爪,一身的狂暴气息冲撞着监牢,不停"嗷嗷"地发着兽性。

陆湘湘看到这些,倒吸一口冷气,睁大着眼睛走上前看个清楚,突然人头巨兽疯狂地向陆湘湘冲来,张着血盆大嘴就咬。

"啊……"陆湘湘紧闭着双眼颤抖地尖叫着。

人头巨兽扑上来,却被反震了回去,嗷嗷叫着又扑上来,永不停歇的样子。

"看来它是饿坏了。"陆中旗上前拍着女儿的肩膀说道。

陆湘湘睁开双眼,看到人头巨兽虽然不停地扑来,却未能扑到面前,原来中间像玻璃一样,被光盾隔离了,只见人头巨兽比人类略大,光头却是人类的相貌,血红的眼睛与尖牙般的大嘴,将人类完整的相貌扭曲了起来。

再看它身体修长,全身已褪化极净,没有丝毫的毛发,却也无衣缕着装,手上和脚下都是尖爪,看起来与身体极不协调,陆湘湘诧异地问道:"这就是魔鬼?"

"嗯!这就是我和你妈抓回来研究的魔鬼,我称它为人头巨兽。"陆中旗点头道,看到女儿的面容稍缓,知道女儿已经开始接受眼前的事实,没有先前的害怕了,不禁在心里赞道:不愧是我中旗的女儿。

陆湘湘忍不住好奇地又看了看眼前的怪物,陶艳梅在旁补充道:"经过我和你爸的多年研究,人头巨兽不像人类那样的繁殖后代,而是通过传播病毒,比如,咬伤、抓伤,就可以达到传播的途径。

"据目前推断,人头巨兽的性格是极简单的攻击方式,也就是说人头巨兽不会思考,只会采取直接的攻击方式,最基本的需求就是血腥肉食,所以攻击的对象是人类。

"人头巨兽怕太阳辐射，所以只能晚上出动，目前发现此类异物还比较少，不过根据第十卷轴的预言，相信大规模的人头巨兽就会普遍出现。"

陶艳梅像向上级作报告似的解说着，陆湘湘皱了皱眉头，开口问道："没有办法消灭它们吗？"

"最直接的方法就是给它们致命一击，这是很简单的生物，不知道后面是否还有更高级的生物出现，有关资料我和你爸都已上交国家，国家正努力研制病毒的血清，否则在某个意义上来说，屠杀人头巨兽就是屠杀人类，因为已经搞不清楚，究竟是被感染体，还是感染体的本身？"

"它是怎么来的？"陆湘湘疑惑地问道。

陶艳梅陷入沉思，然后接着道："根据我们的研究和发现，人头巨兽应该是从第十卷轴而来的。"

"第十卷轴？"陆湘湘惊呼道，又是那个可怕的预言。

"嗯！湘儿，你知道吗？第十卷轴的出现，其实就已经安排好这些攻击性的生物出现，冥冥之中就像顺应自然发展而产生一样。"

"不可能！它一定是某些人制造出来的。"陆湘湘咬着嘴唇说着，痛失父母的心情，不言而喻，这背后一定有不可告人的阴谋。

"我和你爸也调查过，国家也努力调查过，可是这些年来，并没有发现人为的蛛丝马迹，所以目前论断为自然新生事物，要想清楚这些事情的来龙去脉，还必须得从卷轴上调查。"

陆湘湘突然转回头，暴睁着双眼瞪着眼前的父母，陆中旗夫妇愕了一下，许久，陆湘湘眼睛一眨不眨地瞪着问道："你们是不是想要我去打开秦始皇之墓，拿到你们想要的卷轴？"

听到这话，陆中旗夫妇一阵惊愕，正奇怪女儿怎么会突然有这样的想法，只听女儿陆湘湘轻舒一口气，叹道："爸、妈，不是女儿不相信你们，只是这突如其来的事情，让女儿感觉到一阵阵的害怕。"

陆中旗拍着女儿的肩膀说道："湘儿，你做得很对！将来遇事要多考虑问题，不可轻易地相信别人，也包括我和你妈。"

父亲一句郑重的话让陆湘湘感觉到一阵孤独，这个世界已是冰冷的世界，不可相信任何一个人，哪怕他是身边最亲的人……

"湘儿，其实我和你妈已有重大的发现，除了低级的人头巨兽，还有更高级的生物存在！"

"什么？"陆湘湘惊讶地脱口而出。

陆中旗也不管女儿的神情，继续说着："这两天，这些资料正上传递交国家

领导人，可能……"

陆中旗没有接着说下去，女儿追问道："可能什么？"

"可能资料到不了国家领导人的手里了！"

"怎么可能？"

陆中旗微笑道："因为我和你妈发现了更为高级外来的生物，它们不惧怕阳光的辐射，可以和人类有着一样的生存方式，如果不产生邪恶之心，根本就无法出现异常情况，我和你妈称它们为黑暗的灵魂。"

"黑暗的灵魂？"陆湘湘觉得父亲说出来的话，越说越可怕，这个世界到底怎么了？难道挖掘一座皇陵竟然会有如此多的可怕？秦朝的科技究竟比现在高出多少？在两千年前，竟然能如此准确无误地预言后世的结果，人类的命运该何去何从？

陆湘湘满脑的问题，然而眼前，却已悄然发生。

……

"湘儿，恐怕这个世界……"

陆中旗没有继续说下去，只是在一旁不停地叹息，一直坚贞于科学的考古，对于眼前所发生、所经历的事情，简直就是不敢相信，科技与生物的并存，究竟人类的命运会怎样？陆中旗的心里确实没有底，第十卷轴的预言，无论是对谁而言，压下的重量太大了，更何况陆中旗是国家具有声望的考古科学家。

陶艳梅也一直在旁默默地支持丈夫中旗的工作，也一直在旁呵护着唯一的掌上明珠湘儿，这些年来的平静让陶艳梅感到恐慌，暴风雨总是喜欢来自于平静的气息后，生怕掌上明珠湘儿的秘密暴露，那将是一发不可收拾。

对于湘儿第五卷轴的秘密，陆中旗夫妇始终是守口如瓶，但这些天来，隐隐感觉到不安，心情一直不能平静下来，跟着黑暗灵魂的有关资料送出，都觉得已不再安全，于是陆中旗夫妇一商量，决定将此秘密告诉女儿，将来是福？是祸？就只能听天由命了。

"湘儿，当你从这里走出去以后，就不能再轻易地相信任何人，包括我和你妈。"陆中旗看着女儿，有些不舍的眼光，似乎生怕一眨眼，就会丢失女儿一样。

陆湘湘扑到父亲的怀里，哭道："连爸妈都不能相信，那我还能相信谁？"

"不知道！"陆中旗一阵茫然地回道。

"好了，湘儿，爸妈的时间不多了，从这里出去以后，你要多小心李天翔。"

"李天翔？风之城太空无限公司总裁李天翔？"陆湘湘惊讶道，虽然陆家与李家有着考古业务的往来，但陆湘湘从小就一直不喜欢李天翔，不知道为什么，李天翔给陆湘湘的感觉就像不可捉摸一样，让人感到深沉的害怕。

"嗯，就是他！我和你妈怀疑他就是黑暗的灵魂。"陆中旗点了点头确认道。

"什么？他就是更可怕的恶魔黑暗的灵魂！"陆湘湘惊呼着，这一消息太意外了。

"也不敢肯定，这也只是我和你妈的猜测与判断而已，只是以后你要多小心些。"

陶艳梅上前抚着女儿的头发，微笑道："傻孩子，你也不小了，也该知道怎么独立了吧！我和你爸在世界银行给你存了一笔钱，足够你过上一辈子了，密码就是妈上次和你的约定。"

陆湘湘努了努嘴道："妈，你这是怎么了，好像电影里的生离死别一样，现在不是好好的吗？干嘛要给我留一笔钱嘛。"

"呵呵……"陆中旗夫妇都笑了，一时间恐惧的背后，增添了一丝亲情的所在。

"湘儿，你过来！爸给你介绍秦始皇的另外一个陵墓。"陆中旗已打开电脑，将其画面放出。

陆湘湘一阵好奇，上前细看，经父亲的详细讲解，陆湘湘都已铭记于心，陆湘湘的学习成绩一直都很不错，对于历史这门功课，那更是比学校里的历史教授还牛，也许你还不知道，年级里的历史教授还常常借切磋之意来向陆湘湘讨教几招。

陆中旗说完重点资料，然后在程序系统上轻点永久删除，然后确定，眼前就一片空白，陆湘湘想阻止已经来不及，忍不住地惋惜道："爸，这可是你的心血啊！这样就……"

陆湘湘不知道该如何接着说下去，陆中旗已接道："湘儿，你要知道，这些资料一旦落入邪恶人之手，那将是祸害世界的和平与人类的命运。"

这下说得太伟大了，一句话直说得陆湘湘无语应对。

"爸，你觉得人类的命运能挽救吗？"

陆湘湘突然蹦出这样的一个问题，让陆中旗沉思了许久，其实这个问题陆中旗与妻子陶艳梅讨论过许多次，还有参加国家与国际的会议上，这个最直接、最关注和最重视的问题，论证了许久，都无人能提出有效的办法。

看到父母的沉思不语，陆湘湘已经知道了答案。可是陆湘湘还是把自己的想法说了出来，"要是能改变历史，是不是这一切的灾难都可以避免。"

陆中旗夫妇笑了，"傻孩子，历史怎么可能随意改变，我们的存在就因为历史的缘故，如果历史改变了，那么我们也就相应地不存在这个空间了，再说历史要如何才能改变？"

陆湘湘还是不死心，继续问道："爸，是不是只要能找到其他的卷轴，就可以改变这一切？"

陆中旗夫妇在旁不停地安慰道："湘儿，眼前所发生的一切已是昨天的事情，也就是已经被岁月所记载的历史，是不可能改变的，这也是岁月永恒的定律，你熟读历史，也应该比我和你妈更清楚，唯一可以改变的就是明天，或者还没有发生的事情。"

"爸、妈……"

"傻孩子，爸妈知道你心里想什么，爸妈只希望你能好好地活下去。"陆中旗夫妇语重心长地说着，直说得陆湘湘泣不成声，陆中旗夫妇摇了摇头，心里不停地叹道：也真难为湘儿了，毕竟湘儿现在才十九岁，虽然已成年，但作为一位女孩子来说，接下来的日子，要坚强啊！

陶艳梅擦拭着女儿脸庞上的眼泪，然后对着丈夫说："中旗，我们也该出去了，进来了那么久，该来的，想躲也躲不掉！"

陆中旗点了点头，扶着女儿柔声道："湘儿，我们也该出去了，外面的阳光依然还在等待着我们，不管发生什么样的事情，你都要好好地活下去，知道吗？"

陆湘湘坚强地点了点头。

陆中旗露出一丝微笑，然后让女儿轻闭上眼睛，陶艳梅伸过手来，与陆中旗轻轻盈握，只见一阵光芒从握手间越集越盛，陆中旗转头看到禁室里人头巨兽的嘶吼，紧接着化成一滩淤血，最后留下一具寒森森的白骨。

陆中旗一阵叹息，然后不再看其他，闭上眼睛聚精会神，光芒织白一片，瞬光一闪，一切又恢复了平静。

陆中旗的书房。

瞬间亮光一闪，打开一道门，陆中旗夫妇与女儿三人平稳地被传送了出来。

门口消失，陆中旗轻唤道："湘儿，好了！你可以睁开眼睛了。"

陆湘湘睁开眼睛，环顾四周，发现已经在父亲的书房里，只见父亲摘下眼镜摔在地上，"哐"的一声，镜片被摔成粉碎。

"爸，你是怎么了？"陆湘湘惊讶地看着父亲的举动。

陆中旗看了看女儿，然后叹息道："我和你妈已经商量过了，等我们一起出来，就把你妈的书房空间给毁了，这样也就不会留下任何的蛛丝马迹，即使要查，也无从查起。"

"哦……"陆湘湘觉得一阵可惜，那可是母亲的心血，就这样毁了，想到这，陆湘湘看了看母亲，而陶艳梅则在一旁点了点头。

陆湘湘站起来只觉得一阵头晕，倒下时隐约地看到父母的惊呼，然后就失去了知觉。

陆中旗抱着女儿，对妻子说："看来是湘儿太累了，让她好好地休息一会儿吧！"

陶艳梅也知道，在自己的书房空间里使用意念较大，耗神耗气，再说女儿经历疲惫的生日聚会应酬后，再加上得知父母的噩耗，已是心力交瘁，如此长的时间，能坚持到现在已经是很不错了，陶艳梅打开门走出去，外面已是一片艳阳，看来今天又是一个好天气。

陆中旗抱着女儿回到房间，轻轻地放在床上，看着女儿的睡容，陶艳梅轻拍丈夫的肩膀，示意出门说话，让女儿好好地睡上一觉，现在天已亮，看来他们在陶艳梅的书房里待了一夜和一个早晨。

陶艳梅在前，陆中旗在后，轻轻地关上门，就走了出去，拐弯走出长廊，陆中旗刚想说话。

"不许动！"

一声巨喝传来，突然一群身穿防暴制服的武装人员拥了上来，将陆中旗与陶艳梅围得死死的，十几只黑洞洞的枪口正对着陆中旗夫妇，正当惊讶时，只觉手腕一凉，已经被戴上了手铐。

"你们这是干什么？这是法制社会……"陆中旗挣扎着，不停地吼道。

"陆教授，请你老实点，就像你妻子一样，最好识相点，要不然有得你吃的苦头。"

一位身穿制服，头带军帽的中年人走了过来，围成圈的武装人员迅速退后让开了一条通道。

陆中旗打量着来人，看到制服上的肩章是三颗金星，那是上将军衔，惊讶道："你们是什么人？我们犯了什么罪？我要投诉你们！"

中年人笔直的身躯，一脸的严肃道："我是国家安全局主任方云，你们夫妇有没有罪，那就要看最高人民法院的审判了。"

"带走！"

方云的一声喝令，武装人员迅速秘密地将陆中旗夫妇压上车，奔驰而去。

林翔拿到流清芳的金卡奔人民医院而去，将金卡扔进收费处，焦急道："麻烦你快点！"

收银员拿起金卡看了看林翔，问道："医生开的单子呢？"

林翔赶紧掏出单子递了进去，收银员核算，将金卡在横槽上划了划，看到电脑上的显示，收银员抬起头来又看了看林翔说道："请你输入密码。"

随着林翔的手指按动，片刻的时间，收银员一阵的惊讶，纳闷着："他不是昨夜那个小伙子吗？怎么半天的工夫就弄来了一张金卡？真是人不可貌相啊！"收银员在手中掂量着金卡，梦寐以求的好东西啊！

林翔拿起金卡和收费单就往二楼跑，找到医生，然后护士们赶紧到观察室推着林翔的母亲进急救室，望着急救室紧闭的门，林翔一阵阵的焦急，不停地来回走动，时间一分一秒地过去，忽觉时间度日如年，几小时过去了，依然没有动静，林翔的心，急啊！

傍晚，依然还没有消息，林翔一脸的憔悴，昨天他一夜未睡，此刻母亲情况不明，真是让人急得不能再急。

"林翔，伯母怎样了？"

听到声音，林翔抬起头来，不知何时张老师带着同学们已站在了身前，林翔赶紧站起身来回道："还在抢救，已经半天多的时间了。"

听到林翔哽咽的声音，张老师和同学们不停地安慰道："林翔，放心吧！伯母不会有事的！"

林翔一阵感动，不知说什么好，差点就要落泪，看到流清芳，林翔将金卡递还，流清芳却拍着林翔的肩膀安慰道："金卡你就先拿着吧！等伯母康复了，你再把卡还我也不急。"

经流清芳这么一说，林翔感动啊！就差点没有跪下给恩人磕头了。

张老师上前问道："林翔，你看到陆湘湘了吗？"

"陆湘湘？"林翔一阵疑惑，问道："她今天没去上课吗？"

"陆湘湘今天一天都没有来上课，打了她的手机和家里的电话，都没有人接，奇怪？"张老师答道。

此时，护士推门出来了，打断了接下来的对话，林翔跑过去抓住护士焦急地问道："医生，我母亲怎么样了？"

护士摘下脸庞上的口罩，看了看眼前站着许多人，然后对着林翔说："我只是护士，病人还在抢救中。"说完，绕开众人就匆忙离去。

林翔如热锅上的蚂蚁，不停地来回走动，看到天渐渐地黑了，张老师和同学们告别，说明天再来看望伯母，林翔想送，却被阻止了，劝道还是留在门前等候消息。

张老师和同学们走后不久，医院又恢复了一片寂静，然后随着脚步声的轻响，杨莹莹来了。

"翔哥，伯母怎样了？"

林翔抬头看着杨莹莹，一脸无奈的神情，缓缓说道："现在还没有消息出来，已经一天了，还在抢救。"

杨萤萤坐到林翔的身旁，拉着手安慰道："放心吧！伯母那么好的一个人，一定没事的。"

林翔已不知道该说什么好，双眼深红，直看得杨萤萤一阵心痛。

杨萤萤转身提过保温盒关心地说道："翔哥，还没吃饭吧！我妈炖的鸡汤，我带来了。"说完打开盒盖，递到林翔的面前。

林翔一犹豫，杨萤萤微笑道："放心吧！翔哥，我这里还给伯母留了一份，等伯母醒来了就可以吃了。"

林翔看着热腾腾的饭菜，一阵感动，萤妹对他实在是太好了，林家欠杨家的恩情，那是一辈子都无法偿还的，想到母亲，林翔一阵难过，叹道："谢谢你！萤妹，我现在没什么胃口。"

杨萤萤在一旁规劝，没有好的身体怎么能照顾好母亲，直说得林翔连连点头，最终还是顶不住杨萤萤的心意，端起热腾腾的鸡汤，轻饮几口，感觉美味佳肴，才发现自己已经一天没吃东西了。

杨萤萤在一旁偷笑着林翔的吃相，无言中越看越痴迷……

林翔吃饱了，除了一脸的憔悴和双眼的通红，似又恢复了精神。

想起了今夜还要工作的，看来是不能去了，于是林翔拿着杨萤萤的手机拨通了陈师傅的电话，诉说这今天发生的事，要请假几天，电话那头陈师傅是满口答应，让其安心在医院守护老人，加油站的事情，就交给他了。

林翔是千谢万谢地关上电话，只见门口轻推，医生和护士走了出来。

林翔箭步如飞地上前抓住医生道："医生，我妈怎么样了？"

医生脱下脸上的口罩，看了看林翔说道："病人肝已坏死，并已侵入脑髓引起脑昏迷，由于病情拖得太久已到晚期，经过我们的努力抢救，生命是救回来了，可是……"

"可是什么？"林翔听到医生停顿的话语，忽觉一阵的紧张。

"病人已进入睡眠期，可能会成为植物人。"

"什么？植物人？"林翔一阵惊讶，喝道："医生，我不管，你一定要把我妈治好，不管花多少钱，我都愿意。"

医生摇了摇头，林翔疯狂地抓住医生，不停地摇晃着，杨萤萤上前抓着林翔，控制情绪，护士上前拉开林翔，医生叹道："对不起！我们已经尽力了，你还是跟我去办病人的住院手续吧！"

林翔一阵的愕然，在杨萤萤的扶持下办完了所有的相关手续，然后护士推着林翔的母亲入住病房，林翔坐在旁边不停地看着母亲慈祥的脸庞，轻唤着母亲，

诉说着童年往事，杨莹莹在旁悄悄地擦着泪水。

夜已深。

病房里依然还轻传着林翔的声音，让人听着幽幽凄凄的，只想落泪。

陆湘湘醒来时，天已黑。

打开灯，觉得头脑清醒多了，起身轻唤道："爸……妈……你们在哪里？"

"奇怪？人呢？"陆湘湘走完了整个别墅都没有找到踪影，回到房间只觉肚子饿，亲自下厨房弄了几个不知名的小菜，说到陆湘湘家里情况，是家大地大，但家里只请了一个女佣，前段时间不知为何，陆湘湘的父亲放女佣的假，回乡下去了。

所以平时父母不在家，陆湘湘就亲自动手下厨，也偶尔地去餐馆，相对来说，陆湘湘比起那些豪门千金要懂事多了，毕竟陆湘湘生在历史文学的家庭，从小父母就开始培养她独立自主的生活，常说自己动手，丰衣足食。

陆湘湘看着手机，一阵惊讶，怎么会有那么多未接电话，于是一一拨通，寻找借口，推说着今天有事忙着，忘带手机了，才会旷课一天，而张老师在电话里不停地提醒道，快高考了，千万别放松了学习时间，大学的门槛就一步之遥了。

再细看，是杨莹莹打来的电话，拨通才知道昨夜林翔家发生的事情，陆湘湘一阵关心，问明医院、病房，然后换上简单的衣服，拿起包就匆匆离门而去。

就在陆湘湘出门不久，忽然一条黑影越墙而过，左顾右盼地跳跑着，攀着门前的立柱，身体晃了晃，随着手势的跟上，一抛两抛地就翻到了屋顶，看动作有点像猴子的移动，然后瞬间就从楼上的窗口进入了房间。

黑影耸了耸鼻子，在别墅里一阵寻找，终于进到陆中旗的书房，来到书房正中心，看到垃圾筐里破碎的镜片，一阵的愤怒，举手就捶着胸口，"呜呜"地叫着，夜里渐渐传来令人毛骨悚然的声音。

"嗷"的一声，黑影露出一张血腥的脸形，转过身打开门，身影瞬间消失在夜空中。

深夜。

陆湘湘开着车奔驰在黑色的夜，向人民医院飞弛着。

当陆湘湘轻推病房的门，却发现林翔依然没有休息，就坐在母亲的身旁不停地说着话，陆湘湘知道，植物人要想奇迹般醒来，就必须要关心，用爱去唤醒沉睡中的人。

林翔忽觉有人轻按他的肩膀，回头看到陆湘湘不知何时已站在了自己的身后，林翔露出了一丝凄凉的笑，问道："那么晚了，还出门？"

"你不是一样，还没休息！"陆湘湘不答反问。

林翔叹道："人生如梦，梦如人生，这句话说得一点不错！"

"哦！"陆湘湘拿出盒子，说道："我买了消夜，一起尝尝吧！"

两人边吃边谈，看到林翔双眼深红，陆湘湘深有同感，脱口而出，"林翔，如果将来我有事情需要你帮忙，你会帮我吗？"

不知陆湘湘为何会突然如此问，林翔看了看陆湘湘，然后笑道："当然！"

得到林翔的肯定回答，陆湘湘心里一阵激动，看来这个世界，还有可以相信的人。

接下来的日子，林翔为母亲的病四处奔波，能用的人际关系都联系上了，经推荐的医院与医学教授都无奈地摇了摇头，林翔感觉到希望渺茫。

张老师在旁规劝快高考了，伯母如此，不是一天两天就能治好的，伯母不是一直希望你能读完高中继续上大学吗？可千万别辜负了伯母的心愿。

还有同学们的规劝，林翔想了许久，为完成母亲的心愿，林翔又重新回到了学校，每天勤奋地读书，工作时间之余就在医院陪母亲说说话，谈谈心，虽然母亲没有回话，但林翔知道，母亲一定能听得见，相信有一天母亲一定会好起来。

陆湘湘自从那天没有父母的消息后，整个人似乎有点变了，变得沉默寡言，每天除了努力学习外，剩下的时间就是在努力地考究历史。

孤单的日子，还好，有身边的这帮同学兼朋友陪着，问寒问暖的，然后也常常去医院看望林翔的母亲，而杨莹莹则一直陪在林翔的身边，不停地关心与问候。

流清芳，后来林翔把金卡还给了她，但考虑到住院的费用比较贵，流清芳亲自出面，医院的院长立即做出批示，林翔母亲在医院期间的一切费用，均免费，并且将病人列入重点陪护，就这样，林翔不在母亲的身边时，依然能得到医院最好的照顾。

平淡的日子，紧张的学习环境，高考将临。

随着铃声的高响，高考的第一课目终于开始了，面对考卷，林翔略一沉思，飞舞笔墨。

一天。

两天。

随着铃声的响起，高考终于结束了。

林翔伸了伸懒腰，走出考场，杨莹莹已经在楼下等候了。

"怎样？考得怎么样？"杨莹莹挽着林翔的手就走。

"嗯，还可以吧！你呢？"林翔反问道。

杨莹莹做出一个神秘的微笑，然后高兴地问道："翔哥，报考大学志愿，我们一起填天成大学，好吗？"

"天成大学？"林翔念了一遍，那可是很牛的大学，之所以称为天成，那是因为预示着入校的学生就像天才一样的聪明，知名度全国排名第一，是许多高中生可望不可及的大学，也是许多学子一生的梦想。

"可是……"林翔略微犹豫，其实林翔并不想读什么大学，只想完成高中学业，然后剩下来的时间就是陪在母亲的身边。

杨萤萤在旁劝道："说好了，过几天填志愿的时候，第一报考志愿就写天成大学，至于学费嘛！你放心，我爸妈会帮忙的。"

看到杨萤萤纯真的面容，林翔真不忍心拒绝，天成大学，对于年少时的林翔来说，那可是遥不可及啊！

"哦！"林翔轻轻地应了一声，没有再说什么。

接下来的日子，填表，当林翔看着第一栏时，犹豫了，略一沉思，想到萤妹的约定，还是填了天成大学，林翔笑了笑，并未在意大学，因为剩下来的第二栏与第三栏的志愿学校，林翔并未填写。

林翔并没有抱任何的希望，过后也就忘了，接下来，成绩出来了，林翔并没有回到学校去查看成绩，还是同学们跑来告诉他，才知道的。

那天，林翔在医院陪着母亲说话，突然同学们跑进来，气喘吁吁的，林翔一阵惊讶，不知道发生了什么事情，竟然让同学们如此的紧张。

还是杨萤萤先开口了，"翔哥，上……上了……"

听到杨萤萤上气不接下气的话，"上了？上了什么？"林翔疑惑地问道。

还是方叶桐在旁回答得快，"杨萤萤是说，你考上了天成大学，你的成绩是优秀，六个 A。"

听到这样的消息，林翔一时间不知所措，真想不到竟然能考上。

林翔微笑地应了一声："哦。"

然后对着母亲说："妈，你听到了吗？翔儿考上了天成大学了……"

林翔回头问道："怎样？你们呢？"

众同学神秘地笑了笑，"你猜猜？"

"哈哈哈……"大家相对一笑，心照不宣。

看来都考上了，班里拿了个全校排名第一，也就是考上天成大学的学生，一班占的比例最大，这下可乐坏了美女老师。

接下来，是毕业晚会，当拿到天成大学的录取通知书时，同学们一阵狂欢，欢歌载舞，通宵达旦，林翔很早就走了，由于今夜是高中的毕业晚会，林翔和陈师傅请了假，出得校门就奔医院而去。

进得病房，却看见一个熟悉的背影，林翔上前，那人听到脚步声，回头惊愕道："翔哥，怎么那么早就回来了？"

"圆妹，你怎么会在这里？"林翔一阵惊讶。

陈圆圆微笑道："我听我爸说了，你考上了天成大学，这不，学校放假，我刚回家就直接过来给你道贺了，没有想到你那么快就回来了啊。"

林翔看着陈圆圆灿烂的笑容，美不胜收，许久不见，已无法形容此时的心情，圆妹如天仙的美，极具杀伤力，反倒林翔不好意思了，一阵脸红的站在旁也不知该说什么好。

还是陈圆圆先开口，两人就这样谈些平日发生的事，陈圆圆是笑得合不拢口，当林翔送走陈圆圆时，医院也恢复了寂静，林翔看着母亲，心中一阵感触："妈，你什么时候能醒过来？"林翔已哽咽地伏在病床边。

窗外，明月萧萧，明日该何去何从？

第五章　秦皇之墓

暑假，就这样平淡地度过。

这天，陆湘湘突然来找林翔，林翔一阵奇怪，因为暑假这段时间一直没有看到陆湘湘的影子，不知道她最近在忙什么？

林翔看到陆湘湘一个人走进来，赶紧提起一张椅子放好，待陆湘湘坐下，林翔惊讶地发现陆湘湘竟然有黑眼圈，逗趣地问道："大美女，是不是每天都在熬夜，女孩子有黑眼圈就不漂亮了哦！"

陆湘湘并没有回话，只是埋头似乎在思考什么事情，突然抬起头来问道："林翔，我想请你帮我一件事。"

"什么事？"林翔还从未见过陆湘湘说话如此的慎重，而且还是如此的庄严，心中一震惊，才发现自己说话的语气重了些。

陆湘湘依然没有回答林翔的问题，只是转头看着伯母，看了许久，才缓缓地说道："林翔，你可以陪我到天台上走走吗？我想好好地看看这个世界！"

咦！今天陆湘湘是怎么回事？怎么感觉有点不对劲，林翔在心里疑惑着，要说哪里不对劲，林翔一时也说不上来。

看着陆湘湘不可抗拒的眼神，林翔微笑道："当然！走吧！我们一起到天台好好地看看这个世界！"

说完，拉起薄薄的床单为母亲盖好，然后打开门，林翔就走在了前面。

电梯不停地上升，两人沉默不语。

"叮"的一声清脆声响起，电梯门缓缓打开，陆湘湘已先跨步走了出去，就这样林翔一直跟在陆湘湘的身后，林翔不明白，今天的气氛怎么会如此的压郁，就像阴霾的天空，即将要下连绵不断的小雨一样，让人感觉到非常的难受。

电梯只能到最高层，最高层的上一层便是天台，上至天台，需要走一层的楼梯，就这样，林翔依然跟在身后，不言不语，想想，这里是第三十层了吧！天台，那就是第三十一层楼了，如此高的地方，眼睛看到的究竟是如何的一个世界呢？林翔满肚的疑惑，也只能先放下，去考虑其他的问题了。

随着铁门的打开，眼前一片明亮，林翔一阵释然，感觉这片光明给人的感觉就是不一样！心情已随着光明，渐渐地开阔起来。

长篇盗墓小说

盗墓时空

因为眼前一片壮观美丽的城市景象，已让林翔惊叹不已。

天台上，风比较大，陆湘湘并不惧怕地一直往前走，直走到天台的边缘才停下脚步。

只见陆湘湘低头看着下面的世界，林翔一阵大骇，万一她有个意外，那还得了啊！看到陆湘湘一阵沉闷的表情，还真怕她是上来寻死的，林翔赶紧上前扶着陆湘湘的双肩。

陆湘湘则转头倒在林翔的怀里，轻吟道："林翔!"

林翔赶紧抱住陆湘湘，低头看着怀中的美女，视线的余光，天啊！脚旁便是高如云间的天堂悬崖，要是掉下去，岂不是要下地狱，粉身碎骨。

林翔忍不住地手上用了用力，紧紧地抱着陆湘湘，柔和地应道："嗯，怎么了？有什么不开心的事吗?"

陆湘湘闭着眼睛，许久，才缓缓说道："林翔，我想去完成我的心愿，你愿意帮我吗?"

"心愿?"林翔一阵惊讶，要知道陆湘湘的心愿可不是一般的大，那是几乎不可能实现的，因为大家都知道陆湘湘的心愿就是许了十九次的秦皇之陵，林翔不知为何有种预感，好像陆湘湘就是为了秦皇之陵而降生的。

林翔虽然知道，但还是希望自己估计错误，于是林翔轻问道："心愿?"

陆湘湘睁开双眼望着林翔，一眨不眨的，林翔微笑道："当然！对你如此重要的事情，我一定会帮你!"

陆湘湘把眼光移到外面的世界，天高云飞，楼层耸立，叹道："如果我说我要进秦始皇之墓，你还肯答应吗?"

果然，林翔猜得一点不错，许久许久……

陆湘湘把眼光移到了林翔的眼神，林翔皱了皱眉头，然后轻舒一口气道："当然，我说过，我会帮你的!"

陆湘湘露出一丝微笑，反抱住林翔说："你真好！虽然有些对不起伯母，但不会耽误你多长时间的。"

此时此刻，林翔还能说什么呢？刚才的沉思，只是在考虑着母亲，如果去帮忙，就要离开母亲一段时间，但一想到平时陆湘湘一直对他不错，又经常来林家陪母亲聊天，林翔在很早以前，已经就认定了这帮朋友，如有事要帮忙，林翔是在所不惜。

"那说好了，后天早晨你到我家来，我们有事相商。"

"嗯!"林翔轻应道，并搂着陆湘湘离开天台，说道："我们走吧!"

林翔还真怕陆湘湘上来是寻死的，搞不清楚状况，还是先离开再说。

陆湘湘没有再多说什么，只是随着林翔的步伐回到电梯，然后回到病房。

"萤妹！你什么时候来的?"林翔问道。

杨萤萤听到声音，转回头看到林翔正搂着一位美人，美人也依偎在林翔的怀里，看起来就像是一对热恋的情侣，更可恨的是，林翔怀中的美人竟然是自己最大的情敌陆湘湘。

杨萤萤一阵莫名的怒火，双眼直瞪着林翔与陆湘湘。

此刻林翔才感到失态，忙扶正陆湘湘，刚想上前解释清楚，杨萤萤却已跺脚夺门而出。

"萤妹……萤妹……"林翔不停地喊着，等追到门口哪还有人影，一时不知所措，回头看了看陆湘湘。

陆湘湘微笑道："还不快追！"

听到陆湘湘的话，林翔哪还犹豫，赶紧拔腿就追出门。

陆湘湘收回笑容，一阵落寞，低头伏在床边轻握着林翔母亲的手，伤心地说："伯母，湘儿现在已一无所有，我该怎么办？……"之后喃喃自语着，声音很小，连她自己也不知道在说什么，然后用手轻擦泪水，站起身来，看了看林翔的母亲，就离开了。

林翔一直追，追到大街上终于把杨萤萤给拦了下来。

杨萤萤看着林翔气喘吁吁地挡住了去路，又想起刚才的一幕，恨得直跺脚，理都不理林翔，绕开林翔就走。

"萤妹，你……你听我解释啊！"林翔又追了上去。

"有什么好解释的，我都看见了！"杨萤萤一肚子的气，毫不停留地说着。

"刚才……刚才不是你所想象的那个样子。"林翔跟在杨萤萤的身旁，提到这个问题，还真不知道该怎样回答，难道要直接说是陆湘湘自己投怀送抱，要是直接这样说出来，杨萤萤不闹翻天才怪。

杨萤萤突然停下脚步，转过头来看着林翔，大声说道："我看都看见了，你还不承认！难道要我看见你们俩在床上，那才是真的吗？"

声音传来，引起一阵哗然，林翔一阵惊愕，转头一看，不知何时周围已站满了许多路人，纷纷向林翔投来不屑的目光，林翔一阵恼火，冲着路人喝道："看什么看，没见过情侣吵架啊！"

路人看到林翔凶巴巴的，还真不敢招惹，这年头帅哥靓女都很容易冲动的，什么世道嘛！想想当年，可是到了洞房花烛夜才能拉拉小手，亲近亲近，哪像现在的年轻人，未婚先育的，就这样，看热闹与好心人一哄而散。

杨萤萤刚才说出的话没经大脑，刷的一下，脸都红到了耳根，听到林翔的怒吼声，心里甜滋滋的，虽然如此，依然"哼"了一声不理不睬，自顾自地走着。

林翔一路紧随，解释得口都快干了。

其实杨萤萤心里知道，林翔不是那样随便的人，对感情的专一，这一点杨萤萤还是深信的，但杨萤萤却不敢肯定林翔爱的是不是自己，因为很多时候，两人在一起时，林翔给杨萤萤的感觉，就像亲哥哥对亲妹妹一样，说真的，杨萤萤很讨厌这种感觉。

看到林翔那着急样，杨萤萤扑哧一声笑了，停下脚步道："好了，翔哥，我相信你不是那种人，口干了吧！我请你吃冰淇淋。"说着，拉着林翔的手，就跑到街旁麦当劳的冰亭，递着冰淇淋道："给！"

林翔接过冰淇淋，还别说，这六月的天气还真热，林翔刚才的一阵追赶已是满头大汗，赶快将冰淇淋放于口中，一阵冰爽的感觉，舒服啊！

杨萤萤边走边说着："翔哥！我来找你，是因为明天我要和家人去海边旅游，你愿意和我的家人一起去吗？"

对于旅游，林翔真的很想去，能看看外面的世界有什么不好，更何况还是美丽的大海，梦想的地方啊！可是目前这样的状况能去吗？母亲在病床上躺着，虽然有护士的细心照顾，可自己还是不怎么放心，还有答应陆湘湘的事情，不能食言。

许久……许久……

林翔要考虑的事情太多了，而杨萤萤一直在等着林翔的答案，她深信，林翔会答应的。

林翔一脸的憧憬，微笑道："海边一定很美！"

杨萤萤已从包里掏出飞机票递给林翔，说道："你的飞机票我爸妈都已经订好了，翔哥？"

林翔看到了，那是飞往海边的飞机票，飞机、大海，都是林翔一生的梦想，可这些突然地就摆在了面前，林翔犹豫了，然后歉意地回道："萤妹，谢谢你！可是我现在走不开，等我妈好了，翔哥再陪你去旅游，好吗？"

杨萤萤一阵难过，知道不应该在这个时候让林翔离开母亲的身边，也知道林翔会拒绝的，但还是抱着一丝希望，因为爱情是自私的，杨萤萤心里知道。

杨萤萤不死心地问道："翔哥，只是去半个月的时间，不会耽误伯母的，你放心吧！伯母在医院里还有专业护士的细心照顾，不会有事的！"

林翔也知道，可是林翔已经答应了陆湘湘的后天之约，一想到陆湘湘那凄然的面容，一定是发生了什么事情，林翔不能在朋友最需要帮助的时候而去逃避，而对于萤妹的旅游，也只能说一声……

一想到这，林翔也不隐瞒，他相信杨萤萤会理解的，坦白道："我已经答应了陆湘湘，后天去帮她完成心愿，所以……"

"什么？"杨萤萤瞪大着双眼，不敢相信地望着林翔。

和林翔走在美丽的沙滩上，吹着温和的海风，还有那如诗如画的黄昏与日出，都会赋予年轻人冲动，这些天来，杨萤萤一直在幻想着某个黄昏的傍晚，就在沙滩上，能像浪漫韩剧的女主角那样，得到男主角一点温柔，一生的幸福。

杨萤萤一阵心乱，没想到还未开始，就已经结局，气愤地吼道："无耻！"

说完，杨萤萤将手中的飞机票撕成粉碎扔在林翔的脸上，哭着头也不回地就跑了。

林翔愕然地站着，等回过神来，已只能看见杨萤萤远去的背影，林翔只觉一阵锥心的痛，犹如心在滴血，不管街道上路人投来异样的眼光，俯着身拣起地上撕碎的飞机票，将其全部收入口袋中，遥望着杨萤萤消失的街头。

林翔不明白，刚才还好好的，怎么就会发那么大的火，女人！真搞不懂！难怪诗写得好：女人的心情，就像天上的云彩一样，晴朗而又阴霾。

其实，林翔并不知道，爱情是自私的，在爱情的面前，它决不允许第三者的出现，哪怕她并不是真正的第三者，然而，有又谁会知道，不久的将来，她会不会成为第三者呢？

入夜，林翔无法入睡，转着头问道："陈师傅，我想和你商量个事情。"

"哦。"陈师傅轻应了一声，然后问道："啥事？说吧！"

林翔想了一会儿，"我想请半个月的长假，你可以跟圆妹说，让她有空就到医院帮我照看我母亲吗？"

陈师傅叹息道："林翔，你要出远门吗？"

"嗯！帮一位朋友完成心愿。"

"哦，好的！没问题，什么时候走？"

"后天吧！"

"那你明天记得和主管请个假，只要他批准了就没问题。"

"谢谢陈师傅！"

"傻孩子，快睡吧！"陈师傅摸着林翔的头说道，不久就呼呼大睡起来。

林翔睡不着，在回想今天发生的事情，叹息着这次一定伤了萤妹的心，明天萤妹就要和家人一起去旅游，半个月的时间，希望萤妹和家人玩得开心吧！心中打定主意，明天早晨还是不要去机场送行了，真怕自己顶不住，又伤萤妹的心。

林翔轻闭眼睛，又想到陆湘湘那凄然的神情与黑眼圈，究竟发生了什么事情呢？看来一切只有等后天见面才能知道。

今夜，完全没有睡意，林翔爬起身来，打开台灯，深夜的寂静只听到书桌上风扇的转动声，还有的就是陈师傅的打酣声，林翔摇了摇头，有时候真的很羡慕陈师傅这样一躺便进入梦乡，为何自己却开始失眠了，真搞不懂自己究竟在想什么。

林翔从衣服的口袋里掏出破碎的飞机票，按着原样放在纸张上一小块一小块地拼上。

许久……许久……

林翔伸了伸懒腰，只觉眼前一片朦胧，伏在书桌上就睡着了。

天已蒙蒙亮，陈师傅起来看到林翔趴在书桌上睡觉，走上前一看，只见桌上有一张被撕碎粘贴好的飞机票，正感奇怪，一看日期，不正是今天早晨吗？看看时间，哎呀！还有半小时就起飞了。

陈师傅唤醒林翔，林翔只觉一阵困意，不愿醒来，闭上眼睛又继续睡。

陈师傅用力摇着沉睡的林翔，林翔终于睁开了双眼，陈师傅催促道："林翔，你这是今天早晨的飞机票吗？已经快到点了，还不快起来！"

陈师傅并不知道发生了什么事，还以为林翔定了飞机票，却因为贪睡而过了时间。

林翔一听，坐直身体看着书桌上已粘贴好的飞机票，自言自语说："没什么？就当是岁月的记忆吧！"说完，将飞机票收进衣服口袋，而陈师傅看到林翔的举动，一阵的怪异，也不管了，反正人已经醒了，相信林翔会处理好事情的。

风之城，国际机场。

杨萤萤不停地回头，却没有寻找到熟悉的身影，母亲在旁劝道："萤儿，快走吧！相信他是不会来了，飞机就要起飞了。"

"哦！"杨萤萤一脸的失望，在最后踏上飞机的那一刻，杨萤萤依然回头望了望，随着舱门的关闭，飞机缓缓而动，杨萤萤知道，林翔是不会来了，一阵的落寞，身旁的空位，杨萤萤此刻只想落泪。

林翔和主管请假，很意外，主管居然微笑着批准了，而且批了一个月假期，工资照发，林翔走时，主管就说了一句话："林翔，早点回来上班，如果有一天失去你，那就是我们石化公司的损失，我看好你！你将来一定有所作为。"

得到主管如此看重的评价，林翔很感激，当年若不是主管收留，也不会有今天的林翔。

林翔回到医院，看望母亲，就这样日出日落，林翔离开的一刻，回头对着母亲说："妈，等我！我很快就会回来陪你！"

风之城富人区，这是林翔第二次来到陆湘湘的家。

随着门口的自动打开，坐上无人驾驶的迎客车，与上次所不同的是，黑夜与白天的区分，还有的就是两人与孤单的区别。

陆湘湘早已在大厅门前等候，开心地问道："林翔，你来了！"

林翔微笑着，然后跟随陆湘湘一起进屋，随着门口的落定，"哐"的一声，黑暗的室内只觉全身开始下沉，林翔知道这一定是电梯，往下那就一定是地下室，正想思考有钱人是不是每家每户都拥有这样的地下设施时，陆湘湘已开口说道："到了！"

随着电梯的打开，眼前是一条长长的走廊，林翔不明白，为什么搞得那么神秘，看起来像是什么国家机密一样。

陆湘湘停下了脚步，在一透视镜前看了一眼，只见一电脑屏幕突然打开，运算规划着，瞬间就打开了一扇门，然后对着林翔说："走吧！"

林翔一阵疑惑，问道："刚才那电脑是什么？"

陆湘湘回头牵着林翔的手，回道："刚才那是智能判断的眼瞳锁，也就是说，这世上就只有一把钥匙可以打开它，那就是我的眼睛，明白了吗？"

"哦！"林翔轻应一声，好像有点明白了，但是又不明白一样。

随着眼前的光亮，视线的开阔，林翔一阵惊讶："咦！你们怎么也在？"

"哈哈……"随着一阵大笑的落下，"是不是觉得很奇怪？既然你能来，当然我们也能来了，你们说是不是？"说话之人故作姿态对着身旁的几人说道。

"呵呵……"引起一阵轰笑。

"好你小子！"林翔发飙了，说着就上前在说话之人的大腿上狠狠地拧了一把，直痛得说话之人嗷嗷大叫。

原来说话之人便是班上的恶搞之人黄华，这不，坐在身旁的依次是流清芳、方叶桐，还有一位奇怪的人，那就是班上三年来说话不超过十句的人，他就是刘涛。

"你好！林翔！"刘涛站起身来伸出了右手。

林翔震惊，这号称冷面杀手的刘涛怎么会如此地反常，虽然如此，林翔还是赶紧伸出右手，两人握在了一起。

陆湘湘上前介绍道："刘涛是我在学校里的护身保镖，多年前，我父母就已经安排好了，刘涛过去是一名职业杀手，大家都是同学，也认识，就不必那么见外了。"陆湘湘这么一说，是知道刘涛想试试腕力，还真怕他把林翔整惨了。

刘涛知道小姐的意思，一阵脸红，尴尬地笑着，然后就收手。

"职业杀手？"

林翔一阵骇然，才十九岁就称之为杀手，而且已有三年陪护，那岂不是十六岁就已经是职业杀手了？

不光林翔如此，流清芳、黄华、方叶桐也同样地惊讶，虽然彼此都是富贵之家，也同样都有护身保镖，但并不像陆湘湘那样，安排杀手进校园保护，看来此事极不寻常。

人都到齐了，陆湘湘给每人倒了一杯葡萄酒，然后自己先细细地品尝。

其余的五人则你看我，我看你，目前还不知道究竟是怎样的一回事，既然选择来了，就只能上刀山，下火海了。

陆湘湘抬起头很感动地说："很感谢你们能来帮我，其实除了你们，我已经不知道该相信谁了？"

众人面面相觑，不知陆湘湘为何会说得如此严重，看来此事不简单，就连已身为小姐三年护身保镖的刘涛也不知究竟是怎么一回事，只是知道三年前正值十六岁的时候，突然接到杀手组织的暗语，要求进校保护一位富家小姐，就这样到了后来才知道出钱的雇主是保护人的父母。

然而在这三年里，刘涛就再也没有与杀手组织联系过，因为杀手组织好像就凭空消失了一样，没有再发出任何的暗语，从此刘涛就在富贵高中待了三年。

林翔知道，一切谜底都会在今天揭开，就算是天塌下来，都要坚强地顶住，林翔已做好了心理准备。

陆湘湘看了看大家，似乎还是有些难以开口，沉默了一会儿，缓缓地问道："你们相信世界末日吗？"

众人一阵惊愕，怎么会有这样的问题，又不是在看科幻片。

看到众人摇头，陆湘湘一阵苦笑，此时此刻，真的很为难了，说与不说，已进退不得。

"怎么了？"林翔感觉异常，在旁轻问道。

"没什么！"陆湘湘顿了顿语气，然后继续说道："这次我找大家来，是想大家帮我完成心愿，就在这个暑假，现在还有一个半月的时间。"

"盗墓？"众人惊呼而出。

陆湘湘则在旁点了点头，众人更觉得不可思议，问道："秦始皇陵现在受国家文物保护，而且还有军队驻扎，这可不是随便就能进去的。"

陆湘湘面对众人的目光，知道大家并没有反对，只是觉得这事情太不可能了，说真的，要真是想盗国家已经挖掘剩下的秦始皇主墓，就算是再加上十倍的人员，都不可能靠近皇陵一步，更何况这是犯罪，要枪毙的。

陆湘湘知道大家在想什么，轻饮一口葡萄酒才缓缓说道："我们要进的秦始皇之墓并不是国家现在保护的那个秦皇陵，而是另外一个，目前国家并不知道这

个墓在哪里。"

"真的？"众人一阵哗然。

陆湘湘点了点头，已经确认了消息，对于陆湘湘的情报，众人还是非常相信的，如果陆湘湘说的历史都不可靠，那么历史书记载的东西，就更不可靠了。

黄华阴笑道："看来这个暑假不会觉得寂寞了！"

"哇！墓里一定有很多很多值钱的东西，我要把它们全部换成人民币！"流清芳在旁感慨地说着，一看就知道是个钱痴。

而方叶桐则抽笔说道："我只要搜神录，其他的对我来说，没有意义。"

目光轻移，到刘涛的身上，刘涛正不知该如何回答，一着急就说："我只要小姐！"

"啊？"众人一阵惊叫，吓得刘涛一阵脸红，知道说错了话，接着平下心来冷笑，幽幽地说道："如果你们想死，我现在就可以杀了你们！"

给他这样一说，所有的目光就落到了林翔的身上，林翔微笑道："我什么都不要。"

目光并没有移走，依然落在林翔的身上，并不相信林翔会什么都不想要，只要是人就会有贪念和欲望，这是他们认为千古不变的定律。

林翔只能接着说："我们是好朋友，互相帮助是应该的，再说了，平时你们对我和我母亲都很好，你们有事情需要我帮忙，我一定会帮！"

林翔一席话，说得大家一阵感动，想着刚才自己的欲望与贪念，以自己小人的心思去度君子之腹，真觉得人生可悲啊！可生在富贵家庭里，从小就要学会勾心斗角，没有朋友，有的只是利益关系。

陆湘湘更是想哭，因为她知道，这次是九死一生，每当深夜做恶梦，梦到同学们一个个地死去，那悲惨的一幕，真让陆湘湘寝食难安，愧疚的阴影一直挥之不去，但此时此刻，又能怎样？只能自私，让自己永远成为一个罪人，如果顺利，一切如前，如果有意外，相信世界末日已不多远。

一想到父母说的话，陆湘湘咬紧牙关说道："那好！就这样说定了，我们来计划下一步该如何行动！"

"要想进古代的王墓可不是一般难，先不说机关重重，墓中还有许多不可思议的东西，比如说鬼啊，外来生物啊，奇幻异象啊，无论是哪一种，都可以让我们丢掉性命。"方叶桐在旁提醒道。

"那我们该怎么办？"流清芳在旁诧异地问道。

"很简单！我们带武器进去，管他什么鬼啊，神的，我就不信打不了它脑袋开花！"黄华在旁补充道。

"军火？"众人一想，"对啊！有你黄华在，就不成问题。"

就这样，你一言，我一语地发表看法与想法，不知不觉中，时间消逝，大家就在地下室中待了一天。

最后总结：由陆湘湘领队，黄华提供军火，方叶桐收集有关于古代王墓机关相关资料，流清芳提供流动资金，刘涛负责黑道市场动静，林翔，负责食品、装备的采购，两天后，重新回到这里集合。

就这样，刘涛首先伸出右手，宣道："来！为这次行动，一起跟我盟誓！"

众人围成一圈，纷纷伸出右手搭在一起，跟随着刘涛喝道："我们是兄弟姐妹，不求同年同月同日生，只求同年同月同日死！"

声音幽幽响起："我们是兄弟姐妹，不求同年同月同日生，只求同年同月同日死！"

"好！"纷纷搭上左手，十二只手掌紧握一起，代表着六人的誓言。

两天的时间并不漫长。

陆湘湘翻阅着父母遗留下来的资料，可是与秦始皇之墓的相关资料都找不到一点信息，陆湘湘不得不气愤地猛摔书架上的文集，心里一阵恼火，父母失踪了那么长的时间，一定是出事了，但又不能报警，陆湘湘不得不承认，自己真的很失败。

没有资料，那就说明父母在这之前已经做了准备，陆湘湘只能平静地躺在黑暗的空间里，闭着眼睛回忆着那天晚上的事情，慢慢搜寻那天父亲和母亲所说的每一句话，秦始皇之墓的地点、性质以及考究的结果，在大脑中慢慢地游离。

流清芳则动用了自己的金库，这些是多年来的积攒，为了将来，流清芳把眼光放得很远，这次的投资计划，流清芳已经评估好，只要一做成，先不说价值连城的古董，就是影响商界的知名度，都不是金钱所能比拟的，这可是一笔无形资产。

生意有成有败，流清芳也考虑过失败，但一想到对方是陆湘湘，作为同学兼好朋友，无论如何也应该帮她完成心愿，更何况流清芳只是赞助资金，钱对于流清芳来说，只不过是秋天里的落叶，到了春天又回来了。

黄华靠父母的地位与关系网，联系了黑市军火巨头。

还有一件事是黄华值得郁闷的，军火是有了，但怎么使用，就未必人人都会，这些军火全是军队里精良便携式的武器，再说了如此多的枪支弹药总不能让你背着包袱到处走吧！以国家的安全检查，恐怕没走几步就要蹲监狱了。

黄华想到了，神秘地一笑，不禁地称赞自己：天才啊！这回暑假不会寂寞了，嘿嘿……

方叶桐，则守在电脑面前，不停地搜索着古代王墓的结构生成，与惯用的暗器机关，对于其他都不曾觉得放在心上，唯有一个问题，困绕了方叶桐两天，始终得不出结论，那就是据《史记·秦始皇本纪》记载，地宫内"以水银为百川江河大海"。

如果墓穴中真如此书中所说，那该如何跨越这道景似自然的屏障呢？方叶桐想了许多办法，却一阵头痛，真搞不清楚古人是如何做到如此精密的布局，竟让后人两千年无法进入一探究竟。

"秦始皇！真不愧是秦始皇！"方叶桐忍不住地叹道，就连墓穴都有好几处，看来在秦朝的那个时代，秦始皇已经想到了现代人的想法。

盗墓，盗秦始皇的墓，简直就是开玩笑，那岂不是要盗墓者在里面陪葬！一想到这，方叶桐打了个寒颤，喃喃自语道：秦始皇，果然够狠！

面对着手提电脑，方叶桐一向自称百晓书生，这次真的被难到了，明天就要集合了，今夜方叶桐完全没有睡意，依然在思考着地宫内"以水银为百川江河大海"。

窗外，月已过中，深夜微笑吹起，窗帘轻飘，方叶桐眼睛一亮，不管是否成功，方叶桐带着微笑睡着了，看来这两天的确累坏了。

刘涛又回到了黑市，行走于行行色色的人中间，打探着秦朝古董的流向，还别说，刘涛搞起个平头，戴副墨镜，敞胸的衬衫露出代表黑社会的纹身，一脸的嚣张跋扈，眼前年仅十九岁的刘涛，有谁会相信他会是富贵一中刚毕业的高中生。

"涛哥！"这不，身后还跟着五六十名小混混，不可一世的样子。

风之城最大的黑金夜总会，这里飘流的黑市物品，每夜都是上千万过亿，当然刘涛在此发展自己的实力，表面上是为工作，但私底下已有私心，刘涛可不想上什么名牌大学，外面的花花世界，为何自己不捞一把，同样开个像这样有规模有势力的交易场所，美女、金钱、权利，哪样不是手到擒来。

当杀手？保镖？切！多么没有前途的职业，还要任人摆步，靠！刘涛一想到这，就做出了一个十分鄙视的动作。

看到老大的动作，小弟们以为要干架了，纷纷骚动地喊了一声："涛哥！"

刘涛回过神来回头看着小弟们，喝道："干什么！你们，没事！"说完摆着手，耳旁又传来了激情的DJ。

小弟们恢复平静，就跟在老大的身后。这帮小弟是刘涛昨夜无意收到的，还好，刘涛身上多的是钱，有这帮小弟在身后，更能掩饰身份进行工作，刘涛丢起钱，眨都不眨一眼，直看得这帮小弟佩服不已，已经打心底里下定决心跟定涛哥了，因为这些钱都是花在这帮小弟们的身上。

黑金夜总会，大厅。

刘涛一摆手，小弟们纷纷入座，紧接着就是美女、啤酒，刘涛一阵得意，看着自己收的小弟们，想想，这会是将来发展黑暗事业的第一步。

眼前突然一黑影闪过，刘涛皱了皱眉头，凭着职业的敏感，感觉到此人有些与众不同，有杀气！刘涛丢下一笔钱在桌上，摆了摆手示意不要跟来，转身就跟黑影而去……

林翔，其实并不知道应该买什么好。还是陆湘湘说了一下，买军品干粮，在军贸大厦有卖，就这样林翔带着一兜的钱，望着身前的大厦，略一停顿就走了进去。

柜台上，摆满了各式各样的军品干粮，还好，这里的生意也是人山人海，奔流不息，没人会注意林翔，林翔指着军品干粮就买了一大箱，丢在车上，车上已堆满各种需要的装备，如绳索、包袱、服装等等，看起来就像要参加野外生存对抗演习一样。

车子开动，林翔已消失在热闹繁华的街。

第六章　紧张的国际形势

翌日清晨，大家都齐聚陆湘湘家，看来一切都已准备妥当。

黄华二话没说，直接掏出几本军火书的使用说明丢在众人面前，翘起个二郎腿问道："看看，会不会用？"

每人随手拿着一本书，翻了翻，然后皱了皱眉头，黄华知道，虽然众富家子女都曾受过专业训练，对于基本普通的枪械，如手枪，都使用过，但对于新型的枪械，就未必会使用，就算是杀手刘涛，也已三年没有接触过新枪了，就更不用说林翔了。

黄华神秘地说了说："放心，不会用没关系，我会找人教你们，不过需要耽误两天的时间。"

陆湘湘皱了皱眉头，知道时间已经不多了，刚想说什么，方叶桐就已经开口了，"这两天我也查了秦始皇之墓的相关资料，据《史记·秦始皇本纪》记载，地宫内'以水银为百川江河大海'。水银所产生的汞气，是一种剧毒，所以必须要有防护服。"

"防护服？"众人一阵惊讶！

方叶桐点了点头，提醒道："防护服流清芳可以想办法，她家不是开石油钻井的吗？要几套先进的防护服应该不成问题。"

流清芳点了点头，表示没问题。

众人看了看刘涛和林翔，没有要发话，看来就是没有什么问题了。

原本以为已经准备妥当，此刻陆湘湘才发觉有着太多的准备工作还没有完成，于是大家商量了一下，为保密起见，赶紧准备赶紧走，以免夜长梦多。

就这样，大家乘上黄华准备好的军车，直开到风之城郊外驻军靶场，由于黄华他不知何时弄了一张特殊的军令状，搞得一切顺顺利利的。

接下来的两天里，林翔、黄华、方叶桐、刘涛、陆湘湘、流清芳六人在军营里接受枪械强化训练，教官便是驻射击靶场的三连连长谢迅，谢迅可是全能标兵，对于各种枪械的使用、维护、撤装，都很有一套，两天下来，让众人佩服不已，林翔也偶尔地学了几招散打擒拿。

其实在夜里，林翔根本无法入睡，林翔感觉到这次行动虽然是为了帮陆湘湘

完成心愿，但看这些准备，就知道一定很危险，随时都有生命危险，在心底真为这些身在豪门的同学担心，在林翔的眼里，富贵豪门的子女，都是些柔弱无力的帅哥公主，恰恰相反，众人的担心反而是林翔，陆湘湘已暗自决定进墓时刻，让林翔收尾。

林翔并不知道，身在富贵豪门的子女都是经过聘请恶魔教师从小就开始接受训练的，要不然如此家大业大的独生子女，作为将来的继承人，不保住性命怎么行。

不要看她们平时如此的柔弱，放倒四五个林翔还是不成问题的，所以现在林翔的担心是多余的，只是林翔并不知道而已。

一切准备就绪，防护服运来了，最新款的，超轻而且防弹，采用数字化控制，听流清芳如此一说，众人面面相觑，这就是防护服？觉得很不可思议，因为摆在众人的面前，就是一个小纸盒，打开一看，里面是六块小方形的按钮，如两指大小，上面就一个开和一个关，还有一个指示灯，指示灯旁有个小孔。

正怀疑，流清芳就偷笑起来，说道："这可是最新型、最高端开发的防护服，虽然还在测试中，不过这已经是最好的了。"

说完就拿起一个，放在身前轻按一下，只见一道蓝光从小孔射出，迅速打开一张网将流清芳整个人网住，然后网渐渐地收缩，按着人的身材自动形成一套衣服罩着。

天！光网织成的衣服，外透着蓝光，而且还是透明的，太神奇了，看得众人一阵惊呆，想不到现在的科技已经发展到如此不可思议的境界。

刘涛不敢相信地掏起枪对着防护服猛开一枪，"砰"的一声，流清芳一阵尖叫声传来，再看，完好无损，才不得不相信，当众人惊讶时，"啪"的一声，刘涛已被流清芳一拳打倒在地，流清芳上前尖叫道："你知不知道！你这样突然开枪会吓死人的！"

刘涛揉了揉胸口，一阵疼痛，幽幽地说道："你刚才不是说防弹吗？我就试一下喽。"

"靠！我也没有用过，我只是听工程师说的而已，万一质量有问题，那岂不是……"流清芳着实气愤，害得她不停地大骂着。

众人纷纷拿起一个，试了试，感觉非常的OK，而陆湘湘并没有其他人那样的惊讶，如果陆湘湘说出现在的科技连死人都能救活，众人不被吓死才怪。

流清芳拿起防护服使用说明书看了看，然后给大家讲解：

这防护服名为光电防护服，作为一种超软超硬的材料，软时就像穿在身上毫无感觉，随着人的行动，而保持相应的间隔距离，也就是说像人形一样的防护罩。不要看它柔软，它的硬度可以防弹，而且更重要的一点是不需背氧气瓶，光电防护服可以直接与自然空气物质相流通，如果所处环境没有空气，那么光电防护服会自动释放压缩的氧气，持续八个小时，如果不需供氧，电力可维持七十二个小时。

"才八个小时？搞不好我们一进去就是几天几夜，喂！流清芳，怎么不多带几件出来！"黄华在一边埋怨道。

"喂！黄华，这是最新科技发明，才测试使用阶段，能拿出六件就已经是我最大的努力了，你就知足吧！"流清芳指了指身上的衣服道。

"好了！既然有八个小时，我想时间已经够了，墓中的水银如百川江河大海，我想一定有破解之法，到时大家省着点用，光电防护服一定要到了水银景观之地才可使用，大家一定要记住！"方叶桐在旁打圆场。

陆湘湘想了一会儿，觉得还是不对，问道："那我们怎么知道什么时候能到水银景观之地，水银产生的汞气可是剧毒，没等我们发现，就已经全部躺下了。"

方叶桐在一旁神秘道："山人自有妙计！"顿了顿语气，缓缓说道："流清芳同学。"

流清芳在旁白了方叶桐一眼，上前继续说道："墓穴经历两千年的历史，一直封存着，属于真空状态，所以方叶桐也交待了关于气体的检测装置，还有可能墓穴中千回百转的地理位置，古代帝王常依风水、五行八卦铺行冥宫，所以就需要有关于气体与方位指向的仪器。"

流清芳顿了顿语气，众人一阵奇怪，觉得这好办，现在的手机都有卫星定位系统的，看手机不就成了，哪还搞这么麻烦，倒是检测气体的装置，的确是需要带一个。

未等众人继续思考，流清芳早已知道大家的想法，提醒道："别指望手机可以在墓穴中进行卫星导航定位，那是地面上或者大海上才会有的事情，如果真能在秦始皇的墓穴中使用卫星导航定位，那就不叫古代帝王的陵墓了，说不好一进墓穴，就没有手机信号了。"

经流清芳这么一说，除了方叶桐，其他人都倒吸一口凉气，原本以为就算在墓穴中遇到危险，也可以凭借着手机通信的优势向外求救，看来此次行动，是非常的危险，刘涛、林翔、黄华，三人都忍不住地将视线投向了陆湘湘，在如此发达的科技时代，真希望这一切不会是真的。

然而三人失望了，只见陆湘湘点了点头，三人一犹豫，陆湘湘咬着牙，立即站出来重申道："我知道这次我很自私，要想进入秦王的墓穴是很危险的，如果有谁想退出，我没有意见，不过，我只希望他能帮我保守住这个秘密。"

沉寂，一片沉寂，没有任何人说话。

林翔没有再思考，就说："陆湘湘，我说过，我一定会帮你的，因为我们不仅仅是同学，我们还是好朋友！"

经林翔这么一说，刘涛也在旁发话了："小姐，不管你去哪里？我都会在身边保护你，这是一个杀手的承诺与职责！"

听了林翔和刘涛这么一说，黄华只觉热血沸腾，红着眼站了出来，说道："你们都豁出去了，我怕啥？哼！大不了头落地当球踢，娘的！我就不信，古墓就那么的邪门，再说了，我们大伙不是立过誓，我还真要进去。"

一番话下来，直说得陆湘湘感动不已，一连说着几个好字，看那激动的表情，就差点没有哭出来。

流清芳看了看，上前打断众人的注意力，继续接着说道："哦！大家请看！"

随着流清芳的话落，只见流清芳抬起右手，咦！那不是一块表吗？正寻思着这表有何用处，难道就是流清芳口中说的仪器！

果然，流清芳在旁解说道："这表名为方向气体检测表，是指南针与气体检测的合晶，采用高科技的技术，将两种性能，不！应该说是三种性能，因为这种方向气体检测表还可以看时间，简直就是一表三用，而且电能的维持，这表可以连续工作三个月之久，适应极强的恶劣环境，如高温、高压、防水、防震，这些，对于此表，那可是大大的有所作为啊！"

说着，流清芳就打开另外一个盒子，给每人发了一个方向气体检测表，众人拿在手里，只觉方向气体检测表就如一般的手表大小，将表带扣在右手腕上，只觉一阵的冰凉，那感觉舒服极了。

众人觉得奇怪，正想问，流清芳神秘地说道："是不是觉得一阵阵的冰凉，很舒服！"

众人忙点头，流清芳继续说道："此表的做工材料乃是根据山泉的原理而成，大家都知道特殊地理位置的山洞或者山泉，都会因为气候的变化而相反，比如说夏日炎热而山洞却清凉无比，又比如说寒冬飞雪而山洞却温暖如春，山泉也亦如此。"

经流清芳这么一说，大伙似乎都已经明白了，难怪戴在手腕上，给人一种凉凉的感觉。

众人把它当成宝一样的看了看，心里不由叹道真是好东西啊！

流清芳接着教大家怎么使用，方向气体检测表的表面，和普通的手表一样，时间圈、指针、日期，还有一个空气检测的凹槽，凹槽会根据空气质量的检测自动陈现出高、中、低、毒，四种评价。

当评价出现高时，感觉呼吸就和平常在大自然里一样，空气新鲜，畅通无比。当评价出现中时，那么说空气就像受到了污染，呼吸起来，感觉有点沉闷，也不算是有什么危害，不过进墓时，大伙儿都需要戴上口罩。

当评价出现低时，感觉呼吸就像在高原一样，氧气非常的稀薄，只能大口大口地呼吸，而且还会出现高原反应，如呕吐、头晕、幻象等等，此时就需要小心为妙了。当评价出现毒时，那么就说明目前的气体会致人死亡，那么你就必须立即打开光电防护服，或者说赶紧离开。

此结果的检测呢，会提前五分钟显示前面的结果，也就是说当遇到不知名的气体危险时，你有五分钟的准备时间，并且方向气体检测表会发出嘀嘀嘀的鸣叫声，以作提示。

至于方向嘛，就像罗盘一样，东、南、西、北，四个方向，会在你的眼前自动旋转，以表横在你身前所处面前的方向为准。

大伙听得有点像天书，但好像又很容易操作，经过流清芳的一一演示，终于弄明白了这高新技术的东西怎么用，林翔就更别提了，一日之内，想不到见识了两样新东西，还不知道接下来，会有什么更新奇的东西出现。

与此同时，中国风之城某一军事基地上空。

在前方两架印着五星红旗的歼-20战斗机的引领下，四架夜鹰似的战斗机呈品字形，护着一架超新华丽的客机，在指挥塔的指令中，缓缓地降在了军事基地的跑道上。

只见那四架夜鹰似的战斗机和一架超新华丽客机的机身上，都同样地印刷着美国的国旗。

片刻，超新华丽客机机舱缓缓打开，从里边走出了两排美国大兵，全副武装整整齐齐地落在了舱门直梯的两旁，随后，舱门首先走出了一名身穿军服鹰钩绿眼的美国人。

从美国人微露的肩章，可以看出那是五颗银星的上将军衔。

要知道：美国国会规定，美军的五星上将军衔只在战时授予。五星上将是美国军队的最高军衔，肩章上镶有五颗星徽，相当于西方其他国家的元帅军衔。

美国第一次授予五星上将军衔是在1919年，最后一次是1951年。自1981年最后一名五星上将去世以后，美军将官中至今无五星上将。在美国历史上，被授予五星上将军衔的高级指挥官总共只有10名。且只有陆、海、空军有五星上将，海军陆战队的军衔中没有这一衔级。

紧随五星上将身后的是一名女军人，从她的肩章中可以看出她是一名上校，虽然穿着军装，却左手单挽资料，看得出是一名军政文秘，随着身后的是一群战

区级的军官。

只见五星上将的美国人露出一丝微笑，下得阶梯伸出手高兴道："呵呵，老朋友！好久不见了！"

飞机下已经站满了一排中国军官，为首之人肩领三颗金星，他正是国家安全局主任方云，上将军衔，国家一级战区总司令。

站在身后的是一级战区所属军官，值得一说的是其中就有黄华的父亲黄耀，风之城已被划为第一战区，并没有多少将领知道，包括黄华的父亲黄耀，目前属国家机密。

方云看到史密斯上将，高兴地上前同样伸着手紧握着，然后较了较腕力，史密斯笑道："老朋友，你的腕力依然不减当年啊！"

"史密斯先生，多年不见，你的中国话是越说越流利了，啊！呵呵……"

方云年轻时曾留学美国陆军学院，当时正和年轻的史密斯是同班同学，想不到时间一晃，就数十年的时间过去了，现在各自都已成为了一国的军事将领。

两人相对一笑，松开手，然后严肃而又庄严地敬着军礼，之后就是相互介绍随从，登上车远离而去。

风之城国家安全会议室，这里聚集了众多国家的军事将领，会议席上分别坐着俄罗斯、美国、日本、英国、法国、德国等国家的军事代表，会议的气氛异常紧张，众多国家纷纷发言，目前所遭受第三异类的攻击、天灾、人祸，纷纷与第十卷轴的预言有关。

一时间会议上讨论不休，第三异类已经开始对世界各国开始了攻击，美国多年前遭受地震，在地震中死去的平民却在近段时间活了过来，变成了第三异类，具有极强的攻击性，虽在美国大兵的轮翻轰炸下，这些如游魂般的死尸，却杀之不尽。

日本多年前也曾遭到海啸的袭击，同美国一样，多年前掩埋的死尸却复活过来了，就像病毒一样，迅速扩散，在日本已占领了几座城市，成为了恐慌的无人区。

接着俄罗斯、英国、法国、德国等国家，都已开始出现了第三异类，如不赶紧找出解救之法，人类的世界将变成第三异类的世界。

方云主持会议，面对着世界的危难，中国方面也在努力寻找破解之法，目前看来只有靠联合国的精神，大家团结起来，一起对抗第三异类的邪恶。

会议整整开了一天，签定了相互支援与提供帮助的文件，交换了各自收集到有关于第三异类的结构资料，希望能尽快研究出病毒的血清。

会议还通过了一项重大的决定，两天后，国际新闻决定报道此事，军方不再封锁和隐瞒事实的真相，全球进入战备状态。

会议结束后，各国的要员纷纷赶回国家准备，而方云，脸色凝重地来到安监局的地下禁室，眼前是两块白布，覆盖在两张单人床上，白布下面看不清楚是什么，只能依稀地凭着白布呈现的轮廓，感觉像人。

只见方云双足并立，一脸的庄严，单手快而有力地立于额前，对着眼前的两块白布敬了一个军礼，许久、许久，才见方云放下额前的手，一脸愧疚地说道："陆教授，安心地去吧！你们夫妇的罪名，我会尽全力为你们平反的。"

此刻，方云已有些忍不住地想落泪，忍了忍转头而去，随着禁室门"咣"的一声，一切又恢复了死一样的寂静。

第一战区会议室，方云主持会议，会议室里坐满了军区将领，以及风之城市长、党委书记等高级官员，今天起，风之城将划分为第一战区，风之城的机关干部必须配合军方，稳定、保护群众，并及时处理不可预见或者突发事件。

由于国家目前还没有发明出能判别第三异类的仪器，所以军队会暂时进驻风之城以及各防区。

当听到第三异类的存在与威胁，座下的将领与机关干部都惊讶不已，当得知两天后国际新闻将播出第三异类在国外的情况，众人就按捺不住，纷纷讨论，要知道，如此恐怖的事件让群众知道了，岂不是大乱，一想到这，风之城市长、党委书记等高级官员心里捏了一把汗。

方云看了看会场的众人，安排好所有的事项，以及责任人，会议就这样结束了。

方云的心里同大家一样，非常的凝重，一想到第十卷轴的预言，就不寒而栗，其实让方云更担心的事情是陆教授临死前对他说的那句话："国家高层已有人是第三异类的存在，那就是黑暗的灵魂！"

不知为何，陆教授的这句话不时会出现在方云的梦里，然后是血腥腥的一幕，眼前一片废墟，就像经历过核战一样，荒凉而凄惨。

方云决定一探究竟，于是派人多留意高层领导的动向，谁知竟查出了些端倪，然而却苦无有力证据，只能潜伏，等待时机而动。

眼前最头痛的是如何保护风之城的群众，想到国外都已经开始了第三异类的进攻，想想这里也快到了，暴风雨的前奏总是平静的，方云站在窗前，望着窗外的城景，夕阳的黄昏，如诗如画，暂时忘却了烦恼，不由赞道：好美！

拜别谢连长，黄华开着军车载着大伙离开了射击靶场，此时已近黄昏，这两天来的射击训练对于大家来说，只是温习功课，射击的准确度就不用说，主要是熟悉各种枪械的原理与使用，当然，说到合格就林翔除外。

长篇盗墓小说
盗墓时空

林翔从来没有摸过枪，即使高中新学期有军训，但林翔错过了，因为林翔是第一学期中的插班生，对于枪械，只是闻其名而不见其影。

摸到枪的一刻，别提有多兴奋，两天的射击训练里林翔共使用了两万三千发子弹，就差点把连库里的弹药都打光了，就连谢连长都不得不举起大拇指说道："厉害！年轻人，你知不知道，你已经破记录了！"

正当林翔伸手抓着后脑勺时，谢连长在一旁继续说道："到目前为止，还没有哪个士兵在两天的时间里射出那么多子弹的，你小子，两万三千发，第一人，就差点把连库里的弹药都打光了。"

林翔听后还是一脸的茫然，让谢连长一阵的哭笑不得。

两天的训练，林翔没有好好地合上一眼，这不，倚在车窗边睡着了。

陆湘湘的家里，林翔被黄华背起扔到床上，呼呼地沉睡着，陆湘湘知道，林翔是累坏了，招呼着大家睡上两个小时，而自己则去做晚饭。

六个人围着餐桌，一边吃一边商量着明天的事情。

陆湘湘决定明天早晨出发，众人没有意见，今夜谁都不能离开，就只能在陆湘湘家的地下室度过。

吃完晚饭，天已黑，大家就开始忙碌收拾装备和工具，黄华将箱子打开，众人眼睛一瞪，天！箱子里装的全部是枪械，黄华一阵得意，"怎么样？吃惊吧！各式各样的轻携式枪械，点射、连射，不管哪一种，都是穿透力比较强，后挫力小的武器。"

说完，黄华就先拿起一把沙漠之鹰的双管猎枪，在手上把玩了一会儿，对着众人瞄了瞄，方叶桐忙移开枪口说道："得了，你这枪的方向还真瞄不对，小心走火，啊！"

黄华笑道；"也嘿，我说方叶桐，你平时天不怕地不怕的，怎么怕起这家伙来了，再说了，我还没上子弹呢！"

"得……得……得了！话就此打住！"刘涛也在一旁提醒道，但话好像有点不怎么连贯，原来他自己已经伸手去抓箱子里的武器，"真是好家伙！"刘涛双眼发光，手中拿了把点射的狙击枪，杀手选择的武器就是不一样。

林翔、流清芳、陆湘湘、方叶桐，纷纷挑选自己喜欢和习惯的武器，林翔忽然看中了一把闪光如亮的瑞士军刀，长约五寸，刀刃圆滑，刀背如锯齿，刀面上还有凹槽，黄华凑着脸过来阴阳怪气地说："那凹槽是用来放血的。"

阴沉的声音突然传来，吓得林翔一跳，差点没拿手上的刀就杀过去，紧接着黄华打开弹药箱，让大家装填弹甲，然后吩咐道："武器嘛！建议每人拿一把长枪，一把手枪，一把瑞士军刀，还有手雷，子弹多带些，能装多少就装多少。"

流清芳白了一眼黄华，说道："带那么多武器干嘛！又不是去打仗，我说黄华，你是不是急着去牺牲啊？我看啊！还是多带点吃的，免得挨饿！"

看来这次大伙还不知道其危险性，看了看所有的物资，陆湘湘发话了："就按黄华说的做，然后每人分配一把工兵铲，干粮和水要多带些，还有火把、夜视镜、飞虎爪、绳索、强光电筒、照明灯、药物，全部塞进装备包里。"

经陆湘湘这么一说，没人提出意见，然后各自行动，将全部必要的东西先摆在包的身前，一一摆好，然后陆湘湘一一检查，觉得合适了才同意装包，这样一来，包塞得满满的，一个包下来都有百多斤，天啊！背着那么重的包别说跑了，就连走都觉得不可能，何况还有两位女生。

林翔试着把包背于身后，然后耸了耸肩，扣好腰间和胸口的环带，只觉一阵重力压下，一阵的难过，虽然包袱是户外专业使用的登山包，能将包袱的重量全部系于腰间，但是一百多斤的负荷对于只有十九二十岁的小伙子来说，还是有点勉强了。

除林翔外，其余五人虽然从小接受过魔鬼式的训练，但生于富贵家庭，对于苦力，却只能摇摇头，陆湘湘何尝不知，此时的林翔只是背了个包，还没有带上长枪和穿上防弹衣，如果全副武装那是何等的重量。

陆湘湘上前帮林翔卸下身上的包袱，然后对着大家说："就先全部带上这些东西，干粮和水足够十个人用二十天之久，武器弹药以及其他的用品，只要中途不遗失，就已经足够了！"

正当大家疑惑这包如此重，该如何带走时，陆湘湘又继续说道："装备和包袱我们用军车来拖运，到时我会安排人接应我们。这一点大家不用担心！大家早点休息吧！明天一早，我们就一起出发！"

终于要出发了，夜里，黄华、方叶桐、刘涛，三人都在怀古，对着古墓有着兴奋与不知名的憧憬，完全忘却了古墓里会遇到危险，就这样，三个人你一言，我一语地直说到大半夜才停下来，然后就进入了梦乡。

林翔一直睡不着，除了听他们三个人天方夜谭的话，更多的是不停在想，明天究竟会是个什么样子？想了许久，都没有答案，侧头看到刘涛、方叶桐，还有黄华已呼呼大睡，林翔也闭上了眼睛，渐渐地进入了梦乡，在梦里，林翔梦到了母亲……

天亮了。

大伙依然呼呼地大睡，林翔从梦中被拉了回来，揉了揉眼睛，睁开朦胧的睡眼，发现陆湘湘已站在了床前，双手插腰的样子，不停地喝道："起床了！你们这帮大少爷，睡得还真够香的。"

陆湘湘在每人的脸上都狠狠拧了一把，直疼得大伙像做了个噩梦似的惊醒，然后从床上跳了起来，惊魂未定地连喊道："谁……谁……谁？"

待回过神来才发现是虚惊一场，不由埋怨道："陆湘湘，下次打招呼的时候，别搞得那么突然，吓死人了！还以为碰上恶鬼……"

方叶桐打断黄华的话，说道："你还恶鬼呢，我都梦到搜神录了，刚想深入研究，这不！倒好，没了！"

林翔听了在一旁偷笑，刘涛只是伸手打了个哈欠，流清芳进来扮了个鬼脸，然后训斥着众人，太阳都晒屁股了，还不快起床，做美梦是吧！然后抄起墙边的沙漠之鹰瞄了过来。

这下还得了，枪口下没有懒惰者，刘涛赶紧第一个跳起来，迅速穿衣，其他人哪还敢迟疑，纷纷起床，真搞不明白，什么时候，一向有淑女之称的流清芳变得比陆湘湘更恐怖了！

陆湘湘偷偷地向流清芳打了个眼色，然后竖了竖大拇指，回头对大伙交待："赶紧洗漱，吃完早餐就开始出发！"

餐桌，一片狼藉，看来都已经吃饱，陆湘湘整理好一切，然后大喝一声："出发！"

包袱特别的沉重，两个人扛着一个包就往车上丢，枪械、弹药、防弹衣，还有那把中国制造的工兵铲，全部用东西掩饰好堆放在车厢内，众人上车，然后是引擎的发动，车缓缓地行驶着，一行六人终于开始踏上了未知的征途。

车，是一辆军用四轮八座吉普车，除了六个位置坐人以外，其他空的地方都塞满了装备，车内的空间似乎有点大，塞进如此多的东西，都没有让人感到郁闷和压抑，看来此车还是经过特殊改装过的。

其实在车的空间方面，经陆湘湘一提醒，黄华就想到了这种新型八座越野吉普车，他是费了九牛二虎之力，才从驻地军区师部借来的，据他说，是有个叔父在军区里当师长，至于怎么借来的嘛，他笑了笑，给大伙儿打了个哑谜。

在公路上行走，军车是最好的选择。这车可不是一般的身份象征，乘上这部车的人，再怎么说也算是个驻地军区师级的干部，更何况那车牌的号码，令士兵见了都要畏退三舍，如果不是军部下戒严令，那么此车是畅通无阻，难怪车里一点紧张的气氛都没有。

林翔想了想，如此多的军火，要是普通的车，早就查到了，那可是要坐上无期徒刑的监牢，每过一个关卡，林翔的心里就捏一把汗，看到黄华掌车，陆湘湘在前指路，就当没发生什么事情似的，不得不暗赞两人的镇定。

一路行来有惊无险，对前行的路线和目的地，除了陆湘湘本人知道外，其他

人都毫无头绪，方叶桐终究忍不住地开口问道："陆湘湘，我们这是去哪里啊？"

陆湘湘回头看了看方叶桐，其实并不止方叶桐一个人在问，所有人都同样想知道。陆湘湘想了想说："我们今日此行的目的是风之城以北的山区，一个叫孤落的村庄，距此地应该有三百多公里吧！"

"风之城以北的山区？"

"孤落的村庄？"

难怪车一直是往北走，孤落的村庄，这名字还真特别，别说黄华不知道，就连有江湖百晓生称号的方叶桐都不知道这个村庄的存在，其他人就更不知道了。

其实陆湘湘也并不知道有没有这个村庄，只是隐隐约约地记得父亲好像在那天夜里提到过，等醒来之时，对于所发生的事情，都已是些模糊的记忆。

林翔在想：怎么会是往北呢？秦始皇的陵墓位于风之城的南方，与临潼县城相临，而这一次往北走三百多公里，那岂不是越走越远？林翔实在捉摸不透，越是往北，那里的山就越深，也就是说越接近原始森林，想想人烟绝无之地，还真不知会有什么凶残的野兽出没。

实在不敢想，不知过了多久，林翔转了转头，发现坐在车后的流清芳、刘涛、方叶桐，不知何时已睡着，看来是昨夜都没睡好，这车自从开进山区，一路的颠簸，弄得人是头昏脑涨，提不起精神，为了防止呕吐，也只好闭目昏昏欲睡。

本来只是预计半天的车程，一路上开开停停，都忍不住地吐了好几次，大伙儿被折腾得是要死不活，一向淑女之称的流清芳也忍不住地破口大骂："娘的，这是什么路嘛！我都快被折腾死了，平时交的路税都死人了！"

方叶桐也在一旁吐得够呛，不停地喘着气说着："不……不行了，歇……歇一会儿再走……"

林翔也是一阵的翻胃，长时间的颠簸山路，实在是头昏脑涨，刘涛整个人没事地站着，在旁摇了摇头，真难为这些富家子女。

黄华开了整整五六个小时的车，还好没事，这越野吉普车，黄华平时可是开着满天飞，对于各种复杂的地形已经是适应习惯了，怪不得黄华的父亲一直希望儿子参军当兵，说什么军人的后代就要继承先人的意志，保家卫国，黄华本人呢，说什么都要上大学，幸亏黄华的母亲是站在儿子这边，要不黄华这小子还不被强压着去入伍。

陆湘湘皱了皱眉头，看了看天色，已是下午，依然烈日当空，然后吆喝着大伙上车，再坚持一会儿，就快到村庄了，众人一听，强自提了提精神，呼吸了一下新鲜空气，继续钻上车，熬着地狱般的磨难，眼前就快是天堂，大伙不止一次地鼓励自己。

长篇盗墓小说

盗墓时空

不知道车行了几条道，绕过几座山，行过多深多远的密林，在太阳快下山的一刻，车终于停了下来，陆湘湘开口说道："到了，这里应该就是孤落的村庄。"

陆湘湘和黄华回头，包括刘涛，身后的人都已昏睡过去，两人摇了摇头，继续开着车进了村口，来到村庄前，车刚停下就已经被一群小孩围住，吵闹着，看来这里已经很久没有陌生人来过了。

黄华和陆湘湘下车来，仔细地打量着村庄，村庄里都是一些破瓦砖房，经历过了岁月的沧桑，看起来有点岌岌可危，村民们看到有陌生人来，纷纷站了起来，当看到陆湘湘时，村民们一阵的惊讶！

在小孩们的簇拥下，陆湘湘上前开口问道："大叔！大婶！请问这里是孤落的村庄吗？"

听到陆湘湘如此一问，村民们大惊失色，突然一位白发老者从旁走出来问道："姑娘，你是从哪里听到的？"

那白发老者一脸的威严，看到他出面，骚动的村民已安静下来，看来老者在村里的威望极高，陆湘湘想了想，这老者是不是在探我虚实？看来这村庄有着天大的秘密！于是上前回道："是我父母告诉我的！"

"你母亲是谁？"

"家母陶艳梅！"

"陶艳梅？你是恩人的女儿！"白发老者听了已是激动万分，其实先前见到两人时，就觉得女孩的面容和十几年前的恩人非常相似，但不敢确定，此刻得知是恩人的女儿，已激动地吆喝着乡亲们出来热情款待。

一时间黄华糊涂了，这是哪跟哪啊？还没反应过来，已被热情的乡亲们拥到了屋里。

第七章　老人的回忆

屋内坐满了人，甚至连门槛外都站满了人，黄华抬起头看了看，才发现自己和陆湘湘已被人群围住，像被当成稀有圣物一般供奉着，村民在旁有说有笑地指点，说到恩人，黄华可是一头的雾水。

恩人女儿的到来，在村庄里就像炸锅似的一下就传开了，一传十，十传百，乡亲们都放下了手中的活儿，纷纷赶来。

这不，白发老者说什么都要代表全村的人，向陆湘湘磕头报恩，白发老者的举动，吓坏了陆湘湘和黄华，忙站起一把扶住白发老者，说什么都不能接受如此大的礼。

彼此来来回回拉扯了许久，白发老者才作罢，仍不死心地声称这一磕头报恩先记下，他日定行之。村民们在一旁纷纷表示同意，然后就是拉家常的闲聊起来。

黄华觉得蛮有意思的，都说农家村民纯朴，民风一向很好，这次看来的确名不虚传。

仔细一打量这周遭的环境，才发现不是一般的糟糕，黄华皱了皱眉头，心里想到：这样的破屋怎么能住人？一看那墙，全部是脱落而松动的砖块，显然是经过岁月风雨的侵袭，加之长年累月的没有进行维护修理，已是岌岌可危，令人更震惊的是屋的主墙上竟然裂了一条大缝，天啊！就像黑夜里的一道闪电一样，非常恐怖。

再抬头望向屋顶，靠！全部是些残瓦，有很多的空洞几乎都是用草堆补上的，有些透穿的就像一道道天窗一样，将黄昏的余辉照射进来，黄华真的无法想象，竟然有人住这样的房子，记得曾经去过林翔家里，对林翔的家境就已经烙下了非常糟糕的印象，想不到这里……唉！怎么说呢？简直就不是人住的地方。

闲谈中，得知白发老者是本村的村长，姓张。难怪刚才白发老者一站出来说话，就能平息村民们的骚动，此刻，陆湘湘已是和张村长打成一片，看那有说有笑的，已是混得非常熟了。

不知不觉中，天黑了，张村长站了起来，望了望门外，然后盛情地邀请陆湘湘和黄华到他家里一住，硬是说还有千言万语的诉不尽，也代表全村为恩人接风洗尘。

黄华早就想离开这里了，看着残破的屋顶，还有那裂缝的主墙，直看得黄华心里一阵发毛，真怕那墙和那屋顶一个不小心……满屋子的人就要壮烈牺牲去见马克思了，偏偏村民们不怕，很自然的而且有说有笑，直捏得黄华心里一把汗。

说到晚饭，陆湘湘才想起车上还有人没有下来，黄华早已拉着陆湘湘出门奔向吉普车，打开车门发现流清芳等四人依然睡得天昏地暗，已不知道时间，也没有感觉到肚子饿，陆湘湘在众人耳旁一阵大喝，才有效果的见众人睁了睁蒙眬的睡眼，完全是打不起精神，就像生病了一样。

黄华知道，是晕车的缘故，看来今夜需要好好地睡上一觉，弄不好，还得在这里休养两天，等养足了精神，才好去倒斗，一想到刺激的东西，黄华就打起了十二分的精神，开着车一路跟在张村长的身后。

张村长的家也并不远，也就五六十米的距离，车正好停在院子里，黄华走进屋里一看，嗯！比起前面那家，似乎也好不到哪里去！除了屋顶看起来没有空洞外，主墙上依然有细小的裂痕，还好！比起前面那一家算是强多了。

流清芳等四人像走了魂似的，趴在床上就睡，张村长忙吆喝着老伴赶紧弄一些好酒好菜，招待恩人。

就这样，饭菜上桌，已是一个多小时以后的事情了，流清芳、陆湘湘、林翔等六人围着一张大圆桌坐着，桌上摆着一头红乳猪，足足有三十多斤重！直看得林翔等六人目瞪口呆，不停地想：不会吧！烤乳猪？

除了乳猪，其余的小菜如野兔、山鸡、飞鸟等等，整整地摆满了一桌，张村长不停地吆喝着：开饭喽！

一阵阵的香味扑鼻，大伙直流口水，如此多的山珍野味，享有原滋原味的素材，可是城里想吃也吃不到的。

紧接着张村长的两个儿子和儿媳，以及老伴和两个孙子入坐，一行十四个人围着一张大圆桌在院子里吃饭，很不幸，村庄里已断电一月之久，问其原因，上面答复说整修电路，久而久之，此事也就耽搁了。

现在只能点着油灯和开着车的前灯照明吃饭，如此的山珍野味可馋死了大伙，就连平时吃得比较少的流清芳，今天也是破格的吃了两碗饭，村里的碗比起城里用的碗要大得多，刘涛呢？操起瑞士军刀，就往乳猪身上落，麻利不留痕迹的刀法，看得张村长连声叫好！而刘涛呢？却吃得满嘴油污，陆湘湘看到在一旁偷笑。

看来这一餐美食，吃得大伙都忘记了晕车，而且是胃口大开，现在想想，真不可思议啊！

陆湘湘放下手中的筷子问道："张村长，村里的伙食不错，为什么村里的房屋却如此的……"接下来的话，陆湘湘没有说下去，这也是大伙所好奇的事情，

受了如此热情和丰盛的待遇，只是不好当面问出口。

"如此的破旧不堪是吧！"张村长已接着说了下去，然后闷了几口手中的烟杆子，深深地吐出了一道烟雾，然后似有所思地说："村庄的身后就是原始森林，这里的野兽飞鸟不计其数，只要你有猎枪，就不会饿肚子！可惜啊！可惜……"

"可惜……"大伙一阵不解，如此多的野兽飞鸟不是可以拿到市场上卖？这些都是好东西啊！一定能卖个好价钱！

谁知张村长接着继续说道："这里地处偏僻，人烟极少，就连附近最近的一个村庄也有三十公里路，到县城那就更远了，都得百多公里，这人走一趟都要花上十天，而且地势复杂，常有野兽出没！谁还敢从村口出远门。"

"这村庄自打小日本就建了，到现在嘛！都那么多年了，也没有维护修理过，想想！能有这样的房子住，就已经是佛主的大慈大悲了！"

"这里只能住夏天，主要是干农活，种大米，到了冬天，就得搬到森林里住，那可就是我们另外的一个家啦！"

说完，张村长继续闷着烟杆子，吐出的烟圈凝住着回忆，风霜般的脸刻画着这六十多年的岁月，给大伙讲述着一个个故事，显然故事很有吸引力，听得大伙在一旁不停地张口惊讶，为之动容。

晚饭过后，大伙随着张村长坐着小板凳在院中休息、闲聊，而张村长的老伴则在一旁收拾碗筷，陆湘湘与林翔刚想上前帮忙，却被张村长拦住了，口里不停地唠叨着："我们这里有个习俗，男主外，女主内，你们俩啊！就别瞎掺合了，来来，坐下歇会儿，这里没电，院里可比屋内凉快得多！"

的确，院内到了晚上有着一阵阵的微风袭来，感觉到舒心的凉快。

林翔仔细地打量了一下四周，这个院子看起来并不是很大，长宽约莫有十米这样，四周有一堵低矮的泥墙，非常的低，只要是成年人，双手一撑就能翻越而过，虽然是夜，但是天上的月亮清明，加上车灯与油灯的光线，还是可以看个仔细的。

正前方是一道泥门，与其说是门，还不如说是一道缺口来得形象，因为泥门上并没有门板，就像一堵墙从中间开了一道口子，非常的宽，有三四米这样，看来村里的人家都不会有小偷，难怪在村里醒来之时，东张西望了一会儿，就看见房屋没有上锁的门，现在想想，才恍然大悟。

突然眼前一道道的黑影闪过，定睛一看，原来是村民们各自提着板凳和一篮篮的水果走了进来，这下热闹了，小小的院子一会儿就坐满了人，而大伙的面前则堆满了新鲜的水果，大伙一脸的诧异，张村长却在旁说这是村民们的一点心意，希望大伙别嫌少。

陆湘湘一阵的感动，真想不到父母竟然这样的伟大，然而一想到已逝的父母，心中一阵难过，情不自禁地哭了起来。

这下张村长可吓坏了，就连村民们和林翔等众人，一时都愣住了，陆湘湘怎么突然哭了？难道是太感动了？

未等众人反应过来，陆湘湘已察觉到自己的失态，忙说道："谢谢大家，你们的情谊令我实在是太感动了！"

张村长笑呵呵地说道："这点算不了什么，想当年你父母可是救了咱们全村的性命啊！"坐下的村民在一旁是一阵阵的附和，看这气势，全村的老少都来了，村里约一百人左右，由此可见，这个村庄当年也是个大村。

张村长顿了顿语气，问道："不知道恩人现在可好？"

不问还好，这一问陆湘湘还真不知道该怎么回答，许久，陆湘湘一脸悲情回道："家父家母已逝。"

"什么？"一阵的惊讶，不光是张村长和他的村民，就连林翔等人都忍不住地惊讶出声，记得前段时间陆湘湘过生日还见到她父母，怎么才没过几天就死了呢？林翔看了看流清芳、方叶桐的表情，看来大伙的想法都一样。

张村长只顾着低头猛吸烟，院中一阵凝重的气氛，突然，"哐"的一声，打破了肃然的寂静，随声望去，原来不知何时张村长的老伴素苗捧着一盘水果走了过来，当听到恩人已逝的消息，心中一惊，拿不稳盘子掉落在地上摔成粉碎。

张村长双眼瞪了瞪老伴，素苗才惊慌地蹲下身拣起地上的残片与水果。

张村长若有所思地长叹道："原来如此！看来好人不长命啊！"

不知张村长为何如此说，直听得众人一头雾水，然后继续问道："陆姑娘，那么你这次一定是为了千山中的古墓而来吧！"说着，引起了一阵的骚动，陆湘湘和林翔等人大惊，脱口问道："你怎么知道？"

张村长将口中的烟吐了很远、很远，然后双眼像凝住了似的，才缓缓说道："当年，也就是十几年前，那时我们的村庄并不叫孤落，而是有个很好听的名字叫凤凰村，当时村里有好几百人，大家过着融洽的日子，快快乐乐地享受着天伦之乐，然而……"

说着说着，张村长的脸色变得极难看，就连村民们都呈现出恐惧的神色，林翔在想，难道是发生了什么可怕的事情？只听张村长继续说道："然后可怕的事情发生了，就在那个月圆之夜，村庄受到了魔鬼的袭击！"

"魔鬼？"林翔等人正听得入神，突然听到魔鬼，太突然了，这世上怎么可能会有魔鬼呢，虽然如此，依然忍不住地脱口问道："什么魔鬼？"

陆湘湘曾听后世的父母说过，虽然已有了心理准备，仍然忍不住地一阵心惊！

"是的！魔鬼！"张村长一脸痛苦而又扭曲的眼神，皱了皱眉头，仿佛千年的

世界就此停住，接着说道："魔鬼们拥有像人类一样的身躯，可是却也拥有像魔鬼一样的利爪和尖牙，极强的攻击力，残暴的虐杀与啃咬，不一会儿的工夫，凤凰村上下就死了两三百人，凄惨啊！活生生的人竟然被魔鬼撕成碎片，血流成河，肠肺心肝就像开膛破肚一样，洒落了一地，已分不清是谁的内脏。"

说到这里，流清芳已忍不住一阵恶心，跑到一旁呕吐不止，林翔赶紧上前拍着流清芳的后背，然而张村长却如厉鬼般的说着，阴森的气息笼罩着整个院子，令人只觉全身起着鸡皮疙瘩，站都有些站立不稳。

"就在大家绝望的时候，一阵凌厉尖锐的枪声响起，魔鬼们片刻就全部倒下了，黑夜中看到了两位年轻人，一男一女，向我们走来，后来才知道这一男一女是国家级考古学家，他俩的姓名分别叫陆中旗与陶艳梅，而且是一对夫妻，就这样，村庄得救了，然而仅剩下的村民们却在恐惧中度过了漫长的一夜！

"第二天，两位考古学家需要向导，为了报恩，于是我决定带领两位恩人走进这片魔鬼森林，寻找传说中千山下的古代墓穴！"

"魔鬼森林？"陆湘湘站起来问道，查过资料，地理书上记载着这里是一片原始森林，怎么到了本地村民的口中却变成了魔鬼森林，难道这其中有什么不可预知的恐怖生物？还是如鬼魂般的魅影？至于森林中所发生的一切，陆中旗夫妇并没有来得及说，所以陆湘湘并不知道。

"是的！魔鬼森林，进入森林的第二天，可怕的事情发生了……"张村长一脸的茫然，双眼透出钝光般的迟泻，仿佛他看到了死神。

听完张村长的故事，陆湘湘怎么也睡不着，虽然心系着后世父母的安危，但想想身边的这些同学兼朋友也不能这样白白地丢掉性命，一时间心里的矛盾做了激烈的挣扎。

不知他们是怎么想的？如果明天有人说要退出，陆湘湘将决定打道回府，取消计划，来年自己再寻找墓穴，主意一定，心里踏实多了，闭上眼就进入了梦乡。

流清芳抬头看了看陆湘湘，刚才还有点动作，怎么一会儿就睡着了？流清芳现在可是头晕脑涨，说起刚才的呕吐，可是把吃的晚餐全部给吐了出来，这不，到了夜里，肚子饿得厉害，也不管头晕脑涨了，伸手抓起地铺旁的一篮水果就大口大口地啃咬起来，现在，对张村长的那个恐怖故事早已忘得一干二净，目前最重要的情况呢？是先填饱肚子再说。

明亮的月光洒落入窗，虽然是深夜，有微亮的光线，只要不近视，也能将屋中的情况看个仔细，林翔翻了翻身子，扭头看了看，咦？这几个小子怎么都不说话？刚才还小声地唠叨着，现在却已被匀称的呼吸声给掩盖了。

林翔心里不踏实，总觉得这回的行动有点冒险，搞不好要丢掉性命的，但又仔细想想，既然已经答应了陆湘湘就不能反悔，再说了林翔也不是怕死之人，只是担心自己死了以后，身在医院的母亲怎么办？想到这里，林翔就忍不住地想哭，但是又不能哭出声，想想自古忠孝不能两全，该来的还是要来的。

只是不知道陆湘湘是怎么想的？林翔抬头望了望隔壁的门，只见那里面一片幽黑，看不真切，想想应该是没有窗户的原因，这里是两间相邻的房屋，中间只隔了一道门。

还是黄华来得洒脱，说小小魔鬼算得了什么，此时一想，莫非自己心里害怕了？管它呢，明天的事情明天再说，今夜总算给抵过去了。

而此时身在美丽海边的杨莹莹却怎么也睡不着，孤寂的夜，面对着窗外的大海，像失去了什么一样，总觉得美中不足，幽幽的叹息，响彻整个夜空，不停地招唤着：林翔……林翔……

一阵阵的哀怨惆怅声传来，萦绕在林翔的整个梦中，谁？是谁在叫我？林翔一片茫然地抬头问着夜空，忽然一道耀眼的光芒射来，只觉非常的刺眼，林翔揉了揉眼睛，感觉到有人在耳旁叫着自己的名字，身体不停地摇晃着，睁开蒙眬的睡眼，原来是陆湘湘在不停地摇着。

林翔一阵大呼，说道："天还没亮呢？怎么那么早！"

"还不亮？太阳都快晒屁股了！"流清芳在一旁双手环胸站着提醒。

林翔一看窗外，强烈刺眼的阳光照射了进来，呀！我怎么睡得那么沉？赶紧起身穿衣服，还好！林翔没有裸睡的习惯，要不然，天不崩了才怪，不过那性感的三角裤倒也引起了两位大美女不小的尖叫。

尖叫声传来，十二分贝，哪还能睡，就连沉睡千年的僵尸都要跳起来，刘涛、方叶桐，还有黄华早已双手捂着耳朵，双眼暴睁，一脸的恐怖表情同时醒来！

张村长还以为发生了什么事情，赶紧跑进屋，原来是虚惊一场，才放下心中的大石，然后吆喝道："中餐做好了，大伙也该起来了！"

村里有个习惯，早餐中餐一起吃，也就是说一大早下农地干活，然后早晨十点女人送餐到农地里开始吃饭，吃完饭就一直干活到下午，甚至晚上，才回家吃晚餐，农民早出晚归，就是这么流传出来的。

大伙吃着中餐，依然还是山珍野兽，不过不同的呢，这餐多了一些山蘑菇和野青菜，正好可以用来解解油腻味，张村长在旁猛吸烟杆子，然后问道："我说陆姑娘啊！你们商量得怎样了？"

陆湘湘知道张村长所指为何，然后开口对着大伙说："身后就是魔鬼森林，会有生命危险，你们想想，如果想退出，现在还来得及。"

这一问，大伙面面相觑，还是黄华来得爽快，一边吃着一边用手拍了拍腰间

的手枪道："管它什么妖魔鬼怪，本少爷的这把枪可不是吃素的，就算来了天龙地蛇，也要把它打得一命呜呼！"

方叶桐在一旁抢着说道："喂！我说黄华，什么一命呜呼，车上如此重大威猛的火力，应该是把它们这帮牛鬼蛇神打得个稀巴烂，让它掉进地狱不能轮回！"

黄华还想说什么，结果被卡在喉咙里的肉呛得一塌糊涂。

刘涛也在旁说道："既然来了，就不能空手而回！"

林翔则在一旁补充道："不求同年同月同日生，但求同年同月同日死！"

流清芳笑了，感觉到林翔认真起来时，还挺可爱的。张村长听了大伙的措词，知道再劝也没有用，不停地叹息道："罢了！罢了！"

抽了几口闷烟然后继续说道："你们对这片魔鬼森林也不熟悉，这样吧，我叫几个人陪你们一起去，顺便做做向导，遇到危险时，也可以互相照应一下。"还未得大伙说话，张村长就向屋里吆喝着："大娃！"

只听有人应了一声，然后跑了出来，咦？他不是张村长的大孙子吗？约莫二十三四岁这样，只听张村长继续吆喝道："去！把赵家的三少、李家的梅花、柳家的原子，还有张家的张奎一起叫过来。"

大娃应了一声，刚想跑，又被张村长给叫住了，"哦！对了，把你二叔也叫回来，顺便招集全村，就说我们要送恩人进山，把饲养棚里的狼犬提五只过来，还有马匹六只。"张村长就像点仓库的货物一样，一大把的名字念着，生怕遗漏了什么似的。

大娃健步如飞地跑了出去，大伙还搞不清楚状况，张村长也不搭话，只顾在旁低着头闷抽着烟。

就这样，一会儿张村长的院子又热闹起来，人群耸动，手中更是拿着大把大把的物资，因为一听说恩人要进山，这还得了，这魔鬼森林不比寻常，里面凶险至极，要是没有足够的食物与枪支弹药，那可是有去无回的地方，而且你必须要熟路，想想，好像村里还没有人进过魔鬼森林的深处，当年张村长也只是走到深处的边缘就折返回来了。

站在门口的人群让开，只见大娃领着赵家的三少、李家的梅花、柳家的原子，还有张家的张奎和二叔走了进来，身后则是五只大狼犬和六匹马。

张村长见人都到齐了，马上站起来吆喝道："乡亲们，恩人要进山，我找了本村的几个娃和我的二儿子，还有我的孙子大娃一起陪他们进山，大伙没有意见吧？"

下面人群耸动，都知道进深山几乎是有去无回，当年李家梅花她爸就是和张村长陪着两位考古学家进去的，还没有进到深处，李家梅花她爸就死去了，说到是怎么死的？那可是非常恐怖的，所以都没有人愿意提起这事。

然而梅花长大后说什么都要进山寻找父亲的骸骨，说是带回来进行安葬，也好落叶归根，梅花的举动吓坏了梅花她娘，硬是一把拉扯一把哭泣地不让梅花去，梅花她娘在也承受不起先失去丈夫，然后再失去女儿的打击了，经村里人一再劝阻，总算是打消了这丫头独自进山的念头。

为了将来能进山寻找父亲的骸骨，这些年来梅花没少在森林里磨炼，总算是打造出了一身好本事，这时梅花也长大懂事了，知道以己之力，要想进到这魔鬼森林的深处边缘，那是不可能的，于是梅花一直在等待机会。

这下张村长总算是想到了失去亲生父亲的梅花，想想当年也愧对梅花她爸，一起进山却没能一起回来，这次说什么都要帮助梅花完成心愿，再仔细想想，要不是自己已年迈，还真要陪大伙儿一起进山，就算是把老骨头扔到了山里也不皱一下眉头，可惜不能感情用事啊！这次进山那么多人，自己年纪大了，一死百了，可不能拖大伙的后腿。

进山是非常危险的，何况是要进深山，那可是九死一生，想到失去亲人的痛苦，张村长不得不将自己的二儿子与大孙子一起陪着进去，试想总不能让别人的娃去送死吧！张村长可是想了整整一夜啊！

村民们看到连张村长的二儿子与大孙子一起都陪着进山了，自己还能有什么意见，再说了，恩人可是救了整个村的命啊！就算张村长不派自己的亲人去，只要恩人有需要，就是整个村庄的人一起进山，此刻也没有人会有意见，报恩呐，在当时纯朴的民风下，可是排在心坎的第一位啊！

为了这次进山，张村长可是用心良苦，村里唯一饲养与训练的十条大狼犬带来了五条，平时这些大狼犬可是两条一岗占住了全村的东南西北四个方向，全村的安全可就全靠它们了。另外两条大狼犬则随部分村民进山捕猎，原始森林地势复杂、宽广，容易迷失方向，若是没有大狼犬在身边，那可是走不出这片原始森林，而且森林里常有野兽出没，两条大狼犬就可以咬死一只金刚熊，对付沙皮野猪那也是绰绰有余的。

林翔蹲下身看了看，我的天！好大的一条狼犬，狼犬四肢着地，足有人的半腰那么高，要是站起来，就和人一样高了，林翔正寻思着这狼犬如此彪悍，不知跑得快不？

站在一边的梅花好像看懂了林翔的心思，说道："你放心吧！此狼犬的速度不下于豹，经过我多年的训练，就算是遇到了山中的猛虎与狂狮，有这五只大狼犬在，就足已咬死它们！"

黄华和大伙一阵惊呆，如此厉害？有点不相信地上前想摸一把，只见那大狼犬张开血盆大口，满嘴尖牙，一双凶悍的眼睛，吓得黄华赶紧收手。

"放心吧！大狼犬不会随便乱咬人的。"张村长说着，五条大狼犬在林翔与陆湘湘等众人的身旁走了一圈，吓得流清芳紧闭双眼颤抖地靠在陆湘湘身上。

"大狼犬只是闻了闻你们的气味，也好日后辨别敌人，现在起你们已经是它们的朋友了。"林翔望了望张村长，只见张村长点了点头同意了梅花的说法，看来狗是通人性的。

知道了大狼犬的用途，大伙感觉进魔鬼森林安全多了，然后是马匹，想想应该是用来驮运物资的，虽然森林里不缺吃的，但必需的装备与物品还是需要的，谁知道在森林里会遇到什么样的困境，若一个不小心，那可就全军覆没。

接下来就是相互介绍，刚才那说话的姑娘就是梅花，给人的感觉好像很强悍似的，丝毫不比男人差，说不定还在男人之上，梅花是大狼犬的主要训练者，在使唤方面很有一套。

还有一位女孩是原子，之所以叫她女孩，那是因为她的年纪最小，本想叫她小妹，又怕她不同意，显然只能暂时称她为女孩，据张村长说，原子的水性最好，足可以潜水三分钟，而且生活起居还得靠她，林翔想了想，和大伙笑了笑，也没有说什么。

下来是大娃和二叔，大娃也就是张村长的大孙子，他跑步的速度很快，而且力大如牛，正好可以用来搬运物资，二叔呢？对魔鬼森林的外围地势比较熟悉，野外生存经验比较足，由他当向导那是最好不过的了。

再下来就是赵家的三少、张家的张奎，他俩的枪法很准，小如蜜蜂在三十米以内都能打中，那可真是例不虚发，说到枪法，刘涛就眨了眨眼睛，只是不知道他俩和自己比，谁高谁低？

就这样，也不管陆湘湘众人同不同意，村里就硬要拉上这些人，路上好有个照应，陆湘湘等人面面相觑，也没办法，说到危险，本地人应该比谁都更清楚，既然他们愿意，那么陆湘湘再拒绝也没有什么意义了。

陆湘湘、流清芳、林翔、方叶桐、黄华、刘涛，再加上本地村人大娃、二叔、三少、张奎、梅花、原子总共十二人，整理行装，准备出发进山。

陆湘湘却一点也不着急地收拾着行李和装备，众人见状均不住地催促。陆湘湘说道："急什么急，我不是说过有人接应吗？等人到齐，一起上路。"

大家都觉得奇怪，在这荒山野岭的还有什么人接应？难道不是这个她父母施恩的村子接应他们吗？转念一想，这村子几乎与世隔绝，以这些村民为依靠的话，陆湘湘绝对不会这么有把握的样子。大家随即也都释然，既然到了这里，有人接应是更好的。转身各自整理自己的装备去了。

第八章　夜魔的出现：鬼雾

车上的物资一大把，不知何时黄华已在车的后库中多装了几个箱子，沉甸甸的，扛下来都要累死人，而陆湘湘则拉着张村长走过一边，轻声说道："我说张村长，魔鬼森林就我们进去得了，他们我看就不必了吧！"

不说还好，一说张村长就来气了，瞪着大眼说道："怎么能不去呢？多几个人好照应，他们都常年在山里，有经验，你不用担心他们。"张村长话是这么说，其实他是想派些人去保护恩人和这些年轻人，如果没人保护，说不准进山没几天就已经全军覆没。

说到这情分上，陆湘湘再拒绝也没用，只好走过来帮忙，吆喝着："把东西全部带上，拴好马匹，整点装备，然后清点人数，在中午到来前出发。接应我们的人也快到了，大家也快点抓紧准备着。"

大伙不停地将包袱塞进马背旁的两个大箩筐，黄华招呼着大娃过来帮忙，看来黄华是想把箱子都抬到箩筐里去，大娃一抽起，挺沉的，问道："兄弟，这箱子里面装的是什么东西啊？怎么那么沉。"

黄华神秘地笑了笑，小声地说道："我告诉你，这里面装的全部是子弹。"

"子弹？"大娃大咧咧地一笑："我知道了，一定是钢珠吧！"

黄华一愣，然后摇了摇头，连说了几个"NO"的英文，听得大娃一阵的傻眼，黄华知道山里人没见过世面，再说了国家禁止非法枪支弹药是非常严格的，几乎收缴到每村每户，也许是因为这里地理环境特殊，所以山里人才拥有自制充填钢珠的猎枪。

正当黄华胡思乱想之际，村民们给大伙每人递上了一杆山里人行走森林用的猎枪，枪管很长，还有一根绷带，往地上一靠，就差不多有一个人那么高，让黄华哭笑不得，虽然如此，知道这是村里人的好意，刚想拒绝，却不料村里人先开口说道："村里就六支猎枪，大伙带上五支保安全，早去早回！"

看到村民们不舍的表情，像是生离死别一样，大伙一阵感动，陆湘湘上前道："各位乡亲们，大家的好意我们心领了，对于武器，我们已经带来了。"说完对着张村长使了个眼色，张村长会意上前说了说，还是将这村子仅有的几杆猎枪留给了村民。

正当一切准备就绪后，天空响起阵阵马达轰鸣声。"是直升机！"黄华一下就听出了这是直升机螺旋桨旋转的声音。果然没多久，看清了直升机的全貌。直升机全身都是绿色迷彩，也没有编号，应该不像是军方或者私人飞机。

大家胡乱猜测时，直升机已经升到了众人上方。看的众人一阵愕然，只见机舱门里探出一个脑袋观察了一下，找了块稍微平坦的地方放下了绳索，五个大汉依次从直升机上速降而下，随后直升机便飞离了村庄。

五个大汉向陆湘湘一行人走来，黄华问道："湘湘，这是来接应我们的人吗？"陆湘湘皱着眉摇摇头，似乎她也不知道这五个大汉是什么人？

五人走上前来，扫视了一圈。目光落在陆湘湘一行人身上，带头的那人问道："谁是陆教授和陶教授的女儿？"陆湘湘顿感惊诧，这几人到底是干嘛的？难道父母的失踪和他们有关？现在还想把自己也带走？

既然如此，陆湘湘也有些无所畏惧的样子了，走上前答道："是我！"五人眉头深锁，互相看了一眼，向着陆湘湘同时深鞠一躬，林翔几人还有些没反应过来，这五人的行为更是让他们觉得云里雾里了。

"就是你联系我们的吗？"那人再次问道。"是的，你们认识我父母？"陆湘湘显然不清楚这几人和父母有什么关系，父母留下的线索中提到，有什么困难或危险可以找这几人。但陆湘湘也记住了父母的教诲：不要相信任何人！至少要弄清对方的身份。

"两位教授曾经是我们的恩人，不是他们当年让我们迷途知返，我们兄弟五人可能早就横尸街头了。我们也是因为受两位教授的影响才做了倒斗这行，我们许诺：若教授有任何差遣，我们兄弟一定赴汤蹈火在所不辞！"为首那人说道。

陆湘湘一行人和村民听了之后面露喜色，有这些较为专业的人来接应，事情就好办多了，至少不会轻易出事了。

大家相互认识了一下，说明了事情的来龙去脉。五人中带头的分别介绍了他的四位兄弟：腾龙、百事通、猛男，还有一个呢，叫山鸡。那个领头人因为最年长，所以其他四人一直叫他老大，从没改过口。介绍完了之后，大家准备出发了。

然后村民自发地随着陆湘湘的马队，一直送到进山的深林才依依不舍地告别。

五条大狼犬在前头开路，由梅花指挥着，而二叔则在前面领路，猛男、山鸡护着前面两人。六匹马走在中间，边上跟着林翔、百事通、腾龙、陆湘湘几人，最后是三少、张奎、老大收尾，而原子呢？则陪在流清芳的身边，有说有笑的，看来已经是混得比较熟。

原始森林就是不一样，参天般的大树，高过人头的杂草，高低起伏的地势，

长篇盗墓小说

盗墓时空

还有前后一望不到头的山脉，峡谷，都让人感觉到自己竟然如此的渺小，还真不知道这魔鬼森林究竟有多大？多深？也不知道这魔鬼森林里究竟有何恐怖的猛兽，一想到这，方叶桐和黄华免不了摸了摸插在腰间的手枪与瑞士军刀。

六匹马，整整驮运着将近千斤的重物，林翔还真怕这马匹不行，忍不住地看了看，原子在旁笑道："林翔哥，放心吧！这马匹是特种的野马，负重力和耐力极强，就算是再加上一倍的重量，一样能走得平稳自如。"

"真的？"黄华大惊道，有点后悔地说："早知如此，就干脆把所有的武器弹药都带上来。"

"得了吧！黄华，你别以为我不知道，你将车后的那几箱子弹都搬上来了，还不够啊！"方叶桐一边写着东西，一边打趣道。

黄华一阵尴尬，把老脸一放叹道："百晓生果然名不虚传！连这事都瞒不过你老人家火眼金星，小生实在是佩服、佩服啊……"黄华故意将后面几个字拉得长长的，可是方叶桐却没有回应，黄华一阵奇怪，伸头过去就问道："你老人家在写什么？"

方叶桐把头转过来，用笔敲了一下黄华的脑袋说道："我在写魔鬼森林之探险录，只有你这样的人才整天不学无术，无所事事的样子！"

一听方叶桐要写书，大伙都忍不住好奇地伸头过去看了看，方叶桐赶紧合上笔记说道："怎么？怎么？书还没出版呢，到时每人发一册，我还给签名。"

流清芳看到方叶桐一脸得意的样子，打断方叶桐的话说道："我说方叶桐，你就臭美吧！虽说你自称百晓生，向你打听消息还可以，至于写书嘛！鬼才相信你！"

方叶桐一听急了，赶紧辩道："喂！喂！喂！我说流清芳同学，你是不是和黄华一伙的啊？你们知不知道，哪一届的百晓生不会著书，嘿，你们就等着瞧吧！"

"得了吧！就你那水平……"未等流清芳和黄华继续忽悠方叶桐，原子已在旁抢道："叶桐哥哥，等书写好了，记得送一本给我啊！"

方叶桐高兴地对着流清芳和黄华道："你看！你看！原子妹妹多好！哪里像你们。"然后也不管流清芳和黄华的表情，信誓旦旦地对着原子说道："原子妹，你就放心吧！等我的书出版了，一定给你送上第一册精装版，上面一定还会有我的签名。"

原子一阵的高兴，就这样一路上有说有笑的，在这孤寂的森林也不会觉得寂寞，时间过得很快，黄昏的夕阳就快要落山了，大伙在山里整整走了一个下午，第一天的行程并不觉得累，反而觉得有些兴奋，对这些新鲜的事物，都有着不同的刺激与憧憬。

方叶桐扭头对百事通说道："对了！大哥，你不是叫百事通吗？你说咱俩谁知道的事多？""你是能打听，我是都知道。咱各有所长，也算得上是同行！呵呵。"百事通的一番话，让方叶桐的脸上有点挂不住了，只得干笑几声。众人也随之一笑。

在队伍里，年龄最大的是二叔，四十岁的中年人，有着资长众人的年岁与森林经验。

年龄最小的就是原子，十八岁，对于今次能随队伍进山，那可是满心的喜悦。三少、张奎、大娃都比陆湘湘等人略大，年龄在二十三四岁这样，百事通、腾龙、山鸡也就二十六七左右，老大也已年近不惑了，而梅花则和林翔同岁。

只听前方二叔喊了一声："停！今天晚上就在这里安扎营帐，明天早晨再走！"

参天大树已遮住了夕阳的余辉，看来就要天黑了，大伙赶紧圈地扎营，将帐篷弄出来，一阵忙碌，却也井然有序，林翔看着远方，叹道："山里的太阳落得真快！"夕阳一沉，一片昏暗。"赶紧升起篝火吧，森林的夜晚湿气重、很冷，生火了也能防止野兽袭击。"老大在最后对大家说道。

篝火架上就一片通明，十七人围着一团大火坐着，虽然盛夏的夜晚非常闷热，但是那只是相对于城市来说，在此深山野林里还是有些凉快，如果晚上不太注意，会很容易引起感冒，山里有露水，不管春夏秋冬，那是长年不变的。

篝火上是一只野猪，被一根大棒从头至尾的穿透，五脏六腑已被掏空，正用树枝撑开，洒上些细盐，味道也是香喷喷的传来，赶了一下午的路，看来大伙儿都饿坏了，看着美食直流口水。

二叔笑了笑，这可是他刚才在林中用大狼犬猎到的，不需十五分钟就已经搞到手了，这可是战利品，对于一个猎人来说，就相当于荣誉。

陆湘湘看了看林中漆黑的夜，对着二叔问道："二叔，不派个人去站岗放哨吗？"对这里的地形还是二叔比较熟悉，陆湘湘自然而然地问了二叔。

二叔侧着头听了听风声，然后笑道："放心吧！这里是森林的外围，最多也是金刚熊与沙皮猪出没，有大狼犬在守着，不用怕，这里属于安全地带。"说着便伸手拿着猎刀将烤猪切成块，此时一听这里是安全地带，大伙哪还有半点的恐惧，忙拿起烤好的野猪大吃起来。

这头野猪够大，全部搞好都还有七八十斤，够吃了，还可以预留明天的早餐，见到大伙吃得已是撑着，二叔割起几块大肉然后吹着口哨，把大狼犬招回来喂食，想不到大狼犬的胃口还真惊人，吃起肉来差点连骨头都不剩，喂饱之后，大狼犬自动回到岗位，引起了大伙的一阵好奇："这狗，哦不是，是狼犬，怎么就这么自觉听话？"

长篇盗墓小说

盗墓时空

梅花则在旁介绍说这是山里大种野狼的狼种，在刚出世不久就抱回来进行圈养，加上训练，虽然说大种狼多，但是能真正胜任同猎人进山的也就十头大狼犬，攻击猎物时凶残无比，却也很有头脑，知道群狼配合，寻找破绽一口咬死对方。

三少和张奎，两人很少说话，看来性格比较的内向，这次进山没有带走任何一杆猎枪，所以黄华给其余的几人每人发了一支长枪，告诉他俩怎么使用，此刻每人都装备了一支长枪，本来除了原先六人各带了一支长枪就没有多余的，想不到装车时黄华异想天开，想来个一展身手大显神威，没想到此刻正好派上用场。

三少和张奎觉得新鲜，不光是这枪的造型，就连这枪的子弹都是从未见过，就更不要说威力，拿在手里觉得是宝，一路上不停地摸索着枪，就连吃饭都枪不离身，还真怕这位黄少爷突然把枪给收回，饭余正好两人切磋心得，然后跑到黄华的身边请教。

二叔看了看他俩摇了摇头，这两个小子只对枪感兴趣，若说村里那几杆老猎枪谁拿得最多，那就非他二人莫属。说他二人对枪感兴趣还情有可原，毕竟是村里的神射手嘛！想不到梅花与原子也对枪感到好奇，正各自拜流清芳与陆湘湘为师，研讨着枪的使用。

二叔的心里也痒啊！手也忍不住地摸着怀中的枪，若说以前的老猎枪，在使用准确上二叔可是头号分子，三少和张奎这两小子还是他一手带出来的，俗话说得好：青出于蓝胜于蓝，看来二叔是不行了。

大娃则在旁查看了一下马匹，他手中没有拿枪，枪是挂在马背上，他认为枪没有刀灵活，所以他提着的是一把长约八十厘米的砍柴刀，据说这可是他祖上太平天国时留下的传家宝刀，后来还砍过日本鬼子的头颅，再后来就变成了进山砍柴的刀，看那刀历经多年，却没有丝毫的锈迹，依然锋利如初，看来的确是把好刀。

饭后闲来无事，陆湘湘和林翔他们把目光焦点转到了老大他们身上。一路来他们实在少言寡语，他们身上有股说不出的气质，似乎是久经沙场的老将一般。坐在篝火旁，大家对几个都产生了兴趣。

"我是个孤儿，在我五岁的时候老大收留了我，老大给我取了名字。接下来的日子就是跟着老大出来砍人，想想拿起屠刀的那一刻我才几岁。"腾龙开始介绍道。

"帮众里的人和我一样都是孤儿，都是被老大从街边垃圾堆里拣回来的，其实帮会也没有多少人，除了我和老大，也就剩下三个人，一个号称百事通，一个叫猛男，还有一个呢？叫山鸡。

"论辈分、论资格我是最后一个被老大收留的，那时大伙都叫我王老五，这回有了名字，还真的当王了，至于老大的名字嘛！大伙都不知道，只知道他比我们大上十岁，就一直叫他老大，后来也没有改过口。

"帮会有名字那是因为在一次行动中，百事通忽然觉得要取个行动代号，这样就出师有名天理顺，别看他说得头头是道，好像很懂的样子，其实大伙都没上过学堂，除了懂说话会语言交流，要真叫写上几行字，那还真是难如登天，还是老大说得好，不识字没关系，懂数钞票就行，就这样行动的代号就叫"劫富济贫"。

"听起来好有侠义的风范，这也就是大伙躲在乌黑的深夜里靠几把破刀干的勾当，夜里黑乎乎的，哪还分得出什么好人和坏人，只要是有人路过就抢，后来被警察追得满城地跑。"腾龙继续说道。

"后来这勾当越来越难做，不知不觉中我们也发现了自己踏入歧途。但是已经晚了，一次深夜抢劫，却得罪了当地的地头蛇。在我们最落魄的时候遇到了你的母亲。"百事通接过话茬，看着陆湘湘说道。

"你的母亲是很好的人，她请你的父亲帮我们找工作，后来我们拒绝了。听说你的父母是做考古工作的，我们兄弟就开始了解这行，听说这行也能赚不少，我们就开始倒斗。算来也和你的父母是同行了，我们也希望有一天能够帮到他们。你联系我们的那一天，我们就已经知道你的父母肯定出事了。否则，凭他们的身份地位，还需要我们帮忙吗？"老大在一旁抽着烟说道。

红映的火光照得大伙满面红光，出现了片刻的沉默。二叔突然提出开个会议，分配所有的一切工作，还有路程的安排以及各方面的注意事项，大伙围坐篝火旁，仔细地听着二叔分配任务。

由二叔做魔鬼森林外围向导，陆湘湘当队长，可以进行人力和物资的分配，大娃宿营时负责看好马匹，原子负责生火煮饭清理饭后和早晨熄火，梅花则负责指挥五条大狼犬在前探路与守夜，三少和张奎负责收尾垫后工作，陆湘湘林翔等六人负责白天看好马匹。

就这样分好了工作，提到守夜人的安排时，二叔在旁提示目前还是边缘，这三日不用安排人守夜，大伙尽量休息好，养足了精神才能应付魔鬼深处的重重困难，第四日夜就需要人守夜，初步定为两人一岗，两岗一夜，一岗三个小时轮换，具体安排到时看情形再说。

说到此行的目的地，二叔是犹豫了一会儿才缓缓说道："我们前进的方向是一直往北，会经过许多的河道和峡谷，死人峰，最后到达凤凰山。"

"凤凰山！"

原子、梅花等人听了大吃一惊，看那表情就像被冰霜僵住了一样。

"凤凰山竟令他们如此吃惊，难道会有什么凶猛的野兽？还是什么更可怕的东西存在？"林翔闪电般的在脑海划过，看到陆湘湘等人也是一脸的茫然，这到底是怎么一回事？难道连陆湘湘都不知道？林翔闪过了一个可怕的念头。

陆湘湘听了二叔的话，也是没有半点头绪，凤凰山？地理书图上并没有标明这样的山峰，父亲也没有说墓穴就在凤凰山，只是在一座高如鸡雀的山峰画了一个圈，难道那就是凤凰山？现在仔细想想，那形状还真有点像凤凰腾飞的样子，只是不知他们是怎么得知凤凰山？

只听三少打颤着说："那是村里的一个可怕传说，相传凤凰山是一座死人的地狱，凡到凤凰山的人都会尝尽死神的手段，最终尸骨无存。"

"地狱？"

"死神？"

陆湘湘等人也忍不住全身起鸡皮疙瘩，好像看见了眼前的十八层地狱，上刀山，下油锅，斩舌刺目，刀锯分尸两半，牛头马面在旁冷笑尸魂的凄惨，一阵阵痛苦呻吟煎熬的声音传来，令人不寒而栗。

像是什么恐怖的事情吓住了三少，他并没有接着说下去，大伙都在等待下文，二叔咳嗽了两声，打破了紧张的气氛，接着说道："据古老的传说，凤凰山就像当年孙悟空护送唐三藏等人西天取经的灵山一样，一路上危机重重，凶恶万分，至于十几年前，你父母是怎么进到凤凰山，那就不得而知了。"

说着，大伙的眼神都随二叔望向了陆湘湘，陆湘湘只是茫然，其实她也不知道是怎么一回事，只知道这事关系到人类的生存，关系到一切死亡般的谜，所以才有那么一份责任驱使她要探个究竟，若说有私心，那也只能说是为父母报仇，为解开自己身上的第五卷轴究竟是怎么一回事。

想到这些，陆湘湘并没有说出来，二叔叹了叹气，"当年梅花她爸就是死在这魔鬼森林里的。"

一提到梅花她爸，梅花回想伤心往事低着头沉默不语，二叔看了看，虽然理解梅花此刻的心情，但这关系到大伙的安全却又不得不说，今天一下午的行程看到大伙有说有笑的，完全没有紧张和戒备感，说句实话二叔在心里担心呐。

"梅花她爸是被藤树咬死的。"

"藤树？"大伙惊叫起来，"这是什么东西？"说到藤树，陆湘湘也略有耳闻，那是生长在亚马逊河热带原始森林，根据特殊的气候与地理形成的灌木林，那里腐叶烂泥，轻微的水潭就会像沼泽的泥潭一样深不可测，要是人踩到了上面，就会深陷其中而无法自拔，活活地闷死在泥潭中。

还有比这更可怕的，就是生长在腐叶烂泥边上的树，那树的特征和普通的树一般无二，只是它的身上却挂满了无数的藤芽，藤芽越长越长，具有极强的拉扯之力，能在猎物毫无防备之下将其卷住，然后活活地给勒死，最后猎物才被分尸固土，据说当年中越之战，就在丛林里碰到过这样的事情，看来梅花她爸的死与此有关，虽然不敢肯定，但也有十之七八。

果然，二叔接下来的话应验了陆湘湘的想法，流清芳一想到森林里有如此可怕的藤树，已是吓得满脸苍白，更何况路上还要寻找梅花她爸的骸骨，那岂不是自投罗网？

还是黄华在旁安慰流清芳道："放心吧！我还以为是什么千年妖怪，原来只是一种自然生存法则现象，下次遇到了藤树，嘿嘿，本少爷非一把火烧了它不可！"

方叶桐也在旁吆喝道："对！烧了这害人精，我们不是带了燃烧弹和固体燃料吗？有什么好害怕的，我说二叔啊！你就说说一些真正可怕的东西，到底这个魔鬼森林有什么更可怕的东西？"

这一问，三少、张奎等人面面相觑，真想不到还有不怕死的人，二叔又继续说道："森林里有猛兽，这些呢，用枪都可以应付，但你们知不知道，村里有马匹，为什么就不能到县城去卖东西？"

"是啊！我也觉得奇怪？为什么村里有马匹，而且又能打到如此多的猎物，怎么就不能去县城换些好东西回来呢？"林翔开口说出了自己的想法。

刘涛没等二叔回答，就抢着道："一定是因为出去的人就再也没有回来！"

"你怎么知道？"林翔等人不解地问道。

"嘿嘿，凭我多年当杀手的经验！这不，猜猜嘛！何必那么认真？"刘涛看到大伙的脸色不对，赶紧改口。

"嗯！这位小兄弟说得对，就是因为要出村庄的人都死在半路上了，还没走出山区，就已经横尸路边，死状非常的惨，全身血肉模糊。"

"哦！这究竟是怎么一回事呢？难道说只允许进来不许出去？"大伙想了想，却听大娃说："这是恶魔对村庄的诅咒！"

"别瞎扯了！这世上哪有鬼？这分明就是人的心理作用！要么就是有人在幕后装神弄鬼，陆湘湘，你怎么说？你可是考古学家出身的，对这件事情最有发言权，你不会也认为这世上真的有鬼吧！"黄华已把话题转向了陆湘湘，要是再让二叔胡说下去，这人还没有碰到鬼就已经被吓死了。

陆湘湘想了想说："这不好说，现在还有很多稀奇古怪的事情，科学还没能解释清楚，比如说我们国家的万里长城是怎么将如此巨大的岩石搬到山顶的？又

长篇盗墓小说

盗墓时空

比如说埃及的金字塔又是如何建造的？虽然这一切看似有踪迹，但目前科学的认识还是不够的，还需要历史学家多年的考究才能有断定。"

这些话说得大伙直摇头，陆湘湘考虑得虽然周全、谨慎，但这不是在说中间话嘛！没办法，大伙只好继续讨论下一个话题，说着就说到了蛇！盛夏的蛇最为活跃，也是最毒的，在这片魔鬼森林里有无数种毒蛇，小的如指般大，大的如水桶般粗，在这片森林里行走，不得不防。

于是二叔拿出硫磺在营帐外洒落一些，然后分给每人一些提醒道："从明天早晨开始，就将硫磺包在两只脚踝上，这样就可以尽量地防止蛇从草堆里袭击腿的危险。"虽然都带了蛇虫解毒的药，但也不能掉以轻心，可不想被这圆滑滑的蛇咬上一口，想到就让人觉得恶心。

明天早晨交代的任务，就是戴上帽子，不允许穿短衣短裤，即使天气再热，也必须穿上长衫长裤，由于森林里蚊虫较多，必须要注意照顾自己，然后二叔看了看天空，夜已深，就对着大伙说："去睡吧！明天还要赶一天的路。"

说完大伙散去，各自回到帐篷躺在睡袋里，沉思了一会儿就进入了梦乡。

林翔走进帐篷时看了看天空，觉得一阵的奇怪，参天大树根本看不到夜空的星星，他是怎么知道时间的呢？林翔看了看手表的时间，此时已是深夜十点半了，看来山里人有着自己不同的生存方式，经验一说也许就是从这里来的吧！

帐篷搭了三座，十二个人正好四人一个帐篷，由于出行时备用的睡袋就只多带了一个让给了原妹，其余五人只能睡在草堆上，也好方便他们负责看守。

夜，在篝火中度过，明天会是个什么样子呢？林翔想了想，伸手摸了摸身旁的枪支，这魔鬼森林真的有二叔说的那么恐怖吗？此时此刻，真的有点想家，不知道母亲怎么样了？

早晨起来吃完早餐，然后按照昨夜的分配任务，形成有计划有顺序的战斗小组继续进入森林，森林里到处参天大树，杂草丛生，酷暑的阳光显然很难照到大伙的身上，鸟叫声、虫鸣声响成了一片，形成了一段段动人的乐章。

杂草是越来越多，路也越来越难走，忽上忽下的地势把人给折腾得满头大汗，口干舌燥，在山里只能停一会儿喝上两口水再继续往前走，如此的登山翻坡过溪，疲劳度对于几位富家子女来说，可是很大的考验，就连林翔都已经气喘吁吁，想当年出外打工什么苦没有吃过，只是过上几年有些安逸的高中生活，想不到就这点强度也累得够呛。

二叔回头看到大伙累坏了，再看看天上的太阳，然后就让大伙歇会儿，等有了力气再继续前进，想想这样的行进速度的确是太慢了，总不能在这片魔鬼森林里走上一个月吧！于是只能等歇好了就让林翔、陆湘湘等人坐上马匹赶路，趁这段路还比较好走，而且有小路的痕迹，早点穿过魔鬼森林的外围，躲过藤树的危险。

一坐下来，整个人就累倒在地上，双脚直麻、发软，拿起水袋就猛灌几口，好在这里不是沙漠，在原始森林里有的是水，在这一点上是可以浪费一些，这一段路程都有清泉和溪水补充，陆湘湘也一再强调森林中以野兽野菜为餐，干粮要完好保存住，以备不时之需。

林翔、陆湘湘一屁股坐倒在地，就连自称杀手的刘涛也有点经不住这样的折腾，虽然高中时每天坚持体能训练，但那毕竟不是在山里搞对抗演习，不过比起林翔等人来说，就强多了。

黄华喘着气说道："我说三……三少和张奎……你们怎么不觉得累啊？"

三少和张奎只是气息有点喘，不像黄华喘得满脸通红，而且胸口不停地高低起伏，就像快要断气的老人一样。

听到有人问，三少先回答道："黄少爷，就这点山路对我哥俩来说是小意思，你还没有看见前些年，我们哥俩是拿着猎枪满山跑，那才够呛，一连三天没有休息，你知道为啥不？"

"吹牛！三天三夜不睡觉，我才不相信呢？那么你说说是为啥？"黄华一问，大伙都把眼光投向了三少和张奎。

"吹牛？俺山里人不说假话！"张奎接着道："当初我和三少进山，结果遇上了大群野猪，还有金刚熊，那三天三夜杀都杀不完，反而被这群野兽追杀，那几天没头没命地跑，差点就把命给搁在这了，不信你问问二叔，他总不会欺骗你们吧！"说着就指了指二叔。

只见前方的二叔点了点头，走过来说道："这两个小子一入山就失踪了三天三夜，急得村里人以为是被猛兽吃了，结果全村的人白天进山寻找，总算这两个小子命大，要不然就等着我们给他俩收尸，早就到阎王那报到了。"

二叔的一番话直说得林翔等人佩服不已，如此的大风大浪真想见识见识。

黄华忍不住在旁说道："佩服！厉害！如此刺激的场面本少爷还真想见见，不管面前有多少猛兽，它来多少本少爷就杀多少，让它们也看看本少爷的手段！嘿嘿，手上的枪可不是吃素的。"说完摇了摇手中的枪。

大伙听了都傻了，都巴不得不要遇上可怕的猛兽，他倒好，非要来个你死我活的场面，唉，人呐！就是这样的奇怪，大伙无话可说，只有原子在旁偷笑，二叔呢？觉得休息也够了，就吆喝着大伙上路，就这样林翔、陆湘湘等六人纷纷坐上马匹摇摇晃晃地继续前行。

晚上宿营，白天赶路，就这样又走了两天，一路上相安无事，也没有先前说

的那么可怕，二叔就觉得奇怪，按理说早就该遇到猛兽的袭击，现在怎么却这样的平静呢？忽觉不对，太平静了，平静得有些不符合逻辑，让人感到有些害怕。

于是二叔就对着后面吆喝着："大伙提起精神，小心有危险！"说完二叔就走到前边和梅花说："小梅，你有没有觉得有些不对啊？都进来好几天了，怎么就没有看见猛兽？"

梅花略一沉吟，说道："嗯！这些天我也觉得奇怪，除了野猪就再也没有看见其他大的野兽，就连金刚熊都没有看见，是不是它们都集体搬家了啊？"

"不可能！一定是出了什么问题，还是注意小心些比较好！最好还是赶紧赶路，这里给人很不祥的感觉。"说着就吆喝着大伙赶紧穿过这片树林，因为前方不远就是一块有些宽阔的草地，视野能放远就比较安全。

走出树林刚走到草地的中央还没歇息，突然一道闪电划过，轰隆的一声巨响，令大伙惊奇地抬头望天，奇怪？晴天也打雷，完全不像要下雨的天气，大伙百思不得其解，忽觉一阵凉风吹过面门，心中一惊：怎么凉飕飕的？这种感觉让人感觉说不出的恐惧，只听大狼犬一阵的狂叫，是不是有什么猛兽来了？黄华早已将威力狂猛的沙漠之鹰拿在手中跳下了马背。

大狼犬的狂叫声越来越大，越来越急，若不是有梅花在旁吹着哨，恐怕大狼犬早已扑上去了，随着大狼犬狂叫的方向，难道对面的树林有什么厉害的猛兽？林翔还没有想清楚，突然一阵马匹的惊叫声，慌乱地跺着脚，已有些控制不住，二叔大喝一声："快下马拉住马匹，别让它们跑了！"

这才想到所有的物资都在马匹上，若是马匹走失了，那大伙就全完了，究竟是什么猛兽竟然让马匹与大狼犬如此的不安？不再细想，林翔等人跳下马拉住缰绳，三少和张奎在旁抚慰马匹，黄华早已将枪瞄准前方的树林，问道："二叔，会是什么厉害的猛兽，快出来吧！让本少爷将你打成马蜂窝。"

二叔也不知道是什么猛兽竟然能让大狼犬如此的急躁与不安，这种情形还是第一次，正想询问梅花，却见梅花也是一脸的震惊，突然凶猛狂叫着的大狼犬不停地蹿着腿往后退，马匹比先前更嘶声地狂叫，二叔忽觉不对，抬头看了看天空，不知何时天已变得昏暗，一阵风刮来，只见对面的树林里涌现出白茫茫的雾气，轻飘飘，越来越浓，向大伙的方向飘来。

"有毒的瘴气？"陆湘湘惊讶地叫了一声。

"绝对不是瘴气，也没有毒，如果有毒，一定会有许多猛兽奔跑而出，可眼前却一片安静。"二叔以多年的经验判断道。

果然，陆湘湘抬手看着方向气体检测表，没有发现异常的显示，"那这是什么气体？怎么会引起动物的不安与害怕？"

三少、张奎、大娃和原子也是第一次见到如此白茫茫的气体，和平日山里的瘴气完全不同，大伙打着十二分精神，端着枪瞄准前方，若有什么风吹草动，就给它一串子弹。

　　二叔不停地在脑海里搜索：是啊？这到底是什么东西？瞬间的工夫右边的树林也冒出了一团团的白色气体，越来越接近了，就等二叔的一声令下了，二叔看到最前面的那团白色气体慢慢突出变成一个形状，突然想到了什么，赶紧大喝一声："梅花！快！放一只大狼犬过去！"

　　梅花听到二叔的急喊声赶紧吹哨，其中一只大狼犬一犹豫就猛然地扑了上去，突然那快要成形的白色气体猛然地抬起头，露出一张魔鬼般的脸，张着血盆大口迅速咬住了奔袭而来的大狼犬，接着传来一阵阵的骨头嚼碎声，大伙惊呆了，这究竟是什么怪物？竟然就能把如此庞大彪悍的大狼犬在闪电般的速度下一口咬尽，连骨头都不剩，看得大伙两腿直发软。

　　突然一阵枪声传来，大伙惊醒，原来黄华已按捺不住率先开了枪，紧接着一阵阵连续的枪声响彻整座森林，枪口愤怒地喷出长长的火舌，只有弹壳的飞溅回荡声。

　　只听咔嚓咔嚓的声音，整整一弹匣的子弹全部打完，那张白色气体魔鬼般的脸被子弹打得面目全非，正当大伙舒上一口气时，只听二叔惊恐地大喊一声："快跑！这是鬼雾！"

第九章　生死时刻

"这难道是……"陆湘湘也想起了什么，大惊失色地连声喊道："这是鬼雾！大家快跑！"

马匹没等众人反应过来，就已经撒开腿朝左边的树林深处奔跑，大娃健步如飞赶紧冲上前拉住跑在最前头的马匹，那被子弹打得稀巴烂的鬼脸正在快速地愈合，正当大伙不知该往哪里逃时，二叔连连喊道："大伙跟着马匹的方向跑！"二叔知道，森林里的动物都有着敏感的逃跑生存方式，对于方向那是绝对错不了。

说话间有了方向，大伙拼尽了全力不停奔向左边的树林，速度再快，一时间也快不过那团白色鬼脸的愈合速度，白色鬼脸不停地张着嘴，抓狂着，发飙着，狂叫着，仿佛这个世界已经在它的掌握之中。

一阵阵阴风吹来，犹坠冰窟一般，咬着牙关颤抖着，然后是阴沉沉般的声音在大笑："哈哈哈……你们跑不掉了！"

就像预知大伙的命运一样，有人在撕心裂肺地叫喊着："不！！！不要……"

大伙的精神被恐怖的声音搞得就快要崩溃了，双腿被冰雪凝住在地，想跑，不停地跑，耳边只能听到自己深重的喘息声，完全能听到自己的心脏在扑通扑通地狂跳，可越着急用力，就是没能跑出一步，回头看着那越来越巨大的白色鬼脸，张着血盆大口就要……

"娘的！连吃奶的力气都用上了，怎么还是待在原地不动！"刘涛不停地破口大骂。

突然只听二叔大喊："快！大伙坐上马匹和大狼犬快朝左边的树林跑！"

前面和右边的白雾奔涌而来，大娃、流清芳、三少、方叶桐、陆湘湘等六人一拉缰绳，缓住马匹单脚一登就翻身上马奔驰而去。

二叔、梅花、黄华、张奎等人哪还敢停留片刻，纵身跳上大狼犬，身子一趴下眼前一片摇晃，耳边虎虎生风追在马匹之后，真没想到大狼犬还可以当马来骑，而且依然能健步如飞，丝毫感觉不到迟滞的状态，总算是救了一命，黄华在想：等回去时一定弄两只这样的大狼犬来做护身保镖。

人影一下就跑光了，刚才二叔一吆喝，将刘涛吓得一激灵，正想喊道我怎么办？只见眼前那团白色的鬼脸张着巨嘴，径直扑向刘涛，刘涛就地打滚爬到一

边，还没来得及站起，白色鬼脸大怒般再次扑来，刘涛暗叫一声："不好！"赶紧翻转身体在地上滚转起来，只听轰隆一声，白色的鬼脸将草地撞出一个大坑。

"这是什么怪物？"看着眼前的大坑，刘涛刷的一下，脸吓得惨白。再抬头望着那巨大无比的白色鬼脸，心里已经充满了绝望，白色鬼脸再次扑来，快如疾风。刘涛心里知道，这下完了！想躲已经太迟了，只能闭目等死。

说时迟，那时快，数十米外的林翔扭头看到刘涛就要死于鬼脸的大口之下，转身冲上前，毫无考虑地掏出手雷，拉掉撞针竭尽全力迅速地朝白色鬼脸扔去。就在那一霎那，只见那白色鬼脸突然张口反咬住从远处扔来的手雷，一口吞了下去。

那白色鬼脸哪知道手雷是何物？这一动作吓坏了远处的林翔，只觉双腿一软一屁股坐倒在地上惊恐地喊道："炸死它！"

"轰隆"的一声闷响，白色鬼脸炸得开花一样满天飞，这时刘涛听到声响本能地张开双眼，白色鬼脸哪去了？心中一阵疑惑，只见白雾就要漫过来，赶紧跳起身来朝众人的方向跑去，这才知道刚才一定是林翔扔出手雷救下了自己，刚刚的那声闷响让人听得真切。

昏暗的树林，大伙骑着马和大狼犬不停地往深处跑，终于在一个山谷的谷口停下，奇怪？马匹和大狼犬到了这里怎么就不跑了？大伙喘着气翻身下马，满头大汗的一屁股坐倒在地，不停地望着后面树林里渐渐消散的白色雾气的踪迹，这才把狂跳的心放下了。总算是逃过了一劫，大家心里都在默默地感叹着。显然大家对刚刚经历的一幕还心有余悸。

突然，一阵沉闷的爆炸声从远处传来，大伙面面相觑。"难道有人在后面没有跟上来？"二叔立即反应过来，大声地问道："谁还没上马跟上来？"刚才一阵的触目惊心，大伙都来不及细想，只知道不停地往前奔跑逃命，哪里会想到后面还有人没有逃出来。

陆湘湘马上清点人数，大惊道："差两个！是林翔和刘涛。"

大伙一阵骚动，二叔赶紧坐上大狼犬就要去救援，黄华站起来也要一起去。一时间大伙都要去，二叔赶紧打断："刚才的情形大家也都看到了！大伙一起去只能白白送死，死我一个就足够了，梅花！我带两条大狼犬一起去！"黄华赶紧帮二叔换好弹匣，掏出两颗手雷递给二叔："速去速回！"

说着大伙就想流眼泪，二叔抓过手雷揣裤兜里，骑上大狼犬吹着哨，身后跟着两条大狼犬就消失在树林中。

刘涛扶起林翔就往丛林深处跑。这白色鬼脸被炸散后一直是雾气状态，始终没有消散。林翔二人怕有意外，赶紧离开这片区域。刘涛劫后余生，但想到危险依旧存在，精神实在是被折磨得有些崩溃，只能不停地骂着以消心中那口怒气。

林翔回过头看了看，那片白色的雾气似乎又有聚集的趋势，不由得又加快了脚步。

二叔此刻见林翔他们快速地奔走在树木之间，吆喝一声，林翔、刘涛跑向二叔。跨上大狼犬，三人立刻骑着大狼犬扭头飞奔。此时白色雾气聚集越来越快，略看似乎是人形一般。向三人席卷而来。

二叔向后扔出两颗手雷，白色鬼雾有一刻涣散了，但是又迅速地聚集起来，再次席卷而来。

眼前已经可以看到刚刚歇息的山谷的谷口，二叔大声喊道："快走！鬼雾又过来了！"

黄华他们正在焦急地等待，见二叔带着两人回来了。但是再看后面的一番景象，众人来不及多想，立刻跨上大狼犬和马匹向山谷内飞奔而去。"躲到山谷内侧！"老大进入山谷后立刻找到一个避险的好位置。

随后林翔三人刚冲入山谷内，白色鬼雾如海啸般排山倒海狂涌而来。

鬼雾从山谷口汹涌地灌入，之后便如青烟般消散。已跑入谷中但来不及躲避的林翔三人，本来以为自己也就只能闭上眼等死了。但只觉一阵轻风拂过，睁开眼只见阵阵烟雾飘散在空中慢慢散去。

"靠！这鬼雾太奇怪了，说来就来，说走就走！二叔，你们都没事吧？"黄华第一个反应过来，冲到林翔三人身边问道。

"没事，只是事情来得突兀。现在没事就好了。"二叔惊魂未定地说道。

"恐怕事情没那么简单，这里也不是久留之地。"百事通说道，大家则一脸惊恐地望着百事通，显然被他的话给吓到了。

"鬼雾，不是已经逃跑了吗？"话才出口，林翔才发觉到，自己讲的话实在是太白痴了，只好偷偷吐了吐舌头，乖乖闪到一边去，好在大家惊恐未定，没有人注意到他的话。倒是流清芳，看到她涨红着脸像个孩子，不禁想笑，还好，大家都没事。

"这鬼雾的消失，像不像刚刚我们的大狼犬被鬼雾吞噬掉的那一刹那？"百晓书生方叶桐一边掏出本子记着什么，一边转过来摇头晃脑地问大家。

"靠，都什么时候了，你还有心情写东西？"黄华指着方叶桐破口大骂，上前一步，作势要抢方叶桐手中的本子跟笔，突然飘过来一个声音，"你也注意到了？"听到这话，黄华手中的动作顿了顿，回头寻找声源。

这话是百事通说的。百事通已经自顾自地在四周观看了起来，此刻，他们已经进到山谷里了，狭长的山谷似乎没有尽头，远远看去犹如黑洞。洞口两侧的两

根石柱吸引了他的目光，"你们看那几根石柱，就在谷口的地方，你们看，那像不像动物的犬牙？"

"如果说，那是对犬牙，那这个山谷的整个形状会是什么呢？会不会像某种巨兽的头，或者是魔鬼的脸孔，就像刚刚那片鬼雾类似的东西，只是鬼雾是虚拟体，而这山谷是种实体的有形的鬼谷？"百事通拿手托着腮帮扮沉思状。

"对，类似动物之间的食物链，有形克无形，无形克实体，我们就是有灵魂的实体，而鬼雾跟这山谷，就是无形体跟有形体，不然的话，又要怎么解释鬼雾的消失，形同于被鬼雾吞噬掉的大狼犬呢？"方叶桐接下百晓生的话。

听了百事通的猜测，大家顺着他手指着的方向看去，两侧的石柱越往上越细，呈圆锥体，灰白的岩石特有色，让人不禁联想到埋葬多年的死人骨头。

原子跟流清芳正抱住其中的一根，方才她们在这石柱后面躲避刚才的鬼雾，此刻听到百事通的话，正抬头向上望去，石柱的尖端不知是阳光照射，还是尖端有石片棱角面折射，正闪着光，那光在原子跟流清芳的眼里，是一种莫名的寒光，叫她们彻身寒冷。

流清芳不敢多看，正要收回视线的时候，突然发现山谷顶端也有这样的两根石柱，与下方相呼应，仔细想想，跟野兽的牙真的很像。流清芳不觉拿手肘碰了碰身旁的原子。

"你们看上面，怎么也有两根这种石柱，是倒立的圆锥体形状。"原子代流清芳说了出来，大家的视线慢慢上移，除了与下面呼应的兽类犬牙状石柱，还看到了开始坠落的细小石块。

"不好，大家快出山谷。"二叔大喊一声，大家来不及整理凌乱的衣服，还有刚刚才稍微稳定一点的情绪，就开始骑着马匹往外跑，梅花吹着口哨召唤大狼犬跟出山谷，刘涛跟林翔还没从狼犬的身上下来，突然奔跑的狼犬差点就将他们甩了出去，"快抱紧了。"林翔大声喊着，并赶忙俯身环住大狼犬的脖子。

此刻，山谷四周也开始晃动起来，谷顶出现了许多细密的纹路，像一条条裂开的石缝，随着几条主裂缝的出现，有大量的灰尘掉落，碎石也越来越多。马匹发出嘶鸣声，在空旷的山谷里回荡着，狼犬也开始鸣叫，林翔能感觉到，身下的大狼犬加快了速度，呼呼的风声在耳边回荡着。

山谷不停晃动着，石块开始大块大块的从上端掉落，众人不敢停留，如果不是开始往山谷外移动，他们还真不知道为了躲避鬼雾原来已经跑进山谷很远了，谷口开始慢慢闭合，谷内空间也开始缩小，光线慢慢变暗，"快出山谷。"不知是谁喊了一声，刘涛只看到自己随着身下大狼犬的纵身一跃，四周光线刷地变亮，他，逃了出来。

已经出来山谷的除了刘涛还有林翔、百事通五兄弟、二叔、三少、张奎他们，再点一点，少了陆湘湘。

"小姐不见了。"

眼看着山谷就要完全闭合了，刘涛端起枪支转身向着山谷冲去，"等等，我也去。"林翔匆匆忙忙抓起枪尾随着刘涛身后。

山谷马上就要闭合了，洞口不够大，肯定是爬不出去了，光线越来越暗，陆湘湘心里有些着急，难道还没到凤凰山自己就要被关在这暗无天日的石洞里了？会不会像大狼犬被鬼雾吞噬一样，自己也成为这山谷的腹中之物？陆湘湘感到脸庞有些湿润，拿手一蹭，发现手背上沾上了泪水。

不行，我不能这么软弱，爸爸妈妈说过了，我要坚强的。想到这里，陆湘湘伸手去衣兜里掏纸巾，却碰上一个冰冷的物体，有了。

陆湘湘抬起手在衣袖上蹭干净泪水，掏出口袋里的物体。

是的，那是一颗手榴弹。装武器的时候，流清芳塞到她口袋里的，那个时候，流清芳一脸谨慎地告诉她，"湘湘，多装一颗傍身用，要是枪支突然没子弹了，这个还能防身。"

没想到，真应了流清芳的话，这颗随身放置的手榴弹如今真的成为了救命稻草。来不及多想，陆湘湘拉开撞针，朝着洞口扔出手榴弹，然后抱着脑袋趴在地面。

"恩人呐，希望你的女儿能躲过这一劫，不然的话，我们对不起你呀。"二叔的脸上爬满焦急，细密的汗珠爬满额头，目光死死地看着箭步冲出去的林翔跟刘涛，后者已经接近谷口了，而山谷，闭合得只剩下一条小缝隙了。

三少、梅花、张奎、原子一言不发地盯住二叔，他们也都清楚这中间的利害关系，陆湘湘的父母是全村的救命恩人，这陆湘湘，又是跟着他们一起进这魔鬼森林的，假如他们脱了险境安全回去，但陆湘湘却丧命于此，村长心里会多难受，村民的心又有多煎熬，原子的眼里分明已经有了泪水在打转。

突然，嘣的一声巨响，山谷在众人的眼前被炸了开来，刘涛跟林翔本能地抬手侧身躲避四处迸飞的碎石，陆湘湘在声响后爬起身，来不及闪躲四处飞舞的碎石，跌跌撞撞地向着洞口冲了出去。

林翔被砸倒在地，砸到他的，除了迸飞的碎石，还有陆湘湘。

确认了陆湘湘没事，这才让大家心里的大石头落了地。怎么回事？老村长的故事里，好像并没有提到过有这样的一个山谷。陆湘湘绞尽脑汁地去回忆那一天老村长的话，的确没有提到过有这样的山谷。

难道是受到第十卷轴的影响，所以让这里的地质层都起了变化，新一代的高

级妖怪出现了？陆湘湘心里疑惑着，但不敢讲出来，大家还都惊魂未定，不能在这个时候添乱。

打定心思的陆湘湘环顾四周，问二叔道："二叔，现在我们该怎么走？"

先前在焦急等待中心乱如麻，直到眼见陆湘湘完好无损出现，二叔才放下心来，抖抖擞擞地转了几圈，嘴里喃喃念着谢谢佛祖保佑，然后蹲在一旁的树下掏出旱烟杆子，开始吧嗒吧嗒的大口大口抽着烟定惊，突然听到陆湘湘的问话，这才抬起头查看起四周的环境来。

刚刚的山谷已经不见了，除了陆湘湘炸开的那些碎石，整个山谷都已经消失不见，取而代之的是一座小山，远远望去密集的树林掩盖了整座山，与其他的所有山脉都一样，没有什么本质上的区别，也没有什么让人产生兴趣的特质。

可是这里刚刚明明就是一座山谷。

一直沉默不语的老大上前捡起地上的碎石，这是被陆湘湘炸开的山谷洞口的碎石。只见他抓起来敲敲打打的，又凑到鼻子处闻了闻，猛男人如其名，比较粗犷，当然说话做事方面也都是简单明了的，他走近老大身边问："老大，你抓着这石头看什么，那山谷消失了，这石块你还打算留着啊？"

猛男话才说完，脑门上就吃了百事通一记巴掌，"你知道个什么，"说完也凑近老大身边，"老大，你是不是发现什么了？"

"这是人骨头。"老大举起石头转过身面对着大家，声音有一点颤抖，但还是尽量提高声音大声地说了出来。老大的声音钻进每个人的耳朵，大家沉默了，死死盯住石块，二叔在身边的石头上敲了敲烟杆又看了看，确定烟杆敲干净了，才起身走过去接过石块仔细看了看。"没错，的确是人骨头。"

二叔的话无异于定时炸弹，大家开始嘈杂起来，有惊恐，也有疑惑。

"二叔，怎么会是人骨头呢，明明就是石块，刚刚的山谷，我们大家都进去过的。"陆湘湘上前一步，想要接过石块来看，又犹豫着缩回手，只是目光却还是死死盯住二叔手上的石块。

"石头的断面跟骨头不一样的，骨头还未成化石，断面当然会保留骨质断面，而且石头上的纹路受到破坏也是会顺着纹路崩裂的，但被炸开的这一块，很明显就不是石头。"老大压低声音解释道，但很快就被林翔驳回了，"那怎么不说是动物骨头呢？"

其实，林翔不是害怕，只是不想那么快就接受这些莫名其妙的事情，这几天才接触到那么多现代科学的技术结晶，又是防护衣又是机枪设备的，现在又要接受会吞噬带生命体的鬼雾，还有这凭空消失的鬼谷，更离谱的是消失鬼谷被炸掉的石块居然是人骨，一下子要接受这些，林翔觉得自己的大脑在选择性地排斥着，这样的转变太迅速，跟他那么多年的平凡生活太不一样了，也太不真实了。

除了林翔，其实流清芳、黄华的心里也开始犹豫了，她流清芳是想来寻宝的，到时候可以换钱不说，地位也会更进一步地提高跟稳固，而他黄华，虽不求什么，可也不想在荒唐中不明不白地死去。

陆湘湘看了林翔一眼，林翔的神色慌张，眼神四下瞟着，似乎并不想仅仅只注视一个方向，这样的动作比较像警惕着的动物，时刻观察着身边的动静。陆湘湘能感觉到林翔的情绪很不稳定，是啊，医院里还有需要他照顾的老母亲，如果林翔出了什么事情，她就是罪魁祸首，怎么去面对林翔的母亲，自己把林翔也拖进这蹚浑水中，到底是对是错呢？

陆湘湘感到一种挫败感，其实自己的事情就是自己的，何必拖上这么多朋友一起陪葬呢，不管世界会不会消失，他们毫不知情地陪着自己冒险倒不如毫不知情地继续他们快乐的生活。

想起前些天自己生日会上每个人欢笑的神情，陆湘湘的眼眶又开始溢满泪水，她在模糊的泪水背后看到林翔惶恐的脸，看到流清芳不满的神情，还有黄华的烦躁，还有老大他们的沉着，以及三少、张奎、梅花、原子、二叔视死如归的表情，深深感觉到内心里的无助正悄悄发芽，然后以惊人的速度蔓延开，死死地揪住她的心，一层一层地包裹起来。

此时的林翔张望着，远处的天边有着不真实的清澈的蓝，林翔又想起在病床上的母亲，想着老母亲沉睡着的脸，那才是他的现实，接着，林翔又想起十八岁生日的牢狱生活，又感觉到一丝不真实。

是啊，自己的生活早就已经不真实了，又何必在乎这些奇怪的事情呢，如果不是认识了这帮朋友，如果不是流清芳的慷慨解囊，他的母亲又怎么能够住得起那样昂贵的病房，受到那么好的救治呢。

是啊，我不该那么自私，林翔的心渐渐平静下来，一回头，对上陆湘湘无助的眼睛，泪水正顺着她娟秀的脸庞大颗大颗的掉落。

"陆湘湘，你怎么了？"林翔走到陆湘湘身边，伸手想要擦去她脸庞的泪水，不想，陆湘湘一闪身，避开他的手。

"你们回去吧，这本来就是我一个人的事情，我不该把你们拖下水……"陆湘湘抽泣着说，话音未落就被二叔打断了，"你这孩子，说什么呢，你的事情就是恩人的事情，恩人的事情就是我们全村人的事情，既然你选择要进魔鬼森林，我们全村人搭上性命也会与你一起进山的。"

"是啊，湘湘，如果不是因为你，我也没有机会进来这里，没机会进来这里就代表着我没机会帮我父亲收拾残骨，说起来，我反倒还要谢谢你。"说话间，

103

梅花已经热泪盈眶，是啊，父亲无法回归故土，这是梅花从小的歉疚，虽然不会再冲动着叫啊喊啊的要进山，但是想要独自寻找父亲尸骨，还真是个难题。

听了梅花的一番肺腑之言，二叔叹着气怜爱地摸了摸梅花的头。

陆湘湘心里感到暖暖的，但还是认为自己该一个人走，于是不再说什么，转身掉头就跑，说时迟那时快，一个身影蹿过陆湘湘身边，一伸手，就拦住了她，"陆湘湘你怎么能说那么不负责任的话呢？你还要带着我们去找古董呢！"

拦住陆湘湘的正是流清芳，此刻她的脸正因为紧张憋得通红，像初熟的苹果一般闪着光泽，"亏我拿你当姐妹，既然说了一起来，怕什么艰难万险的。"

"对，大不了冒充一回唐僧师徒，取一回西经。"说完，方叶桐抓了抓脑门，嘿嘿一笑，接着说，"只是这唐僧不再认徒弟了，而是跟了一大帮朋友一起去求西经，嘿，多不寂寞呀。"

"那你是唐僧还是猪八戒？"黄华坏笑着问方叶桐，方叶桐正准备反驳，耳边就传来刘涛的声音，"小姐，我们不是说好不求同年同月同日生，但求同年同月同日死吗？更何况，我是你的保镖，更应该保护你。去他娘的黑社会老大，老子不求发达了，能有过这票朋友，人生也就够了，再说我们做杀手的，本来就将生死置之度外了，小姐，我跟你一起去。"

刘涛生平第一次一口气讲了那么多话，脸有些涨红，显然是不习惯这种多语的状态，林翔上前拍了拍刘涛的肩膀，接着说："陆湘湘，你还有我们。"

陆湘湘的情绪渐渐平和下来了，看着眼前的挚友还有老大、二叔他们，感动得不得了，老大也恰到好处地打断了她们的叙情，"好了，我们要抓紧赶路了，这里太诡异，不宜久留，我们还是赶紧按着原路返回吧。"

于是一行人在二叔的带领下整理好马匹驮着的货物、干粮，按着之前逃过来的方向走进森林，继续着他们的路途，梅花的心里不大好受，村里的大狼犬几乎都是她喂养、培训大的，失去了一只狼犬的心情，不亚于一个母亲失去自己的孩子。

黄华看出梅花没什么心情，于是凑到梅花身边逗她开心，"你知道小妹妹冬天逛花园最不开心的事情是什么吗？""是什么？""你猜猜呀。"黄华做了个鬼脸。可梅花也只是有一搭没一搭地回答着："猜不到，是什么？""是没花。你知道为什么没花吗？""不知道。""你再猜。""没到花期。""不对，那是因为花园里只种了梅花，梅花仙子不开心，梅花不敢开，所以花园里面没花。"

"梅花仙子为什么不开心？"梅花抬头问黄华，黄华笑眯眯地看着梅花问："那，梅花仙子请告诉我，你为什么不开心？"

梅花这才意识到黄华是在逗自己开心，扑哧一声笑出来，感激地看了黄华一

长篇盗墓小说
盗墓时空

眼，黄华也回了一个浅笑给梅花。两个人的对话被走在一边的方叶桐尽收耳底，一直被黄华开玩笑的方叶桐终于找到了还回去的时候了，他插嘴说："黄华，这是你最烂的一个笑话了，说了那么久梅花才笑。你不是一直自诩一句话笑趴一堆人吗?"

一听这话，黄华不干了，"那你来，你一句话逗笑梅花，我以后就不说这话了。"大家看到黄华只差吹胡子瞪眼了，都笑了起来，不想百晓生方叶桐却打算改一次行，不做百晓书生，要做一回笑话大王。"好，你先让我想一下说什么。"

被黄华跟方叶桐一闹，先前濒临崩溃的紧张气氛消失了，取而代之的是大家等着看方叶桐要讲什么笑话。

这方叶桐百晓书生的名号当然也不是盖的，你看，什么他都能信手拈来，随口胡诌，"古语有云，女子应笑不露齿，所以这女子笑的时候都得遮住脸，东施长得奇丑无比，听闻西施貌美，笑容更是倾国倾城，于是就去偷看西施是怎么笑的，话说这西施正好遇上生病，终日愁眉苦脸，最多的表情就是因为疼痛皱起的眉头，恰巧这东施刚好就是这时段来偷看西施的，一连几日见到的都是西施皱眉跟旁人不断地问候，于是东施豁然开朗，东施认为，原来是自己笑错了，而美女是要这样笑的……"

众人正听得津津有味，不料方叶桐停下了声音，大家的目光刷刷地注视着方叶桐，看到他的时候，梅花正哈哈大笑着指着方叶桐。

大家还来不及疑惑，方叶桐就已经凑过脸在大家面前转了一圈，只见他扭曲面孔地皱着眉还用双手将自己已经皱到扭曲的脸挤压得更奇怪，"你真是不怕长皱纹。"流清芳一边笑得捂住肚子不停地喊救命，一边诅咒着方叶桐长皱纹。

"哎哟，我是好心逗你们笑的，还诅咒我长皱纹，我的脸都酸了。"方叶桐大力揉搓着酸胀的脸颊，为了做鬼脸，他可是使出了吃奶的劲儿让面孔极力扭曲着。

"大家看着脚下，小心一点。"二叔在前面吆喝着，然后皱着眉小心地注视着地面，跟鞋底接触、被踩得哔哔剥剥作响的地面上盖上了一层厚厚的落叶，细碎的树叶破裂的声响不绝于耳，陆湘湘觉得空气里还带着浓厚的尘土味，还有，一丝凝重。陆湘湘莫名地不安起来。

突然，狼犬们一齐叫唤起来，着实把陆湘湘吓了一跳，"发生什么事情了?"陆湘湘问着，但大家能回答她的也只有面面相觑，因为谁都说不清这是怎么了。

狼犬们瞪着闪光的眼眸像疯了似地要向前冲，就好像前面有什么叫他们兴奋的猎物一样，林翔觉得如果被狼犬们盯上，肯定会扑过来露出那些锋利的犬牙将自己一片一片撕碎。

想到这里，林翔觉得自己有些神经，这种时刻，怎么还能在想这些乱七八糟

的假设，如果可以，他也不要去求证这样的一种假设。

梅花觉得自己快要拉不住狼犬身上的项圈了，"快来帮忙。"梅花大声叫着，黄华跟方叶桐赶忙停止嬉闹，赶上前去帮梅花拉紧狼犬。

"二叔，这是怎么了？"梅花不解道。当然，二叔也很不解，为何只有狼犬不停地狂叫，但马匹也只是因为狼犬突然的叫唤受了一点惊吓，对外界似乎没有恐惧的情绪，这是为什么呢？

不是说动物对外界的恐惧是与生俱来的吗？是什么让狼犬狂啸不止，但马匹却没有丝毫的惊恐。

很快地，狼犬停下了嚎叫，像什么都没有发生过一般静谧，但这种安静来得太过诡异，大家也都不再言语，只是小心翼翼地观察起四周来，经过之前的鬼雾还有山谷，大家已经是惊弓之鸟了，如果说再不小心，说不定就真的会有人牺牲。

二叔跟老大打头阵走在最前面，他们年纪在众人里面是长者，见过的世面多，二叔对魔鬼森林了解，老大因为倒斗，什么险恶的场面没见过，都是善于应变之人，打头阵，最适合了。

三少、张奎紧跟二叔和老大身后，他们枪法比较准，如果有什么意外，也好赶紧蹿到前方劈劈啪啪的先放它一匣子子弹。

梅花、原子、流清芳跟陆湘湘几个女孩子走在中间，再后面是林翔、方叶桐、黄华，百事通四兄弟在队伍中穿插，隔几个人安插一个，而做为杀手的刘涛垫后，这样的安排，是防止背后的突变，以刘涛的身手再加上腾龙，就已经足够抵御突变，大家也有时间去防御。

即使在行走，方叶桐也没放下手中的本子跟笔，不时掏出来奋笔疾书一阵，走在他后面的黄华看得是百无聊赖，小道两边长满了灌木丛，还有一些长着软藤蔓的不知名植物，黄华顺手扯了几根藤蔓，抓在手中绕来绕去，不一会儿，就做了个像模像样的草环扣在头上，"书生，别写了，你看我这样子如何？"黄华抢过方叶桐手上的笔，笔尖在纸张上留下长长的一道痕，方叶桐伸手要抢回笔，一回头，对上黄华自认为充满亲和力的微笑。

黄华侧着头对着方叶桐微笑，让方叶桐感到眼前人根本就还是一个顽劣的孩子，只见黄华头上戴着自制的简洁草环，但左看右看还是觉得少了点什么。

黄华看着方叶桐蹲下身不知在地上干什么，顿时有些不满，"哎，书生你在干嘛？让你看我的新形象，你看什么地面呐，草，想我送你去吃草吗？"在黄华的大声嚷嚷中，方叶桐起身看了黄华一眼，顿了顿，伸出手就在黄华脸上画了几道。"好了，现在看起来才比较像铁道游击队，啊，不对，是丛林突击小组。"方叶桐哈哈大笑着夺回笔，留下黄华在原地愣神。

"好了，你们别闹了，快走吧……走……"原子看着黄华愣了四分之一秒，扑哧一下笑出声来。

原来，方叶桐回过头去看黄华，发现他这形象比较适合客串电影里的游击队，但是缺了点什么，于是方叶桐蹲在地上找了些柔软湿润的土，地面比较坚硬，他抓起一块石头敲了敲，没有敲起一块泥，顺手丢出去的石块却砸伤一旁的灌木枝，有一些绿色的液体流了出来。

有了，方叶桐用手蘸了些液体，然后在泥地上蹭了蹭，再然后，站起身在还在叽里呱啦讲话的黄华的脸上画了几道墨绿色的线条。

比起风声，欢笑声还是显得比较零星的，并很快干瘪下去。

看着这帮甘愿与自己同生入死的朋友，陆湘湘努力回忆着父母对这片树林的讲解，她不想在之后的路途上再有什么差池了。

越走进魔鬼森林外层，二叔的心里越不安。

"越想避开越避不开，劫数啊。"二叔喃喃自语着，声音压得很低，但还是被老大听见了，"他叔，你在说什么呢？什么劫数啊？"老大毕竟是野惯了的人，说话也比较不拘小节，倒是二叔被他这一反问吓了一跳，赶紧将手指压在唇上，"嘘……"

"我说大兄弟，你声音小一点，我怕梅花这孩子挺不住啊。"二叔抬起手用衣袖擦了一把常年干涸的眼角，那里有浑浊的液体正向外流着。"怎么回事？"老大看着二叔不解地问道，这一眼，对上二叔无奈的眼睛，"哎……"二叔重重地叹了口气，老大也突然恍然大悟一般"哦"了一声。

二叔回头看了梅花一眼，梅花牵了一只狼犬，正在爱怜地抚摸着爱犬的头，一下一下地梳理着狼犬头上的毛毛，看到二叔看她，亲昵地喊："二叔，怎么了？"二叔没有回答，只是笑着看了梅花一眼，摆了摆手，就敞开嗓门对着后面喊了："大家小心点，注意脚下，别往软泥地里踩。"

空气中灰尘的气味越来越淡，开始混进来一些青草的味道，看着那么多同伴，林翔心想，就这样目测，也不知哪里是软泥地，突然一脚踩下去就不好了，虽然不知道软泥地会有什么古怪，但二叔既然那么紧张，肯定比较严重了，再看陆湘湘，她也是神色凝重地小心迈步。

风还在刮着，路边的嫩树枝在风中摇曳，树叶发出窸窸窣窣的声响，林翔掏出瑞士军刀走向一旁的大树，那棵大树不知道已经有多少年的历史了，生得巨大无比，粗壮的主干上，各式各样的枝蔓延伸开，"树枝都这么粗，不知道好不好砍。"林翔嘴里说着，手却已经抓住一支树枝，一扬手，就砍了下去。

那真是一棵参天大树，虽说在森林，你说参天大树，谁会稀罕呐，可这棵不

一样，是会叫你在看到的刹那喊出"真是一棵参天大树啊……"的那种巨大。

黄华看到林翔离队走向一旁，一抬眼，也看到了那棵大树，茂密的枝叶将阳光挡得严严实实的，估计根已经长到很深的地底了，不然怎么已经分不清哪个才是主干了，就目测而言，每根像主干的直径分别都有九十厘米以上，旁边的小一点的枝桠也足足有几十厘米的直径，缠缠绕绕地向着云霄冲上去，如果不是林翔走过去，这树还真会被大家给忽略，以为是一小片树丛。

"林翔，你在干嘛呢？哇塞，这么大的树，得长多少年？"黄华撒开腿就要跑过去。"不要，回来！快回来！"二叔的声音含着凄凉，在魔鬼森林中和着风声，凄厉地散开，流清芳不觉抓住原子的手，原子被流清芳冰冷的手一抓，也叫了起来。"妈呀，清芳姐，你吓死我了，你的手怎么那么凉？"

陆湘湘心里慌慌的，总觉得二叔的叫声变成一把尖锐的刀，在一下一下划着她的心脏，陆湘湘似乎能听到自己心脏发出的淌血声。

黄华被二叔一喊，愣在原地，紧接着，是林翔凄厉的喊叫"救命呐……"

再回过头去，林翔已经被倒挂着提起来了，林翔尖锐的呼救着，贯穿每一个人的耳膜，"救命呐……救命呐……"他的手里还抓着半截树枝，瑞士军刀掉在地上，发出一声钝响。

巨树四周的土地开始下陷，土质也变得松软起来，猛男一个马步上前就拽回了黄华。

黄华跌倒在地，觉得自己的脚有一点软，引以为傲的沙漠之鹰被自己丢在一旁，黄华几乎是爬着过去捡起沙漠之鹰的，"妈的，这是什么怪物。我要杀了你。"黄华怒吼着，紧接着就是稀里哗啦一通子弹乱飞。

这种时候，人命关天的事情，三少跟张奎也不敢怠慢，端起枪对着最中心的主干就是劈劈啪啪的打着枪。

"救命呐……我，我头晕，我快被甩死了。"林翔大叫着，"别再开枪了，没有，没有用啊。"看着林翔被藤蔓绕着秋千般晃荡，黄华说话已经变得断断续续，大家面面相觑，这可怎么办才好，二叔看着眼前的林翔，看到的却分明是那一年梅花的父亲。"救，救命啊。"二叔疯了般大叫："这是魔鬼的使者。"

"魔鬼的使者？"大家诧异地看着二叔。这种紧急情况下，二叔已经顾不得梅花了，看向梅花的眼神变得哀怨，"这便是藤树，大家小心，千万不要靠近软泥地。"

"燃烧弹，用燃烧弹。"陆湘湘一边在心里大声呐喊一边奔向马匹，马匹上的包裹里有足够的燃烧弹，陆湘湘发不出声音，冷漠的脸上带着一种疏离，她现在什么都听不进去，能想到的只有一件事情，那就是要救林翔，林翔还有一个在病床上等着他回去的老母亲，她带他出来，就一定要带他回去。

"啊……"半空中传来林翔凄厉的声音，流清芳不敢再看，眼睛闭得紧紧的。

本来就足够粗壮的树枝突然都变成了柔软的藤蔓，将林翔束缚得紧紧的，林翔大口大口地呼吸着，本来就已经死死绕住的藤蔓顷刻间生出尖刺般的爪牙，深深扎进林翔的身体里面，林翔尽力伸出头，用牙一点一点地咬着困住自己的藤蔓，他没办法让自己更多地活动，只能一点点地咬。

他知道他自己必须也要努力救自己，"我不会死的，黄华、三少、张奎正在下面端着枪扫射，一定可以救我的。"林翔这样安慰着自己。藤蔓却不理会林翔的憧憬，而是刷的一下收紧，林翔被疼痛折磨着，整个人在藤蔓的强力之下变得有些扭曲，抬头看到叶片中透过来的一丝阳光，还有迎面插过来的尖锐爪牙，林翔并不打算闭上眼睛就这样受死，只是突然感叹起自己原来从未看过日出。

第十章 藤 树

人类的冷静跟智慧在危机发生的时候，最能表现得淋漓尽致。

这一刻，陆湘湘以自身的行动来证明了这句话。

林翔的求生欲在藤蔓的爪牙迎面刺来的这一刻，由顽强不息变成了一种垂死挣扎，梅花已经开始低声抽泣了，不仅仅是为林翔，还有她的父亲，她知道，眼前的这一幕，也曾真实地发生在自己的父亲身上。

二叔跟老村长他们，也必定像黄华、三少、张奎他们搏死营救林翔这般，拼命营救自己的父亲。

见多识广的老大五兄弟此时也不知该怎么办，"他娘的。"山鸡愤愤地骂了一句粗口，朝着地上狠狠地唾了一口，再看看百事通，百事通的脸上也布满了茫然。

爪牙示威一般晃了几圈，就照着林翔的面门扎了下去。"不要⋯⋯"梅花大声喊了出来，声音颤抖，像玻璃摩擦的尖锐声，让大家的心坠入冰山一样寒冷。

陆湘湘扛起枪，像一杆小大炮一样的枪支压在她纤细的肩膀上，"嘭"的一声闷响，一道火线急速划过大家的眼眸，将大家心底积压起的冰山击得粉碎。再说林翔，前一秒还在幻想中看到日出，后一秒就看见一条含着火的火舌吞噬了眼前的爪牙，爪牙像被刺中的蛇一般扭着跌了下去。

确定暂时安全的林翔突然闻到一丝焦味，难道是树烧起来了？林翔看了又看才发现不是来自藤蔓，而是他额前的一撮头发。

"一撮头发换条命，值！"林翔喜悦得大叫起来。"别高兴得太早了，小子。"陆湘湘仰着头，半眯着眼，还扛着枪保持着刚刚的造型。在林翔眼里，陆湘湘此刻简直就像个女神，浑身散发着光芒。

"好，干得好。"黄华高兴地跳起来，扑过去想要狠狠亲一下陆湘湘的额头，这一刻，黄华觉得，女人冷静起来真的比男人还要犀利。看着跳过来的黄华，陆湘湘取下肩头的枪朝着黄华丢了过去，黄华忙不迭丢开沙漠之鹰接住枪，"小心走火啊，枪你也敢乱丢？"黄华不满地嚷嚷。

"那你的枪又敢乱丢了？不怕走火了？"刘涛上前捡起黄华丢在一旁的沙漠之鹰。朝着困住林翔身体的藤蔓就是一通扫射。这一举动引得原子大叫，"你，你，你，你，你，你不怕开枪打到林翔啊？"

刘涛顾不及回答，头也没回，陆湘湘接过话茬告诉原子，"他的枪法是不用担心的，没有十足的把握他不敢开枪。"说话间又丢了两支添上燃烧弹的枪支给三少跟张奎。又像是要证明自己说的不会错一般，陆湘湘朝着林翔的方向努了努嘴，"喏，原子你再看看那边。"

果然，刘涛的想法是正确的，他端着沙漠之鹰的一通扫射对困住林翔的藤蔓是有一定的影响的，不仅毁掉了表面的爪牙，也一定程度上削弱了林翔身上的藤蔓枝桠，比起林翔仅仅靠着个牙齿慢慢地咬，毁坏程度跟毁坏伤害也大大提高，刺入林翔体内的爪牙也都收回枝桠里，林翔看着这些表面略微粗糙的藤蔓枝，不敢相信这里刚刚还布满着尖锐的爪牙。

"来吧兄弟们，一把火烧了这家伙，朝着中间打，我就不信烧不死它。"黄华发了威，端着枪就要开始扫荡，三少跟张奎只是互相丢了个眼色，两人端起枪，跟着黄华一齐朝着树中心发射燃烧弹。

散开的热气轰得地上的落叶也都一起哔哔啵啵的燃烧起来，方叶桐看着林翔的脸，感觉他的痛苦似乎还没有减轻，是啊，蛇死之前都会将敌人死死缠绕，想必这藤条也在做着最后的挣扎吧。

挣扎，只是挣扎吗？方叶桐的想法似乎简单了些，只见从地下，树的四周，还有背后，突然冒出了很多藤条，在半空中发出呼呼的声音，不知道你们有没有玩过鞭子，抓起来狠狠的甩几下，当然，皮带也可以，对了，就是那种呼呼的声音，只是那种呼呼声跟这藤条所发出的呼呼声比起来，那真是小巫见大巫了。

呼呼的风声里，林翔觉得浑身被无数的刀割着，于是，他就在大家的眼前变得血淋淋的了。老大几兄弟，还有梅花，流清芳，原子跟陆湘湘，大家不约而同地一齐加入了这场燃烧之战。没有枪支了，那就用固体燃烧弹。

原子在众人中最小，陆湘湘安排她在后面递弹药，其余的，都在轮番轰炸树心。但是似乎没什么作用。

"别炸了，等一下。""等等，我们可能把火力重心找错了。"百事通跟方叶桐不约而同地喊了出来，并穿梭在人群中阻止大家的轰炸行为。

"怎么了？"二叔发问了，大家也终于暂停了手中的动作，看着在不断大喊的俩人。

"怎样，你是不是跟我想得一样？"百晓生方叶桐看了百事通一眼，得到对方肯定的眼神之后才面向大家，"我说，我们的重心可能找错了。之前听老村长还有陆湘湘提到藤树的时候我就有些没想明白，我突然想到了，陆湘湘跟老村长提到的植物，在我国是不可能适合生长的，但这不代表没有会吃人的藤树，只不过，藤是藤，树是树，我们一定要注意这一点。"方叶桐一口气说完，觉得有些口

干，咬了咬嘴唇。

"老大，你记不记得屯江村的那棵老树？像不像这棵的袖珍版？"百事通看向他们的领头人，那个阅历丰富的男子。老大低头沉思了一阵，突然恍然大悟，"哦，你是说那棵紫藤？""对，就是那棵紫藤，主干有三十厘米左右，枝干估计是有十几厘米，不细看，还真以为是一棵树，其实只是一些紫藤缠着一棵树拼命地向上长。"

"那你的意思是……魔鬼的使者是两个？还是互相扶持的？"二叔有些愣神，他不懂这些，只好望向本村的后生，但他们也一样面面相觑，他们更不懂这些，祖祖辈辈也都只是听着老一辈的经验之谈，哪里懂得分藤树，只知道说碰到就快些离开。

这样的时刻哪里有时间给二叔他们来思考，更别说想要他们在一秒钟之内推翻掉祖祖辈辈积累之下的宝贵经验。即使不会也不敢去消灭，会躲避这魔鬼森林中的各种危险，对他们而言，本身就是一种本事。

"那……"二叔不知道该讲什么，一连串"那"字拖了老长，"二叔，我们尽可能地将树围个圈，"方叶桐用力舔了下嘴唇，大家看着他焦急地等待着下文，林翔也不叫了，看着不远处的同伴们，心里觉得暖暖的。

环视一圈之后，方叶桐大概是觉得吊够了大家的情绪，于是接着说："我们尽力围个圈，向着树根处开火，刘涛你枪法好，解决掉包裹住林翔的那几枝藤蔓。""好。"刘涛丢了一个简洁的字眼就朝着藤蔓开火了，杀手就是杀手，干什么都比较干脆利落。

照着方叶桐的安排，大家围着这棵巨大的藤蔓树围了个圈，然后紧接着就是一颗燃烧弹发射的闷响声。

刘涛果然不负众望地解决了那些藤蔓，救下林翔，可没想到，林翔才摆脱藤蔓的束缚，新一轮的危机，就出现了。

"啊……"林翔在自己的大叫声中重重地摔倒在地，"妈呀，还好这地面是软的，不然我这把老腰铁定要摔断。嗯……软的……妈呀，救命啊……"

林翔觉得自己一定是流年不利，不然怎么才逃脱可恶的藤蔓就又陷入沼泽呢。"小子，不要挣扎。"百事通大声冲着林翔喊着，此刻的林翔正努力回忆，并实践着游泳课上老师教的狗刨式，随着他手臂的运动，四周的土地变得越来越粘稠，粘稠的泥土对他的身体有了吸引力，沼泽仿佛一张张开的巨口，正在一点一点地将他吞食到肚子里面，林翔想到电视里播放的动物世界，有一期，讲的是蛇，蛇在进食的时候，下颚会先裂开，张得大大的，然后再将食物一点一点吞咽，林翔觉得，现在，这沼泽就是一条正在进食的蛇，而自己，是可怜的还在挣扎的食物，林翔不敢再用力，想努力假装得轻松一点，身体说不定也可以不要下沉得那么快，但是，林翔却觉得自己的身体越来越沉重，森林里传来的虫鸣、鸟叫，都不再欢快，换了丧乐的调子传进林翔的耳朵里。

"抓住绳子，套到你身上，快。"百事通不知从哪里掏出根绳子，一头打了活结，做个圈圈的样子丢给林翔，林翔一跃想要抓住绳子，却陷得更深。"林翔，你不要挣扎了，留些力气。"陆湘湘看着泥潭里的那个男孩子，伤口跟淤泥掩去了他原本硬朗的线条、俊秀的脸庞，取而代之的是一副比乞丐还不如的邋遢形象，看到这样的场景，陆湘湘的心里不好受。

林翔看着丢到自己身边的绳子，不敢太大力气地活动，那样只会让自己更快地沉下去，他慢慢地，尽量轻柔地一寸一寸移动着手臂，此刻他已经感觉不到身上的疼痛，他只清楚，他要活下去。

终于，林翔抓住了绳子，引起大家的一阵欢呼，每个人都紧张地看着泥潭里的林翔，这个时候，他们还没有办法去帮助林翔，有那么一刻，陆湘湘更是希望陷入沼泽的是自己，起码这样她的心里会好受一些。陆湘湘认为，从他们踏上军车开往孤独的村庄那一刻起，任何关联这件事情的同伴的险境，都是因为她。

"还好，抓住了。"林翔扯着嗓子喊了出来，又引起了一阵欢呼，在沼泽中，林翔感觉有一双手从他的手里接过了绳子，不好，沼泽里有东西，是什么呢？林翔感觉自己在冒冷汗，他说不出话，只能瞪大眼睛死死盯住他的伙伴们，这样异样的神情却使大家认为林翔在尽力拿绳索绑住自己，"加油，小子。"少言的老大带头喊了一声，于是加油声此起彼伏，半晌都没有停歇。

"林翔，你的同伴在给你喊加油，你不需要点个头，示意一下吗？这样，多不礼貌。"

沼泽里有一个声音幽幽地传来，带着一些不真实，林翔的瞳孔开始有些放大，他的头朝着大家不自觉地点了点，这种命悬一线的紧急时刻，他机械的动作在大家眼里却只能是顽强的挣扎，带着对生命的渴望。

谁，是谁在那里？

林翔的内心风起云涌，不停地问自己。

四周死一般的寂静，能回答林翔的只有淤泥的声响，还有沼泽特有的冰冷跟气味，林翔觉得心里堵堵的，突然，林翔觉得有一双手在自己身上游走，"谁，是谁，你要干什么？"林翔惊恐极了。努力想发出声音，但嗓子像先天没有作用的软木塞，僵硬的，发不出声音。

"啊。"林翔轻轻叫了一声，发现自己可以说话了。

林翔开始大声呼救，"救，救我，快啊。"林翔声音里布满了恐惧，他害怕，

害怕沼泽里的什么东西突然抓住他的脚，一用力拉扯，他就不会再有机会见日出了。

听到林翔的声音，估计是已经准备好了，老大使了个眼神，他们五兄弟就率先上前，跟着百事通一起拿起这边的绳索，林翔很配合地没有挣扎，只是僵直着让他们拉着。

虽然不能动弹，但林翔也很快发现，沼泽里的人似乎也没有伤他的意思，而是轻轻地托起他，林翔觉得自己的身体一下子轻了许多，沼泽对他的吸力也小了很多，老大他们拉得很卖力，流清芳她们在一旁不断喊加油，嗓子都嘶哑了。

很快，林翔就被拖上来了，他惊魂未定地指着沼泽，"那，那里面有人。"大家懵了，莫非是林翔在沼泽里遇到什么东西了，还是林翔刺激受大了，开始胡言乱语了。"娃啊，你看清楚了吗?"二叔走上前摸了摸林翔的额头，语重心长地说。

"二叔，是真的，真的有人，他还跟我说话，我真的有听到。"林翔一把拉住二叔的手，反倒吓到了二叔，"那，他跟你说什么了?"黄华扯过林翔问，林翔还死死拉着二叔的手不放，二叔微微皱眉，他感觉到林翔的手异常冰冷，再细细打量林翔，绳子是套在林翔的腰上的，这，在动一动都困难的沼泽地里，林翔是怎么做到的呢? 丢下去的是活结，系在林翔腰上的分明是死结。

"他说，他说，说你们跟我打招呼，我不跟你们回应，不礼貌。"林翔看着黄华的眼睛一个字一个字地说，这可把黄华吓了一跳，黄华站起身蹦到方叶桐身边，"我呸，他是不是吓傻了，怎么跟中邪了一样。"

二叔看了黄华一眼，没有理会他的话，二叔知道，黄华有些怕，在这种情况下，谁又敢说不怕呢。

"娃，这绳子你怎么系上去的?"二叔收回视线看着林翔发问了，听了二叔的话，大家也都上前来看，百事通也有些不解，"小子，你怎么系的? 我给你的不是活结吗? 我还估摸着你能套在手上抓紧就不错了。""对呀，你怎么做到的啊?"流清芳也接着问了，倒是陆湘湘很镇定地站在一边看着，林翔能活着回来就够了，其他的，再诡异又怎样呢?!

听到大家的疑问，其实林翔也感到很奇怪的，他愣愣地看着自己腰上的绳子，终于放开死死握住二叔的手，去摸了一把绳子，说："奇怪了，我记得我明明只是抓住绳子就不能动了的。"说着又看了看沼泽地，"啊，我记起来了，那个时候，我才抓住绳子，就听到那个声音跟我讲话，然后我就不能动了，也不能说话，等我能说话的时候，我就顾着喊你们拉我上来了，不过，你们拉我的时候，那个东西，似乎是把我托起来的。"

听了林翔的最后一句话，二叔连说了几句"谢天谢地"。如果他们这会儿返回村子里，说不定二叔会张罗着准备几张桌子的美食来酬神。

见林翔没事，梅花走到沼泽地边缘附近，远远地看着还在燃烧的藤树，很悲伤，她在心里默默地说："爸爸，我是梅花呀，我来看你了，原谅梅花的不孝，不能带您回乡安葬，连柱香都没办法为您烧。"

二叔看到梅花一个人站在沼泽地边缘，知道她是在想念她的亡父，重重地叹了口气，也走了过去。

二叔走到梅花身边，大家看着这一老一少，知道梅花又在伤心了，林翔看着梅花的背影，有些想念自己的母亲，也不知道远方的母亲怎么样了，有没有好转，有没有醒过来，有没有找自己，会不会很担心。想到这里，林翔觉得眼眶有些湿润。

二叔伸手在衣服里面的口袋摸了半响，终于掏出了点什么，是一个白色的小布包，细细长长的，不知道是什么，待二叔打开，大家才知道是香，三支香。

只见二叔捧着那块布递给梅花，梅花一转头，眼泪就刷的掉下来了，"二叔……"梅花哽咽着喊了一句。二叔朴实的脸上有一点哀伤，"拿着吧梅花，给你爹上炷香。"

平日里最爱折腾的黄华也显得很成熟的样子，赶忙走过去掏出火机，"啪"的一声点燃，伸出手去让梅花点香。

梅花抖着手点燃了香，扑通一声就跪了下去。

"爹呀，女儿不孝啊。"梅花在地上重重地磕了几个响头，二叔站在一旁，脸上的皱纹都布满悲伤。二叔转过脸冲着还在燃着的藤树喊："梅花他爹，你娃来看你了。"黄华没见过这架势，虽然不喜欢看煽情的泡沫剧，可这现实中的一幕让他觉得心里苦涩涩的。

女孩子们都抹了泪，老大五兄弟都是从小就没亲人，看到这一幕，铁石心肠的男儿也觉得有些扛不住，连老大都背过身去偷偷擦了擦眼泪。只有刘涛，冷冷地站在一边，没有什么表情。

梅花还在磕头，"砰砰"的声响一直在森林里游荡，原子上前拉起了梅花，"梅花姐，别伤心了，节哀啊。"梅花抬起头，她已经哭得眼睛都肿了，原子觉得心里酸酸的，看到那么孝顺的梅花，二叔心里也酸酸的，"娃呀，走吧，我们要走了，再晚点，天就要黑了。"

森林里的夜晚说来就来，一下子就拉下夜幕，比起光影斑驳的白天，夜晚实在是恐怖的代名词，还好，在二叔的带领下，一行人很快收拾妥当穿过魔鬼森林外围，过了外围就基本安全了，至少，最近的一两天，是不会再碰上什么奇怪的东西了，唐僧师徒西天取经，不也有落个脚打个盹的时候嘛。

搭好帐篷，黄华自告奋勇地要跟着二叔他们去打猎，誓为晚餐做点贡献，没贡献，起码也能出份力。

梅花也很快恢复了情绪，带了两条跃跃欲试的狼犬跟着二叔、三少一同去打猎，张奎带着原子留在帐篷这边生火，陆湘湘跟流清芳则在刘涛、方叶桐的陪护下，一起到帐篷附近砍一些小树枝回来充当柴火。森林的好处就是遍地都是柴火，不用担心要去很远的地方，人多，危险也就大大降低了。

黄华看到一只野兔子，一高兴，端起沙漠之鹰就要一通扫射，被三少一把拉住了，"你这是想吃烤兔肉，还是喝碎肉煲汤呀？被你一轰，这兔子都要炸烂了，还好你拿的不是燃烧弹枪，不然我们直接就一边打猎一边吃了。"

"这才好呀，多带劲。"黄华嘿嘿笑着，虽然嘴上这么说着，但还是收回了枪，心想，这沙漠之鹰的威力可不是盖的，别还真要去捡肉碎了。黄华身边的三少也端起了枪，对着兔子就开了一枪，说时迟那时快，兔子腿上中了一枪，一拐一拐地跑不动，黄华赶紧跑上前去揪着兔子耳朵就拎起来了。

兔子的脚上有血在往外渗，黄华突然就觉得有些不忍心了，对于黄华而言，唯一的一次杀生现场也不过是跟着母亲去买鱼，"要哪一条？"鱼摊上五大三粗的老板问，年幼的黄华抬起头，看到一个满脸络腮胡子的男人，围着一条油腻腻的围裙，上面有着浓厚的血腥味道，黄华低下头，看上一条欢快游着的鱼，伸手指了指，"老板，就这条好了。"看到黄华伸出的小手，母亲在一旁微笑，一伸手，就帮他选定了那条鱼。"好嘞。"鱼贩的脸上挂上笑，泛着油光的脸上，五官都挤到一起，说话间已俯身抓了鱼，狠狠地摔在地上，一下，两下，年幼的黄华看着母亲微笑的脸，突然就觉得有一丝寒意，鱼贩力道大，鱼很快就有些懵了，于是被抓上砧板，又顺手抓了个什么敲击鱼头，鱼不动了才拿起刀麻利地刮着鱼鳞。

这件事情，一直记在黄华年幼的心里，他总觉得自己是一个刽子手，起码也是个帮凶。晚饭很丰富，烤了几只兔子，还有一只小野猪，大概也是乳猪，在火上烤了不久，香味就溢了出来，窜进每一个人的鼻子里。

"哇，看起来很好吃的样子。"方叶桐看着火上串起来烤的野味，口水都快要流出来了，火光映在他的脸上，露出孩子般的笑容，那是一种单纯的欲望，因为饥饿。

"方叶桐，口水啊，你把口水滴上去我们就没法吃了。"流清芳嚷嚷着拉开方叶桐，两个人拉扯着，刘涛站在背后冷不丁说了句话，方叶桐便赶紧拉着流清芳坐了下来，一边还用手拍着自己的胸脯，小声说着："小生怕怕……"流清芳笑得不行，一把拉下脸，凑近火光，压低声音学了刘涛的话，"好办，口水滴上去的话，我们今天就吃人肉好了，谁滴的口水，就烤了谁。""咦，你这个恶魔。"方叶

长篇盗墓小说

盗墓时空

桐跳了起来，撞到一旁的林翔，看着这些活宝，陆湘湘笑了，这还是头一次发现，原来流清芳也有这么恶搞的一面。

二叔拿出烟杆子打算抽上几口，老大叼着烟就过来了，"老哥哥，尝尝我这个。"老大从口袋里掏出烟递了过去，二叔看着这短短的香烟，又看了看自己的烟杆子，说："好吧，今儿个我也开开洋荤。"听了二叔的话，三少笑了起来，"叔，我们村头一次这么热闹，如果这会儿是在村子里，铁定更热闹。"二叔点头笑笑，大拇指跟食指捏着烟，老大按了火机递过来，二叔偏偏头，凑了上去。

二叔深深吸了一口，看了看不远处，百事通带着腾龙几兄弟在打扑克，不时爆出几句粗口，林翔则被流清芳她们围着讲话，虽然声音不大，但也算听得真切。

"林翔，刚刚上来的时候你一个劲地喊着水里有东西，说说，你遇到什么了？"不愧是百晓书生，方叶桐已经掏出本子候着了。林翔笑了笑，看着火上烤得不时吱吱作响的野兔，起身把野兔翻了个个儿，继续烤。

"别吊我们胃口了，快说吧。"黄华也开始催了，很快就被流清芳的粉拳在肩膀上擂了一把，"就你心急。"

"都没人问问我的心情啊，怎么都开始催我了？"林翔摆出一副委屈的样子，冲着大家眨了眨眼睛。

听过林翔的诉说，大家原本稍微安好一些的心情又开始慌张，但细细想想，也不是来伤害他们的，于是又安下心来，林翔看了看陆湘湘，对于大家的七嘴八舌，她一直在沉默，林翔觉得陆湘湘的镇定来得比较奇怪，发生这么多事情，她却好像是有备而来的，对什么，都不惊奇。

藤树，仅仅只是进入魔鬼森林的第一关而已，不，其实连第一关都不算。陆湘湘努力回忆着父母对于魔鬼森林的记录，但寻遍了整个脑子，也没多少关于魔鬼森林的记录。

那一天，父母讲解最多的，是秦始皇陵的概况，对于这座魔鬼森林，父母似乎对陆湘湘有太多的信心，只是寥寥几句就带过了。

往往重要的才是容易被忽略的，想到这里，陆湘湘努力回忆进入森林以来遇到的事情，"二叔，你们为什么要称藤树是魔鬼的使者？"陆湘湘突然发问，二叔愣了愣，显然，他也并不清楚，"上一辈的人都那么说，其实他们也都是听着老辈们这样传下来的。"说完，二叔干咳了一声，算是对回答的总结了。

陆湘湘不再发问，再次陷入沉思之中，倒是百事通好像想起了什么似的，停止看牌，转过头来问陆湘湘，"陆湘湘，你问这个干嘛？是不是想到什么了？"

"我只是在想，既然说这里是魔鬼森林，而藤树应该不仅仅是这森林的名字的附带品，这里明明靠近市区三百多公里的路程，但无论是地图还是史书，对这

一带却没有任何的记录，可以说，这是一片被隐藏起来的地带。"陆湘湘说了出来，尽管自己也没弄明白是怎么一回事，"百事通，你们来的时候，我只是告诉你们出了风之城一直向北，大概三百多公里，你们在飞机上，看得比较真切，这一带，有没有什么奇特之处？"

"奇特之处？"百事通歪着脑袋想了起来。"如果说奇特，那还真有，你告诉我们是向北大概三百多公里，但我们比预计时间整整多出了一天时间才到达的。"听到这里，陆湘湘的眉头皱了起来，"怎么回事？"

"我也说不上来，本来我们是打算提前过来打点好一切迎接你们，所以提前了一天启程的，但我们到了风之城后一直向北，一直始终荒无人烟，除了公路，就是田园，直到我们的燃料不够用了，才看到一个村庄跟大片森林，于是匆忙降落，这附近方圆百里荒无人烟，所以我们想，肯定是到目的地了。"

一般的直升机航程可达 6000 到 8000 公里，续航力只有 2 到 4 个小时，假如按每小时 250 公里计算，加满油一般能飞 500 到 1000 公里。但作为短途工具，使用距离一般也不会超过三四百公里。老大他们选择用直升机，证明他们启程之时，离风之城并不远，熟知各种军用品性能的黄华暗叫不好，别看百事通说得够平静，但他们实际飞了有多远，用了有多久的时间才到达这里聚集，恐怕老大他们也曾经恐慌过。

"对了，飞机下降的时候我还拍了一张照片，他娘的，别出牌，等等百事通的，这地方有些奇怪，可我就是说不上是哪里奇怪。"山鸡一边打着牌，一边回过头来搭讪，听到他的咒骂，百事通摊了牌，"说事儿，等等再玩。"

几个人讪讪收了台子，山鸡掏出相机走了过来，递给陆湘湘，"你看看，看能不能看出点什么名堂，反正我是想不出来了。"

接过相机，陆湘湘百思不得其解，方叶桐也凑了过来，"小生也来参详参详。咦，你看这树的形状，上面一部分像不像个圆，只是外围不那么光滑，而外围的形状又与河川绵延连成河流状，这河流的形状很面熟，是什么呢？"

说着说着，这方叶桐心里就有了谱，树林外层比较稀薄，配合着水流组成江河形状，但其实也并非真的就是组成江河形成屏障。这秦始皇修建了长城，是为抵抗外敌，形成防御屏障，那陵墓，会不会也用上一层这样的手段来守护自己的陵墓呢？

其实，这并非不可能的事情，想当初秦始皇修建长城是多么丰功伟绩的一件事情，但主要目的还是用来防守，那么在自己的陵墓外加一道防护，也并非不可能，藤树是在外围的第一道防线，也就是说，连成江河状的路线都会遇上藤树。

为了证明自己的想法，方叶桐掏出本子，他记得自己曾经临摹过一张长城的平面图，虽然自己没什么画画天分，但画出地图的形状，点几个定点再连上线却不是什么难事。

果然，与方叶桐想的一样，照片上树林外围的形状，与方叶桐临摹的的确是有几分相似。想到这里，方叶桐大喊一声："有了。"

没有人发问，大家都等待着方叶桐发话，谁都知道，这种时刻，有办法总比无想法的应对要来得稳当。

方叶桐终于开口了，看着陆湘湘一字一句地说道："秦始皇当年打破历代皇陵格局，把自己的陵墓坐北朝南的格局，改成了坐西向东，对不对？"

方叶桐之所以看着陆湘湘讲，是因为陆湘湘的历史了得，如果自己说错了，陆湘湘肯定会纠正，而错失部分，也可以给自己补充，所以，方叶桐知道，自己并不是在讲出猜测，而是在跟陆湘湘求证。

看到陆湘湘点头，方叶桐才接着说道："之所以选择这样的格局，是因为当初的地形是西方高于东方，有俯视之态，而统一东方六国，是秦皇族几代的梦想，也正是到了秦始皇这一代才真正统一了其余六国，秦皇对统一六国的渴望，是积蓄了几代人的欲望源泉，但这种欲望是正确的走向，就像我们会对自己想要做的事情执着的那种欲望一样，是极其强大的，长城也是在统一东方六国之后才修建的，说是抵御外敌，但在某种层面上来讲，应该是有圈定领土的意思。"

烤肉的香味更加浓郁地飘了过来，方叶桐突然感觉有些饿，抽出瑞士军刀，走上前从烤兔的身上划拉只腿下来，"啊，真香，大家快吃，再烤会糊掉的。"方叶桐觉得四周凉飕飕的，就像是冬夜的寒风吹进了夏日的帐篷，异常，很异常。"同志们，好强大的冷气，你们感觉到没？"说话间，方叶桐还不忘记啃两口兔子腿，一抬头才发现是大家哀怨的眼神正死死地盯着自己。

方叶桐被这种注视吓得倒退了两步，因为惊吓还差点噎到。自己最心爱的历史听了个开头就没了下文，陆湘湘当然不乐意了，一伸手就揪住了方叶桐的衣领，"刘涛。"陆湘湘喊了一声，方叶桐冷汗都出来了，看着陆湘湘的脸，有那么一刹那的恍惚觉得看到了死神。

刘涛很快也过来了，刷的一声抽出瑞士军刀，"是想像刚被你割了一刀的烤兔那样挨一刀，还是来点痛快的？"刘涛的脸凑过来，比夜叉还恐怖，方叶桐赶忙举起双手投降，"女神，放了我吧，我讲还不行嘛。"

陆湘湘松了松抓住方叶桐衣领的手，猛地推开方叶桐，又朝刘涛挥了挥手，表示作罢。

这一切林翔都仔仔细细地看在眼里，倘若说陆湘湘是在开玩笑，但下手也见得几分力道，怎么可能是玩笑，说不是玩笑，对自己人那么狠，不是陆湘湘的风

格，如此说来，只能证明秦始皇陵墓对她而言真的很重要，重要到不惜一切代价的那种。

林翔看了看四周，大家似乎没有什么感觉，只是当做平常玩笑那样来看着火光中的陆湘湘跟方叶桐。流清芳带着梅花跟原子已经开始吃起东西来，三少跟张奎又在埋头窃窃私语地讨论枪，黄华咬了一口肉，沾了满嘴的油，冲着方叶桐开始喊："哎，你小子接着讲啊。"

森林的夜晚莫名的黑暗，风声夹杂着潮湿的空气在周围旋转，关于这次的探险，林翔有了太多的疑问，他们来的时候，黄华开的军车计程表上明明白白记录了行驶距离将近四百公里，而老大他们直升机却飞了很久，还有沼泽里的声音，林翔觉得有些耳熟，又太过模糊。

方叶桐不闹了，将手中的烤兔丢给林翔接住，又往裤腿上蹭了一把油腻，打开自己的记事本还有山鸡的相机，在上面指指点点起来。

"你们看，这个，是我自己临摹的长城平面图。"

陆湘湘扑哧一声笑了出来，这是平面图？几根简洁的线条弯弯曲曲地扭着，活像放了几条蚯蚓在纸张上。

方叶桐没有理会陆湘湘的嘲笑，接着讲了下去，"这一张，是山鸡大哥拍的照片，你看看，这里，还有这里，这都是河流，而这中间是树木，树林跟河流紧凑相连，形状多像长城，如果没估错，连弧度都会相似。"

陆湘湘脸色沉了下来，想必也是认可了方叶桐的说法，其实陆湘湘的心里也有了一些自己的想法，如果方叶桐的说法成立的话，那旁边呈未曾打磨的类似圆形排列的森林中的某处，肯定就是秦始皇的陵墓，根据当年长城离都城的距离比例来讲，应该就是西方位置，那么他们此行应该向西，可进了森林以来，他们一直在向北走，这样一来，是不是就越走越远了？

为什么，又是类似圆形来排列的呢？这一点，陆湘湘还没来得及讲，就从方叶桐的口中听到了答案。

"说起长城，肯定会提到秦始皇嬴政，提到嬴政我们当然会想到皇帝的传国玉玺，这传国玉玺来自当年的和氏璧。卞和献玉跟完璧归赵，这是课本上都有的，我们也都知道，最终是被秦始皇破赵国得了这和氏璧，皇帝这个名号，也是秦始皇得天下统一各国之后才用的称呼。"

方叶桐掏出本子又翻了几翻，二叔他们对这些听得起兴，原来这魔鬼森林里还藏着这么个人的坟墓，真是了不得，只是山里人没什么见识，不时提出些比较让人无语的问题，陆湘湘也只好做了一回临时讲解员。

老大他们是倒斗的，早些年只知道挖，挖的谁的坟，这哪个管呐，只要挖出来的东西值钱就行了，后来生活好了，也就信点风水，谁会找一倒霉地儿就给埋咯，不怕不能福泽后裔么，但这秦皇是了不起的英雄，他的墓，肯定没那么简单，就说秦皇生性多疑，墓穴建造了太多，但没一个是真的，想到自己这趟倒的是真的秦皇墓，老大觉得自己这辈子也算值当了。

"这秦始皇得到和氏璧之后也没闲着，就让人给磨了，还命李斯篆书'受命于天，既寿永昌'八字，这就成了传国玉玺。秦王政二十八年，也就是公元前219年的时候，秦始皇路过洞庭湖，经过湖口的时候，这大风大浪可就起来了，本来平静的湖水这么闹腾，谁也受不住对吧，这秦始皇坐的龙舟也坐不稳了，甚至都快要翻了，于是秦始皇就拿出传国玉玺，给丢湖里了，古时候人都信这个，秦始皇当然也信了对吧，把自己最好的东西拿出来酬神，以此祈求平安，这呢，就是传国玉玺第一次失踪。但是八年之后，华阴平舒道有个人，又将这块和氏璧做的传国玉玺给奉上了。对秦始皇而言，这也是个稀罕宝贝，虽然生在帝王家，什么宝贝没见过是吧，可这传国玉玺，也算是有灵性的东西，秦始皇信这个，所以，我断定啊，呃，我大胆地猜测一下啊，就是说呢，这类似圆形的森林图样，说不定就是这和氏璧还未经过雕琢时候的模样。"

陆湘湘心知方叶桐分析得有道理，于是问他："那你认为，下一步我们该怎么办？"

方叶桐也不卖关子了，"我认为，这藤树就是外围把关的，其实我们并没有入森林，还是在外围地带，我们如果能绕开这些藤树地带找个水路，那么危险应该会大大降低，不然我们还没走完外围，枪弹就用完了。"

听到这话，黄华赶紧查看了一下剩下的弹药，经过解救林翔的一战，还真没少用弹药，那个时候，大家都在惊慌中，想着保命跟救命，哪个还会记得说要节流开支的问题。

"这弹药还真快成问题了，"黄华数了数，眼下，他们只剩下三发燃烧弹跟一发固体燃烧弹。

第十一章　风之城的危机

在方叶桐缜密的方案跟布局走向设定之后，大家一致认为该沿着树林外层，找到最近的河流，穿过河流，直接通过魔鬼森林外围，二叔多年的上山经验一下子化为乌有，按他们的习惯，林翔算了算，恐怕十天半个月都不一定能穿过外围，而藤树的危险，他们也已经没有足够的燃烧弹来抵御了。

一方面，在方叶桐的带领下，大家安然无恙地穿过藤树外围，一切安详得很温馨，另一方面，风之城遇险了。

首先，是医院这边，度假归来的杨萤萤带着买给林翔的礼物向医院走去，有些时候没见了，林翔有没有想我呢？杨萤萤暗自想着，嘴角已经泛起了一丝微笑。哼，你这个坏家伙，居然不跟我一起去旅行，看我怎么收拾你。杨萤萤嘴里小声说道。

虽然嘴上这么说着，但心里更多的是希望林翔能跟她说一句，萤妹，我好想你。于是她也可以顺理成章地去拥抱林翔，然后两情相悦，皆大欢喜。

似乎老天没打算让她在芳华正茂的年龄收获想要的爱情，进到病房，第一眼看到的不是那个孝子林翔坐在床边伺候着病床上的母亲，倒是一个素未谋面的陌生姑娘，只见她将起衣袖在病床前忙前忙后，俨然一副准媳妇的样子。

她是谁？

对杨萤萤而言，这显然是一个晴天霹雳。

为了避免自己碎裂的醋坛子砸到无辜人士，杨萤萤仔仔细细地将屋内的女孩打量了一番，时髦的服装在身，洋气的手提袋挂在病床尾端一角。显然，她不是医生、护士这一类的。

还有，她出现在这里，照顾的是林翔卧病在床的母亲。她是谁？跟林翔什么关系？是女朋友吗？杨萤萤觉得腿一软，就要跌倒，踉跄了几步之后，杨萤萤扶住墙终于站稳了。

听到声音，陈圆圆回过头看了一眼，在陈圆圆的眼里，就是一个悲伤的女孩看着病床上的老人，难道是林翔的妹妹，不对呀，林翔家只有他一个孩子呀，陈圆圆有点想不通，可这女孩满面愁容，眼泪在眼眶里打转，哦，莫非是亲戚。

"你是来看你……"陈圆圆把衣服拉了拉，你后面的那个字她呢了半天没说

出来，只是笑了笑往病床上那么一指，"呃，你们家……"

"不，我走错病房了。"

杨莹莹哭着掉头跑掉了，留下一头雾水的陈圆圆僵在原地，不知如何是好，愣了愣，看到地上的东西，赶忙追了出去，"哎，姑娘，你东西丢了。"

杨莹莹哭得不能自已，之前是看到林翔抱着陆湘湘，现在又是个自己根本就不认识的女孩在照顾他的母亲，看起来那么老实，原来都是装的，这林翔，还真是会招蜂引蝶，而且勾搭上的不是美女就是有钱人，倒是自己家，还在傻傻地给他垫钱，想必也只是肉包子打狗，有去无回。

"林翔，你没良心，王八蛋。"杨莹莹跑下楼，不顾旁人诧异的眼光，站在医院楼前大声喊着。

天空配合着杨莹莹的心情，不禁侧脸流泪，引起突然的倾盆大雨，杨莹莹觉得被抽空了力气，一下子跌坐在雨中，大雨掩去了她的嚎啕大哭，有行人远远地看着，但没有人上前递上一把伞，或是劝说一下，人世间人情冷暖杨莹莹早就清楚，只是不相信纯情的林翔会变得这般无情，他不是应该明白自己对他的感情吗？"林翔，那个女孩是谁？"杨莹莹冲着天空大声喊着，希望老天能给她一个答案，至少，别这么折磨她的感情。

也许是因为杨莹莹内心的期盼太强大，让老天爷真的产生了一丝怜悯之心，一辆车慢慢驶进雨中，最后，在杨莹莹的身边停下，摇下的车窗后是一张英俊的脸孔，有着俊朗的线条。

杨莹莹认识他，这个人就是在陆湘湘生日会上见过的那一个，他还曾拉走了林翔，不知道是有什么事情要跟林翔谈论。

他就是那个多金公子，李天翔。

"你还好吧？"李天翔使了个眼神，副驾驶座的人就撑伞下车了。

大汉上前拉起杨莹莹，李天翔立马开了车门，并往里面挪了挪，算是给杨莹莹让了座位。

"大美女怎么能自己坐在这里哭，"李天翔对着杨莹莹毫不客气地调侃起来，杨莹莹勉强笑了笑，她现在实在是没有什么心情说笑，似乎忘记自己身边坐着的，是位多金公子，贴满金的钻石王老五，假如杨莹莹没有伤心，也没有哭到虚脱，她也许还会两眼放光地死死盯住李天翔，开个玩笑，说不定还能钓他一个金龟婿。

杨莹莹看着窗外的雨水，老天就像是破了个洞一般下着雨，雨水在车窗上敲击着，发出碎裂的声响，有一颗雨水的碎块溅入杨莹莹的眼睛，顿时混着她的泪水一起淅淅沥沥掉了下来，李天翔赶忙伸过手来替她关好车窗，但又像是不知道

她心有多痛似的，非要哪壶不开提哪壶。

"哎，林翔呢？知道他去哪里了吗？"李天翔的口气摆明就是故意的，这一问，杨萤萤开始抽泣起来，"他跟陆湘湘旅行去了。"

"旅行？这小子这么跟你讲的？"李天翔哈哈大笑起来，"这小子可真能编，他到底是不想你知道还是不想你担心啊。"

听到李天翔这么说，杨萤萤停住抽泣，扬起沾满泪水的脸看着李天翔，"你这话是什么意思？你是说他没有去旅行对吗？那就是说他说跟陆湘湘出去，是在骗我，你知道他在哪里对不对？那个女孩果然是他女朋友吧？"

"你一下子问那么多问题我怎么回答，要回答哪个才好，还有，什么女孩，什么女朋友啊？你总不能让我丈二和尚摸不着头脑吧？"李天翔看着面前的问题宝宝，哭笑不得。

"你跟翔哥很熟吧？病房里照顾他母亲的那个人是不是他女朋友？"

"哪个？病房？哦，那个呀，不是，不是，那个怎么会是他女朋友，这小子都还没开窍，说什么女朋友呀！那个是他在加油站的同事，陈师傅的女儿，是林翔这小子拜托陈师傅，在他外出这段时日，让她过去帮忙照顾他母亲的。哎，你说这小子还真是的，我派人去照顾难道不靠谱吗？非要自己去找个人来照顾他母亲，你说，这不是多此一举吗？"李天翔往后靠了靠，摸了摸下巴，侧过身看着杨萤萤接着说："你是喜欢这小子吧？"

杨萤萤脸刷地一下红了，虽然得知那个女孩跟林翔并非是男女朋友关系，这让她觉得心中窃喜，但这李天翔似乎一点都不懂女孩心思，居然对她的心事，毫不避讳地一语道破。杨萤萤看了一眼身边的李天翔，但那小子似乎很是不以为然，只是拍了拍前排司机的肩膀，招呼了一声，"走吧。"

车子慢慢驶进雨水深处，杨萤萤将脸贴上车窗，看到从医院中追出来的陈圆圆，手里还抓着她送给林翔的礼物，不知道在冲着这边喊什么，杨萤萤决定侧过脸，不去看她。

说杨萤萤没有一点吃味，那是不可能的，如果她肯平息自己的醋意，她也许就会去跟陈圆圆平心静气地谈上几句，那么，她也就会知道。

再说这陈圆圆，本来只是想还杨萤萤落下的东西，但赶下来的时候，看到杨萤萤上了一辆车，天空似乎被划开了一部分，就像古时候划分城池领地一般，天空蓝得诡异，杨萤萤附近的一片天，却在下着倾盆大雨，像是为杨萤萤独奏的一首圆舞曲。

前面说到，风之城遇险，当然，并非指杨萤萤感情上的虚惊一场，而是这风之城，进了妖孽。

长篇盗墓小说
盗墓时空

史密斯上将走后不久，方云就觉得风之城里有一股神秘的力量开始蠢蠢欲动了，这股力量来得太突然，即使是早有心理准备的方云也觉得有些措手不及。

有人声称看见 UFO，有人声称在深夜的街道看到逝去亲人的鬼魂，更离谱的是，有人说，风之城有僵尸。

僵尸，这是在小说跟电影里面才会出现的生物，全身僵直，平举双手，蹦跳着行走。

上面很快下达了命令，要求作为国家安全局主任的方云尽快平息这些危言耸听的风言风语，可方云却并不觉得这是危言耸听，而是一场正在发生的急速变动。

天气变得很快，原本晴朗的天空很快变得乌云密布起来，有人敲门，方云抬头看，是秘书，一分钟前，他喊她来办公室，那个时候，她正在处理一项很烦琐的工作。当初方云之所以会选择这个面貌跟学历都并不出众的女子来做他的秘书，是因为他觉得这个女人身上有那么一点很特殊的特质，总觉得有一天，这个女人说不定会是他最好的助手。

"方主任，那么急着喊我来，是有什么事情吗？"

"马上召集安全厅厅长黄耀过来，有个秘密会议要开，记住，不能让你、我、黄耀之外的第四个人知道。"方云说得很快，秘书点点头，转身出了办公室。

方云放下手中的资料，重重地捏了捏眉心，他觉得有点头疼，手中的资料，是他安排的密探送回来的消息，证实了他跟陆中旗夫妇的猜测，这个城市，有黑暗的灵魂存在。

当初也只是为了安全着想，被重塑之后的陆中旗夫妇还留有记忆，为了陆湘湘今后的安全，于是他们选择了一个自认为最重要的挚友，将自己的研究告诉了对方，而这个人，正是方云。

方云与陆中旗夫妇表面看起来并无交集，也不是同学，一方从事安全局工作，一方从事考古研究，说起来也是八竿子打不着，所以更不可能是同事，他们相识其实是因为一个地下的秘密组织，这个组织建立以来的目的，就是以研究各国考古所发生的灵异事情为基础，搞清楚一切的秘密，他们都坚信，这个世界并不是一些冷冰冰的分子原子论证就可以解释的。

没有人听闻过这个组织，更别说去寻找，从来，都是他们去选定人选渗入组织，而陆中旗夫妇，就是组织里的高层，主要任务，是追踪当年被李天翔父亲李小超所买走的穿梭印盘。印盘与秦皇墓密切相关，陆中旗夫妇认定，第十卷轴与印盘放置在一起，必定是有密不可分的关联，只可惜因为当时工作人员的贪念，所以印盘出土跟贩卖被隐瞒成了一个秘密。

方云就是在这样一个组织中跟陆中旗夫妇结识，虽然只见过一面，交谈不

多，之后，召开了几次秘密会议，会议中方云也看到了陆中旗夫妇，并得知了第十卷轴的事情，不久后，组织急切召集方云去参会，会议结束后，陆中旗夫妇将方云留了下来，并告知了一切事情。陆中旗夫妇对他的信任让他觉得很感动，同时也感觉到了事态的严重性。

桌上振动的电话打断了方云的思绪，来电显示是秘书，方云接起电话，传来那个女孩欢快的声音，她总是那么充满活力，似乎烦琐枯燥的工作对于她而言，也不过是生活里的一味调剂品。

"喂，方主任，我已经帮你约好黄厅长了，餐厅也定好了，晚上的酒局你们可以好好拼一场了，对了，我送完资料就回来。"

说完，电话就断了，没有留机会给方云回答，方云有些疑惑，什么酒局，什么餐厅。

半个小时后，秘书回来了，这秘书比方云想象中的还要负责，为了避免电话被监听或劫走电波，她亲自跑了一趟，约了黄耀，借口是方云生日，自己办事路过附近，顺便过来帮方云传达一声，说是兑现上一次的酒局比拼。

"什么酒局，什么生日，你这借口，太容易留把柄了吧！"方云敲了敲桌子，他不能大声地喊出来，只好压低声音，音调中带着一点愤怒，桌子发出几声沉闷的声响，以此来证明方云正在发泄自己心中的不满，但很快，敲击桌面的手停了下来。

看着眼前信心满满带着微笑的女子，方云愣了愣，这不该是一个正在被他训斥的人该有的表情，莫非，方云拿起手机打开日历，这一天，还真巧了，果真就是他的生日，那所谓的酒局，莫非真有其事。

方云眯起眼开始思考起来，秘书在一旁搭了腔，"方主任，您忘记了，上一次安全局跟安全厅举行友谊比赛，活动结束后，您跟黄厅长不是在酒桌子上拼起来了吗？但因为第二天还有重要会议要开，我提醒您不能喝得太多，于是您跟黄厅长约过的，说是改天再战。"

"对，对，对，是有这么一回事儿。"方云想起来了，还真有这么一回事。

方云看看眼前的女子，觉得这个人真不简单，脑子够灵活，一点小事都可以记清楚，并灵活运用，还好，因为自己对她的知遇之恩，这个人对自己死心塌地，如若是站在敌方，日后势必是个大敌。想到这里，方云长长地出了一口气，心里暂时算是踏实了。

夜晚很快就到了，方云走出安全局大门的时候，天已经将近全黑了，刮着大风，落叶被风卷着走，发出刷刷的声响，方云每走一步，都踩得落叶发出碎裂声，方云抬头看了看，天空没有一颗星星，更别说想要看到一丝月光。

秘书取了车赶来接方云，方云加紧几步，拉开车门坐了上去。"走吧。"

车子缓缓驶入市区，这里方云并不陌生，街角的咖啡厅是他常去的地方，方云喜欢这家店，里面经常放一些过气的老歌，轻柔的，缓缓敲击人们的内心，清澈的声音，才更让人得到安宁，现代歌曲，方云听不来，总觉得那蹦跳的音符容易导致高血压。

车子如方云所愿的停在了街角，"方主任您先进去，我去把车停好。"方云嗯了一声算是回答，下了车，径直朝咖啡厅里面走。

很快，黄耀也来了，显然因为突然肆虐的寒风有些冷，他微微缩着脖子，站在门口四处张望着，方云朝他招了招手，喊了一句，"这边。"

"我说方大主任，这是咖啡厅，我们怎么拼酒，把人咖啡厅掀了盖个酒馆。"黄耀嘻嘻哈哈地开着玩笑，当然，他其实心里也明白这方云找他来并非拼酒那么简单的事情，大家也都是心照不宣而已，所以玩笑间，黄耀仔细观察着方云的脸，他虽然笑了笑，但很牵强，显然是因为事态严重，方云没什么心情。

"黄耀，这次喊你来是因为一个秘密会议，选择这里是因为人少，而且也算安静，"方云看了黄耀一眼，接着说，"你也知道，现在的形势比较严重，城里来了些莫名其妙的东西，比如说丧尸，上面下了命令让我摆平这次的口舌之风，所以驻扎在防护区的军队已经被秘密调遣回风之城城内驻扎，但我要说的不是这个，如果是一般犯罪，那风之城近百年内都会是安全的，我甚至可以打这个保票，我只能说，丧尸是真的，我们面临的是人类科学所不能解释的现象，但一切不可思议，也都有可能是人为的，或者说，有一个幕后，虽然我们还不能完全确定那个幕后就一定是人。"

"那你为什么会选择我，这么重要的事情你告诉我，我也不一定有办法。"黄耀心里漏跳了一拍，这又不是演科幻电影也不是演恐怖片，何必把我扯进去。

"因为根据我的调查，你儿子黄华跟陆教授的女儿陆湘湘是同学，关系也挺好，而且，这次他们好像是几个同学一起去旅行，但你真的就认为这是一次简单的旅行吗?"方云显然话里有话。

黄耀在脑海里迅速过了一遍，儿子黄华旅行之前要了一张军令状，听说还去借了一辆车，甚至去了军营集训，怎么看也都像是在为什么做准备，自己之前还以为他只是简单地想讨好女同学，难道，这次旅行的背后，真的有什么隐秘?

也不管黄耀的心里怎么翻江倒海，方云继续添油加醋，"这陆教授夫妇是为什么牺牲的你心里也清楚，是因为第十卷轴，第十卷轴中早就预示了他们的死亡，以及会有一些可怕的事件会发生。"方云顿了顿，拿起杯子呷了口咖啡，他这样做不是故作轻松，而是留一点空白的时间给黄耀，当然，他不会给黄耀太多

时间思考，所以，才放下杯子，方云又接着说了，"如今我已经明确地告诉了你，第十卷轴中预言的恐怖事件已经开始发生，你儿子黄华也已经被这件事情卷了进去，如果我没猜错，他们所谓的旅行，可能是去做一些跟第十卷轴有关的事情，至少，有一些牵连。"

方云果然老奸巨猾，几句话就扯到了黄华的身上，谁都知道黄耀对宝贝儿子有多疼爱跟紧张，如今儿子卷入的不是一般的纷争，更不是简单的小打小闹，而是惹上了随时都有可能粉身碎骨的异空间力量，黄耀心乱如麻，但又一想，这方云会不会是在讹我，想让我帮他做些非法的事情，可是想想又不像，他何必拿死去的陆教授夫妇做文章呢，想到这里，黄耀的心定了定，"你有什么证据说我儿子跟陆湘湘他们不是去旅行呢？"

方云笑了笑，从口袋里掏出一叠纸，递给了黄耀，"就凭这个。你想说他们只是单纯的去玩 BB 弹野战吗？"

黄耀看着手上的订购单，上面龙飞凤舞的签名，是黄华的笔迹。

没错，这份订购单原件，就是黄华去订购那批军火的订购单，这样一来，黄华去借军车是为了这批私带的军火能够安然无恙地出关卡，细细想来，一切都很吻合，黄耀的心咚的一下坠了下去，只觉得浑身寒冷，搓了搓已经发凉的双手，黄耀盯住方云，"你想要我怎么做？"

看到黄耀肯合作，方云悬着的一颗心才放下来，其实，他也不敢肯定自己拉拢黄耀，黄耀会不会卖面子，虽然自己并非做非法勾当，但却是极其危险的事情。"我希望你可以盯住李小超父子，当年秦皇墓出土的穿梭印盘就是被他们买走的，而陆教授的死，也是因为追查印盘。"

"那你呢？"

"上面下令让我平定恐怖散播之外，还下达了一封密令，说是叫我办完事后急速回京，京中高官里早就有第三异类，我这次去，恐怕是凶多吉少，所以风之城这边，我希望可以托付给你。"

他们又谈论了一番之后，方云这才发现说去泊车的秘书却一直没有回来，不好，莫非是发生了什么事情。黄耀也觉得奇怪，于是提议一起去找找看。

夜色已经沉寂得愈发黯淡，早先的风也都停了下来，街上只剩下街灯，路边的广告牌，店面平日觉得刺眼的霓虹灯都一并消失了。

方云隐隐感到一丝不安，咖啡店门口站着的服务生在背后齐声说着欢迎下次再来，然后哢的一声将门关上，速度快得就像是早就想将他们赶出店外。

方云跟黄耀面面相觑。

突然。

一阵尖叫划破整个被寂静包围起来的世界，狠狠地敲击着黄耀跟方云的耳膜。

那个声音他们都很熟悉，那是方云秘书的声音。

此刻，那个平日有着温柔声线的女子，正在用一种类似摩擦玻璃的尖锐声线，锐利地割着他们的耳膜，他们清楚地听到，她在喊着，"救命……"

还未到街角，方云的女秘书就眼尖地看到了方云，以及他身边的黄耀，飞身向着他们扑了过来，并声嘶力竭地冲着他们喊："救命……方主任……黄厅长……救……救命呐……"

于是，方云跟黄耀就看到了她像射线一般突然转换了角度，以另一条射线的状态向着他们飞奔，她的脸上被惊恐掩饰了疲惫，方云还来不及问她怎么了，就看到了在她身后穷追不舍的生物，僵尸。

"别，别过来，不要过来啊。"

方云跟黄耀一起喊了出来，并开始转身就跑。

"你们别跑啊，救救我，我不行了，风之城已经被我跑了个圈回来了。"女秘书在后面大声喊着，方云回头应了一句，"车钥匙在不在你身上，快去停车场拿车。"

还好停车场是露天的，如果是地下车库，只怕他们此刻去拿车，会演变成一场瓮中捉鳖的好戏。

女秘书一边跑一边摸着口袋找钥匙，然后用尽全力向前面抛了过去，"给你。"

钥匙呈抛物线状态划过方云的头顶，然后坠落在不远处，黄耀赶紧上前捡了起来，然后俩人一起向着停车场跑去，女秘书看他们转了方向，于是也跟着他们的方向跑。

偌大的停车场没有灯光，显得暗暗的，虽然没有几辆车了，但放眼望去，车子都长一个样子，哪个是自己的，这种恐慌的时刻，方云也来不及去分辨了，只好再去问女秘书，"你停在哪里的？"

女秘书已经跑得上气不接下气了，只能拿手往左边指指，"第，第二个。"

那僵尸似乎也并不急，始终在女秘书身后保持着不远不近的距离，那架势就像赶着一群羊在跑。

黄耀按了按手中的钥匙，滴滴的声响传来，黄耀跑上前拉开车门坐了进去，方云也不由得加快了脚底的速度，钻进了车里。

车子很快被发动，朝着另外一个出口奔去，方云大声喊女秘书快点，那姑娘倒也争气，干脆眼睛一闭，用尽全力地跑起来，她怕被方云丢下。

终于，在车子快要驶出出口的时候，女秘书赶上了，拉开车门就钻进了后座，"快，快关门。"

嘭的一声，在方云的招呼声里，女秘书重重地关上了车门。

这会儿也顾不上什么交通安全，什么限速多少了，黄耀赶紧一踩油门，车子就像离弦的箭一般驶了出去，一连闯了几个红灯，引起路边电线杆上的仪器啪啪地闪着白光照相。

看着僵尸开始慢慢离得远了，他们的呼吸才算平静一点，方云回头看了一眼，女秘书头发凌乱，身上职业套装的裙子被撕开了，穿在身上就像是件高腰的开衩短旗袍，估计脚上的高跟鞋也早就被丢了吧。

"到底发生什么事情了？"黄耀还是有些心惊，回头来问女秘书，很显然，他已经忘记了自己还在开车。

"哎，你看路，你还在开车呢！"方云一边跟黄耀抗议，一边拿出一瓶矿泉水递给女秘书，"给，你好好休息一下吧。"女秘书感激地看了方云一眼，接过水。她似乎已经忘记了刚刚方云掉头就跑的那一刻。

其实也不能怪方云跟黄耀是吧，虽然他们是两个大男人，但他们肯定不能朝着女秘书跑对吧，那样的话大家就一点生机都没有了，显然女秘书对这件事情是很理解的，所以她也没有觉得有什么不满的，至少黄耀他们开车走的时候开得很慢，没有真的丢下她。

女秘书用手拢了拢头发，取下松掉的发圈扎好头发，然后拧开瓶盖喝了一口水。

方云又开始发问了，"哎，你之前说什么，你绕着风之城跑了一个圈了？"

女秘书对着方云疑惑的脸点了点头，将口中的水咽下，"是的，跑了一个圈。"

"也就是说你跑了一个圈，那怪物还没追上你？"

"我倒觉得它有点像是在玩儿，但我总不能陪着它玩不逃命吧，所以我就拼命地跑。"

"风之城虽然是座小城，但绕城一圈，这路程可不小啊，你一个女孩子，看起来那么纤弱，你还真能跑。"方云不禁感叹道。

"呃，我之前跑马拉松得过奖的。"

听到女秘书说跑过马拉松，方云的眼珠子都快掉下来了，这持久力也太强了，认识这姑娘这么久，还真不知道这档子事情，"当然，在这种生死关头，谁都能跑下去对吧，不跑那不是等死吗？"

女秘书朝方云朴实地笑笑，方云一想，也对，活得好好的，谁想死呀。

"发生了什么事情，你还没回答我呢。"黄耀在一旁插了嘴，也打断了方云的感叹，女秘书看了看黄耀，反问道："我们现在这是去哪儿呢？"

"当然是去防区呀，不然就我们三个，谁保护谁呢这是。"黄耀嘟囔了一句，然后心想：你们白痴呀，难道要我挺身而出保护你们不成，这种时候当然是需要武力增援了。

"别，去了也没什么火力能保护了，方主任把人都调进风之城了，这会儿的防区就是一空架子，有名无实，去了也没用。"女秘书一脸焦急地说。

"什么，方云啊方云，你说你这干的什么事儿啊。防区空了，那我冲出风之城干嘛？荒山野岭的，这不是更不安全吗？"黄耀砸了砸方向盘，有些气急败坏，他砸到喇叭，突然发出的喇叭声在空旷的路上引起了一阵小回音，更让车里的三个人不由得打了个冷颤。

"黄耀你干嘛呢，纪律，纪律，不要自乱了阵脚嘛。"方云倒是打起了官腔，黄耀不满地瞪了他一眼。方云不再反驳，万一黄耀火了，把自己从车里丢了出去怎么办。

方云清了清嗓子，看着女秘书，想要转开话题，还没张口，女秘书就发话了，"黄厅长，向南开，那边有座寺庙，小的时候跟姥姥去过，里面有位方丈，他的灵符很灵的。说不定能救我们渡过劫难。"

"灵符？"方云跟黄耀诧异了，这年头真是奇了，不过连僵尸都出现了，有灵符也只能算是一物降一物，也就不显得那么诡异了，于是黄耀朝着南开去，女秘书显然也缓过来了，不等方云再次发问，她已经开口开始讲刚刚的经历了。

原来她刚刚泊好车朝着咖啡厅走，突然整个街道的灯都灭了，四周开始弥漫起雾气，女秘书有些害怕，但是多年现代生活让她对这些也有些程度上的免疫，只当是哪个剧组无聊，大晚上选了这条街拍戏，不过供电所还真是配合，整条街的灯，说灭就灭了。

想到这儿，她笑了笑，继续朝着咖啡厅走去。

风越来越寒冷，让她觉得半边身子都开始有些僵硬，而且觉得有人一直在盯着她看，目光里充满了不怀好意，什么玩意儿，呸，你拍戏就拍戏，吓人干什么，女秘书一边在心里狠狠咒骂着，一边加快了脚步。

但那种被注视的感觉并没有因为她的咒骂而减少，反而觉得越来越不安了。

女秘书突然想起小时候姥姥带她去烧香，替她求了个护身符，还叫她要一直带在身上，"护身符，对了，护身符。"女秘书轻声念叨着，在包里翻找起来，被盯住的感觉越来越让她不自在，手中翻找的动作都因此顿了顿，说不定只是自己吓自己，人不都这样吗，喜欢自己吓自己，算了，看一下是什么情况，就看一眼。

打定主意，于是她打算回头看一眼，但是，让她崩溃的事情发生了，一回头，对上一个青面獠牙的脸孔，那个脸孔几乎搭上她的肩膀，此刻，她跟那个脸孔的距离，不到一个指节那么宽。

讲到这里，女秘书往前凑了凑，贴近方云，在他的耳边幽幽地说，"方主任，就是这样的距离，你看我。"

本来方云就吓得要死，女秘书讲，他都不想去看着她听她讲，突然，这女秘书贴近他的耳边，他感到全身鸡皮疙瘩都竖起来了，一回头就看到女秘书死死地盯着自己，"啊……你……你，你，你离我远一点。"

方云的声音都颤抖了，他的害怕是装不出来的，黄耀从未见过方云这种样子，哈哈大笑起来，方云觉得失了面子，重重地咳嗽了一声，推开女秘书，一脸不高兴地说："接着说。"

"然后，我都不知道怎么想的，抓着我的护身符啪的一下拍在那个脑袋的额头上，突然……"女秘书不说话了，后排位置陷入死一般的沉寂，方云、黄耀这两个大男人顿时屏住呼吸，此刻，他们谁都不敢回头看一眼，如果后排位置空空如也，他们，又该怎么办。

细密的汗珠开始聚集，黄耀感觉到鼻尖上的汗水都快要滴下来了。

"突然，那个面孔不动了。"大概是察觉到车内的气氛不对，女秘书又接着讲了下去，她说话的那一刻，听到前排座位两个男人粗重的呼吸声，大概是因为女秘书刚刚的停顿，两个人紧张得不自觉屏住了呼吸，女秘书忍不住在心里暗自嘲笑了他们一下。

"我停顿了至少有一分钟，确定了那个面孔真的不动了我才敢动，我慢慢地移开，退后几步，我看到一个穿着古代衣服的人站在那里，说是人还真是很勉强，除了身形，没有一处能觉得那就是个人，特别是那个脸，电影里一般就是青色的脸加对獠牙，我看到的那个，不止如此，连脸上都皱巴巴的，比他们考古挖出来的木乃伊还要干巴巴的，我一想，还好护身符定住它了，不然我该怎么办。"

女秘书歪歪脑袋想了想，然后又像是在自言自语，"也不知道是不是因为人们越担心什么就越会发生什么，紧张时刻不能松懈半分这句话我算是理解了。"

方云跟黄耀对视了一眼，没有出声。

"本来我都已经不怕了，但由不得我窃喜，不知道哪里刮阵风，要死不死的正好把我那个护身符给刮开了，一看这架势，我哪里还敢停，掉头就跑，穿着高跟鞋怎么跑啊，我干脆脱了鞋往后砸，砸没砸到我就不知道了，我只知道我一直跑一直跑，从街角往城内北门驻扎营那边跑，我知道那里方主任安排了人手，可整条路跑下来，我一个人影都没瞅见，我一想，这下可坏了，怎么办才好，那东西一直在后面追着，我也没有时间去考虑，于是就想要不往东门跑吧，结果我绕城跑了一圈了，才看到人，那就是方主任跟黄厅长你们，我真纳闷，明明都安排

了人手在城内防护，怎么就一直没看到人呢。"

说完，女秘书还是很疑惑自己一路怎么就没碰到个人，说他们不负责躲起来了，这也不是没可能，只是这街上的气氛不对，总不能说前一秒还在营业，后一秒这街道就全关门了吧。

方云也开始冥思苦想起来，刚才出了咖啡厅之后是觉得有哪里不对，出来的时候咖啡厅里明明还有客人在，那些服务生却像是巴不得他跟黄耀俩人赶紧走，才出来，咖啡店门就关上了。

"我们不会是进入了什么第三空间吧?"黄耀的话犹如一颗不大不小的重磅炸弹，在方云跟女秘书的心里炸开，大家不约而同地倒吸了一口冷气。

第十二章 古　庙

其实那座庙还在不在，女秘书心里没谱，记忆里只有很小的时候，跟着姥姥去过一次。

那之后，就再也没听姥姥提起过山上的那座古庙了，其实原本提的也就不多，只知道据说在那座庙里拜神，是很灵验的。

那么多年来，女秘书没再去过也早就遗忘了那座庙，如果不是情况危急的时候，拍出去的护身符定住了僵尸，她也不一定还记得记忆里的这座庙。

确切位置也就能记得个大概，是不是只剩下残垣断壁更不清楚，只是这种时候，又能去哪里躲避呢，女秘书不敢向方云说明自己没多大信心，看着他跟黄耀的背影，女秘书觉得有点愧疚，但这种情况下，任何的可能性都会是生机，她也只能死马当做活马医了。

车辆驶进僻静的小道，还好路面比较平坦，如果这条路像黄华他们去孤僻村庄那种路的话，估计方云他们连死的心都有了，还逃什么命呀，被咬死总好过被颠簸得上吐下泻吧。

车行驶得急速而平稳，女秘书觉得有些疲倦，靠在车窗上打算眯一会儿。

方云看到女秘书在后座呼吸逐渐平稳，也为暂时的安全感到舒心，舒舒服服地靠在座位上打盹儿。

一连开了几个小时，黄耀有些疲累，"开下前后路灯，确定安全的话就在路边停一下吧，换我来开。"方云已经清醒了，燃了支烟在抽。

黄耀开了前后车灯，小道一下被照得透亮，他跟方云一个看前一个看后观察了好一会儿，终于确定了安全。

"靠边停，快，我们换一下，我来开车。"方云显然还是有些紧张的，难保说下车换位置的那一点时间里不会发生点什么事情。

车停了下来，方云打开车门下了车，黄耀在车里挪到副驾驶的位置上。

方云警惕地观察了一下四周，安全，于是疾步绕过车头，他紧张得烟都忘了抽，他从唇间取下烟，烟灰掉在手上，烫得他一哆嗦，小声低呼，"啊。"

黄耀听到声音赶紧看他，"你怎么了？"

"没事，烟灰烫到手了。"方云将烟甩到一旁地上，狠狠跺了几脚，然后上车

长篇盗墓小说
盗墓时空

带上车门，力道有些大，女秘书被车门"嘣"的撞击声吓醒，尖声问道："怎么了，怎么了？"

方云回头看了一眼说："没事，接着睡吧，对了，我们还有多久才能到？"

女秘书揉了揉眼睛看了看车窗外，车灯的光让她觉得有点晃眼，眯了眯眼睛说："这个地方还不认识，继续走吧，看到一个大牌坊，开进去三千米之后会看到楼梯，那个时候我们就该下车了，从楼梯爬上去，大概半个小时吧。"

"半个小时。"黄耀接了一句，"那么远，算了，先休息一下好了。"

方云燃了支烟递给黄耀，然后又给自己燃了一支，然后关了后车灯，只留前面两盏照明灯，继续朝前方开着。

黄耀抽了两口，就觉得已经困得不行了，于是顺着车窗将烟弹了出去，"哎，我睡一会儿，你累了喊我。"黄耀一边关车窗一边回头对着方云说。女秘书在后座插了话："黄厅长你安心睡会儿吧，"然后又对方云说："方主任你一会儿喊我，你累了轮我来开车。"

他们三个人轮着开了趟车，在第二日快到中午的时候，也终于到达了传说中的山脚下，女秘书看着后座上沉睡的两个大男人，伸手去摇他们，"方主任，黄厅长，快起来了，我们到了。"

黄耀在做梦，他梦见儿子黄华正被一群野兽攻击，陆湘湘不知如何是好，正蹲在不远处的一棵树下抽泣，自己拔出枪对着野兽就是一通扫射，眼看就要救下黄华了，突然，听到有人在喊他，"黄厅长，黄厅长，起来了，我们到了。"

黄耀睁开眼才发现是场梦，但自己满后背的冷汗。

黄耀推了方云一把，方云也恋恋不舍地睁开眼，看了看窗外，"到了吗？"

"是的，我们已经到了，这个地方车子上不去了，我们得下车步行上去。"女秘书分别跟方云和黄耀递来矿泉水，方云接过水下了车。

车子停在山脚下，一条弯弯曲曲的土路盘旋而上，"楼梯呢？"黄耀不解地问。

"这就是喽。"女秘书带头开始上山，仔细一看，那坑坑洼洼的土路，一层一层叠高，还真有点像台阶。

方云有些泄气，"这叫楼梯？这叫爬山，叫野外集训。我们都多少年没参加过训练了。"方云捏了捏自己已经开始发福的肚腩，抬头看了一眼，土路绵延盘旋而上，方云顿时就傻了眼，"还说什么半个小时，几个小时之内能不能到山顶都是个问题，何况这肚子都开始饿了。"

黄耀苦笑着拍了拍方云的肩膀，"走吧，老伙计，就当我们青春了一把，再集训一次吧。"说完，黄耀也开始朝山上走。

方云无奈地摇摇头，眼前只有这一条路，不走又能有什么办法呢。

"方主任，快点，不然我们半个小时内到不了山上，寺庙里的人吃饭很准时的，如果我们不能在十二点之前赶到，就要等到下午才能有饭吃了。"黄耀在前面调侃道，方云气得直骂，"去你的乌鸦嘴，哪有这种事情，还真以为是在拍电影啊你。"

女秘书拐了个弯沿着山路绕了上去，方云、黄耀他们看不到女秘书的身影，却听到她的声音从风中传来，"黄厅长说的是真的，快走吧，不然真没饭吃了。"

黄耀的笑容僵在脸上，"老方啊，我们快走吧，我还真饿了。"说完低着头一个劲儿地往山上走，方云指着黄耀的后背哈哈大笑，"哎，我说你还是不要开玩笑了，你的玩笑不但没技术含量，还挺乌鸦嘴的。"

黄耀懒得跟方云计较，闷着劲儿地想赶上女秘书，可惜早已臃肿的大肚腩让他走起来摇摇晃晃活像个企鹅，听到方云在背后嘲笑他，于是回头骂道："老方你别笑我，你看看你那个肚子，比我好得了多少？再说了……"

黄耀突然不说话了，而是瞪大了眼睛惊恐地看着方云背后，方云看到黄耀张着个嘴巴站在那里，死死地盯着自己的身后，他觉得后背凉飕飕的，"黄耀，你，你，你，你看到什么了？"方云结结巴巴地问道。

"妈呀，大白天见鬼了，方云，快跑。"

黄耀一边叫喊着一边撒腿跑掉了，方云觉得脚有些软，也有种被人从后面盯住的感觉，莫非，死死盯住女秘书的那个玩意儿，现在也准备靠上自己的肩膀？

想到这里，方云觉得肩膀沉沉的，好像有什么靠在上面，耳边听到的是什么？喘气？呼吸？不对，僵尸是不会呼吸的，对了，呼吸，我要不要屏住呼吸，电影里演的，遇到僵尸要屏住呼吸，方云的双腿在打颤，他又想起韩国的狗腿舞，如果他面前有面镜子，估计他的腿，比那些跳狗腿舞的人还要抖得厉害。

"方云，怎么还没赶上来？那玩意儿到山脚下了，你还不快点？"黄耀的声音远远地传来，和着风声，有那么点不真实。

嗯？山脚下，那耳边的是什么？方云机械地转过头，安全，什么都没有，再看身后，还是什么都没有，那么被注视着的目光呢？方云远远地眺望了一眼山脚，那个衣着破烂，青面獠牙的东西正在死死地盯着他，方云只觉得全身的冷汗，刷的一下逆流回体内。

"来，来了。"方云赶紧往山上跑，他可不想真的被那东西贴着肩膀。

有了背后的恐惧，方云这一路都没敢停下来，到达山顶的时候，女秘书抬手看了看手表，"正好半个小时。"方云回头看了一眼，没有看到那个东西，这才长长地出了一口气。

黄耀四下看了一眼，这是在半山腰上开辟出来的土地，属于三不管地界，难

长篇盗墓小说

盗墓时空

怪他们从未听说过这么一个地方，远远眺望能看到远处的风之城，很小的一片，跟四周的风景衬起来却也显得格外秀气。

寺庙还保持着很多年以前的样子，显得十分古香古色，方云拍了拍寺前的大鼎，被烫得嗷嗷叫。

"方主任，那是万年灯，你小心点。"女秘书好心地提醒着。

仔细看，才发现这看似密封的大鼎朝着四方各开了一个口，"这是让信善点香用的。"女秘书解释道，"好了，我们去找方丈吧。"

进了寺庙，方云发现，这里的一切都是木质的，地板踩上去嘎嘎作响。

"各位施主，请问亲临小寺有何贵干？祈福还是还愿呢？"

一个稚嫩的声音从背后传来，三个人都被吓了一跳，回头一看，是个不知道从哪里冒出来的小和尚，此刻正站在他们身后。

这小和尚耳垂肥大，在脸颊两侧耷拉着，显得很有福相，仔细看看，倒也算是有些佛相。

不容他们细看，女秘书已经双手合十朝着小和尚拜了拜，方云跟黄耀也只好学着女秘书的样子，也朝小和尚作了个揖，毕竟是在人家的地方，更何况，他们是有求而来的。

小和尚保持着双手合十的样子，朝他们还了礼。

"小师傅，我们想求见方丈。"女秘书开了口，小和尚皱皱眉，有些为难的样子。方云、黄耀的心里咯噔一跳，莫非这小和尚是不肯引见，一着急，黄耀的话就顺着嘴边蹦了出来，"小和尚，我们这是在求救，哎，三言两语我也跟你说不清楚，你还小，也不需要知道，麻烦你带我们去见方丈吧。"

这些人是怎么回事，这就是求人的态度吗？更何况方丈是你们想见就见的吗？小和尚的心里忿忿不平。

空旷的寺庙里传来一个懒洋洋的声音，"净空，无妨，带他们去吧。"

又是莫名其妙出现的声音，方云觉得自己的神经已经紧绷得快要裂开了，于是俯身靠近小和尚，问："谁在讲话？"

小和尚倒也干脆，往身后的佛像一指，"喏，我大师兄。"

方云顺着小和尚指的方向去看，一尊金身如来佛祖的佛像屹立在大堂中心，不由得朝着佛像拜了两拜。

"施主你怎么那么客气呢，还行此大礼，小僧受不起。"说着还给方云还了个礼。

方云只觉得眼冒金星，原来，有个和尚在佛祖腰侧站着，在替佛像扫尘。先前，他还以为小和尚是在敷衍他，随手那么一指，而自己朝拜，是因为觉得这座

137

佛像雕刻十分精巧，不由得肃然起敬罢了。

"各位跟我来吧。"小和尚已经自顾自在前面带头走了，方云看了佛像旁的和尚一眼，赶紧跟上黄耀他们。那和尚倒也礼貌，笑着又朝方云作了揖。

"方主任，到寺庙之后，我总觉得有点奇怪的感觉，但又想不起来。"女秘书在方云耳边轻声说。

方云看了下四周，除了一切都显得很老旧之外也没什么奇特的地方，"这里的和尚看起来挺爱干净的，看看，墙角连蜘蛛网都没有。"方云漫不经心地回了一句，还顺手在柱子上摸了一把，然后将手递给女秘书看，"你看，多干净，比我们安全局的办公大楼还要干净。"

女秘书只好讪讪收了声，对此，黄耀倒是觉得挺新鲜，不时拉着小和尚问东问西，几句交谈之后倒是显得挺熟的样子，搂着小和尚的肩膀，一口一口小净空。

"小净空，我家黄华要是有你一半乖巧我倒也省心了。"小和尚抬头对着黄耀笑了笑，"他也算得是少年英雄了。"听到小和尚这么说，黄耀有一丝不解，这小和尚好像知道很多事一般，再去追问，小和尚也只是笑笑，不再说话了。

穿过几个大殿之后，进了小院的一个侧门，一个恍惚，方云就觉得自己到了几十年前的北京四合院。

"你们在这儿等一下，我去跟方丈通报一声。"叫做净空的小和尚停下脚步让他们稍等，然后转身朝南面角落的一间屋子走，敲敲门，然后进去了。

片刻之后，小和尚开门招呼他们进去，待他们进去之后，小和尚出去，并带上了门。

床榻上一个老和尚盘腿而坐，房间里没有凳子，床前有几个蒲团，女秘书朝老方丈作了个揖，然后席地而坐，方云、黄耀一一效仿。

多年来，老方丈的样子似乎没有多少变化，女秘书看着老方丈，想起姥姥，不禁觉得眼前的老方丈十分亲切，"您还记得我吗？"女秘书问了个白痴的问题，黄耀轻轻推了推女秘书，那姑娘这才回过神来，觉得有些尴尬，只好笑了笑。

那么多年了，你肯定变了样子，记得才怪。方云这样想着，老方丈倒是不介意这些，朝女秘书慈祥地笑笑，女秘书有些感动，也笑了笑，又突然想起什么似的说："方丈，我们遇到僵尸了。"

方云当然没有忘记他们此行的目的，赶忙说："对呀，对呀，我们上山的时候，那个东西已经追到山脚下了。"

老方丈朝他摆了摆手，说："无妨，无妨，那东西，是上不来这里的。"

听到方丈这么说，几个人都长出了口气，可能是因为这里是佛祖的地界，邪不胜正嘛。他们也算是逃对了地方，想到这里，方云朝女秘书感激地笑笑。

正午的时候，方丈留众人吃饭，虽然是斋菜，但对于已经饥肠辘辘的三人而言，已是犹如山珍海味了。

"多吃一点，这是我们自己种的菜，要吃的时候才会采摘下来做饭，你们城里，应该是吃不到这种菜了。"老方丈慈祥地说。

顾不得从饭碗里抬起头，方云只是嗯嗯的嘟囔了几声，没什么调料，只是撒了点细盐炒的，不过味道的确很好吃。女秘书虽然偶尔也会找素菜馆吃饭，但这么好吃的斋菜倒是第一次吃，嘴里含满食物，口齿不清地说："好吃。"

吃完饭，女秘书还想帮手收拾碗筷，但已经被净空手脚麻利地从她的手里接了去，之前在为佛像扫尘的和尚，也拿起抹布擦起桌子来，看到这样的景况，女秘书也只能感激地笑笑，说："谢谢。"擦桌子的和尚笑着点点头，算是回答了。

吃完饭后，老方丈跟扫尘的和尚送众人下山，留净空看寺。

黄耀爱怜地捏了捏小净空的脸，下山的时候依依不舍地一步三回头看着净空，小净空静谧地站在寺门前，目送他们下山。有那么一瞬间，黄耀觉得小净空的眼里写满了荒芜，是与他的年龄不符合的成熟，可能是因为寺庙的孩子没接触过外面，所以都比较懂事的原因吧，黄耀这么跟自己解释。

因为上山的时候担心会被僵尸追赶，一行人也没顾上观赏下这世外桃源，女秘书跟方丈在前面交谈，黄耀还在后面一步三回头，虽然早就看不见寺庙了，方云走在中间，也乐得清闲，于是看起风景来。

也不知道种的是些什么树，附近山群色彩斑斓，放眼望去，一片华丽的五光十色，不亚于夜晚的霓虹灯，天出乎意料的蓝，远处的云朵似乎就缠绕在山群树顶，"这地方要是来旅行还真是不错。"方云拉过黄耀来看，黄耀也被这美景给吸引了，暂且放下对小净空的不舍，掏出手机就开始拍。

人说上山容易下山难，但方云觉得还是下山比较轻松，就像背后有人做辅助推力一般，但是还是要小心脚下的路，因为虽然有路，但没有护栏，一不小心摔下去，虽然有这如画风景作葬，但方云还没打算死那么快，所以他尽量贴近山壁行走。

很快，他们就到了山脚下，老方丈从怀里掏出一沓子灵符递给女秘书，"拿着这个，我能帮你们的，也只有这么多了，拿去分给你们的人吧。"老方丈诚恳地说。女秘书千恩万谢地接过来，老方丈笑笑，看住黄耀，"施主你一直盯着老衲，是有什么事情要讲吗？"

黄耀挠挠头，有些腼腆地对老方丈说："方丈，我能不能问你要串佛珠，我给我家儿子，不瞒你说，来的路上我做了噩梦，我想……"黄耀的话还没说完，老方丈就取下手腕上的佛珠递给他，"拿去吧。"

都说出家人慈悲为怀，这老方丈手上的佛珠，看起来已经有些年代了，再说常年在寺庙里，吃佛家香火，肯定比一般开光的物品要灵验得多了，黄耀赶忙接过来，向方丈道了谢。沉甸甸的佛珠握在手里，为黄华而吊着的一颗心，这才踏实下来。

向老方丈道过别之后，方云警惕地查看四周，一行三人加紧脚步向一旁的车子靠近，女秘书抄起两张灵符，撩开头发，在脖子左右两侧各贴了一张。

"你这是在干吗？"方云不解地问道。

"电影里演的，僵尸不是要咬脖子吗，所以我就在脖子两边各贴一张，那肯定就不敢咬我了嘛。"女秘书作无辜状。

黄耀想想，女秘书说的不无道理，于是招呼方云一起，俩人也都各取了两张灵符贴在脖子两侧。

因为是山区，落叶铺了满地，没人会管这里是不是干净街道，更不会有人来打扫，所以这里保持着一切风景的美好，连落叶都显得那样美好，车驶进林间小道，更像驶上一条黄金隧道。

几个人这下倒没有多少胆怯了，一边看车一边赏景，可是他们如果往天空仔细看，就会发现那东西真的是在跟他们玩游戏，此刻，那东西跟着他们的车飞行着，远远望去倒像是他们在开着车子放风筝。

车子路过一片湖，女秘书提议下去走走，平日都是被沉重生活压抑坏了的人，大家一致通过女秘书的建议，下了车。

湖边的草地翠绿柔软，女秘书在湖边玩起水来，"方主任，你们也……"
"也什么？"方云见她停顿了，于是大声问道。

女秘书指着天空，半天说不出话，"干吗？看到 UFO 了？"黄耀打趣道。"僵……僵尸啊……"女秘书叫着跳进了湖中。

黄耀回头去看，只见那家伙悬浮在半空，发出阴森的嘿嘿笑声，黄耀想爬起来，不想腿一软，还没站稳就跌坐在地。

方云离湖水比较近，也跳进了水里，与女秘书一起，双双屏气躲在水里。

那僵尸似乎对他们的伎俩不屑一顾，龇牙咧嘴地嘿嘿笑着向前飘，直接将腿软在地的黄耀无视了。

水里，方云与女秘书紧张得忘记闭眼，抬头看着水面，只见那僵尸已经飘到水面上了，说时迟那时快，那僵尸一个俯身将平举的双手朝着水里扎，轰的一声巨响，水面蹿起三米高，方云与女秘书被这一轰给炸出了水面，重重地摔在湖边草地上。

"快，快过来这边。"黄耀冲到湖边朝着方云他们大喊。

只见黄耀掏出个玻璃球丢进水里，霎时间变幻成了个巨大的水球，黄耀一闪身跳了进去。

女秘书爬起来拉起方云，连拖带拉地将他拉向水球，那僵尸没见过这种场景，一时间没反应过来，突然意识到他们是想逃跑，于是嗖地向着方云扑过来。

突然看到僵尸扑过来，女秘书吓得闭上了眼，只觉得风沾染了潮湿的水气扑面而来，还带着一个重磅炸弹——僵尸，方云扯下脖子上贴着的灵符，紧闭着眼睛将手平举。

只觉得一个尖锐的物体从发间穿过，然后不动了，方云这才敢张开眼睛。

灵符挡住了僵尸可怖的脸孔，但还是露出了它那腥臭的牙齿，差一点点，方云就要跟这个怪物亲吻了，想想都觉得恶心，女秘书在身后持续着尖叫，方云拍了拍女秘书的小腿，于是她便叫得更大声。

"哎，别叫了，快拖我出来呀。"方云竭尽全力地大叫起来。

听到方云的声音，女秘书这才张开眼，一看，那僵尸定在那里不动了，赶忙从僵尸的身子底下拖出方云，顺手还扯下脖子上的两道灵符在僵尸的脸上多拍了几下。

"电影上杀僵尸不是要拿东西戳穿他的心脏，砍下头什么的吗？"见到没危险了，黄耀也跳出水球过来帮忙。

"你说的那是杀吸血鬼的吧？"方云反驳道。

"不管是杀僵尸还是吸血鬼，还是试一下吧，被这东西追赶的滋味不好受呀。"黄耀说道。

"那用什么呢？我们又没刀，也没武器，怎么弄？"方云疑惑着，"我这里有把瑞士军刀。"女秘书在一旁弱弱地说。

"嗯，军刀？"方云接过军刀准备狠狠插进僵尸的脖子，然后把它的头切下来，这个时候，女秘书补充的话却让他停下了手中的动作，女秘书说："因为有时候会忙到很晚才回家，所以我一直会带着这把军刀，防身用的。"

"防身？你？"方云不屑地将女秘书上下打量了一番，清了清嗓子，"带着急需还差不多，防身的话就不用了，你够安全。"

黄耀听了这话也打量了下女秘书，虽然打过几次交道，但她还是确是难以让人记住的那种类型，转过身黄耀就扑哧一下笑了起来。

方云总算是顺利地切下了僵尸的脑袋，在湖水里洗干净军刀之后，黄耀记得开车来的时候，这条湖水与风之城城外的湖是连着的，于是提议坐水球回风之城，他们都没试过，女秘书也一扫不快的情绪，兴奋着跃跃欲试。

水球平稳地在水面飘着，比坐船还舒服，坐船会摇晃会颠簸，可这水球却像

是装了抗震装置一般，坐在里面，就跟坐在凳子上一样平稳，而且贴着水面的地方凉凉的，一点都不觉得闷。

安心之余，方云突然担心起这东西氧气够不够，于是四下检查起来，但球壁光滑贴合，没有任何的缝隙，方云这才想起来，他们跳进来的时候，也就是这么直接蹦进来的，并没看到有门或者是开口。

"黄耀，这东西怎么来的？够不够我们呼吸？要是氧气不够怎么办？"

"小净空给的，说是如果遇到危险，旁边有江河的话就可以用。没想到还真派上了用场，哎，如果可以的话，等一切平息了，我倒是想领养小净空，就是不知道他愿意不愿意。"黄耀看向远方，那个方向，是古庙的方向。

如黄耀想的一样，湖水是连着的，不到一刻钟，他们就在风之城外着陆了，黄耀收回玻璃球，小心地装进口袋。

"终于回来了，我要问问，那些守城的军队昨晚都干嘛去了。"方云愤愤地说着，一行人终于回到了这个生长的地方，杀了僵尸，心里也踏实起来，现在，他们要回家好好休息一下。

如果可以的话，方云宁愿相信自己走错了地方，或者是在看一场恐怖电影。

风之城的街道布满了横七竖八、凌乱的尸体，血液溅满墙壁，有劳工在处理城内的尸体，军队已经出动了，分成几组在寻城。

整个风之城，弥漫着死亡的气息。

"黑暗的灵魂，他们开始行动了。"方云的声音颤抖着，"看来，我们不能回家了，都在我的办公室集合好了。"

方云他们遇险的这空档，李天翔感觉莫名的自由，"这个老狗，真是盯得我浑身不舒服。爸，我们现在该做什么？"李天翔看着里屋问。

"我们去趟城外的古庙，那里有我们想要的东西。"老者淡淡地说。

"想要的东西，莫非，是搜神录？"

老者没有回答，反问道，"钥匙练好没？"

"已经练好了，洗脑很成功，她的心里，现在所有的意识都是向着我们的，她的灵魂成色不错，是上好的钥匙。"李天翔笑了笑，透出一丝狡黠。

没错，这老者口中的钥匙，说的就是杨莹莹。

"让钥匙过来，有事商谈。"李天翔冲着身后挥挥手，片刻，杨莹莹就跟着李天翔的保镖过来了，杨莹莹显得对这里的一切都很熟悉的样子，径直坐了下来，朝老者点点头算是打招呼了，"喊我来做什么？"

老者咳了几声，摇摇晃晃的，健康状态显得岌岌可危。

"我希望你跟天翔走一趟，这是资料，你先看一下。"

长篇盗墓小说

盗墓时空

老者从桌面上挑出几张纸，李天翔上前一步接过，然后甩手递给杨萤萤，杨萤萤不满地瞪了他一眼。

这一幕老者看在眼里，但没有做出什么表示，反正这杨萤萤只是钥匙，用完之后就可以销毁了，只是没想到，练造钥匙的时候，倒是牵出了她灵魂里隐藏起来的一面，此刻她与之前的小鸟依人完全就是判若两人。

杨萤萤接过资料看了起来。

是有关于穿梭印盘的分析报告，很明显，是类似工作笔记的东西。

"这是我们的一个工作人员私藏起来的东西，他的解释是他自己喜欢写小说，特别的考古纪实的东西，可我觉得他在骗我。"老者的目光里透出犀利，杨萤萤抬头看了一眼，继续看着，很快，她便被记录里的东西吸引了。

看记录，是一个叫老木的人写的，第一张，是类似日记的东西。

这是一次重大的研究，其实原本我以为只是一次寻常的古物鉴定，当那个中年男人找来的时候我并不是很想接这一单，因为大型的文物要细细查看，而我的眼神已经不大好了，但是他在我面前狡黠地笑了笑，伸手拦住我，说："你看看再考虑下要不要拒绝。"

虽然这家伙笑得很诡异，但却透露出一丝自信，想必是吃定了我会接这一单，只可惜我也就是个不服气的人，谁知道你拿来的是什么，如果是赝品，我就好好嘲笑你一番。

他让人将带来的箱子放到了我的工作桌上，那是个普通到满大街都是的皮箱子，打开来还有一层绒布包着，想必是怕摔到里面的东西。

很快，布包就被揭开，一块黝黑的石头摆在那里，我不屑地哼了一声，看第一眼，的确是块古董，还真是秦朝时候的东西，只可惜上面凤凰的眼角缝隙被染了点色，等等，这不是凤凰泣血的意思吗，在古代，这可不是什么好兆头。

再看第二眼，我就被这凤凰迷住了，总觉得它有什么事情想要告诉我，于是拿起放大镜凑了过去，我摸了摸石盘，那种细腻，比上好的玉石还要光滑，这是什么东西，我突然很想抱着这石盘好好研究一番。

正当我看得起劲，这中年男人却一挥手，让人把我推开，并很快收拾好东西，我觉得很愤慨，但东西不是我的，我又能怎样呢，那男人估计是看穿了我的心思，但他并不说话，只是放了张名片掉头就走，走的时候还转过来对我说叫我好好考虑一下，只给我三天时间。

说实话，这男人让我觉得挺厌恶的，所以他给的名片也一直放在桌角，我都没碰过，可是这三天来，我的脑海里一直显现出石盘的样子，对它的好奇心战胜了一切理智，我终于忍不住拿起名片，并按着上面的电话拨了出去，打给那个见

鬼的李小超。

杨萤萤抬起头深呼吸了一下，这段日记到此结束了，再看下一张，没有多余的只言片语，而是直奔主题的讲起印盘了。

成分物质：不明材质，含有1‰的成分为陨星。

物品来历：出土于秦皇墓。

到浮雕拓本的时候，老木并没有写任何的注解，只是画了一张拓本。

古时候皇族的物品喜欢描龙，或者龙凤嬉戏追逐的样态，但看这拓本，却只有一只凤凰在侧边，按照老木的说法，还是一只泣血的凤。

杨萤萤仔细端详起这只凤凰来，这图画上的凤凰翅膀张开呈飞翔状，四周有云朵的图腾，看起来总有种想要跟随着凤凰展翅飞翔的感觉。

杨萤萤发现自己走神了，于是继续看。

凤凰眼角物质成分：来源不详，无法分辨是何种生物，但确定是血液组织。

第三张也是拓本，有一行小字注释：石盘背面画作。

图画很简单，是几个穿着霓裳舞衣的女子在云间翩翩起舞，杨萤萤突然想起以前看过的一幅画，是个不出名的画家画的，那个画家很向往天堂的闲暇生活，所有作品都是有关于天堂的，其中一幅就是几个小天使在演奏和跳舞。

难怪说古代人比较直白，什么都很简洁明了，包括这些图画，都能叫人一目了然，说白了，就是指这是能去往天国的通道。

杨萤萤将看完的纸张叠到最后，接着看下一张。

又是老木的日记，不同的是这篇很简短。

一连几天，我都全身心扑在石盘上研究，李小超说这是秦皇墓出土的穿梭印盘，但电视里演的印盘不都是有个孔的吗，但这块石盘，除了凤凰眼旁的沾染了血液的细小缝隙之外，没有找到任何别的孔。

我小心地取了血液样本去对比，但很快，所有生物血液库里的样本都被否定了。

这到底是什么血液呢，我疑惑了。

昨天李小超说他知道怎么操作这个石盘，并很快链接电脑不知道在制作什么程序。他告诉我，过些时候，他要送我去穿梭，让我去拍一部赢政登基的纪录片，大概四十分钟就可以回了，他还给我起了一个新名字，叫项少龙，但是对外，他们宣称我是特工，直接掩盖掉了我的古玩鉴定研究师身份。

我知道，他的操作绝对有问题，至少，对于石盘，他们理解的太表面了，因为，我发现了一个惊天的秘密。

日记到这里就告一段落了，再往下翻，又回到了第一张纸，这个老奸巨猾的家伙，杨莹莹心里这样想着，又不得不带着笑问老者："然后呢？发生了什么事情？"

老者从书桌里抬起头，"这么快就看完了？很好。"

"别废话了，直接说，接下来怎么了。"杨莹莹显得有些不耐烦。

老者倒也不生气，径直讲着："接下来，我就送他去穿梭了，但穿梭之前，在给他准备要带去的装备的时候，却无意中发现他偷偷带了个本子。"老者似乎陷入了回忆，看着墙上的挂钟半晌都不讲话，整个房间一片死寂。

杨莹莹不喜欢这种气氛，她有些不耐烦，人老了就是麻烦。

李天翔递了杯热茶给老人，这才算是打断了老者沉入回忆。

李小超有个坏毛病，那就是回忆，别人回忆的时候会滔滔不绝，而他却是喜欢不讲话，看着某处沉思，除非，给他一杯茶。

每当这个时候，李天翔总觉得父亲就像一个要糖果吃的小孩儿。

呷了一口茶，李小超将含入口中的茶叶吐回杯子里，这个动作让杨莹莹厌恶地皱起了眉头。

终于，老者肯开口了。

"老木怎么都不肯交出来，他说是要带去做记录的，但一看他的表情我就知道肯定有问题。"说到这里，老者顽皮地朝着杨莹莹笑了笑，像在显摆自己看人的眼神是多么的犀利。

也不知他此刻有没有看出来她讨厌他的这种动作，杨莹莹边想边恶心地擦了擦手臂，觉得浑身都是鸡皮疙瘩。

"于是我就派人去抢，但他抱着本子一头撞上穿梭印盘，因为程序之前已经设定好了，他这一撞，就直接穿梭了，我们只抢到前面的几张，其实我也就少给你看了一张，但这一张才是最重要的，因为这上面记录了一个秘密。"

"秘密？"杨莹莹惊呼了一声，她记得老木的日记里，提过他发现个秘密，但是什么就没说了。

老者对于被打断有些不爽，冷冷地瞟了杨莹莹一眼。

"是的，秘密，是关于搜神录的。根据他留下来的简短记载，我们确定了搜神录的存放位置，就在风之城城外的古庙那片地方。"老者顿了顿，"所以，我希望你能跟天翔走一趟，去趟古庙，寻找搜神录。"

搜神录杨莹莹听说过，在陆湘湘生日宴会上，方叶桐跟他们讲过的。当时也只是听来好玩，没想到这世间，还真有这么一个东西。

"具体的细节，天翔会跟你讲，你就跟着天翔一起去就好了。"

"什么时候出发？"

"现在。"老者看着她说得很干脆，摆明了一副你是白痴的表情。

这个时候，有个人进来了，在李天翔的耳边说了几句就出去了。

老者看向李天翔等着他开口，"爸，方云回风之城了，就在刚刚，而且……"

"而且什么？"

"而且，他们是从古庙回的，僵者也被他们干掉了。"说完，李天翔就等着老者发话。

李小超愣了愣说："这个没用的僵者，早知道就不唤醒他了，你们赶紧去，他们急着躲避僵者，不一定会知道古庙的秘密。再说了……"老者嘿嘿一笑，没有将后面的话说完。

"走吧。"李天翔对着门口做了个请的姿势，杨萤萤也不好再问，率先踏出了门槛。

再说方云这边，他们心惊胆战地回到方云的办公室，还没坐稳，女秘书就突然大喊起来，"妈呀，我才想起来一件事情。"

"什么事儿啊，能不能不要一惊一乍？"黄耀被吓了一跳，差点跌倒，女秘书赶忙道歉，方云也有些心惊，问道："到底是什么事情？"

女秘书的脸色很难看，犹豫了很久，"你们记不记得在古庙的时候，我说过，我觉得有什么地方不对，我这会儿才想起来我为什么会觉得不大对劲，呃，之前，我还没给方主任做秘书的时候，我是在档案室帮忙整理资料的。"黄耀显然不想听这些，迫切地打断她的话，"重点，说重点。"

女秘书扬着一张比哭还难看的表情说："我整理过一档关于处理迷信的资料，是方主任跟黄厅长你们亲自签字处理的事情……"

方云也觉得有些烦，"到底是什么事情？"

"为扫除迷信之风，风之城外古庙被烧毁，烧死三名和尚。"女秘书几乎要哭出来了。

"有这么一档子事情？"方云挠挠头，再看黄耀，也同样是一脸迷茫。

"我去找找。"女秘书跑了出去，方云指着她的背影骂了句，神经。

女秘书很快回来了，颤抖着手将资料递给方云，方云接过的时候，感觉女秘书简直就不是递文件，是在扔，黄耀觉得蹊跷，于是凑过去看资料。

拆开档案袋，是一张泛黄的报纸，抽出来，醒目的标题用鲜红的颜色注明着：为扫迷信，却以和尚做祭奠。

再下面，是三名和尚生前的合影，中间扬起小脸的面孔，黄耀再熟悉不过了，赫然是小净空。黄耀只觉得脑子一片空白，那么大的人，还未来得及捂住嘴巴，就已经嚎啕大哭了起来。

女秘书的脸上也挂满了泪水，而方云呆在一边，不知说什么好。

"啊……"方云大叫了一声，吓得另外的两个人停下哭泣，"怎么了？"女秘书抽泣着问。

方云将手递给站在他身边的黄耀，"你记不记得我之前摸过古庙的柱子？"

方云的皮肤上沾满了黑色，连指缝都没放过，黄耀抓起他的手，用桌面上的A4纸，从方云的指甲里挑了出来，捏在手里搓了搓，然后送到鼻子下闻了闻，是木炭烧焦的味道。黄耀顿时大惊失色，"方云，你有没有碰过别的东西，比如说进城之后？"

方云也急了，"没有哇，我一直跟你们在一起，唯一不同的是我在古庙摸过柱子，而你们没摸，不对，你有将手搭在小和尚的肩膀上吧？"方云反问着，然后去翻看黄耀的衣服，一副不找到证据誓不罢休的模样，终于，在黄耀衣袖内侧也发现了跟他手上类似的黑色，"你看，你身上也有。"

黄耀扬起手来看，还真的有，想起小净空乖巧的脸，黄耀满心愧疚。

"你说，他们为什么不恨我们，还要帮我们呢？"黄耀愣愣地问道。

"老天保佑，老天保佑。"方云朝着四方拜了拜，然后想了想说，"大概是因为菩萨心肠吧，你们不是也看到了吗，那小和尚耳垂多大呀，一看就是福相。"

黄耀动了动嘴皮子，还是将话吞了下去，除了方云说的这个理由，还能有什么理由呢?！他现在才算懂了方丈为何说那僵尸不敢上寺庙，大概它们那个世界，也是要分领地的吧。黄耀觉得自己有些无聊，这种时候怎么还在想这种无聊的事情。

古庙这边，李天翔这些不速之客不请自来，其实也没来多少人，就他跟杨萤萤而已。古庙已经不是方云他们之前看到的模样了，这里不再有干净的、古香古色的原木房子了，取而代之的是一些空空的房梁支架，还有满地的黑色粉末，随着那场大火，还有时间，那些房梁支架与地上的黑色粉末融合着，已经炭化了。

大火之后没人再来过，所以基本都还保持着大火之后的原貌，杨萤萤看到满地荒芜的样子，皱了皱眉，"就是这里了？"

李天翔没有回话，只身走到那堆木炭之间，不知道在寻找什么，杨萤萤也懒得去问，反正李小超那个老滑头也没把最重要的秘密告诉她，到这里也只是陪着李天翔走一趟。

李天翔越走越远，杨萤萤也只好踏进木炭堆里跟着李天翔走，也不知在木炭里走了多久，李天翔突然欢呼起来，"找到了，就是这里。"

杨萤萤只觉得这个人疯了，在一堆木炭里走来走去，现在，李天翔的面前还是一堆木炭，他却说什么找到了，真是发疯。

但让杨萤萤真正觉得发疯的事情才真正开始，李天翔的全身开始发黑，渐渐融入木炭中，甚至比木炭还要黑亮，李天翔的身体越来越大，头上长出两支角，唯一像人的特征就是那张脸，除此之外，他的身体没有一处像人，就连手，都变得修长，指尖的部分更是锋利，杨萤萤的腿有些软，她想掉头跑，但她的身体已经不听使唤了。

"来吧，灵魂的钥匙，我以黑暗的召集者的身份召唤你，出来吧，钥匙。"

李天翔向着杨萤萤伸出一只手，缓缓地招了招，杨萤萤就看到自己的体内有个透明的东西钻了出来。

杨萤萤并不觉得疼痛，她只是感到一些恐惧，她看到自己的肚子好像装了拉链般被拉开。

有一双手从她的体内探了出来，然后是脑袋，身体，腿，最后，那个"人"漂浮在空中，慢慢地转过身来朝着杨萤萤幽幽一笑，杨萤萤看到，那是她自己。

"啊，我快要死了，我灵魂出窍了，怎么办，我快要死了。"杨萤萤惊恐地尖叫着，被李天翔泼了冷水，"没见过比你话多的死人，你只是个钥匙，钥匙怎么死？"

"钥匙？你，你对我做了什么？"杨萤萤看了看空中的那位，然后看了看自己。

咦，真是奇怪了，刚刚肚子不是被拉开了吗？怎么现在好好的，除了空中多了个自己之外，好像一切也没什么变化的样子。

"走吧，你废话还真是多。"李天翔一张手，满地的木炭就在半空中出现了一道门，李天翔带头跳了进去，不顾在后面哇哇大叫的杨萤萤。

"你跑了，我怎么进去，我又不会飞。"杨萤萤看着李天翔消失在门后，气急败坏地吼着。

嘻嘻。

空中传来银铃般的笑声。

那是另一个她。

杨萤萤看着另一个自己，无奈地笑笑。

只见那一个透明的杨萤萤飘过来，递了双手给杨萤萤，杨萤萤犹豫了一下，伸出双手，轻轻触摸了下那双透明的手，还好，不是很凉，杨萤萤这样想着。

嘻嘻。

透明的杨萤萤又开始笑了，并主动拉起杨萤萤的手，朝着木炭门飞去。

"哎，等等，我还没做好思想准备啊。"杨萤萤大惊失色，还没来得及思考，她就漂浮在半空中了。

嘻嘻。

那串银铃般的笑声不绝于耳，细听听，还真像一串钥匙串在一起撞击的声音。

只觉得眼前一黑，杨莹莹就已经从里穿过了，还不到一秒的时间，眼前就被刺眼的阳光射得张不开眼睛。

"何方妖孽，竟然敢闯佛家净地。"杨莹莹还没站稳就听到一个稚嫩的声音传来。

是一个长相可爱的小和尚，圆圆的脸上一双明眸忽闪忽闪，杨莹莹心想，如果给这小和尚穿上女装，戴上假发，肯定是超漂亮一小妞儿。

"哎呀，好可爱的小弟弟，小弟弟，你叫什么名字呀?"杨莹莹飞身扑过去捏了捏小和尚的脸颊，软软的，很舒服。

透明的那个杨莹莹似乎不谙世事，看着杨莹莹去捏小和尚的脸，觉得好玩儿，于是也咯咯笑着去捏了一把小和尚。

"贫僧净空，哎呀，不要捏我的脸啦。"小和尚抢起手臂打掉杨莹莹的手，透明的那位愣了愣，有点受惊的样子。

杨莹莹看着她委屈的样子，觉得她这个样子还真是想去掐一把，于是伸手去掐了掐那个透明杨莹莹的脸颊，这一捏，倒是把她逗笑了，又咯咯笑个不停。

这一笑就把杨莹莹自己给看呆了，不是杨莹莹自恋，现在，她跟透明的这位跟照镜子似的，她觉得透明杨莹莹笑起来真好看，那就是代表自己其实是很漂亮的。想着想着，杨莹莹觉得心里美滋滋的，转头去问小和尚："小和尚，你说姐姐好看不?"

小净空哪见过这架势，呆板地转过身，指着李天翔，"你这妖孽，说，你是何方妖孽。"

杨莹莹吃了个闭门羹，讪讪地收回笑容，转过头去瞪李天翔，"说你呢，妖孽。"

李天翔还保持着之前变身的样子，在阳光下仔细看，倒有几分像成了精的黑牛。

被喊妖孽，李天翔有些不开心，走上前去掐住小和尚的脖子，一用力，就把他举了起来。"你在喊谁妖孽。"

"喊你，妖孽，妖孽，你这个死妖孽，快放我下来。"小和尚用力去打李天翔掐住他脖子的手，但他显然不是李天翔的对手，杨莹莹赶紧跑上前去帮忙，"李天翔，他还是个孩子，你干嘛下这么重的手。"

"孩子? 嘿嘿……"李天翔阴森森的笑了笑，"一个几十年前就死了的孩子嘛。"李天翔一用力，小和尚的脸都黑了，眼看就要不行了，突然，一把扫把朝着李天翔飞了过来，李天翔想躲，但扫把上的线绷了开，每一根扫把节都骤然加

速，像离弦的箭一般逼近李天翔。

这李天翔也不是吃素的，只见他倒退了一步，伸出只手去挡，飞行中的扫把节果然慢了下来。

这个时候李天翔已经顾不上小和尚了，一把将他甩在地上。

就在他侧头去丢小和尚的那一刹那，扫把节分成了无数的细小枝条，比之前的速度还要快，瞬间就扎进了李天翔的胸膛。

如果非要找个东西来比喻一下，也只有刺猬比较适合了，但那些枝条并没什么杀意，只是扎进皮肤外层而已。

杨萤萤张大口呆立一旁，看着被捅成马蜂窝的李天翔。

一个身影已经蹿到小和尚的身边了，"净空，你没事吧？"

"师兄，我没事。"小和尚虚弱地说。

"有种就跟我斗一场。"

"施主何必开杀戒，既然你已经看出我们并非人类，还请看在多年来我们信守承诺代你守护这小庙的份上，放我们一马。"

这话李天翔听得莫名其妙。

那和尚搂住小和尚，一脸诚恳地看着李天翔，"徐福，你真的记不起来了吗？还是师傅算错了，但师傅从未算错过。"

"你在说什么，给老子说清楚，什么鬼徐福，你听不到那个钥匙在喊我李天翔吗？"

"谁是钥匙，你这个臭妖怪。"杨萤萤忿忿不平地喊起来。

没有忽视她的只有另一个自己，透明的她还是咯咯笑着，发出类似钥匙撞击的清脆声音。

等等，徐福？

杨萤萤听到徐福的名字，扭头看看那个马蜂窝一般的男人，觉得眼前冒金星，她只觉得晕得很。

他？徐福的转世？完了，这世界疯了。

这是杨萤萤脑海里最直观的想法。

"徐福，你不能被魔性迷了心智，你要不信，你看看这个吧。"和尚倒也干脆，直接伸手招来地上的落叶，落叶在半空中交织，旋转，最后出现了一个镜面。

里面有画面在闪动。

"报——"一个军装男子策马奔向徐福。

"何事惊慌？"这徐福带回长生不死药，兴高采烈地凯旋，突然有人神色慌张来报，心里难免有些不快。

长篇盗墓小说

盗墓时空

"大人，国内传来消息，始皇驾崩。"将士一脸悲恸。

徐福有些晕，差点从马上跌下，将士赶忙上前去扶，"大人，要小心呐。"

徐福甩开将士的手，满面愁容。

还未进秦国，却得知秦皇已死。这可怎么办，徐福心里灵机一动，"来人，传令下去，向南行军。"

原来，这徐福想起过年前学术士时拜师的地方，那里有座偏远寺庙，于是回到学艺的地方，布下结界，将搜神录藏在结界中。

徐福给了当年的方丈一笔钱，让他可以将寺庙加固，并为寺中所有佛像镀上金身。但有一个要求，就是这间寺庙必须代代守护这寺内的秘密。

回了秦国之后，徐福与带回的众将士一并被下令送去为秦始皇陪葬。徐福连夜逃走，却不小心失足跌落悬崖。

醒来就发现自己在四周雪白的地方被困住了，无论徐福怎么挣扎都没有办法出去，终于有一天，徐福看到有一丝光线透进来，于是朝着光亮处跑了出去。

"哇——"是婴儿的哭声，婴儿很快被护士包好，一双大手接过来抱这婴孩，男人大笑着逗弄怀中哭泣的婴孩，那个男人的脸李天翔再熟悉不过了，那是他的父亲，李小超。

杨莹莹有些大跌眼镜，原来困惑众人的历史事实是这样的。

李天翔有些恍神，"这么说，我是徐福的转世?"李天翔问着自己。

"是的。"和尚在一边肯定地帮他做了回答。

"那，你这么说，那这里的搜神录，也就是我的东西了？我来取，你们应该给我吧?"

"是的，但是结界是你自己布的，没有当年你带来的印盘，你是开不了结界的，当然，还有你口里说的那枚……嗯……那位……钥匙。"

和尚指了指杨莹莹，嗯啊了半天还是将钥匙叫出口，气得她杏目圆瞪。

李天翔这会儿可没心情去顾及杨莹莹，看着一脸怒容的杨莹莹，心里暗自窃喜，没想到这么容易就搞定了，现在只要回去告诉父亲，然后取了印盘来拿搜神录，这穿梭印盘的最终秘密就可以解开了。

"告诉老方丈，稍后我会再来的。"李天翔哈哈大笑着，扯了一把杨莹莹，示意她回去。透明的那个依然咯咯笑着跟在身后，临走前又飘过去捏了一把小净空，引起小净空不满地嚷嚷。

如来时一样迅速，李天翔很快返回风之城，还是那间小屋子，还是那个干瘪的老人。

李天翔处理完身上的枝条，随意擦了点药就抓起桌上的绷带开始往身上绑，

他轻车熟路的样子，貌似是经常受伤。

听完李天翔的讲述，老人也觉得不可思议。"这一趟，我跟你们一起去。"父亲发了话，李天翔不敢怠慢，只得立马上山。

"和尚，我回来了。"才到山上，李天翔就迫不及待地喊了起来，和尚们应声而来，老方丈也出现了。

"既然徐大人的转世回来了，那么我们寺庙也算是功德圆满了，多年来我们一直没离开寺庙是因为祖训没法完成，心中带着念想，我们也没办法去转世，如今徐大人回来了，那么我们也可以离开了，结界在后院，徐大人，请!"

老方丈字字句句都透露着诚恳，李小超也不禁双手合十对着老方丈作揖，"有劳了。"

老方丈笑了笑，向着后院伸出手，做了个请的动作。

穿过大堂就是后院了，后院中间有个水池，水面蒙了层雾气，算了算地理位置，李小超指了指水池，"就是这里了。"

"水池？怎么下去？"杨萤萤看着那池水，虽然清澈见底，但想必也不会太浅，"我可不会游水，我不下去。"杨萤萤嘴都嘟起来了。

只觉得背后有人推了一把，杨萤萤就尖叫着跌进水池了。

水池中间起了旋涡，杨萤萤很快淹没在水池里，听到李天翔在池塘边碎碎念着，不知道在念叨什么。

杨萤萤闭上眼睛，决定就这样受死了，这不是她能掌控的局面，除了死亡，她没有第二条路可以选择，耳边传来透明的她在急切地叫唤着，杨萤萤想张开眼看她一眼，但突然袭来的倦意让她开始昏睡了。

水从四周溢进她的耳朵、嘴巴、皮肤，杨萤萤沉沉地睡了下去。

随着杨萤萤的沉没，水面腾地升起一面镜子，那镜子在光的折射下呈现出七彩光芒，李天翔跟父亲都看傻了眼，半晌，李天翔才发现镜子上面有个近乎透明的痕迹，是一个钥匙孔的形状。

李小超朝李天翔使了个眼神，李天翔会意地点点头，喉咙里发出古怪的声响，像在念咒语一般。

在他发出的古怪声响里，透明的杨萤萤化身一把钥匙，还是透明的，李天翔一张手，就抓住了钥匙。

李天翔上前一步靠近水池，将手里的钥匙插进镜子面上的锁孔，接触到镜子的时候，李天翔感觉到一种柔柔凉凉的感觉，就像将手探进水里一般，这种感觉真是好极了。

李天翔想仔细观察下这面镜子是什么材质的，但现在似乎并不适合做这样的事情，他们还有更重要的事情要做，此刻，搜神录才是最重要的。

李天翔拿着钥匙尽力往里捅，一拧，开了。

"爸，开了，开了。"李天翔兴奋地叫了起来，李小超只是点点头，脸色还是显得很严肃。

镜面开始碎裂，并向着四周开始迸发，"快，快躲开。"李小超干瘪的肌肉都快要萎缩了，行动本来就不是太方便，看到儿子遇险，不由得焦急地喊起来。

李天翔随意拿手挡了挡飞溅而来的水花，大声应着："没事，都是水而已。"

李小超看了看被水溅湿的衣服，再看看儿子，果然没什么事，看来刚刚镜子崩裂也只是个空心炸弹而已，如果是一般人，在镜子开始碎裂的那一刻，早就该吓得跑掉了，但他们却不是什么善类。

镜子崩裂之后留下一个巨大的砚台，中间凹下去的图形李小超再清楚不过了，是穿梭印盘正面的图腾——凤凰。

"快，取出穿梭印盘，快镶上去。"李小超有些迫不及待了。

根据李天翔看到的，当年徐福设立结界的时候并没有设下什么机关，反正也不是什么墓穴，哪里用得上机关这么烦琐，更何况时间并不允许，而且还是存放在水里，就是有什么机关也没多大的用处，再说了，他李家父子会怕什么机关吗，可笑。

李天翔点点头，从地上提起皮箱，打开，还是一块绒布包住印盘。

在李小超焦急的等待中，李天翔小心翼翼地取出穿梭印盘。黝黑色的石头触感非常好，李天翔突然觉得这印盘的触感跟刚刚的镜子很像，研究了那么久，竟然才发现穿梭印盘的质感类似水。

李天翔自嘲地笑笑，在父亲急切的目光中将穿梭印盘重重地按进砚台。

穿梭印盘很快与砚台融为一体，并开始急速旋转起来，穿梭印盘与砚台贴合的地方甚至有火花迸射出来。

"这，莫非是穿梭印盘跟砚台会融合成搜神录？还是说穿梭印盘本身就是搜神录的一部分？"李小超喃喃自语着。

李天翔没办法给予父亲回答，唯一能做的，只有死死地盯住眼前还在飞旋的砚台。

砚台的颜色渐渐褪去，慢慢地变得透明，最后，变成一滩水，跌回池子里了。

李小超觉得口中腥甜，一反胃就吐出一口鲜血，整个人干瘪得更厉害了。

李天翔一看，不妙，赶紧去搀住父亲，但李小超似乎不怎么领情，扭曲着面孔，瞪着血红的眼睛吼着，"把那几个和尚给我抓来，老子要让他们魂飞魄散。"

听到父亲这么说，李天翔这才想起来，他们进来之后那几个和尚就不见了，

李天翔赶紧跑出去找，但找遍了整座寺庙都没找到那几个鬼和尚的踪迹，李天翔气急败坏地吼："臭和尚，你再不出来我就一把火烧了整座寺庙。"

空旷的寺庙里传来的只有李天翔自己的回音，李天翔回到后院背出父亲，在寺庙外找了一处空地放下父亲，安置好父亲，李天翔当真放了一把火。

火势一发不可收拾，火苗迅速地蹿腾而起，老旧的木板烧得噼啪作响。

李小超盯着冲天的火花，想着自己毕生的研究就这么毁于一旦了，心里一着急，狂咳了几口血喷出来。

李天翔站在不远处，李小超想向他求救，但身体急速萎缩，像被放空气的气球，他想求救，但嗓子里空洞洞的，发不出声响，终于，李小超血红的眼珠变得无神，盯住火花，头一歪，就这么死了。

李天翔指着烧毁的寺庙破口大骂着，并不知道父亲在自己身后的不远处已经去世了。

也不知过了多久，李天翔终于骂够了，也觉得有些倦了，回头去找父亲，年迈的父亲已经萎缩得不像个样子，他摇了摇父亲，这才发现父亲已经成了一张空皮囊。

第十三章　凤凰神殿与徐福

"方叶桐，下一步我们该怎么走？"黄华大大咧咧地问道。

方叶桐看着自己在本子上画的草图，又看了看手机里的照片，那张照片是他跟山鸡那里拷贝过来的，"现在啊。"方叶桐的目光还没有从本子里移出来，"现在我们该找个地方休息一下了，我都快累死了。"

"你就不能给点有用的建议吗？"黄华不满地说。

二叔抬头看了看天，云朵开始大朵大朵的密集起来，天空显得暗暗的，根据他曾穿梭过魔鬼森林的经验来看，马上就要下一场大雨了，如果他们不能尽快找到地方安营扎寨的话，在这山路上是寸步难行的，一不小心，还会滑进藤树地带，这可不是闹着玩的。

"二叔，你在看什么呢？"陆湘湘比较细心，看到二叔不时地看天，还满脸的愁容，知道肯定是有什么事情。

"我们快走吧，找个比较平稳的地方把帐篷搭起来，趁现在，我们在路上如果碰到猎物，就抓几只兔子，晚一点会有一场雨要下，现在乌云密布的，看起来是一场大雨啊，这里的泥土一遇到水就特别的滑腻，想站稳都难。万一，滑到藤树，或者遇到野兽，那就真的是连反抗的力气都没有了。"

在这里，二叔是对魔鬼森林最清楚的一个人，说话的分量也顺理成章地加重了。

既然二叔说沾了水的泥土会非常的粘腻，估计也是捡最轻的状态讲了，在这魔鬼森林，有什么不可能发生的呢。

大家的脸上也都布满了乌云，三少他们都在这里长大的，也碰到过下小雨的情况，那种危险，比被群狼围攻还要恐怖，再说他们早就习惯了这里的山路，所以他们自然走得比较快一些。

没有人有心思说话，也都自觉地加快了脚下的步子，尽管方叶桐已经觉得腿都要走断了。

很快到了一个分岔路口，直直的主干道是他们现在的位置，前面有三条路，大家把目光投向二叔，希望他能做个定夺。

二叔没在魔鬼森林遇到过这样的路，也有些为难，百事通几兄弟提议说大家

155

分散走三条路，沿路做上记号，总有条路是对的。

这个决定很快被二叔给否定了，"我说大兄弟，如果分开的话，我们一大半的人都会遇险，你这是哪门子缺德建议？"二叔很是不高兴，觉得百事通几兄弟的决定太过自私。

但走哪条路才是对的呢？二叔也不敢轻易定夺。

"走中间吧。"陆湘湘发了话，然后勇敢地走在最前面，大家面面相觑，不知道陆湘湘这是演的哪一出。

走出小道之后，道路变得平坦起来，林翔凑了过去，"陆湘湘，你为什么会选中间这一条路？"

陆湘湘神秘地一笑，"我说了你可别嘲笑我啊，"陆湘湘再三叮嘱林翔之后才肯继续说，"我只是看那分岔口跟大道是连着的，就好像是一个点发出去的射线，秦始皇那么想长生不死，当然就相信鬼神啦，而且古时候不是都说是分成三界吗，也就是神、人、魔三界。不管怎么算，人类都是老二，不是中间还是两边啊？"

"中间，老二，咳咳……"林翔清了清嗓子，脑子里划过一丝邪恶的想法，"就这么想的啊？"林翔不可置信地问。

"对啊，就这么简单。"陆湘湘扬起脸朝林翔笑了一下，林翔觉得脸都红了，默默退到一边，继续邪恶去了。

不想陆湘湘跟着粘了过来，还大大方方地搂住他的一边胳膊，女性柔软的身躯贴上林翔，林翔感觉到皮肤碰触的温度，浑身都觉得不对劲了。

偏偏陆湘湘却没有察觉似的，"林翔，你说，接下来我们还会遇到什么呢？"

陆湘湘说的话林翔一点都没有听进去，他虽然没谈过女朋友，但作为一个发育中的青年而言，异性间接触已经学会了"砰砰"的心跳加速，同时浑身燥热，脸颊通红。

陆湘湘见林翔没有回答她，于是抬头去看。

林翔的脸红红的，额头已经有了细密的汗珠，陆湘湘惊呼一声，"林翔，你是不是生病了？"话还没说完，手就已经放到林翔的额头替他量体温了。

林翔只觉得一阵女性的香气灌进鼻子，接着就有些神情恍惚，他紧张了一下就察觉过来自己过度的反应。

"嗯，我没事。"林翔拉下陆湘湘的手，一抬眼，对上陆湘湘认真的眼眸，还有，微微张启的樱红的小嘴。

林翔赶忙别过脸去不看陆湘湘，心里一度小鹿乱跳，莫非，自己开始喜欢陆湘湘了？林翔心乱如麻。

不对，我喜欢的应该是陈圆圆才对，那个温柔的女孩此刻还在医院替自己照顾重病的母亲呢。

对了，母亲。林翔压低声音骂了自己一句，"真该死，母亲还在病床上，我在胡思乱想什么呢。"

陆湘湘只知道他在喃喃自语，说什么倒是听不见，"哎，你嘟囔什么呢？你不会是真生病了吧？"林翔慌忙摇头。

"生病？生什么病呀，你看这小子，眼神恍惚，嘴里叨叨地胡念，脸颊通红，不用想，一定是犯了相思病。"黄华蹦过来搂住林翔的肩膀，"说，你小子在想哪家姑娘了？"

黄华来给他解围，林翔倒是挺高兴，可这小子胡言乱语的，倒是叫林翔更加手忙脚乱了，看着眼前一脸关切的陆湘湘，林翔一时间不知道手脚该放到哪里比较好。

"相思？"陆湘湘小声念了一句，然后突然盯住林翔，"你喜欢上我了？"

听到陆湘湘爆出的惊人语录，林翔差一点没被自己的口水呛死。

"没，没，你别瞎想。"

"那你干嘛看着我脸红，说吧，你暗恋我多久了？"陆湘湘估计是打算打破沙锅问到底了，林翔哭笑不得，"真没，你别瞎想。"

林翔看到刘涛从自己的面前晃过去，顿时觉得脊背发凉，这个家伙可不好惹，之前大家谈论最想要什么的时候，刘涛可是说的要陆湘湘。如果得罪他了，林翔觉得自己肯定会死无葬身之地的。

林翔涨红了脸，看着大家，一紧张，心里想着陈圆圆，溜出口的却是，"我喜欢流清芳。"

话一出口大家就哄笑起来，流清芳更是双颊浮上红云，林翔觉得自己完蛋了，这一圈人都要被自己得罪完了。

听了林翔的话，陆湘湘阴着脸走到前面去了，而流清芳拉着原子，时不时地朝林翔丢来一个火辣辣的目光。

林翔想去解释，但他不知道该怎么说，他现在说什么，估计也都只能被认做是无力的抗争，说不定还会被说是在逃避。

一路上，林翔都觉得自己是夹缝中的老鼠，一边是陆湘湘冷若冰霜的脸，另一边是流清芳火热的眼神，林翔就这样左右为难着。

"看，那是什么？"不知道是谁惊呼了一声，"那边好像有房子。"

这声惊呼解救了林翔所有的尴尬。

不远处有一座古典的建筑物坐落在山间，说不定有人家居住，在森林里，有

足够的猎物，足以生存了，有人烟并不算稀奇，村长不是也说了，村庄里只能居住一段时间，其他时候，他们还是要搬进森林里来居住的。

但是二叔说："这里不是我们居住的地方，村子里的情况大家也都见到了，村里虽然并不愁食物，但是野味始终没办法送到外面去，所以村庄一直都很贫穷，更何况，这样的建筑物，对于村民们而言，可以算是皇宫了，他们在山里也只能住在天然形成的山洞里，这样的房屋，从来没有过，在森林里的祖祖辈辈也都并不知道魔鬼森林里有这么一座房屋。"

二叔的话让大家松懈的心再次紧张起来，乌云越来越浓厚了，二叔脸上的愁云也越来越浓了。

"二叔，暂且还是上去避一避吧，不然这雨下来，我们都得吃不了兜着走。"陆湘湘扯了扯二叔的衣袖撒娇说。

"对呀，我们还有武器，如果有什么事情，我们也不会吃亏。"黄华将沙漠之鹰扛在肩膀上，"嘿嘿"笑着。

大家觉得这话也有理，他们有枪支，如果有什么问题的话，起码还是有保障而言的，再不行，大不了拿手榴弹炸了这里。

打定主意之后，大家向着房子前进，能遇到和善的人最好了，又可以躲雨，温饱也不成问题了。

走近了才发现是寺庙的样子，门前有香炉，还有万年灯。有些寺庙喜欢在外面建尊佛像，或者是在大门内两侧各放上一尊神像，但眼前这座寺庙却打破了这些规格，只是在寺外放了香炉跟万年灯。大门，微微开启。

进得大堂，与常识中的佛堂更不一样了，这里更多的是像展览馆。

这叫大家都傻了眼。

大堂里，凤凰以各式各样的姿态被呈现出来，有在梳洗的，有在翩翩起舞的，所有的凤凰像都是用各色琉璃镶嵌，墙壁顶有小孔将光线折射进来，正好打在那些形态各异的凤凰身上，那些凤凰，照得整个大堂金碧辉煌。

"天呐，是哪位工匠隐居在这里吗？真是巧夺天工的创作。"方叶桐不由得感叹。

"这是什么寺庙呀，怎么摆放了那么多凤凰，一尊佛像都没看到。"

"好漂亮。"陆湘湘的眼里已经有泪珠在晃动了。

"哎，陆湘湘你怎么哭了？"流清芳眼尖地发现了陆湘湘的眼泪，陆湘湘慌忙抬手去擦，果然摸到一手温润的液体，"我只是觉得好感动哦，那些凤凰都像有生命一般，我感觉就像看着它在我眼前活动着。"

流清芳笑了起来，"你怎么还小孩子性子。"说话间眼神却在搜寻林翔的身影。看到林翔在不远处，"呀。"流清芳压低声音欢呼了一声，脸颊飞上红霞，将手在身后揉搓着，小跳着奔向林翔，陆湘湘觉得心里一下子酸溜溜的。

林翔正在看凤凰在云间飞舞的雕像，突然流清芳出现在身边，林翔觉得好慌张，"林翔，你觉得好不好看呀？陆湘湘看得哭了呢。"流清芳柔柔地说。

"哦。"林翔回头看了陆湘湘一眼，而后者正恶狠狠地瞪着自己这里，吓得赶忙别过头假装在看凤凰。

看到林翔瞟了自己一眼就别过头，陆湘湘心里暗暗地不爽，但很快又开始安慰自己，很好，男才女貌，两情相悦，我在这吃什么干醋呢。这么想着，陆湘湘也接着去看那些漂亮的凤凰，一路看下去，都是凤凰的美态，但最后一座雕像，却像是在讲述什么事情的记录。

只见那凤凰将脸别到一边，一副忍辱负重的表情，它的面前有一个半跪男子，一手举着刀在凤凰的身上划了个口子，一手正在接凤凰的血。

这个场景让大家不由得胡乱猜测起来。

"这个景象怎么有点熟悉呢？方叶桐，你还记不记得你给我们讲过的故事？"林翔疑惑着问道。

"什么故事？"方叶桐显然不解。

"搜神录，就在陆湘湘生日的那天晚上你跟我们讲的，徐福与火凤凰大战，经过一番苦斗之后，终于大败凤凰，然后取了凤凰血回去，只可惜还没回，秦始皇就已经死了。"林翔提醒道。

"哦，对，你这么一说，是有些像那个场景，"方叶桐终于想起来了。"不过，你们看这座雕像，凤凰依然羽毛光鲜，头部偏向一侧，如果是被迫的话，按道理来讲，应该是愤怒地盯着对方。"说着，方叶桐就拉过林翔，举起拳头做了个要打他的动作，林翔赶忙伸手去挡。

"看到了没？"方叶桐转过头问大家，"刚刚我作势想要打林翔，他的第一反应是抵挡，如果我拿刀去捅的话，他必然应该是要逃跑，甚至是反抗我，而不会就站在这里偏过头不看我，就这么乖乖让我捅的。"

听了方叶桐的分析，大家都觉得有道理，"那这雕像的意思是，其实凤凰并不是被强迫的，甚至是默认徐福的做法？"黄华猜测道。

只见方叶桐点了点头，继续说："如果是被胁迫的话，那么必然应该有士兵架住凤凰，甚至是将凤凰捆绑起来，但这雕像里的凤凰却没有任何被束缚的状态，也没有愤怒地盯住这个在取它血的人。"

方叶桐神秘地看了大家一眼，"很可能，凤凰跟徐福之间发生过什么，甚至是达成了某种协议。"

"很有可能，不过话说回来，会是什么协议呢？"陆湘湘疑惑着。

"那我们就不可能知道了，但这里可能跟凤凰有关，那边有个门，我们去里面看看。"方叶桐指了指旁边一扇红漆木门。

门上没有把手，也推不动，老大看了看两侧的墙壁，墙壁很光洁，没有什么奇特的地方，老大想了想，弯起指节四处敲了起来。

百事通知道老大是想拿倒斗的方式来试试看能不能找到什么开门的机关，于是招呼几个兄弟一起帮忙。

"还是爸爸妈妈想得周到，找几个会倒斗又可靠的人来帮助自己。"陆湘湘心里觉得十分感激，看着老大几兄弟忙得不亦乐乎，又觉得内心里很兴奋。

不过倒斗这回事还是在小说里看过，现在自己也跟着一起倒斗，陆湘湘心里难免有些激动。

跟老大想的一样，这墙上果然有蹊跷，门右下角的地方有一块砖头是浮动的，这让大家的精神为之一振。

但是砖头在贴近墙根的地方，老大按了按，每次都只能按进去一厘米左右，然后就按不动了，"猛男，你来。"老大吆喝着。

猛男的力气是他们几兄弟中力道最大的，需要力气的活儿，也只能他来。

猛男半跪着趴在地上，用力推动砖块。但他的情况比起老大也好不了多少，也只能比老大按进去的多出那么一丁点，细微得甚至分辨不出来到底是老大按进去的多，还是猛男按得多。

拿手按的话，力道总是差那么一点。手上能感觉墙壁里面有另一股力道，那力道倒不是往外推，而是会反弹，按动砖头，能感觉到里面似乎有被压紧的弹簧。

"妈的，我就不信这个邪了。"猛男站起身，拿脚狂踢那一块砖头。

猛男习惯穿军靴，没有接触过的人并不知道军靴的蹊跷，军靴一般比较重，并不是说鞋底用的是很厚重的那种，而是因为军靴鞋头装上了一块厚重的钢板，如果常人被穿着军靴的人踢上一脚，肯定受不了。

此刻，猛男正气急败坏地踢着砖头，他在气头上，力道自然不会小，四周的墙面已经被踢得花开，有些墙壁表面的附着物已经开始掉落，砖块的地方也踢出了一个小坑。

"轰隆"一声巨响。

大家还没反应过来发生了什么事情，就已经跌到一个小房间了，不对，是一个监牢。

重重地坠落，摔得大家屁股生疼生疼的。只见一个个都捂着腰杆儿，捂着屁股，"哎哟哎哟"地呻吟着。

长篇盗墓小说

盗墓时空

"疼吗?"有个声音在问。

"屁话，你丫的摔下试试看疼不疼。"黄华捂着屁股嗷嗷叫着说。

"我们不都摔了嘛，真是的。"流清芳有些不满，看到林翔缩在角落不出声音，几乎是爬着过去的，"林翔你没事吧?"流清芳伸出手去摇了摇林翔。

"我傻啊，自己摔自己。"那个声音又说，还"嘿嘿"笑出声来。

"谁在那笑呢，摔得那么疼，还有心情笑，书生真是佩服你。"方叶桐疼得五官都要皱到一起去了。

"书生? 那就是说你还没考上功名了，见到本大人还不参拜?"那个声音变得严厉起来。

"你脑子秀逗了吧?"方叶桐跌落在牢房铁门旁，听到那个声音在耳边，想都没想就侧过脸对着铁门外面吼。

这一转脸，方叶桐吓得大叫，"你是谁?"顾不得快要裂开的屁股，方叶桐蹬蹬腿，连退了几步。

数根铁杆子横竖交错，中间有可以活动的缝隙，但相邻的两根铁杆上绕了几圈铁链子，上面还挂了把大锁。俨然就是牢门。

一个满脸络腮胡子，扎着辫子的男人将脸贴近铁门，刚刚，他就是这么死死瞪着铁门旁的方叶桐。

"大胆，你不认识本大人?"那个人气得吹胡子瞪眼的，方叶桐看到他眼里爆红的血丝，心生胆怯，声音都开始发抖，"不，不认识。"

说完，那个人脸色涨成猪肝色，半晌不说话，只是死死盯住方叶桐，片刻之后，他环视了一下牢房里的众人，"你们呢? 你们这些奇装异服也不知道本大人?"

"这位阿伯你是不是疯了啊? 我们为什么要认识你?"林翔心想这个人真是病得不轻，无端端的就要别人认识他，嘿，我还就不认识，怎么了?

"阿伯? 你不要乱攀关系啊，我可不认识你，干嘛喊我伯伯?"那个人似乎对亲属关系还是很分明。

"那就是喽，你都不认识我，干嘛还要我们认识你? 我说，这位大人，你是谁啊?"林翔心里觉得暗自好笑，这个人八成就是神经病院跑出来的，于是顺着他的意，陪着他演戏好了。

不料，那人将头发一甩，捋了捋额头的头发，说："好说，好说，在下，正是奉始皇之命，赴东海寻求长生不死药的徐福，徐大人。"说这话，那人还双手抱拳摆起了 pose。

他的疯言疯语引起了大家的咋舌，徐福，那不是两千几百年前就消失了的人物吗? 要他们相信，眼前的，正是两千几百年前，寻求长生不死药的徐福，这，

这不是开国际玩笑嘛！再说了，他要真是徐福，那可是个活古董啊。

"那徐大人不去为秦始皇寻求长生不死药，在这里做甚？"林翔眼珠一转，对着那人双手抱拳，继续调侃道，流清芳看着林翔一本正经的样子，偷偷笑了起来，原子看到流清芳在笑，也憋不住了，于是捂着嘴巴偷偷笑。

那疯子倒是一本正经，摇摇手，一脸悲切地说："我有辱使命，始皇已死，始皇已死啊！！！"

"哎，这小子莫非是真的入戏了？"方叶桐低声问林翔，林翔摆摆手示意他不要说话，想了想又朝方叶桐使了个眼色，然后向疯子指了指。

方叶桐很快懂了他的意思，跟林翔一起陪着疯子做戏。"徐大人，凤凰血不是被你喝了吗？莫非秦始皇不在了，你就可以擅自做主，夺走主人的东西？"方叶桐严厉地喝道。

"啊……"那疯子吓得倒退，撞上身后的椅子，连人带椅翻到在地，"你，你是何人，为何会被你知道？莫非，国内都已知晓？我徐福一生名誉毁于一旦呐。"说话间，疯子已经是泪眼婆娑。"始皇……微臣对不起你啊……"

休息了一会儿，大家也休息得差不多了，刚刚都摔得不轻，休息过后也算是恢复活力了。疯子神志不清得厉害，一直趴在地上哭，老大去查看铁门上的锁，这才发现原来锁根本就没锁着。

"这锁就没锁上。"老大取下锁，将铁链一圈一圈取下，"我们的眼睛都是白长的，做摆设好了。"老大说了个冷笑话，惹得大家目瞪口呆。

那疯子看着大家一个一个的从牢房出来，说："你们终于发现了？"不知道什么时候疯子已经站起来了，还一脸嘲笑的表情，"我以为你们会在里面大呼小叫喊救命呢。"

"呃，第一，我们摔得太重，顾着疼去了，没空想这门是不是真的锁上的。第二，你既然没打算锁着我们，干嘛还做个牢笼的样子？第三，上面的门就是个摆设，你分明就是想让进来的人不是顺顺利利地走路，而是用飞的方式下来这里，是这样吧？"林翔一条一条列了出来，疯子听完他的话后，直点头称是。

"其实上面有门，是你们自己没发现而已。"疯子认真地说。

这下大家有些懵，明明就只看到了一扇门，哪里还有门。这疯子又在耍他们了吗？

"哪里有门？我们在上面转了一圈了，都没有发现有门，你又在骗人了。"陆湘湘撅着嘴说。

"是你们自己观察不够细致吧？"疯子敲了敲陆湘湘的额头，"墙壁上那么多孔，不仅仅是为了让光线照进来，而是所有凤凰折射出来的光芒会在最中间的一只身上聚集，那一只凤凰其实就是门，上面还带门把手的呢。"最后一句话，疯子几乎是用俏皮的声音说的。

林翔这才想起来，是有只凤凰，呈飞舞的状态，身侧的琉璃有一道细痕，而其中一只爪子就在细痕的旁边。晕！！！那是门？？？也太精致了吧？？？谁能想到那是道门呐，摆那么多雕像在大厅，不以为是什么八卦阵就不错了吧。

八卦阵！

林翔心里咯噔一跳，还好不是什么阵，不然他们一行人只怕是凶多吉少了。

"你到底是谁呀？"林翔看着疯子，觉得这个人不简单。

疯子捋捋胡子，怒目圆睁，"大胆，说了我是徐福，徐大人，你们这些庶民见了本官都没有参拜，本官已经没有说要治罪，你还敢问本官是谁？"

林翔倒吸了一口冷气，这家伙看来是想把这出戏继续唱下去的样子了，那好，就陪你玩下去，"那请问徐大人，这里是什么地方？"

看来是林翔突然改变的态度，让那疯子觉得心里舒服多了，"这里是凤凰神殿。"

"凤凰神殿？为什么会在这里？这里可是魔鬼森林啊。"林翔问。

"魔鬼森林？你们是这么讲的？哈哈，这里分明就是被始皇小小改造过后的一片森林而已，顶多算个冥宫后花园。"

"冥宫后花园？你是想说这里大部分是人工建造的？"听到说这里是人工建造的，大家都大吃了一惊。

"对呀，人工建造的，怎样，伟大吧？哈哈……"

"你说是人工的，那你怎么证明？"林翔激他。

"证明？这里的一切我都轻车熟路的，我心里的线路图，比地图还要详细。"疯子带着骄傲的神情说。

"只怕是你在这里待得久了，早就摸透了这里的一切吧！"黄华不依不饶。

"瞎说。你这是对本官的侮辱。士可杀，不可辱！"疯子几乎愤怒了。

林翔赶紧绕开话题，"你说你是徐福，那么你告诉我们，秦始皇生性多疑，你是如何让秦始皇对你那么信任，还让你去寻找不死仙药呢？"

提起秦始皇，疯子的脸上又浮现出悲凉的表情，但似乎很快就沉入了回忆里。

"我家住东海之滨，在我的故乡有过一个传说，对此传说，从小我就耳濡目染，并打心眼里相信这个传说，并非只是传说而已。"大家听着疯子的叙述，似乎也跟着他穿越千年回到了公元前。

"传说中，有一种不死神药，被人唤作'千岁'。据说只是闻一闻也能让人增寿几年。"疯子抓起桌子上的茶杯，送到鼻子下面闻了闻，做了个陶醉的表情。

"闻一闻就可以增寿，食用的话，更是可保千年不死。那年头，天下分为大大小小几个国家，常年兵荒马乱，我虽然还小，但却见过无数死亡的光景，而每次因为战争有人死亡，母亲就会抱着我哭，然后跟我讲'千岁'的故事。

"我记得我的母亲是这样告诉我这个故事的：传说中，在遥远的天边，有一个蓬莱仙岛，上面有一种植物，叫'千岁'，它的果实食用后，可以增寿千年，如果闻一闻也能增加寿命，我们凡人能活到六十，就已经算是高寿了，假如可以活上千年，会是怎样的呢？不过啊，如果一直都是这种兵荒马乱的生活，那少活几年，我也愿意。母亲每次说这些话的时候，眼里都是噙着泪水的，我知道，她是在想念我那被作为壮丁抓走充军的父亲。虽然小，但我总会挺起腰杆告诉母亲，总有平定的一天，等到太平日，我便去为母亲寻来这不死神果。

"终于，有一个像神一样的男子出现了，他一统天下，让天下终于太平了，父亲始终没回来过，而我的母亲也渐渐地老了。

"天下太平之日，便是我寻找仙果之时。

"可我拿什么去寻找仙果呢？仅仅凭靠两条腿吗？"疯子自嘲地笑了笑。"于是我拜师学艺，学的是那有方之士，我选择习有方之士，皆因有方之士寻求的，正是永生之道，这对于我寻仙果，有百益而无一害。

"真是天无绝人之路，正当我学艺归来，正准备上路之时，始皇普招天下文学与有方之士。于是我想，假如攀上了始皇，我便有盘缠去寻仙果了，这样想，于是我便这么做了，我揭了告示，去求见始皇，始皇惜才，很快，我就爬了上去，也够格请旨面圣，我上了一年的奏折，始皇才应允我去见驾。

"始皇的威仪足够震慑所有，直到见到始皇的那一刻，我才明白，为何天下愿臣服于这个男子脚下，我趴在地上，看着始皇，一时间竟然忘了朝圣，公公在一旁轻声清嗓子，尖锐的声音问我见了陛下为何还不行礼，我这才反应过来，赶忙趴在地上向始皇行礼。"

时间被疯子成功地拉回了两千多年前。

吾皇万岁万岁万万岁。大殿上，一个男子俯身在地，口里高声喊着吾皇万岁万岁万万岁，大殿一旁的公公微笑地点了点头。

男子不敢抬头，殿中摆了一方长书桌，书桌的四角雕刻上代表吉祥的神物，一个浑身透露出威仪的男子埋头在一堆奏折中，良久，抬眼看了一眼殿下跪拜着的男子，"平身。"他淡淡地说了一句，目光继续转回奏折中。

殿下男子站起身，依然弯着腰不敢直起身子，只见他微微抬眼，偷偷看着殿堂里高高在上的男子，那个一统天下，霸气四射的皇帝，秦始皇。

又过了许久，秦始皇方才放下手中的奏折，站了起来。

长篇盗墓小说

盗墓时空

男子瞟见皇帝甩着衣袖站了起来，腰弯得更低了。

"你的奏折朕看过了，天下真有此种仙物？"秦始皇带着一贯俯视一切的漠然神情。

"陛下，确有此物，微臣故里有一个传说，关于'千岁'……"

"寡人不想听这个。"秦始皇拿起桌面上的一份奏折，拿指节敲了敲，"你所说的，寡人早些年就听说过了，寡人知道，你们有方之士，追求的正是这一种超脱世外的东西，寡人之所以召集天下有志之士，不仅为国出谋划策，亦要稳固朕的江山千秋万代。"秦始皇一甩衣袖，言谈之间霸气尽显。

不错，殿下男子正是徐福，这徐福多精明呀，秦始皇这么一说，他就听出来了，秦始皇不会无缘无故对一个传说这么上心，一句稳固江山千秋万代，秦始皇的心事也算是对着他徐福说明了，秦始皇是想要真正配上朝圣的那一句，万岁万岁万万岁。

徐福在心里暗自笑了笑，也不绕弯子了，明确指了出来，"微臣熟读《山海经》，书中指明仙岛就在东方海中。"

说话间，徐福偷偷察看秦始皇脸上表情的细微变化，"微臣在习于有方之士之时与学友交谈，众人皆认为仙者必定隐世于深山密林，悬崖绝壁之巅，但微臣以为，山海经之说却是确有其事的。"

秦始皇拿起一旁的佩剑擦了起来，看似漫不经心地听徐福讲，但他并未插嘴一句，很显然，他在仔细地听，并在心里暗自打算。

见秦始皇似乎没有出现厌倦神色，徐福索性一斗胆，站直身躯，向前走了一步，"幼时家母亦曾谈论过'千岁'传说，他人却言少闻此传说，微臣以为，皆因微臣故里属东海之滨，为此，微臣曾做过调访，故里愈是靠近东海，'千岁'之说愈是广传，所以，微臣以为，仙物必定是以东海为媒，若微臣顺东海而行，必能为始皇寻回'千岁'，始皇，微臣大胆恳请陛下恩准微臣代始皇出海，寻回不死仙药。"

徐福"扑通"一声跪了下来，声响在空荡荡的大殿内引起小小的回音，秦始皇收回佩剑，淡淡地看了徐福一眼，心里却因徐福的话风起云涌，眼前的男子是否可信？他亦是奢望长生者，会不会借此机会让我助其寻得仙药呢？

徐福知道秦始皇不会轻易相信自己的一面之词，更何况，自己并非始皇亲信，恩准朝见，已是大恩。

秦始皇站在殿堂之上没有说话，嘴唇抿得紧紧的，徐福这才开始后怕起来，自己一时冲动，那么激昂愤慨，秦始皇说不定会认为自己有不轨的想法，这一次，徐福跪在地上不敢再偷瞟秦始皇，汗珠开始大颗大颗地掉落，徐福觉得衣裳

估计能拧出水了。

良久，秦始皇终于开了口，"你为有方之士，追求永生之道，你想不想寻得仙物？"才问出口，不给徐福回答的机会，秦始皇接着自问自答起来，"哦，当然，这会是你毕生的理想，你又怎会不想寻得仙物呢！！！"最后几个字，秦始皇落音很重，显然是故意说给徐福听的。

徐福慌忙抬头看着秦始皇，急切地想要表明心意，"始皇英明，寻得仙物必然是诸位有方之士的梦想，但其意义却不同，要看是为己，还是为奉献者。"

"奉献者？此话怎讲？"秦始皇摸着下巴，眼神瞟向屋顶。

"天下曾被诸小者瓜分，自立为王，常年肆虐，始皇灭六国，统一天下，是为天下百姓之福，这是其一。始皇爱才，召集天下有志之士，为保国家，亦是天下之福，这是其二，还有……"徐福一张口，就列了一堆出来，秦始皇细细推敲他的话，想看看有没有什么弦外之音。

徐福说着说着，只觉得脑袋一片空白，自己在讲什么，会有什么后果，他都不清楚了，他只知道，如果不能消除秦始皇的疑虑，未能得到恩准，就该被杀头了。

在一长串的例举之后，徐福终于说结束语了，"综上所述，始皇是为社稷之福音，是为奉献者。"

秦始皇可不是那种听信谗言的人，如果他是有点小功德，就喜欢被人夸到飘飘然的那种人，那他也不一定会成就他的千秋大业了，所以徐福口口声声说的赞赏，除了推敲有没有画外音，秦始皇基本就在当他放屁，他哪里在意那些，若是说起他的功德，以徐福这种小人物，哪里配谈论他的行为。

"那何为意义？人心都为己，这一点寡人深有体会。"秦始皇继续试探徐福的口风。

作为一国之君，若不懂得识人，那必为一方笑谈，更何况，秦始皇这样犀利的人，更是懂得捕风捉影，宁错杀三千也不可放过一人。

自然，秦始皇的作风，徐福也心知肚明，他知道始皇问的话里有话，若是错答哪怕一个字，恐怕等待他的，只能是死无全尸。但刚刚的话，他也只是随口一说，这下可好，该如何作答才能尽消秦始皇心中的疑虑呢？！徐福心乱如麻。

最后，徐福决定了，反正横竖都是一死，那就怎么想怎么说好了，与其小心翼翼地讲话，生怕言错一个字，那还不如坦坦荡荡说个痛快，能过了这一劫，他徐福也算是苦尽甘来，日后也不怕秦始皇不信他所言，但倘若不能过这一关，他横竖都是会去阎王爷那里报到，只是早晚的时间问题而已。

秦始皇还在殿堂上等着看这徐福如何作答。

秦始皇看着那个跪在地上的有方之士，也在暗自心想，倘若真的有私心，那就直接拖出去砍了，以除后患，倘若是真心去为寡人求取仙物，那就姑且让他试上一试，看他的神情，还有谈及"千岁"之时，那种坦荡荡的自信，怎么看都不像是装出来的。

徐福第一次觉得自己算是个顶天立地的人物，这是自出生以来的第一次，他顾及不了其他了，索性丢开礼仪，不等秦始皇发话，就径自站起身来讲话。

一旁的公公吓得眼珠都快掉下来了，扯着尖锐的嗓音高声喊起来："大胆刁民，陛下还没叫你起来呢，谁叫你起来的？你是吃了熊心豹子胆吗？"

公公的声音颤抖着，伸出手，翘着个兰花指，直直地指向徐福。

秦始皇默默地看着这一切，然后挥了挥手说："无妨，让他讲。"

"是。"公公低着头退到一边。

徐福看了公公一眼，却被公公恶狠狠地瞪了一眼。

"陛下，微臣只是仅凭一颗真心而言，平心而论，人会为自己考虑，这乃是天性，天性所然之物，无论是秉性，还是智慧，这都无妨，因为可以后天克制，或是培养，但人天性中有一物，谓之良心，做人不就是要凭良心吗，如果不懂得尊重自己的良心，那么那个人就没必要去尊敬了，因为不值得，更不配。遵从良心，这就是意义。但是，就请仙物这件事情而言，微臣所言句句凭着良心，天下皆是陛下的，如果我为自己，哄骗了始皇，借助始皇之力，取得仙物，并据为己有，即使我有万条性命，始皇一句话，我这万条性命也都会被始皇夺走，我冒大不敬之罪在始皇面前进谏，如若始皇要赐我一死，徐福万死不辞。"

徐福双手在胸前抱拳，重重地跪了下去，"微臣不是什么大英雄，也秉承怕死的天性，但是，微臣恳请始皇赐死！"

徐福一番慷慨陈词，倒是叫秦始皇愣住了，英雄，秦始皇见多了，但这徐福的确算不得什么英雄。窝囊废，秦始皇也见多了，听说要被砍头，吓得直接出恭的，此类人，也都并不缺乏，但这徐福却直接承认自己是怕死之人。

但是。

徐福自己请死。

"请始皇赐死。"就为这一句话，秦始皇对殿下跪在地上的男子，突然有点刮目相看。说不定，他还真的就是真心为寡人去求取仙药的，万一，寡人将他给错杀了，那么选谁去帮寡人求取仙药呢？即使找了其他人，还是会有一个共同的问题，那就是，那个人，会不会对仙药有私心。

此刻，徐福跪在殿下，目光直直地盯住秦始皇。秦始皇还在思考。

秦始皇知道，看一个人是否在说谎，就要盯住他的眼睛，但徐福的眼里，此

167

刻，写满悲壮，一番慷慨赴死的表情，倒也有几分气魄。

"准奏。"

听到这句话，徐福腿都软了，他一下瘫软在地，他看到一旁的公公嘴角泛起一丝微笑，狡黠的，不怀好意的，摆明了是在看戏的，微笑。

这下完了，彻底完了。

这一刻，徐福还是连死的心都有了，看来，阎王爷已经迫不及待地等着接他去地府了。徐福的眼前一下子浮现地狱的场景，他看到，鬼差拿着叉子叉住鬼魂，旁边是烧得滚烫的油锅，徐福仿佛能看到有烧滚的热油溅了出来，只见，鬼差一用力，叉子上的鬼魂就被扔进了一旁的油锅里，哀嚎尖锐地传出来，震荡着徐福的耳膜，鬼差面无表情，将叉子伸进油锅，不时将鬼魂翻个个儿……

徐福面如土色，全身都僵直了，于是直直地朝着殿堂之上的，高高在上的秦始皇磕了一个头，"谢始皇赐死。"徐福的声音有气无力，已经细若游丝了。

秦始皇正在不解，自己已经答应了他的要求了，他怎么愣在那里呆若木鸡了？？？

这个人的反应还真是奇特，人类之中已算少数了，秦始皇觉得有些好笑，干脆将手搭在桌子上，托着下巴，看着殿堂之下。

突然，徐福动了，但像虚脱了的人一样，在秦始皇的眼里，他就是软软地跌倒在地的，然后，就开口谢恩了，不是谢他恩准徐福求取仙物，而是恩准徐福去死。

"真是滑稽之人，如同市井小儿一般，"秦始皇哈哈大笑起来，声音浑厚，中气十足，徐福听到秦始皇笑他滑稽，不解地看着秦始皇。

"寡人说准奏，是说准奏你去求取仙物，你求见于寡人，不过就是为了此事，何时你有上奏折求赐死过？倘若你去意已决，那你先补奏一本，容寡人稍后再议，现在，你要去替寡人把事情办好。"秦始皇的笑意愈发浓重，这个徐福，真是有意思。

嗯，这是什么意思？秦始皇不是要他的脑袋？真的？

徐福一下从地狱升到天宫，心，也安安全全地放回了肚子里。"始皇万岁万岁万万岁。"徐福忙不迭地跪恩，老太监在一旁气急败坏。

置之死地而后生，这是徐福生平第一次体会，这一次，他才真正懂得了这个词的意思，而并非只是看着书本，仅仅看个表面意思。

"既然，徐爱卿已经胸有成竹之势，那么寡人，也只好成人之美了。徐爱卿上前听封。"这架势，分明就是在说，好的，寡人已经批准你的申请了，现在，你可以去做你申请的事情了，但是，这是你的任务，你要像当初蔺相如完璧归赵一样，也要给寡人信守承诺，把你今天在殿堂之上说的话，踏踏实实地给寡人实践喽，如果，你做得不好的话，那么，你就是在欺骗寡人，而欺骗寡人，就是欺君之罪，那么，寡人就可以堂堂正正地去治罪于你，甚至是株连九族。

但是，秦始皇显然是不可以将这番话，原原本本地搬到台面上来说，所以，他选择了一种比较隐晦的，但是又比较有分量的话，在不自觉中，将这徐福的地位提高，大张旗鼓，昭告天下，这徐福，就是寡人认命的，你们给我认清楚了，万一，哪天出了什么岔子，你们就给我抓这个人，光明正大的，说不定，寡人一高兴，还挂上个悬赏，让江湖中人都不会去藏匿你徐福。

因为寡人昭告天下了，你去找的，是献给寡人的，能让寡人长生不死的仙物，如果，你老老实实回来的话，那么，你的安全，绝对有保障，谁敢跟我秦始皇过不去，是不是？

但是呢，如果，你跑走了，你带着的仙物，即使是在江湖之中，也必定会引起一阵血雨腥风，我秦始皇不去找你，江湖上大把的人也都会去追杀你，你说，是不是这个道理！

所以，秦始皇这话说得有水平，任谁听了，都只会觉得，是这徐福非要自动请缨不可。而秦始皇也很大仁大义，还特地给你徐福个封号，把你徐福加官进爵，这可是你几辈子修来的福分。

徐福自然能听出来秦始皇的画外之音。

因此，徐福也捏了一把冷汗。

看来，找到仙岛，求得仙物之后，一定是要回来一趟的，不过，现在的话，我还是能走就走，尽快出发，谁不知道秦始皇生性多疑啊。万一，你秦始皇突然认为，我徐福是在拿仙物哄骗你，是在阿谀奉承，迷惑君王，那还说什么写奏折呈上去啊，你秦始皇要杀一个人，哪里会真的给时间别人提出抗议啊，如果会给时间别人思考怎么抗议的话，你这天下怎么来的？难不成是因为你凡事都要走程序，别的国君觉得事务烦琐，而你喜欢按部就班地整理这些事情，所以索性都给你了，自己乐得清闲，甚至是特地找死不成，所以，能提前动身也好，自古伴君如伴虎，我还是早点离开是非之地好了。

于是，徐福上前一步，单膝跪地，"微臣在。"此刻，徐福的心里只有一个想法，我还是早点走好了，你秦始皇快点封，爱封什么就封什么，赏赐什么的，我也不稀罕要，我只要有这条命在，这就够了。

这一点上，秦始皇也够老奸巨猾的，他果然只给了个空头衔，再象征性地给了些银两，这也就算是给徐福盘缠了。

不久，徐福就如秦始皇所愿的那样，大张旗鼓地出发了，国内大大小小的城

市，都张贴了关于徐福求取仙物的通告，以至于徐福走到哪里，都会被关注，徐福觉得很头疼，这秦始皇摆明了就是阴了他，直白地给他摆了一道，别说他逃走，江湖上的人会追杀他，就是他不逃走，江湖上的人，也都没打算，说是要放过他徐福，有些有方之士，甚至偷偷跟踪起徐福来，不是等着他徐福找到仙物之后杀了他，夺走仙物，就是打算在他凯旋而归的途中，直接跟他抢。

这徐福也不是吃素的，对于去东海寻求仙物的事情，他既然敢跟秦始皇进谏了一年，也就没打算害怕，那些有非分之想的人，也不会从他徐福这里，讨到半点好处。

但是徐福没想到的事情，还是发生了。

跟随徐福出发的队伍之中，有一个人是公公派来的，就是在秦始皇身边的那个太监，对于秦始皇没有诛杀徐福，反倒加官进爵，他心里暗自不爽。

要说他一个阉人，也没什么前途可言了，偏偏他又是小肚鸡肠的人，仗着伺候秦始皇，也就变得目中无人了，当日，徐福在堂上没等秦始皇下令，就自己站了起来，公公对此很是不爽，他徐福只是个小人物，如果不是有方之士，又怎么会出现在皇宫，就算进得了皇宫，也必然是阉人一个，见了他，也应该要作个揖，问一声好，但是，当日秦始皇居然没怪罪他，却还有半分赏识之意。

要说阉人就是阉人，目光短浅，没什么大出息，他自然看不透秦始皇的想法了，擅自揣测圣意，本身就是死罪一条，可他却没有这个意识，只是觉得被煞了面子，要赢回来。

于是，公公派了个人跟着徐福一起去寻找仙物，目的倒不是弄死徐福，要是徐福死在寻仙物的路上，秦始皇怪罪，下令查个水落石出的话，这一顺藤摸瓜，迟早会摸到他这里来，到时候，他不知道会死得有多惨，所以，这一点上，这个公公倒也算精明。

他只是找了个人去从中作梗，顶多就是让徐福寻仙物的路上，多点坎坷，没那么顺利罢了。

偏偏他找来的这个人，脑子似乎不大好使。

徐福与秦始皇一样，认为这仙物必定需要顺海去找，关于"千岁"的传说，又是来自东海之滨，所以，徐福决定从东海出发，顺海去寻求不死仙物。

说公公找来的那个人脑子不好使，就在于这一点，明明都在船上，要出了什么事情，大家那还不是一条绳子上的蚂蚱嘛。但他偏偏就没想出来什么好主意，想不出来好主意，你安安静静待着不行吗？你想到好主意再说不行吗？可这个人，偏偏就不是乐于闲着的那一号人。

就在徐福跟船出行半个月的一天晚上，这个人想出了一个办法，那就是在船上凿个洞。

你说，这不是摆明了就是找死嘛。

但是这个人可不是这么想的，人家想得还挺美的。

他觉得，已经行驶了那么远了，应该也快碰到岸边了吧，如果，洞凿小一点，水流慢慢地流进来，等快到岸边的时候，船底也就不堪一击了，然后，他就趁机再把船底砸破，他懂得水性，游到岸边肯定不成问题，倒是徐福，必然是要受一点苦头的。

想到这里，这个人"嘿嘿"贼笑了，于是，在一个月高风黑的晚上，他就在船底凿了个小洞。

说他笨，他又不是太蠢，船底有个小房间是放杂物的，平日根本不会有人去，因为没有有杂物堆到里面，更没有什么必需品放在那个杂物间，即使被发现了，也可以说是杂物间年久失修，这样一来，责任也可以推得一干二净了。

所以，他选择的，正是这个杂物间，这里，是他下手最好的地方。

显然，他并不知道海水的冲击力会有多大，做完一切之后，他高高兴兴地回去船舱准备睡觉。

临铺的人睡得迷迷糊糊见他回来，模模糊糊地问道，"大半夜的，你怎么还不睡觉啊？"

他吓了一跳，然后笑着回答，"我起夜去了。"说完脱了衣服躺到床上，开始睡觉了。只听临铺的"嗯"了一声算是回答，然后翻了个身，继续睡觉了。

第二天一早，徐福被将士的惊恐声吵醒，有人慌慌张张地跑进来传报，"徐大人，不好了，船漏水了，看样子会沉的。"将士的脸上满是慌张。

徐福一听这话，心里也着急了，在海上，船是必需的交通用具，按道理说，秦始皇是肯定不会给他一艘破旧的船，再说了，上船之前，他还亲自检查了一番，确定没有问题，他才上的船。

"不要慌张，我去看看。"徐福故作镇定。

将士见徐福并不着急，于是也没有那么慌张了，赶忙在前面带路，经过海水的冲刷，船底已经有了一个大洞，海水正迫不及待地往船里挤。

"大家不要慌张，传令下去，大家拿出所有可以舀水的东西，将士们分为两队，一队轮流将水往船外舀，另外一队，赶紧去看看船上有什么比较重的东西，能不要的，就都丢下去吧，这样的话，船起码还可以再撑一段时间，如果船够轻的话，说不定还是有希望漂在水面上的。"

徐福显得很镇定，连声音都显得中气十足，徐福虽然没带过兵，但在危机情况下，作为这群人里，官职最大的那一个，如果都开始慌张的话，将士们也只会

更加慌张而已。果然，大家见徐福一点都不着急，心里也踏实了，自觉分成两队，一队舀水，一队将不需要的，或是比较重的物品，一件，一件的，往船外丢。

在这个时候，大家都十分的团结，没有人发出抗议，也没有人提出恐慌的言辞，大家的脸上也不见悲壮的表情，他们是勇猛的将士，在战场上杀敌，眼都不会眨一下的，更何况，面前的战争，是在为自己的生命而战，他们将最勇猛的一面拿了出来。

徐福还穿着内衣，刚刚他都没来得及更衣就跑了出来，现在，见大家的情绪都稳定下来了，徐福借口回去换衣服，然后转身回船舱了。

其实，徐福心里比谁都害怕，他第一感觉下做的决定，有没有用姑且不说，他并不识水性，如果掉进海里，谁会管他呢，大家都只会作鸟兽散，自古人心就是如此，如果他的决定不管用，他也只能是必死无疑。

还好，老天并没有打算那么快就让徐福灭亡，不远处，一片海岸出现在大家的眼里，此刻，这不是海岸，是生机，大家都拼了命地往船外舀水。

船上的东西几乎都丢空了，除了一些口粮，还有淡水。

丢完船上的重物，那一队将士也自觉地加入了舀水的队伍，此刻，他们不分彼此，也没有说做完自己的工作，就对其他人眼不见为净了。

在就要接近海岸的时候，船还是令大家失望地被海水瓦解了，他们以人力舀水的速度，实在是抵不过汹涌而来的海水。

"徐大人，快逃吧，船快要散了。"有人好心地提醒徐福。

徐福有一种悲壮的感觉，站在甲板上，看着所有恐慌着的同胞，"我徐福对不起大家，在这里，希望大家受我徐福一拜。"说着，徐福就"扑通"一声跪下去了，然后朝着大家重重地磕了个响头。

"徐大人，不要这样，我们受不起。"有的人的眼圈开始红了，也有人上前扶起徐福。

徐福的眼里也噙住了泪水，"如果不是要跟我徐福出来寻找仙物，大家此刻应该是在家中，过着平静的生活，你们有些人，说不定上面尚有高寿老人，有些人，才娶贤妻，还有些人，已经过上了儿女绕膝的生活，始皇一统天下，乃是百姓之福，天下已然太平，你们本该在家享受太平盛世，但现在，你们却要跟我徐福一并遇险，是我徐福对不起大家，我不能对着大家豪言壮语，不能拍着胸脯对大家保证什么，只能求跟阎王报到之后，大家能聚在一起，一起过奈何桥，饮孟婆汤。如果有兄弟识得水性，那么你们赶紧逃吧，岸，就在那边，尽力游过去，那是你们生的希望啊！"

这番话，徐福掏心掏肺，全是真心所言。俗话说了，人之将死，其言也善。

长篇盗墓小说
盗墓时空

徐福眼含热泪，将士们也都没好到哪里去，全被徐福的一番话打动了，没有一个人跳下海去顾着自己逃生。

徐福再次跪了下去，眼泪夺眶而出，此刻，他将眼神望向远方的海面，等待着船在海水的冲击里四分五裂，将他狠狠地抛向半空，然后坠入海中，万劫不复。

船开始下沉，有些将士开始蠢蠢欲动，终于有人行动了。

他们不是顾着自己逃生，而是将之前整理重物抛下船时发现的绳索拿了出来，"来，懂得识水性的人都将绳子绑在自己腰间，将绳子另一头绑在不懂水性的兄弟身上。"不知道是谁带头喊了一声，大家自觉地开始行动，纷纷拿起绳索开始捆绑起来。

"不要，不要啊，这样做，你们谁也逃不掉。"徐福大惊失色，这样愚蠢的办法，却是此刻他们那些，不愿抛下没有半点生机的兄弟的真挚的心。

没有人理会徐福，他们还是固执地这么做了，徐福慌忙跑上去想要阻止，却被两个将士架住，然后有人将绳索绑在他的身上。

徐福哭得一把鼻涕一把眼泪，这份恩情，他徐福这辈子都还不起。

徐福心里很清楚，在水中，会水的人最怕的就是去救不会水性的人，因为恐惧，不会水性的人，会死死地抓住，甚至抱住会水性的人，以此保住自己微薄的一点安全感。那些会水性的将士，明明知道会发生这样的危险，却还是大无私的，愿意将自己的生机，分一半给不会水性的兄弟。

"兄弟们，船马上就要被淹没了，来吧，我们出发，彼岸就在那里，冲啊。"有人高声喊着，徐福只看到阳光耀进自己的眼眸，自己的身躯，就立马被海水亲热地包围了。

海水从鼻子、从口中、从耳朵灌进体内，徐福感觉自己像快要死的人一般，努力张大口，剧烈地呼吸，但是，海水多过了空气，每呼吸一口，胸口都是刀割一般的疼痛，徐福想解开身上的绳索，不想白白再多牺牲一个兄弟，但是，他有心无力，那些将士害怕他反抗，拒绝他们的好意，将徐福的手、脚都给捆绑了。

也不知道过了多久，徐福听到有人在喊自己，他张开眼睛，看到将他绑在自己身上的将士，他的身边有耀眼的光亮，"是到地狱了吗？"徐福听到自己微弱的声音。

"不是啊将军，我们到岸上了，我们成功了。"将士的声音透着喜悦，还有一丝劫后余生的兴奋。

"你骗我，你一定是在哄我开心。"徐福咳嗽了几声。

"将军，不信你自己看。"

徐福被扶着坐起来了，他看了看四周，海岸上，到处都是将士们的身影，有

173

些还在昏迷，有些已经清醒了，在休息，还有一些，围在自己身边，带着笑容看着自己，徐福认为，这是自己这辈子见到最美的微笑了，不由得泪雨滂沱，这个赌，将士们赌得太大了。

休息好之后，徐福恢复了力气，将士们也都恢复得差不多了，点一点人数，还是牺牲了将近一半的将士，秦始皇只点了一千精兵给他，现在，得到生机的，加上他徐福，也只有五百三十一个。

徐福在海边站了良久，在心里默默为牺牲的将士默哀，男儿愿战死沙场，他们这样无谓的牺牲，徐福替他们感到不值得。

整理好情绪，徐福带领剩下的将士去海岸巡查，看能不能找到村庄，走了不久，就发现一小片渔村，村里的人没见过外来人，都觉得新鲜，他们并不害怕徐福他们，只是新奇地看着他们。

这里的人普遍比徐福他们矮了半个头，有些人，甚至只到将士们的肩膀。

徐福问一位上了年纪的老者，"请问，这里是什么地方？"

老者仰起头看徐福，"蓬莱岛。"

蓬莱岛，莫非，他们歪打正着，竟然到了《山海经》里记载的蓬莱仙岛？徐福心里暗喜，接着问："老者，你可曾听说过'千岁'？"

老者眯起眼，狡黠地看着眼前这个外来人，"你是为'千岁'而来？"

徐福点点头，"是的，我正是为寻求'千岁'而来。"

徐福一听老者说话的语气，心想，这可真是找对了门路，看来，人走投无路的时候，遇到的分岔路口，说不定还就是正途，心里正在暗喜，但没想到，徐福的话，引起了一片哗然，村民们警惕地看着这些外乡人，纷纷拿起石头，想要轰走这些人。显然，"千岁"是他们的宝物。

徐福带来的，是秦始皇手下的精兵，虽然他们遭遇了海水一劫，但休息过后，元气也都恢复得差不多了，村民们根本就不是他们的对手，很快，就被徐福他们制服了。

徐福在村庄里住了下来，经过一段日子的相处，与村民们的关系，日渐和谐了，提到"千岁"，村民们也没有那么抗拒了。

本来嘛，徐福也没打算杀了他们，只是抓住他们，不让他们暴动而已，而村民们见徐福对他们，并无加害之意，于是，敌对情绪也就缓和了。

但是，有关于"千岁"，村民们却默契地一字不提，即使徐福提起，他们也都会找到话题避开，或是绕个圈子，把话题扯到另外的事物之上。

徐福渐渐意识到了，自己不能再对这群村民客气了。在这里的一段日子里，徐福对这里的情况大概了解得差不多了，这里的居住人群比较分散，海岛面积不

长篇盗墓小说

盗墓时空

大，如果大面积搜索的话，可能会有些眉目。

于是，徐福做了个决定，他决定彻底探访海岛，这个决定得到众将士的肯定，于是大家告别村民，开始了寻访之路。

这里的人很狡猾，访遍全岛，对于"千岁"，没有一个人向徐福透露半点风声，但徐福这么精明的人，自然是不肯罢休，所以还是被他摸清了一点线索，再根据线索顺藤摸瓜，倒也算是得知一二了。

徐福也并没打算这么快，就与这般荒野村民撕破脸皮，仅凭他手上的五百余人，对付整个海岛大大小小那么多村庄，还是有些太过勉强。

这个时候，他想到了秦始皇。

徐福决定先回去求助秦始皇，所以，他下令，命一干将士伐木造船。可造船也并非一时就可以完工的事情，于是，徐福索性安下心，在岛上描绘起了行走路线，到哪里，是什么样子的，附近大概多少居民。

就在徐福的行走路线快要完工的时候，船也要造好了，这个时候，徐福又召集将士一起回忆、探讨，并画了一幅岛上的全图。

徐福回城的消息很快传开，没有人关心是谁回了，而是想知道，他有没有带回仙药，秦始皇亲自出来迎接徐福，但徐福一见到秦始皇，就面露难色，该怎么跟秦始皇说呢？如果单说自己没有带回仙物，秦始皇一定不会放过他，直接说要求增援，秦始皇更不可能会乖乖点兵给他。

徐福灵机一动，取出海岛图，以及海岛探访一圈后的纪实，呈现给秦始皇，美曰："寻访得《搜神录》一本，献给始皇陛下，吾皇万岁，万岁，万万岁。"

好了，这《搜神录》到这里也算是登场了，但它其实不是什么珍惜玩意儿，更不是什么仙物，而是他徐福自己描绘的海岛全面分析图，以及一张地图。

秦始皇当然也就笑逐颜开了，《搜神录》？莫非是记载着长生不死仙物的根据？还是另有高深蹊跷？你徐福一回来就给寡人一本《搜神录》，那寡人的不死仙药，你有没有给寡人一并带回呢？

也不管这三七二十一，姑且，先回宫再说。

徐福在打自己的小算盘，当着众人之面，我呈上一本《搜神录》，也算是给你秦始皇带回了依据，那我就是有功之臣，如果你秦始皇对我不利，天下必有话柄，你秦始皇当然不想被当成饭后闲谈吧，那多煞面子，你是个君王，这个不地道的事情，你还好意思做吗？

徐福随秦始皇回宫，还是那个大殿，秦始皇在殿上的书桌前，开始翻阅徐福呈上来的《搜神录》。

一翻开，秦始皇就惊呼一声，好家伙，你这是什么？地图？再一看，蓬莱岛，

分了什么，什么岛出来，哪个，哪个岛，约有多少人，"千岁"在岛上的一个深谷腹地，大概位置在什么地方。

秦始皇的心里就有了谱，敢情你徐福是想踏平了蓬莱岛？还是想带着寡人的将士，去霸了蓬莱岛？

既然你徐福已经弄清楚"千岁"在什么地方，何不一次性带回来？

"徐福，你给寡人看《搜神录》，寓意何在？"秦始皇倒是不拐弯抹角，直白地问了出来。

"回禀陛下，微臣希望，陛下可以出兵，蓬莱岛上居民狡猾非凡，但也无知落后，倘若能配备弓弩手，微臣相信，平定刁民易如反掌。"徐福肯定地说，"之前，微臣的船，因不堪海水冲刷而散，待到达蓬莱之岛，只得五百三十一人生还，虽勇气犹在，但兵器全无，如果跟岛上刁民恶斗，只怕是心有余而力不足。"

徐福倒也不客气，一五一十的全给说出来了。

"你先回去吧，待寡人再参详参详。"秦始皇料定，徐福不一定会骗他，但是，万一呢？万一徐福在骗他，那不是赔了夫人又折兵？

《搜神录》就摆在眼前，秦始皇一遍又一遍地翻看。眼看着不死仙物就要到手了，秦始皇可不想在这个时候放弃，一连思索了几日，终于还是决定点兵给徐福。

不想，徐福又有了新要求，"陛下，另外，我还需要三千童男童女，各种人间礼物，一并去求取仙物。"

秦始皇一听就怒了，"这是什么道理？"

"陛下请息怒，求取仙物，必定要奉献各种人间礼物，我要三千童男童男，也是为陛下着想的。"

秦始皇一听这话，心里才舒服一点了，问道："为何说是为寡人着想？"

"陛下，微臣此次出征必定扫平蓬莱仙岛，带去三千童男童女，是为始皇守护蓬莱仙岛，他们祖祖辈辈，都是属于始皇您的臣民，这蓬莱仙岛，也必然是要划进来，属于我们大秦的基业。仙物，做为贡品，每年进贡给始皇陛下，这样，始皇您认为，这个主意不是很好吗？"

徐福这一招有够狠的，谁都知道，秦始皇一生，最大的心愿，就是统一东方六国，如今，天下尽为秦始皇所得，又寻得蓬莱仙岛，倘若这仙岛也归属了秦始皇，岂不是一件天大的美事！

秦始皇一高兴，就说了个"准奏"。

但是三千童男童女，这要去哪里找？一时之间也凑不齐。于是对着徐福说："徐爱卿，三千童男童女，寡人一时凑不齐。"

这事可拖不得，秦始皇现在对"千岁"之事兴头正高，应该要趁热打铁。徐福正准备说话，忽闻殿外传来捷报。

原来，秦军打败西南夷，正凯旋归来。

听到这个消息，徐福马上为秦始皇献计，"陛下，不如，这三千童男童女，就让俘虏的小国出？"

秦始皇一听，这话也对，反正他现在可凑不出这三千童男童女，倒不如，把这棘手的难题丢给俘虏。

很快，三千童男童女就被凑齐了，徐福，也顺利再次上路了。

讲到这里，疯子停下了讲话，拿起桌子上的茶喝了一口，然后盯住大家不说话了。

"然后呢？"陆湘湘听得正入神，不想这疯子突然不说话了，急得她像热锅上的蚂蚁。

"没有了呀，你们不是问我，始皇陛下为何同意本官去寻仙物的吗？就是这样了，我都说完了，哪里还有什么然后。"疯子白了陆湘湘一下。

这疯子是真傻还是假傻啊，陆湘湘的心里画满了问号，哪有这么死脑筋的人，还非得问一句答一句了，"你当是挤牙膏啊，挤一下出一点的。"陆湘湘没好气地说。

疯子听不懂陆湘湘在说什么，"姑娘，你刚刚在说什么？什么牙膏，什么挤的？那是何物？"疯子一本正经地问。

陆湘湘又好气又好笑的，实在不知道怎么回答才好，陆湘湘算是明白了，对着神经病的人，就不能讲正常的话。

"那接下来发生了什么？"林翔在一边问道。

那疯子看了林翔一眼，并不作答，他的眼里闪过一丝亮光，显得十分狡黠。林翔知道他已经不想再讲下去了，于是换了个法子激他，"你肯定不是徐福，上面说的，都是你编的，如果你是徐福的话，你又怎么会不知道后来发生了什么事情，你就承认了吧，其实，你根本就不是徐福，你的谎话，编不下去了吧。"

疯子果然上当了，大声嚷嚷着："谁说我不是徐福，好，既然你们都知道，凤凰血，被我喝了，那我就告诉你们好了，反正，我没有什么借口好狡辩，因为，凤凰血，的确被我喝了。"疯子的脸上，再次浮满荒凉，林翔知道，他马上就要继续回忆了。

陆湘湘朝林翔感激地看了一眼，大家心知肚明，其实，他们已经开始有些相信，眼前的这个疯子，就是徐福。

"我带了三千童男童女，还有始皇点的三千弓弩兵，一行六千多人，浩浩荡

荡的，再次向东海进军，之前跟我一同回来的五百多将士，我没有让他们跟着来，因为大家在一起相处多日，感情深厚，早已形同同胞兄弟，我不忍心让他们随我再次犯险，我说这话，并不代表说，这次跟我出行的六千人，我就不当做兄弟了，但是，同生共死过一次，他们对我的大恩大德，我无以回报，我能做的，也只有尽量让他们的生活平稳一点。"徐福叹了一口气，接着叙述起当年。

有了上一次的经验，徐福下令，船向着正东方行驶。想了想之后，徐福下令，所以将士轮流值夜，十个人一组，两个人一班。

亥时、子时、丑时、寅时、卯时各两个人值夜，按照编号来轮流值夜。

徐福这样决定，是为了预防上一次的沉船事件。

在徐福的带领之下，船顺利到达蓬莱岛，村民们见到徐福归来，本来打算迎接，但笑容很快僵硬在脸上。

徐福浩浩荡荡带了几千人马，去而复返，大家心里都清楚，他们已经凶多吉少了。

"徐福，你这是什么意思？"老者质问徐福。

"当然还是为'千岁'而来，若是你们乖乖引路，带我们去找'千岁'，本官可饶你们不死。"徐福打起了官腔，但村民们显然很不屑，"你个狗贼，亏我们如此善待于你，好吃好喝地伺候过你，你居然想来夺宝？还要对着我们一班老弱妇孺兵戎相见？徐福，你的良心去哪里了？"

"良心？我的良心告诉我，必须效忠于陛下，始皇一统天下，万民臣服，你们区区小岛，弯弯手指头，就足以叫你们粉身碎骨，若是你们肯臣服，交出'千岁'，我也不会多跑一趟，更不会劳师动众求始皇出兵了。说吧，你们是要降，还是要顽死抵抗？"

"抵抗，当然是抵抗，'千岁'乃我岛中之物，蓬莱岛一向是安身立命之所，诚如你所言，天下尽为你们始皇所有，那又何必惦记我们这一个区区小岛？"老者出言咄咄逼人。

徐福有些恼火了，"弓弩手准备。"

老者昂首挺胸，倒是一副勇者无敌的神色，"来吧，我老头儿第一个宁死不屈。"村民们哪里见过这架势，都吓得面面相觑，徐福想起自己向着秦始皇求赐死的那一幕，倒与这老头的傲骨有几分相似。

倘若生在秦国，这老头说不定是将相之才，只可惜生在这岛上，不过虽然年事已高，但却一副鹤颜，看来这"千岁"确有功效，也算是名不虚传。

徐福一时不忍心，规劝起老者，"如果我真心想杀你们，上一次抓你们全村的时候，我就可以将你们整个村子都给屠了，我之所以没这么做，是念在上天有

长篇盗墓小说 盗墓时空

好生之德，老者你年事已高，又何必这么顽固呢？"徐福走近老者，试图亲近他，但老者吃了秤砣铁了心，一迈腿，就往旁边闪开了，徐福原本想搭上老者肩膀的手，也只能悬在半空。

"好，既然老者顽固，那么你们呢？一样顽固？是生是死，就看你们要不要顽固了。"徐福把这话丢给村民，让他们自己去掂量掂量这话的分量。

有些人，已经开始动摇了，他们祖祖辈辈都生活在蓬莱岛上，没见过外面的世界，徐福带来精壮的弓弩手，他们有什么？只有满地错乱的石块，怎么跟人家抵抗。

于是，人群里有人带头喊了起来，"降，我降……"然后人群里开始七嘴八舌起来，大家都嚷嚷着要降。

"不能降，不能降……"老者大声冲着村民喊开了，"你们这群没用的东西，我老者真是无颜啊。"说着就朝着徐福撞过去，"啊……我老者要跟你……拼……了……"

只是还没撞到徐福，弓弩手就有人开始攻击了，老者被一箭穿心，跌倒在徐福面前。"老者，老者……"徐福觉得心里有些愧疚，半跪着扶起老者，老者虚弱地看着徐福，眼里充满愤怒，说，"我诅咒你，永远不能得偿所愿。"说完，就死在了徐福的怀里。

"我要跟你们拼了……"人群里一个略带稚嫩的声音传来，一个少年挣脱束缚他的长者，拨开人群就要找徐福拼命，徐福做了个手势，让弓弩手开始攻击。

这一群刁民，真是不知好歹。徐福心里有火，一口气，将这个小村庄直接全给屠了。

没有停顿休息，徐福带领众将士一路杀过去，终于，在一个胆小怕死的人口中，徐福得知"千岁"的所在地。在那个人的领路下，徐福不再开杀戒，这一路，也走得比较顺利了。

终于，进到了一片荒山密林，胆小者轻车熟路地带着徐福一行人入山谷，这里的山谷，与徐福往年见过的，也没什么不一样的地方，在穿过几条河流，过了一个山谷夹隙之后，来到一片腹地，胆小者指了指一旁的灌木植物说，"大人，这，就是'千岁'了。"

这，是一种藤状灌木，果实只有核桃大小，虽然比较少见，但徐福还是知道它的。徐福怒火中烧，"你居然敢骗本官？"

胆小者看到这架势，不禁腿脚发软，瘫软在地，"大人"，此人已经被吓得鼻涕眼泪满脸了，"大人，小人不敢骗大人，这真的就是'千岁'，真的就是'千岁'啊！不信，不信的话，大人你可以去抓几个人来问，你别说你来过了，你让他们带你再来一次，真的大人，我不敢骗大人，这的的确确就是'千岁'。"

徐福傻了眼，那果实，分明就是野生猕猴桃。这一下，他可怎么回去交差。

想忽悠秦始皇那是不可能的事情，这东西，秦始皇的故乡，到处都是，徐福都已经吃腻了的，秦始皇又怎么可能认不出这是什么东西呢。徐福脑袋里"嗡嗡"作响，立在原地，呆若木鸡。

什么"千岁"，什么长生不老，估计是以前的古人打鱼，在海上遇险，无意中到过这片岛，听得本地传闻，归国之后夸大其词，以讹传讹，于是，一传十，十传百，就这么成了传说。

三人言而成虎，徐福觉得内心溢满绝望，自己多年追逐，不辞辛苦，秦始皇倾尽天下的，就是为了寻找这个？野生猕猴桃？徐福笑了起来，笑这可怕的人言，笑这荒谬的传说，"人言可畏啊！"徐福感叹道。

第十四章　第五卷轴的秘密

徐福已经无心回国了，回去，必死无疑，索性在海上任意航行，也不驾驶船了，只是派人控制下船的平衡。

要说这徐福，是真的，没方向了，自己身为有方之士的多年苦心钻研，突然成了纸上谈兵，这传说中的长生不死药，居然还是假的。回去秦始皇肯定不会放过自己，怎么办，自己还带着这三千弓弩兵，三千童男童女。也罢，反正岛上的人被屠杀得差不多了，这些孩子，本来就是带过来让他们在这边生长的，于是，徐福把三千童男童女留在蓬莱岛，又留下一千弓弩兵照顾这些孩子，带着剩下的两千弓弩兵，上了船，开始了他海上漂流的生涯。

这老天，似乎也没想徐福好过，突然有一天，徐福一行人遇到了暴风雨，天，忽然就黑了，紧接着是电闪雷鸣，徐福赶紧下令，让所有将士躲进船舱避雨，"徐大人，天公不作美，看样子，一场大风雨马上就要来了。"徐福的副将看着天跟徐福报告，他在海边长大的，小时候出过海，这海上的秉性，他还是略知一二的。

"徐大人，你看，海水在涨潮，有大浪，我们恐怕会有危险。"

话在嘴边还留有温度，就起了大风，不一会儿，船桅就被风刮得弯曲了。

"快把风帆收起来。"徐福大叫起来，要是风帆被弄破了，这可怎么办呀！将士还没来得及收风帆，一个闪电就劈了下来，正好打上桅杆，直接就给劈成两截了。徐福看得目瞪口呆，心里想着，莫非是天要亡我？

海浪一浪高过一浪，船被海浪推上半空，几乎在半空中翻了个身。有些将士忍不住开始吐起来，本来就已经被海浪推得到处摔，大家站都站不稳，偏偏还有人在这种情况下吐了，海水灌进船里，海水混合的呕吐物，流得到处都是，不止是船舱，将士们的身上、脸上都有，谁也分不清砸在自己脸上的，是海水，还是呕吐物。

剧烈的头晕，呕吐物的味道，还有海水的腥臭味道，吐的人越来越多，徐福被砸了一身的污秽，差一点就没忍住，也快要吐了，就在船体这样剧烈的颠簸、翻腾之下，徐福晕了过去。

等徐福醒来的时候，在一片小岛上，幸存的将士们，也都在海滩上晕得东倒

西歪，身上浓重的腥臭味传来，徐福就看了一眼，就已经在沙滩上吐了起来，只觉得胃里翻江倒海，一恶心，就差胆汁没给吐出来。

吐完之后，徐福才觉得好受一点，还好穿的盔甲，脱下之后，身上除了湿乎乎的衣服，没有看到有污秽，徐福赶紧走近海边，就着海水洗了洗，也就算是洗澡了吧。

洗漱之后，徐福才开始观察起自己落身的岛屿，岛屿上一片五光十色，都是些珍奇的植被，颜色各异，树木之上，有稀薄的云朵环绕，云朵周围，也都透露着彩虹色的光芒，"好一个人间仙境！"徐福由衷地感叹道。

待将士们都清醒，梳洗之后，徐福带领着幸存的将士们开始巡岛。这一场大暴雨，叫徐福军队，几乎是全军覆没啊，幸存下来的，也就几百来人。

徐福带领着众将士在岛上寻了三天三夜，没有发现有仙人，倒是发现了一只珍兽，皇家喜欢以龙凤为题，服饰，装饰，首饰，碗筷，柱子，地面，乃至城墙上到处都是图腾，所以徐福一眼就认出，这是一只凤凰。

一只五光十色的凤凰。

仙物啊，还找什么神仙，传说中的珍兽——凤凰，此刻，就在眼前。

徐福心生敬意，跪下去一连磕了十几个响头，嘴里喃喃念叨着，"谢凤仙救众人一命，谢凤仙救众人一命……"将士们不敢多看，也都跪到地上磕起头来。

那凤凰似乎听懂了一般，看着徐福，突然开口说话了，"徐福，是你们命大，不是我救的你们，天注定，你们命不该绝罢了。"

神物开口说话，大家都吓得发抖，徐福心里又喜又怕。喜的是真的遇到了神物，怕的是不知道这凤凰的秉性，万一生性残暴，那他们岂不是送上门来的美食？

凤凰跳跃到旁边的石块上，姿态优美，五光十色的羽毛上有着朦胧的光，一时间，所有美态尽显，高贵异常。

要说这徐福胆子也够大，才捡回一条命，就什么都不怕了，他向凤凰祈求着，"徐福代始皇，求取长生不老仙物，但到了那蓬莱岛，得知'千岁'确有其物，只是岛上的人太愚昧无知，拿那猕猴桃当了宝贝，徐福自知无颜回去面圣，但求凤仙怜悯，赐我仙药，成全吾皇之愿。"

这凤凰不知道是无聊太久了，还是生性顽劣，她玩心大起，跟徐福打起赌来，"徐福，我要你跟我打个赌，你敢不敢？"

徐福也不含糊，问凤凰："敢问是赌什么？"

凤凰笑了起来，"我要你跟我赌，你始终都不可能为赢政带回不死药，你赌不赌？"

"赌。"徐福斩钉截铁地说，"我向东而行，二十日，遇蓬莱岛，蓬莱岛来此，顺着风向，是向着来时的方向，按道理说，不出二十日，我便可回去交差于始皇，又怎会赶不及呢?"徐福胸有成竹。

"如果你输了呢?"凤凰轻笑，已是不会输的神情。

"如果我输了，任凭凤仙处置。"

"好! 徐福，倘若你输了，我要你建造一座凤凰神殿，而你，要在殿内，永世守护秦始皇陵!"

"行!"

话都说到这份儿上了，凤凰也就答应了要给徐福不死药，但是徐福没有想到的是，不死药，居然，是凤凰血。

"汝取吾之血，赠与汝之君，然，汝与吾盟誓在先，若君王无福，汝应造神殿，守皇陵，吾今赐汝吾之血……"凤凰歌唱起来，跳到徐福面前，徐福只觉得光芒耀眼，心里敬畏的情绪莫名暴涨。

在凤凰的指引下，徐福跪在凤凰面前，在凤凰身上划了道小口，接了一小瓶子。

"再送你一样东西，危机时刻，将我的血，滴一滴在这印盘上石雕凤凰的眼睛里，你就可以任意穿行于时空之中。"说完，凤凰向着远方飞走了，空中掉下一块黝黑的石盘，徐福上前去捡，才触碰到石盘，徐福就有一种莫名感动的情绪，这石盘不知道是什么材质做的，与表面看起来不一样，触感是非常光滑的，上好的玉石，徐福也算摸过不少，但触感，却不及石盘的万分之一。

小岛在众人的眼中消失不见，琉璃般耀眼的彩光褪去之后，徐福发现，他与众将士在一艘大船之上，知道是凤凰送给他们的，于是跪在甲板上，朝着小岛消失的地方拜了几拜。

跟徐福算的时间差不多，十五日之后，他们顺利回国，才上岸，就被人拉到一旁，这个人老态龙钟，定睛一看，与上一次，跟徐福一起出海的其中一个将士，有几分神似，只见他神色慌张，徐福感到不妙，果然，将士说："徐大人，我是来报信的，你们还是赶紧跑吧。"

"为何?"徐福不解。

"始皇，始皇，始皇驾崩了。"将士一脸悲切。

徐福命报信的将士先行离开，然后带着将士回到了船上。

"众将士，我徐福命大家回到船上，并不是因为贪生怕死，只是我手中这块石盘，如若流入他人之手，只怕祸患无穷，我求学有方之士时，遇到一座古庙，那里，我想倾尽我半生所学，布下一个结果，以免日后这石盘成了祸害，而后人无法销毁。"

像一干将士表明心意之后，徐福去了他所说的那个古庙，就是两千几百年之后，存留在风之城外的那个，在与方丈深谈之后，徐福选择了后院的水池，因为他感悟到，石盘的触觉，与水十分相似，如果以水相克相溶，应该是最好的选择了。

安排好一切之后，徐福带领将士回秦，秦朝已经与他走前不一样了。仙界一日，人间十年，徐福并不知，他在岛上待了三天三夜，人间早已过去了三十多年。秦始皇等了一年复一年，怒火中烧，觉得自己果然被骗了，一怒之下迁怒于文人还有有方之士，于是下令做了有史以来最残暴的一件事情，也就是后世著名的"焚书坑儒"事件。

徐福自知死罪难逃，果然，与他一同归来的将士被下令活葬，即刻出行，徐福慌忙之中想起了石盘，于是掏出小瓶子，滴了一滴凤凰血在石盘上面，穿梭的时候，给石盘造了一个记忆，就是关于《搜神录》的。所以老木后来研究的时候，会在笔记里提及《搜神录》，其实，就是徐福当年留的一个假象，目的只有一个，就是引人将石盘送去古庙销毁。当然，这是后话，也就不说了。

如徐福猜测的一样，穿梭之后，石盘，并不在他身上，其实，他也就穿越到了前一日而已，到了送葬的时候，徐福偷偷跟着送葬队伍，第二次寻找不死药的那些将士们的队伍。

徐福果然遵守诺言，造了一间凤凰神殿，并喝下凤凰血，决意永生永世，守护秦始皇陵。

"这么说，你真的是徐福？"陆湘湘仍然不敢置信。

老大摸多了古董，干脆上前研究起疯子，"妈呀，他穿的，还真是两千多年前的古董。这家伙如果不是癫的，就真是活古董了。"

"被抬出去的话，不知道会不会被拉进研究所解剖。"刘涛在一旁淡淡地说。

大家张口结舌，刘涛一开口，总是显得异常血腥。

"不过有一件事情我不是很明白，到现在我都还没想通。"徐福犹犹豫豫地说了出来。

"什么事情？"陆湘湘急切地问道。

"穿梭的时候，那凤凰眼里跳出一样东西，穿梭的速度太快，我只来得及看清楚上面的一行大字。"

"什么字？"

"第五卷轴。"徐福犹豫着说了出来。

大家疑惑不解，只有陆湘湘愣在了原地。

不用想，第五卷轴跟第十卷轴，肯定被分开放置在两个陵墓里，徐福信守承

长篇盗墓小说

盗墓时空

诺守护皇陵，也就是说，这里，魔鬼森林，真的有秦始皇陵。

但是，第五卷轴来自穿梭时候的石盘，那第十卷轴呢？

"你知不知道第十卷轴的事情？"陆湘湘问徐福。

徐福把头快摇成了拨浪鼓，"没听说过，一个第五卷轴都让我思考了那么多年，第十卷轴我听都未曾听说。"

林翔觉得，陆湘湘肯定有什么事情瞒着大家，但她不肯说，再怎么坑蒙拐骗，她也不会透露一个字。

气氛变得有些凝重，大家似乎都感觉很不可思议，陆湘湘知道些什么？为什么不告诉大家？没有人开口发问，陆湘湘坐在一边，也没有半点要开口的意思。

陆湘湘发现气氛不对，于是随手拿起桌子上的一个小瓶子，跟徐福继续搭讪，"这是什么？"

徐福瞟了一眼，淡淡地说："当初装凤凰血的小瓶子。"

一听说是凤凰血，陆湘湘赶紧打开瓶子，将瓶身倒过来，往手心倒了倒。

"别白费力气了，都过了那么多年了，就算有剩下几滴，也早就干了。"徐福心想，这个人怎么那么蠢，一点常识都没有，还往外倒，莫非你还想倒出个几滴，然后喝下去，也来尝试一下这无聊的永生？

陆湘湘也没想说真能倒出来，如果能倒出来，这凤凰血也太神奇了吧，血液里面也是有水分的，而水，是会蒸发的，如果真能倒出来，那他这瓶子，也该是个宝贝了吧，能让水分不流失，你想想，多神奇呀。

但是，奇怪的事情还真就发生了。

一滴晶莹的液体从瓶子里滴落了出来，掉在陆湘湘的掌心里，一道明光一闪，凤凰血就从陆湘湘的掌心里隐没了。

陆湘湘只觉得一种沁凉的感觉涌来，浑身都觉得舒服，大家都还在回味之前徐福讲的事情，也没人注意到这件事情，但是，徐福看到了。

他一拍大腿站了起来，"我知道了，我知道第五卷轴是什么了！"徐福欣喜地喊道。

"是什么？"林翔听到徐福欢呼，抬头看了看他。

"第五卷轴，记录着凤凰血与穿梭印盘的一切。"徐福大喜，"以前我怎么没想到呢，愚昧，真是愚昧。"

林翔知道，李天翔家里的那一块，据说就是他的父亲李小超买回来的，陆湘湘生日的那天晚上，李天翔将林翔带去见他的父亲，那个看起来跟鬼一样的老头告诉他，他曾经找了一个叫项少龙的人做穿梭试验，但是，没有结果。

林翔忽然懂了为什么没有结果，因为，他们没有凤凰血，即使有，项少龙从

这边穿梭去古代，就算他运气好，真的穿越到了嬴政登基的那一年，拍好了纪录片，他要回来，也必须要等徐福从蓬莱岛回来，最好还能恰巧撞见徐福，再然后，就是徐福穿越的时候，他能在一旁，徐福穿越，他也跟着跳进去，这样，项少龙才能回来。

但是，他们找他去做什么呢，他又能帮他们什么呢？莫非？林翔脑子里浮现一个想法，对了，他们可能觉得我是适合穿越的人选，想要我跟那项少龙一样，也穿越一把。

想到这里，林翔有些后怕，还好那个时候并不相信老头儿的疯言疯语，虽然现在，那些曾经被他认为是疯言疯语的话，全都被一一证实了，那些莫名其妙的东西，的确存在。

"我想，我知道穿梭印盘在哪里。"林翔轻声说。

尽管声音很小，但徐福还是听到了，他跑过去死死抓住林翔，"你见过？在哪里？在什么人手里？"

徐福的眼睛睁得大大的，林翔被吓了一跳，"李天翔，我只知道这个人叫李天翔。"

"李天翔？"陆湘湘惊呼一声。

完蛋了，穿梭印盘竟然在李天翔手里，看来父母说的是真的，当年，秦皇墓出土的穿梭印盘，真的被李小超买了去。

陆湘湘记得父母说过，要小心李天翔，因为据他们猜测，李天翔一家，就是黑暗的灵魂。如此说来，李天翔父子，应该早就找到这个秦始皇墓了，说不定，当初就是跟着她父母一起来的。

说不定，他们比她的父母还要先进入秦始皇墓。

但是，父母说，地宫无法开启的门后面锁着黑暗的灵魂，但李天翔父子却一直存在，这么说来，是不是地宫的门，已经被打开了，而父母估计错误了，她，陆湘湘，并非什么开启地宫陵墓的钥匙，而是如同徐福所说的，第五卷轴，其实，是记录穿梭印盘，还有凤凰血液的一本传记，类似于现代人买东西，里面附赠的说明书。

陆湘湘有些懵了。

第十五章　空墓穴

"不好，我们要赶快了。"陆湘湘神色慌张，徐福不知道她在讲什么，追着问："什么赶快？什么不好了？发生什么事情了吗？"

陆湘湘不知道该怎么说。

难道，她要就这么赤裸裸地告诉徐福，我啊，其实呢，是来盗墓的，我要盗的，还就是你徐福已经守护千年的，秦始皇的陵墓，你看，你要不要给我带个路呢？

陆湘湘当然不敢这么说，依照徐福自己所言，当年，为了一个野生猕猴桃，他不惜屠杀整个海岛的村民，这样的脾气，如果被徐福知道，她们一行人来到这里，就跟他徐福当年寻求"千岁"一般不辞辛苦，不远万里跋山涉水的来，只不过，徐福是为求长生不死药，而陆湘湘她们来到这里，要干的事情，说起来的确有点缺德，谁去挖别人祖坟呀，不过话又说回来了，你徐福在这里守护秦始皇陵墓，但这皇陵都被人进去过几次了，你还不知道，你这是守的什么啊，还守陵呢，用现代话来讲，就是你徐福这个人玩忽职守，不够负责。

大家看到陆湘湘满脸焦急，知道这事情肯定跟秦始皇陵有关，这不正是他们此行的目的吗，不过徐福一直追问，这问题还真是不好回答。

于是，林翔又开始跟徐福瞎扯了，"我说，徐大人，有个问题我想问很久了，恳请赐教。"

这一问，还真有点作用，徐福赶忙调头，"什么问题，你问吧。本官一定知无不言，言无不尽。"这都多少年了，徐福还打着官腔，林翔心里暗自好笑，"你这个。"林翔指指他们掉下来待过的牢笼，"这个，是怎么一回事？你既然没真心打算锁住我们，在上面，为什么还要设这个机关？"说实话，林翔这个问题算是问到点子上了，这一点，其实，大家还都挺想知道的。

徐福"嘿嘿"一笑，显得很忠厚老实的样子，虽然根据他讲的历史，他是怎么样一个人，大家其实也心里有数了。

"这个啊，是我闲着太无聊了呗。本来打算造一只巨大的凤凰来供奉，但这森林的石头，最大的也就我雕刻的那些那么大了，我没辙，就只能雕刻那么大的，本来，还就真只雕了一座凤凰像，但时间越久，我就越不知道要做什么了，

所以，凤凰像慢慢地多了起来，直到摆不下了，那现在该干什么呢，想了想，我就把门也给改造了，做成了凤凰的形状。做好之后，也不知道过了多少时日，我又觉得无聊了，于是索性做个机关玩玩儿，没想到，你们这几个傻蛋还真的笨到往地牢里掉。话说回来，这地牢也是我无聊做的。"

这徐福估计真的是一个人待了太久了，无聊得很，问个问题，他都可以长篇大论一番，就差没写个传记给他们念了。

方叶桐对徐福佩服得不得了，小声地问黄华："你说，他说了那么多话，怎么就不觉得累呢？如果是我，肯定觉得下巴都要脱臼了，莫非，这徐福，是唐僧投胎的？"

"不能讲，那秦始皇怎么会相信他，还对他的要求统统都给答应了，三千童男童女哎，在古代，估计一个城池的人了。"

回答完林翔的问题，徐福又去找陆湘湘，"姑娘，你刚刚说什么不好了？"

晕了，徐福怎么还记得这件事情，他真是够无聊了，估计也是难得有人跟他讲话。

"喂……"林翔正准备打岔，却被人往后拉了拉，林翔回头一看，是流清芳。

"你怎么老是帮她解围啊？"流清芳满脸的不高兴，一看就是吃醋了，林翔不知道要说什么，流清芳也顾不得什么了，扑进林翔怀里，肩膀颤抖着，林翔叹了一口气，看这架势，流清芳分明是哭了。

林翔不知道要怎么去哄女孩子，自己也就哄过杨莹莹，但他跟杨莹莹从小就认识，自己一直也都拿她当妹妹，说话比较亲近，当然哄起来也比较容易了，但流清芳就不一样了，他们只是同学，虽然大家关系比较要好，但因为自己说错的一句类似表白的话，流清芳也就几乎默认了，他，林翔，是她流清芳的男朋友，现在，他处处维护的是另一个女孩子，对流清芳却几乎是不理不睬的态度，放在哪个女孩子的身上，估计也都受不了吧。

林翔将手小心翼翼地搭在流清芳的后背，轻轻拍着，"流清芳，你没事吧？我没有说给谁解围啊，我只是觉得，没有必要总是纠结于同一个话题，再说了，我也是真的有问题要问徐福呀，你想想看，一个人活了那么多年，他徐福对于我们而言，就是一个活生生的古董，难道你不好奇吗？"

流清芳从林翔怀里探出头，"你真的是这样想的？"林翔只能点点头，他不敢再多说什么了，说得多错得多，别回头又把谁给得罪了，那他林翔在这帮朋友圈子里，就真的不用混了，但林翔清楚一点，那就是，他是真的对流清芳没有感情，但是现在这种状态，他再急着跟流清芳划清界限，也要好好挑个时间吧，此刻，是真的不合适解释太多。

看到林翔点头，流清芳也缓和过来了，想想，自己是太过了一点，大家都一起出来的，何必为了一点小事闹得不愉快呢。于是，抬起手擦擦眼泪，挤了个微笑出来。

"对嘛，就应该这样。"看到破涕为笑的流清芳，林翔感到松了一口气。然后扶起流清芳，将她跟自己拉开距离，至少，别再趴在他怀里了，那么多人看着呢，多不好意思呀。

徐福可不理会这些，还在追问着陆湘湘，"姑娘，你说出来，说不定本官还能帮上你什么忙呢？"

帮忙？

陆湘湘转念一想，徐福是跟着送葬队伍进来的，又是履行承诺守秦始皇陵墓的，那么具体位置他肯定清楚，比起他们自己漫无目的地寻找，肯定是事半功倍，但是，她要怎么说，徐福才会帮助自己带自己去秦始皇墓呢？

只要他带我们到秦始皇陵就好了，反正他就一个人，我们那么多人，还有武器，他再怎么长生不死，也不一定挨得住枪子儿吧，也不是要他性命，他可是活古董，大不了就打伤他，然后绑起来，不碍事就行。

对了，马匹呢？武器可都还在马背上。

"二叔，我们的马匹跟大狼狗呢？"陆湘湘问二叔。

被陆湘湘这么一问，大家也才想起来，马匹跟大狼犬都不见了。

"我把马跟狼犬都拴在上面大殿的柱子上了。"梅花突然想起来，然后告诉陆湘湘。

"嗯，这就好。"

要是丢了马匹跟大狼犬，他们就失去所有最强盛的武力了。

徐福对于自己被忽略有些不高兴，默默地在陆湘湘面前走过来，又走过去的，就像在说，我来了，你看到我了吗？唉，我又来了，你看不到我吗？怎么不理我呢？好，你不理我，我就一直在你眼前出现，直到你理我为止。

陆湘湘看着徐福在自己面前晃来晃去，觉得好搞笑，他这是想引起注意，还是在思考问题呢？

"徐大人，你别晃了，我的头都快被你晃晕了，你走来走去的，难道不累吗？"陆湘湘举手投降了，这古代人都这样子无厘头吗？陆湘湘还真是哭笑不得了。

"嗯？本官有晃来晃去吗？本官只是在这里踱步而已，怎么？妨碍到你了吗？"徐福一脸无辜状。

"没有，没有，我只是头有点晕而已。"陆湘湘捂着嘴巴开始笑了。

"嗯，自古女子笑不露齿，不错，还算有些淑女。对了，刚刚我问你的问题，

你回答我了吗？我怎么好像有些想不起来？"

这徐福真够狡猾的，说了半天，果然重点还是在最后一句话。他就是想要个答案，想知道陆湘湘说的不好了，到底是多严重的事情，比始皇驾崩还要严重吗？

这事儿，还真比秦始皇驾崩，要严重得多。

"没，我还没回答呢。"陆湘湘老老实实地说。

"哦，那你现在回答吧，本官洗耳恭听。"徐福做了个将耳朵凑近陆湘湘的动作，引起大家一阵哄笑，这个徐福，真是太能恶搞了吧！

徐福转过脸，拿手指放在唇前，示意大家安静，然后又把耳朵凑近陆湘湘。

陆湘湘笑得不行了，恐慌情绪一扫而光，但很快就不笑了，一脸严肃地告诉徐福，"之前林翔说的李天翔是个坏蛋，是大坏蛋，你的穿梭印盘，现在就在他的手里，不知道他会拿去做什么坏事，而且，他可能……"后面的话，陆湘湘不肯说，这可急坏了徐福，最后，陆湘湘环视大家一圈，声音沙哑地说："李天翔，可能已经进去过秦始皇陵了，甚至是比我父母更早的时候。"

进秦始皇陵，这可了得！

徐福的脸，刷的一下白了，秦始皇陵被人进去了？始皇墓被人盗了？是哪个畜生这么无礼，居然挖始皇陵墓。

"你有何证据？"徐福冷冰冰地问。

"我们可以一道去看看，如果我说的不对，我随你处置，如果我说的是对的，那怎么办？"陆湘湘是藏了私心的，在这里，徐福就一个人，而她，还有那么多伙伴，如果有什么事情，他们肯定先向着自己这一边吧，即使他们不向着自己这边，还有刘涛，刘涛可是她的贴身保镖。

徐福一言不发，铁青着脸坐到椅子上。

大家大气都不敢出，他们心里明白，如果徐福肯带路，这一路的危险可就化整为零了，但徐福现在，好像是在思考的样子。

良久，徐福站起身，说了一句"走吧"，然后自己径直在前面带路。

出了门，旁边就是楼梯，一条细长的楼梯向着高处延伸，梯子是木质的，踩上去"嘎嘎"作响，大家小心翼翼地踩着楼梯，担心一个不小心踩空了，这楼梯会"轰"的一声散掉。

楼梯快走到顶的时候，徐福伸手在右边的墙壁上摸了摸，然后墙面就在大家的眼前向两边平滑，中间显现一扇门，徐福推开门，就钻进墙壁里了。大家跟着他的后面出来，上来，果然是之前摆满凤凰雕像的大堂。

但是，马匹跟大狼犬已经不见了。

"我的大狼犬呢？"梅花惊惶失色，黄华更是痛心疾首，"我的枪，我的弹药，我的沙漠之鹰啊。"

"怎么办？我们已经失去武器了，如果遇到什么危险，我们该怎么办？"方叶桐也是满脸焦急。

他们的背包可都在马背上，所有的枪支弹药也都在背包里面，可是现在，马匹都不见了。

林翔摸了摸随身背着的小包，"我这里还有几颗雷。"黄华一听就蹦过去看，顿时就有些沮丧，"就三颗手榴弹……"

"在危机时刻，三颗也足够抵挡一阵子了。"林翔安慰黄华说。

整理好情绪之后，他们就准备出发了，但是二叔说："不行，之前下过大暴雨，外面的泥土滑到不行，这样出去，我们根本就站不稳。"

"跟着我走。"徐福丢下简洁的一句话就从大殿走了出去。

陆湘湘赶紧跟了出去。

刘涛是陆湘湘的保镖，自然也追了出去。于是大家也只好跟在后面走。

"真奇怪了，这泥巴怎么不滑了？"二叔很疑惑，"以往下过雨之后，魔鬼森林里的泥土会很滑的。"

三少跟张奎也遇到过那种情况，所以知道二叔说的是真的，但这地上，虽然看得出有下过雨之后的痕迹，地面却一点都不滑。

但是，他们来不及想那么多，反正魔鬼森林一向怪异，地面不滑，对他们来说也是好事，于是大家也就没想那么多，眼看着徐福跟陆湘湘已经走远了，大家赶紧跟上。

徐福在前面带队，大家在后面跟着，有了徐福在，不到一个小时，他们就到了秦始皇陵，地面果然被挖了一条隧道出来，老大上前查看了一番，"是盗洞，看来有些年头了，这里很早以前就被人进去过了，但是不是陆教授夫妇就不知道了。"

突然听到老大提起自己的父母，陆湘湘沉默了，而徐福的脸色更难看。

一行人下到隧道里，这会儿，已经换成了老大几兄弟带队，到他们展现身手的时候了。

老大他们的物品都随身带着的，所以没有被马匹带着消失，老大从背包里摸出矿灯，点燃，带头向盗洞深处走，走了有一会儿，老大在前面喊停。"这前面的路面坑坑洼洼的，不知道有什么问题。"老大弯腰捡起块石头丢过去，没有反应，但老大还是很谨慎地表示暂时还是先不要过去的好。

流清芳觉得有些好笑，"这老大也未免太谨慎了吧，陆湘湘的父母都来过的，这前面就算有什么机关也早就破了，哪有人那么傻，把机关留着给自己的孩子踩

的。哎，原子，要不我们过去吧？"

"我不敢。"原子小声说。

"没事的，有我在呢。"流清芳自信满满地冲着原子一笑，然后拉起原子的手往前走。"不要过去。"老大伸手去拦，被流清芳推开。"胆小鬼，都被人进过了，有机关也早就拆了。"说完就往里面走。

不一会儿，流清芳就走到坑坑洼洼的路面中间去了，还在上面跳了几下，"你看，我就说了没事吧，你们还不相信我。"说完拉着原子继续往里走。

"老大，会不会是你真的太谨慎了？"山鸡说完也跟进去了。

大家看他们三人似乎没什么问题，正准备往里走，老大突然大声喊道，"你们快出来，我听到齿轮的声音，估计还是有机关。"

听到老大的话，大家停下脚步，仔细一听，真的有齿轮的声音，显然，山鸡也听到了，一边往外跑，一边大声喊流清芳快出来，但是，山鸡还没跑几步，就突然地陷了，流清芳、原子、山鸡三人，还没来得及尖叫，就随着崩裂的地面掉了下去。

"流清芳。""原子。"

林翔跟梅花在同一时间大喊起来，但声音被淹没在地陷产生的巨大声响中。

一旦真死了人，大家对于这次的探墓之行更加慎重起来，老大想要徐福带队，但徐福马上摇头拒绝了。

虽然徐福是有方之士，但徐福只对求长生这一方面感兴趣，其他的一窍不通，更别谈说是涉及在地宫设计机关。这些，秦始皇手下有大把的人才，他徐福，除了求长生不死药，再就是一张利嘴，其他的，其实什么都不会，你要他带队，摆明了就是要他去送死。

再说了，现在进的这是谁的陵墓呀，是秦始皇，秦始皇是谁呀，是他徐福的主子，他敢进秦始皇的陵墓，已经是鼓足了勇气了，他再带队，那不是摆明了，他徐福，是公然来骚扰秦始皇的安宁，这种大不敬之罪，搁在秦始皇在世，他徐福就是有一万个脑袋，那也不够砍呐，所以，一听到老大说叫他来带队，立马吓得脸色苍白，连连摆手。

老大一看，这老古董还是很迂腐，也不逼着他带队了，还是靠自己倒斗的经验比较实在，"以前没倒过斗的时候天不怕地不怕，现在怕个什么，孬种。"老大低声骂骂咧咧，然后吆喝大家，"现在这一关算是过了，大家贴紧墙壁，沿着旁边没有陷下去的地方走，不要去踩已经地陷的地方。"

大家依照老大的吩咐，都恨不能将自己变成蜘蛛，沿着墙壁爬过去，要不，变成壁虎也好啊。

地陷之后，挨着墙的地方，只有巴掌宽的路可以走，大家都小心翼翼地将自己贴紧了墙壁，一小步一小步的，侧身向前挪。

陆湘湘每一步都走得提心吊胆，生怕脚下的地突然崩开，好不容易才走了过来。

进去之后是个墓室，除了满满四面墙壁的壁画之外，空空如也。

壁画上是秦始皇入殓时候的场景，这一点，大多墓室都一样，基本上就是画些下葬时候的画面，要不就是类似讲述生平的记事图，陆湘湘看了一会儿，就开始找，能够进入地宫内室的门，这里面，父母大概跟她讲了一下，地宫里面的机关已经全都拆了，但是地宫有四个门可以进去，而地宫内室却只有一个。

整个地宫的建造很奇怪，似乎只有一个墓室跟内室，然后再有门，也都是通向东、西、南、北四个方向的通道。

进入内室的机关在壁画里，画里，秦始皇的佩剑是真的，但是，每幅壁画里都会分为很多个小图，晃眼看过去，会以为一面墙壁上是一整幅画，但其实不是，这是画里藏画，一定要很认真地看每一幅壁画，然后区分哪一个图像里，藏有秦始皇的画像。

最奇特的不是壁画属于画里藏画，而是壁画会变，就像幻灯片一样，你不注意，它就已经变动过了，但是，你又根本就看不出它的变化，晃眼看去，还是跟没变前的画像一样。

因为壁画会变的缘故，秦始皇的佩剑位置也会随之变化，一定要找到真的那一幅画像，往外抽出佩剑，内室的门，才会打开。

找了一会儿，陆湘湘就觉得眼前发花，于是跟大家讲了一下这些壁画的蹊跷之处，喊大家分头去找。

徐福不停地惊叹，"怎么想出来这个点子的，这个人脑子太灵活了。这样的设计，要花费多少心思啊！"

方叶桐看了看表，计了会儿时间，壁画大概每隔十分钟变化一次，每张壁画里藏有三张秦始皇的画像。

"我们有十四个人，三个人站在一张壁画前面，四张壁画，十二个人，还有两个就休息好了。二叔跟老大休息好了，这种小事儿，我们年轻人来干。"

"年轻人？他？"老大指了指徐福，那个家伙，应该是最老的吧，还年轻人。话虽那么讲，但老大跟二叔还是服从安排，走到一边，看这些小青年一脸认真地站到墙壁下面。

大家自动分散开，三个人一组，站在壁画下面，一人盯住一幅秦始皇画像，然后去抽佩剑。

还好，只有一幅图里的佩剑是真的，没有佩剑的图，摸到的，也只有墙壁，不会有什么机关之类的东西，对此，大家虽然没一个人讲出口，但是，每个人的心里，此刻都在暗自庆幸。

果然，这样的方法，时间省去了很多，也不用在那里茫然于一幅画像。

内宫的门缓缓地开了。大家陆续走了进去，秦始皇的佩剑是黄华抽出来的，此刻，他还在墙壁面前纠结，想要把佩剑整个都给抽出来，如果这一把，当真就是以前秦始皇的那一把佩剑，能拿出去的话，那多威武，考古价值，更是不可估量。

"你别拔了，拔不动的，只能拔出来三厘米。"看着黄华的窘态，陆湘湘笑个不停。

"不早点说。"黄华这才松开手，朝着内宫走过来，内宫与外面的墓室大同小异。区别就在于内墓室的中间，摆放了一口金边棺材，整个墓室中连陪葬品都没见到一个，见到眼前空空如也的墓室，徐福气得直发抖，"哪个畜生，居然干出这种伤天害理的事情，"然后"扑通"一声跪在棺材面前，"始皇，徐福对你不起啊，徐福本应好好为始皇守陵，但不想，被狗贼们将始皇陵扫劫一空，扰我始皇清梦。"

徐福哭得悲切，拿头去撞棺材，看样子是想要在这里殉葬。

"徐福，你别哭了，秦始皇陵墓里原本就没有陪葬品，如果真的有人来洗劫，这棺材不是上好的金棺吗？为什么没被扛走？连撬动的痕迹都没有。"陆湘湘上前，想要拉起徐福。

老大几兄弟已经围着金棺开始研究了。

"就是，你一大老爷们儿，哭什么哭，就你这样，秦始皇死了都会被你哭醒，我可不想看诈尸。"腾龙瘪瘪嘴说，手却已经开始在金棺棺沿摸索打探了。"娘的，这棺材都没打钉！这是什么意思？"

老大、百事通、猛男赶紧过来帮忙，棺盖慢慢地被推开，露出里面丝绸的里衬，再推开，看到的，还是丝绸。

"这是一口空棺。"这秦始皇的葫芦里，卖的是什么药，好好地摆放一口空棺材在这里，还是一口金棺，但是没道理啊，按照徐福的说法，当初他跟着送葬的队伍进来的，还有人被活葬，但是这里，除了一个外墓室，一个内室，一口空棺材，什么都没有。

"怎么会什么都没有？真是奇怪，你们不要再去碰棺材了，说不定有什么暗器机关镶嵌在上面。"老大一边叮嘱着大家，一边打着矿灯四下照着看，有一道光线闪了一下，老大一抬头，天花板上那么多攒动的东西是什么？老大赶紧将矿

灯朝上打，百事通见老大紧盯着天花板，于是也将矿灯朝上打。

墓室顶上，陶器，金器皿，珠宝，应有尽有。

原来，陪葬品都拴在天花板上。

能想到这个主意的人真是高，在墓室里，除了四面墙一口空棺材，什么都没有，就算倒斗的发现陪葬品都在天花板上，可没有任何的支架可以攀登，这样可怎么盗，你想盗啊？先回家去练上几年飞檐走壁，就算你会飞檐走壁，天花板那么高，墙壁上壁画的颜色又够鲜艳，你能知道踩在哪块砖头，墙壁哪一个点上吗？一步踏错，就肯定有机关在等着你。

"徐福，看吧，秦始皇的陪葬品，这谁有那么大本事偷得走啊。哪个倒斗的会带着个梯子的？即使是国家专业考古的专家，也不一定会想到要带着个梯子进古墓吧?!"

徐福这才心安下来，但是，这口空棺又怎么解释呢？

猛男上前咬了一口，"老大，是真金子。摆在那么明显的地方，金子还是真的，摆明了就是给人偷的，我看，我们还是不用动这口棺材，万一有什么暗器机关，我们，估计一个都逃不掉。"

老大点点头，同意猛男的看法。

"下一步我们该怎么走？"林翔问陆湘湘。

陆湘湘也不知道，关于内室，父母没有跟她提什么，只是说里面还有个暗格门，很小，甚至只能摸到一个小小的钥匙孔，但是，根本就打不开。

等等，陆湘湘细细回想起来，父母的描述，好像不是这样的，父亲陆中旗不是说，出了外墓室之后，并没有墓室，而是真正的陵墓口，而且，他们是一路踏着尸骨进去的，直到碰到一堵墙壁，这堵墙壁拦住了他们的去路，摸了摸，发现是黑岩墙，这才发现，就连墓室，也是在山腹直接掏出来的。

这个墓室，在陆湘湘的记忆里，从来就没有出现过。

陆湘湘的心里有一丝不安，徐福所讲的历史，跟父母的研究调查，完全是两码子事情，根本就对不上，该相信谁？陆湘湘将手放在胸口上，衣服下面，还有一把小钥匙的印记，但徐福讲的，第五卷轴根本就与地宫毫无关系，而应该跟凤凰还有穿梭印盘有关，怎么办，该相信谁的？

如果说相信徐福，那么父母所讲的一切又该怎么解释？难道要说他们是幻觉？老村长也都口口声声说了，她的父母救过他们全村人的生命，那就应该跟人头兽有关了，人头兽，自己也是亲眼看见过的，地宫，父母也是亲自来过的。

但是，父母来的路途历尽千辛万苦，而自己似乎一帆风顺地进来了，为什么呢？那累累森森白骨呢？黑岩墙壁呢？钥匙孔呢？

为什么这里，只有四面墙壁，一口空棺材，以及满天花板的陪葬品？

"二叔，魔鬼森林里有没有黑岩石山脉？"陆湘湘冷冷地问道。二叔愣住了，"黑岩石？那是什么？"

显然，魔鬼森林里并没有黑岩石，连常年在魔鬼森林穿梭的二叔，都从未听说过黑岩石，更没看到过，如果看到，那么大的山脉，二叔没理由注意不到。

"二叔，当年我父母进山，你在不在？"陆湘湘没有回答二叔的问话，而是接着冷冰冰地发问。

"当然不在了，那一年，只有村长，跟梅花她爸，就他们俩人陪着你父母进来的，那天要不是你们突然来到村子里，俺们也不知道当年的事情，更不知道这魔鬼山里面，原来比我们想象的还要恐怖，但是进来，又似乎没那么恐怖。"二叔憨厚地笑了笑，"哎，对了，你问这个干嘛？"

其实老村长的故事里，也没提最后的事情，这样看来，陆湘湘的父母，当年进了森林之后，并没有让老村长跟梅花她爸跟着来，而是独自来寻找秦始皇陵墓。到底是哪里出错了呢？徐福听到他们在谈论，笑得不能自已，陆湘湘现在谁都不敢相信，特别是徐福，于是冷眼看他，"你笑什么？"

"我只是笑你好愚钝，黑岩石山脉？这森林里面哪里有那种东西，我都闻所未闻，不是跟你讲过了，这里是始皇派人造的，我在这边建凤凰神殿的时候，现在的那些参天大树还只是些树苗。你会在你家后院搬一座山脉，压在原有的假山上面吗？"

"这里真是秦始皇墓？你确定你没有骗我？"陆湘湘没有理会徐福的嘲笑，虽然徐福说的话不无道理，但父母没必要跟她撒谎，陆湘湘觉得，暂时还是只相信自己的好，所以依然显得冷冰冰的。

"我有什么必要骗你一个黄毛小儿，我徐福信守承诺在这里守皇陵，莫非是不是皇陵，我还会弄错？"徐福很是气愤，举起手指冲着陆湘湘，在空中敲了敲。

"那好，你说看到他们带人来活葬，葬到哪里了？"陆湘湘指着空荡荡的墓室，对着徐福依旧不依不饶。

"我只看见他们下地宫，不敢太过上前看，如果抓到我，那我还喝什么凤凰血，喝了，在这地宫里，也终究不过变成一堆白骨，那不是白白把凤凰血浪费了吗？更何况，做人愿赌服输，我输给了凤凰，我就一定要建成凤凰神殿，又一定要给始皇守皇陵。如果我徐福是不守承诺之人，我大可以一走了之，逍遥快活，何苦在此看那些树苗一天天长成参天大树？又何苦在凤凰神殿只能靠雕刻凤凰像度日？我刻着当年取凤凰血的场景，也不过是为了提醒我自己，我到底在做什么！！！"徐福慷慨陈词，也难怪他会这么激昂，他信守承诺做的所有，就被陆湘湘这么轻描淡写的一句疑问，盖过了他所有的劳苦功高，任谁，都只会觉得内心苍凉，想要为自己辩解一番。

"你说第五卷轴里记录的，可能是关于穿梭印盘的，但是我的父母看过第五卷轴，上面分明写的是能打开魔鬼的钥匙。你能解释是为什么吗？"

徐福被陆湘湘逼到墙角，他愤怒地盯住陆湘湘，但是，他的确回答不上来陆湘湘的问题，他只见过第五卷轴的封面，又没有阅读过，他怎么会知道呢。

"如果说不是钥匙，那，第五卷轴留在我身上的印记，又是什么意思？你能解释吗？"陆湘湘拉开衣领，露出她身上小钥匙的印记，徐福吓得赶紧闭上眼睛，大声嚷嚷着，"非礼勿视，姑娘，你快快将衣服穿好。"

陆湘湘不依不饶，"徐福，给我解释这把钥匙。"

听到钥匙，徐福张开眼，还是看到陆湘湘白花花的肉，急着又要闭眼，但那枚钥匙的印迹吸引了他的目光，"时——光——锁"徐福喃喃念着。

"什么？你在说什么？"看到徐福嘴里念着什么，又听不真切，陆湘湘急切地问。徐福抬头看了陆湘湘一眼才回答："时光锁，你身上钥匙般的形状，是几个文字拼凑的，是远古的文字。"

"是什么文字？你怎么会看得懂？秦国文字我仔细研究过，并没有用过这种文字。"要说这陆湘湘，也的确是对秦始皇的年代做足了功课，但是这几个文字，她还真不知道是种什么体系的文字。

"我也只见到过一次，但因为太奇特了，所以一直记得，就在我落难见到凤凰的岛上，有一块石碑，也是这样的图腾跟文字，一模一样，当时对此也是百思不得其解，后来有幸遇见凤凰，于是曾请教于凤凰，当日，凤凰只是淡淡瞟了一眼，告诉我是时光锁的意思，我再追问石碑由来，却未曾得到回答。"

"时光锁？如果这几个字是时光锁的意思，那为什么，第五卷轴上面的文字记载，写的却是一把能打开魔鬼的钥匙呢？"

对于这个问题，徐福也是百思不得其解，恰巧，石壁上有一幅壁画，让徐福看得愣住了，陆湘湘见徐福愣愣地盯着墙看，也顺着他的目光看过去，墙上画了一块黝黑的石盘，旁边有一张羊皮卷，石盘上有一只凤凰，眼角带着血丝。

陆湘湘赶紧看另一面墙，墙上的壁画是几个囚犯指着石盘，第三幅壁画，是一个史官打扮的人，拿起羊皮卷打开，但羊皮卷是空白的，最后一幅，是那个史官提笔在羊皮卷上写了一些字，那些囚犯，被推进地宫。

因为对历史很精通，秦始皇，又是陆湘湘很着迷的一代君王，就像她之前对徐福说的那样，她对秦朝的字也有点研究，羊皮卷上的字，陆湘湘也看出了大概，那墙上的壁画里，分明写的就是：能打开魔鬼的钥匙，鬼者徐福，化身有方之士……

后面的字没有写下去，那么魔鬼，指的就是徐福了，那么一切，当真就是徐福所讲的那样，第五卷轴真的就是跟穿梭印盘有关，而父母当年也因为自己的突然闯入，只来得及看了前面的第一句。

那么地宫呢？黑岩石山脉呢？

难道是父母被改造之后，有些思想也被改动过了吗？不，没这个可能，绝对没这个可能。

莫非，父母曾进入了第三方的异度空间？现在，似乎也只有这样的解释，才显得比较符合情理了。

显然，徐福也看到了那些字，不由得悲由心生。陆湘湘看着徐福，这个为秦始皇守皇陵，守护了两千几百年的男子，徐福呆若木鸡，对着墙壁冷眼观看，如果说陆湘湘之前怀疑的口气颠覆了他这些年的行为，眼前的壁画，却是不仅仅推翻了自己的行为，连他徐福整个人，所有的辛苦，全都被视而不见，对他的评价，不是有功者，而是魔鬼。

看来，当年自己穿梭之后，印盘上留下了一点凤凰之血，凤凰泣血，这是多么不吉祥的一幕。尽管，被俘的将士，告诉史官那是穿梭印盘，始皇已经驾崩，谁还相信他们这番话，只认定了徐福是魔鬼，是来祸国殃民的。徐福心里一颤，这口空棺材，说不定……是尸井。

徐福默默走近金棺，缓缓地揭开上面的一层丝绸里衬。

老大走过来，将矿灯往里一照，腿一软，差点就把矿灯丢了下去。大家一看老大这架势，纷纷围过来看，陆湘湘吓得瘫坐在地，金棺下面，白骨森森，一层叠着一层。最上面的一层，头骨还保持着向上看的姿态，骨头与骨头之间，有黑色的凝固物体，看样子，像是沥青。

这里，是活葬墓。

就在大家聚精会神研究着这座活葬墓时，旁边的墙壁发出钝响，大家紧张地看着那面墙，有块墙壁出现了一条裂缝，慢慢地，门的形状凸显了出来，门，开了一条缝隙。

这个时候，这样沉闷的钝响，犹如来自地府，让人心生畏惧。

但是，陆湘湘却有一种迫不及待的心情想要过去，她想知道，那堵墙的背后，有没有陵墓墓道口，会不会有一条人骨铺起来的道路，走到顶的时候，会不会撞到一面黑色的墙壁，上面被沙尘掩盖，拿手轻轻抚过，会不会摸到一个细小的，只有厘米大小的缝隙，如果有，父母的话，肯定，不是谎言，那么徐福说的，要不要相信呢？

太多的疑问支撑着陆湘湘的神经系统，她从地上爬起来走过去，一闪身，从门缝里穿行了过去，大家赶紧跟进去。

里面很黑，伸手不见五指，老大他们拿着矿灯往里照，一个人影坐在角落，把大家吓了一跳，"谁在那里？"猛男扯着嗓子喊了一声。

随着一个清脆的指响，墓室顿时亮了起来，陆湘湘跟林翔齐声喊道："李天翔？"

李天翔？徐福听过这个名字，陆湘湘说过，穿梭印盘，就在他的手里，徐福恶狠狠地看着这个男人。

"陆湘湘，我是特地来找你的。"李天翔阴笑了一声，又去跟林翔讲话，"林翔，在沼泽地里，你还没谢谢我呢。"

沼泽地？那个说话的人是他？林翔心里发凉，一个能在沼泽地活动自如的人，这不可能，林翔无法想象，谁可以拿沼泽地当成泳池游泳的。

"你来找我做什么？"陆湘湘没好气地问。

"当年你父母找秦始皇的陵墓，却找到我们的圣地去了，真是好笑，他们一介凡人，怎么可能穿越结界到我们的地盘呢？于是我就一直跟着你的父母，这才知道，原来他们接触过第五卷轴，我几度想偷走，但都没能成功，你父母被抓走的那一天，我还去你家查找了一圈，两个老东西，什么都没给留下，我愤愤不平，凑巧家父探出穿梭印盘的秘密……"说到这里，李天翔几乎是咬牙切齿了，"但是穿梭印盘中，家父窥探出的天机很蹊跷，穿梭印盘化作了水，家父更是气到吐血，这是他一生的心血，就这样结束了。"

李天翔说得很激动，也不管陆湘湘到底听不听得懂，他究竟在说什么，"我们有什么错？只要找到穿梭的秘密之在，我们就可以找到传说中的国度，化解诅咒，就可以改变我们这丑陋的外形，但你父母一直穷追不舍，如果不是他们穷追不舍的态度，我也不会跟他们相互追捕，更不会得知，原来穿梭的秘密并不在于穿梭印盘，而是第五卷轴。"

李天翔深呼吸了一口，渐渐恢复平静，又开始奸笑，"直到刚刚，你在隔壁墓室说的，我可都听见了，原来，你与第五卷轴已经合为一体了，你说我要不要找到你呢？"

"那之前呢？之前你可并不知道这件事情。"陆湘湘听得云里雾里，她不知道李天翔说的是不是心里话，他这么讲，就是说黑暗的灵魂，其实，是被诅咒的，是谁下的这样的诅咒呢？陆湘湘不想听，也不想去知道，这是李天翔的事情，跟她何干。

"之前我是不知道，但是你肯定会来找秦始皇陵墓，这一点我却是知道的，

所以我一直让分身跟住你们，让你们顺顺利利地来到这里，因为，这附近是结界位置，如果在这里张开结界，你们必然掉下去，而你，陆湘湘，会被同化成我的族人，延续我这可悲而又可恶的命运，以此报复你的父母，但是，现在，我又不这么想了。"李天翔眨眨眼，狡黠的神情里，带着一丝邪恶，"我现在想的是，要你，替代消失的穿梭印盘，陆湘湘，准备好过仪器命运的生活吧。"李天翔哈哈大笑起来，陆湘湘厌恶地看着他。

"别这么看着我，这一路上，我为你们扫平障碍，你们都不感谢我？"李天翔居然邀功起来。

难怪这一路这么顺利，原来，最大的障碍一直在身边。

父母遇到的鬼墙，里面，可能也是被封锁的黑暗之灵，甚至是更恐怖的生物，但李天翔却口口声声说是什么圣地。

林翔脑子一片空白，李天翔说了那么多，可一句都没提到自己，那他在沼泽地里干嘛还要救我？林翔有些想不明白，留着他，又能有什么用？莫非，他还想着要拿自己去替他们做穿梭试验？"既然这样，在沼泽地里你干嘛救我？"林翔还是冲着李天翔问了出口。

李天翔神秘地笑笑，"因为，你跟杨萤萤一样，里面的灵魂，是上好的钥匙，世界上没有任何锁，可以阻拦你们这种钥匙的开启，如果不是因为穿梭印盘，我也不会白白浪费了杨萤萤这把备用钥匙，当然，你才是第一选择的钥匙，有了你，得不到第五卷轴穿梭时空，至少，我还可以开启圣地。"

"杨萤萤？你把萤妹怎么了？"林翔突然听到杨萤萤的名字，还说浪费了什么钥匙，顿时怒从心来，只有一个想法，那就是，杨萤萤已经出事了。

"怎么了，一次性的钥匙嘛，用过了，当然就是没有了。"李天翔漫不经心地说。林翔因为愤怒紧握双手，看样子，想要跟李天翔干上一架，他怎么可能打得过李天翔呢，陆湘湘赶紧拉住林翔。

"什么鬼圣地？那座黑岩石山脉？还有那面鬼墙？"陆湘湘忍不住问道。

似乎李天翔，并不屑于告诉陆湘湘关于圣地的事情，连回答也都是避重就轻。"那些可不是什么黑岩石，而是用来封锁灵魂的山神魂石，大家人魔两界互不侵犯，但是，是你们人类对我们频频骚扰，于是就派了些小的出来，想给附近村民一个下马威，但是很不巧被你父母撞上，还妄想灭我族人。"

"族人？你不过是一群吃人的怪兽罢了。"陆湘湘气愤地说。

"怪兽？呵呵，你们人类真是愚昧无知，对着一个死人留下的东西那么放在心上，说什么第十卷轴预言，真是可笑，秦始皇留下的，只有神物穿梭印盘，才是真的。"

"如果非要说怪兽的话，风之城，也不过是座怪兽之城罢了，你是想在这里跟我回去，还是想在风之城里跟我走呢？"说话间，李天翔已经显出真面目，全身变得黝黑，块头也壮实起来，头上长出角，除了面孔像人，没有一处还能认出来他刚刚还是个人类。

"大家快跑。"陆湘湘低吼了一声，转身就想跑，转过身之后见到的景象却让她吓得退到一边，二叔他们已经不见了，除了黄华、方叶桐、林翔，还有老大四兄弟之外，其他人都不见了，原本他们站着的位置，现在站着跟李天翔一样的怪物。

"怎么了？陆湘湘，我是二叔啊。"怪物说着，并朝着陆湘湘走过来，老大一个飞身扑过去抱住怪物，然后便扭打起来。

百事通，腾龙，还有猛男也各拦住一个怪物，"快跑啊你们。"百事通声嘶力竭着。

对，跑，快跑。陆湘湘跑过去一把抓住林翔的手就要往外跑，门突然重重地关上了，陆湘湘撞到墙上，"咚"的一声响，林翔也没好到哪里去，还在发呆就被陆湘湘拉着跑，这一下就被拖出几米，还没站稳，脑袋就被重重地扔去跟墙壁接吻。

"你们这是急着去哪里？"一个冰冷又熟悉的声音响起，陆湘湘捂住脑袋，惊愕地看着眼前的人，刘涛。

"刘涛，快跑啊，你还傻站着干什么？"陆湘湘惊呼道。

伴随着陆湘湘的惊呼声里，还有黄华的哀号，陆湘湘侧过头去看，老大他们已经不见了，地上只剩下几滩血，血液的腥甜味道充斥着整个墓室。

黄华被怪物活生生扯下了一条腿，正捧在手里啃食，黄华想叫，另一只怪物趴上他的身体，一张口，就咬住了他的喉咙，黄华眼睛睁得大大的，然后，眼眸里突然失去了神采。方叶桐也只剩下了个脑袋，眼睛直直地盯着陆湘湘的方向。

陆湘湘害怕极了，但她喊不出声音，林翔也吓得够呛，脸色苍白，紧紧地贴在墙壁上。

"村子里的，早就不是人类了，小姐，你没发现吗？他们从没跟我们一起在一个桌子上吃过饭。"刘涛淡淡地说。

陆湘湘惊恐地盯着他，"你早就知道了会这样，对不对？"陆湘湘无法接受，前一秒还活生生站在自己面前的人，后一秒就消失不见了，如果是一路的平坦，只是为了在她面前上演最惨烈的一幕的话，陆湘湘不懂李天翔到底是什么意思，这样做，有什么意义？

"来之前就已经知道了。"刘涛老老实实地回答。

"那你是什么时候知道的？"陆湘湘的眼睛里都快喷出火。

"就在出发之前，安排我去注意黑市动静。"刘涛还是习惯说些简短的话，之前慷慨陈词过几回，他觉得脸都涨红了，像这样简短的回答多好。

陆湘湘愤怒地盯着刘涛，偏偏刘涛一脸茫然地站在那里，就好像在讲，我已经说完了啊，你还看着我干什么？陆湘湘知道这刘涛是个闷葫芦，你不问，他又怎么会说呢！于是，陆湘湘只好直白地开口问："然后呢？"

"然后，消失多年的杀手组织再次出现，我在夜总会，看到一个黑影跑过去，我认得出，是我的上线，于是我跑了过去，他们命令我跟着你，一定要护送你来到这里。"刘涛看了看李天翔。

陆湘湘懂了，原来刘涛的上线，是李天翔，神秘的杀手组织，居然是李天翔的人，这么说，她注定都是要来到这里的，陆湘湘有些绝望，又想起父母说的话，"孩子，出了这个门，你就谁都不能相信了，包括我们。"

自己最相信的人里面，居然也有最不能相信的人。

"来吧，跟我走吧，"李天翔慢慢靠近陆湘湘，站在离陆湘湘一步之遥的地方停了下来，朝着陆湘湘伸出了手。

说时迟那时快，一个身影挡在了陆湘湘的面前，陆湘湘定睛一看，是刘涛。

"陆湘湘不能跟你走。"刘涛的声音，还是那么冷冰冰的。

"哦？"李天翔双手环抱到胸前，带着调侃的眼神，轻蔑地"哦"了一声，那架势好像就是在对着刘涛说，你小子有什么能耐？你现在反抗我就是反抗杀手组织，退一万步讲，你有什么资格，有什么条件来跟我谈条件？我一根手指都能捏死你，我倒是要看看，你刘涛是有什么本事，居然敢阻止我，拦住我要的人不肯给我。

"小姐，我说过，我只要你。"刘涛侧过脸，淡淡地对陆湘湘说，也不等陆湘湘回答，就又留下后脑勺给她看。

刘涛正视着李天翔，"我不管你是不是毁了风之城，我也不管这里人的死活，我只要她，陆湘湘。"

说这话的时候，刘涛用上了确定一定以及肯定的语气，陆湘湘没觉得一个男人，用身躯挡在自己面前，只是为了能再多拖延一会儿自己的生命，是件多么伟大的事情，如果是林翔这么做，陆湘湘说不定会觉得有些感动，但是，此刻，挡在自己面前的人，是刘涛，陆湘湘只觉得这个人很自私，说出来的话也自私。风之城，那是多少条人的生命啊，更何况，那是陆湘湘的故乡。

刘涛当然也知道，自己根本就斗不过李天翔，但他还是希望李天翔能够放过陆湘湘，但是他忘记了一点，那就是，陆湘湘是第五卷轴，李天翔父子梦寐以求的，可以穿梭于时空的媒介，李小超费尽心力却吐血而亡，李天翔，又怎么会放弃，再说了，现在陆湘湘就在面前，一切都唾手可得，在这个时候，让李天翔放弃，可能吗？

答案，当然是不可能。

李天翔的速度之快，超乎刘涛的想象，一眨眼，就已经掐住了刘涛的脖子，"小姐，快走。"刘涛的声音微弱，手中寒光一闪，是瑞士军刀，刘涛握着它，深深地刺进了李天翔的身躯，血液溅了一点出来。

不给他捅第二刀的机会，李天翔已经咬住了刘涛的脖子，一用力，刘涛就变成了一堆瘫软的肉体。

陆湘湘才刚刚抓住林翔的手，还没来得及站起来，李天翔已经满脸血液的盯着她笑了，不知道是不是沾了血的缘故，李天翔的脸，看起来更加诡异了。

李天翔再次向陆湘湘伸出手，"嘿嘿"笑着。

"妖孽，我看你要怎么回去。拿了我穿梭印盘，你以为本官会轻易饶恕你吗？"一个声音响起，是徐福。

二叔他们，已经褪去了妖异的外表，躺在地上抽搐，徐福这家伙，手中放射出幽幽的蓝光，一层一层的交织，最后，显出蜘蛛网的样子。

徐福刚刚简直就已经被忽略了，陆湘湘甚至没想起来，他们一行中，还有这么一个人。

"你是谁？"李天翔的声音冷冰冰的。

"在下徐福。"

"徐福？你是徐福？古庙里的那帮和尚明明说我是徐福的转世。"李天翔疑惑了。

"转世？你爷爷我还没死呢，转什么世。"徐福说着话，还不忘忙着手里的活儿。

李天翔突然明白了，古庙里的那帮和尚在骗他，那些枝条之所以只能刺穿他的皮肤表层，是因为，那些和尚根本就没什么法力，他们是鬼魂，只善于制造幻象，真实的物体他们能驾驭得不多，造假的东西，又能有什么大作用？他们不是不想杀他，而是没有那个能力，他们不是因为徐福的转世没来，《搜神录》没被取走，完成不了心愿，所以不能投胎，而是因为，他们真正的心愿，是毁灭穿梭印盘，只怕是印盘被毁灭的同时，他们也已经投胎去了，所以寺庙上上下下，都不会再找到那几个和尚了，他烧掉的，只是一个空壳。

真正的徐福，其实，在这里，就在他的眼前。

"我要杀了你。"李天翔的眼里迸射出愤怒的火光。

一闪身，李天翔已经将手探进了徐福的肚子，摸到他的心脏，"老东西，你已经活得够久了，跟秦始皇报到去吧。"李天翔一用力，徐福的心脏，就在李天翔的手里，成了碎肉。

徐福吐出一口血，将手中蓝色的光抛了出去，哈哈大笑起来，"妖孽，我死了，你也休想能回你所谓的妖国。"

李天翔回头一看，蓝色的蜘蛛网状物一层一层，很厚实，正在慢慢扩大，盖住了之前墓室里的光线来源，原来，那不是光线，而是李天翔开启的结界，透出的通道。

林翔来不及多想，摸出包里的手榴弹，拉开撞针，朝李天翔跑了过去，李天翔正在茫然，突然看到林翔朝着自己跑过来，陆湘湘还在墙边站着，现在跑过去抓陆湘湘，时间肯定不够，结界已经慢慢在关闭了，正好，林翔这钥匙傻傻地跑过来。

李天翔一把抓住林翔就想穿过结界，"陆湘湘，我会回来找你的。"李天翔这厮，逃跑都不忘放狠话。

徐福大笑了三声，直直地向后仰，然后倒在了地上，再也没爬起来。

半空中一声巨响，林翔手中的手榴弹已经炸了，碎肉块到处崩飞，有一只脚，跌落在陆湘湘的脚边，蓝色的光线慢慢消失，陆湘湘只觉得浑身被抽空了力气，缓缓地倒在地上，天花板上的陪葬品琳琅满目，一个光点砸了下来，掉落在陆湘湘的身上。

又是什么碎片？陆湘湘拿起来看，突然之间，太多的死亡，陆湘湘觉得太辛苦了，也有些麻木了，耳边一直听到一个声音，是出发前跟伙伴们之间的盟誓，不求同年同月生，但求同年同月死。

声音一直回荡着，从墓室的四面八方，直直地冲向陆湘湘，声音，将她包围了起来，陆湘湘有些承受不住了。

但是，掉落在她身上的，却并不是什么尸体碎块，而是一块玉石，上面雕刻着一只凤凰，那神态，像极了凤凰神殿中徐福雕刻的那些。

陆湘湘觉得有些困，慢慢地闭上眼，恍惚中，只觉得眼前出现五光十色的异彩，煞是漂亮。一只彩色的凤凰，在亮光中慢慢出现，站立在她的面前。

"汝之愿，诉于吾知。"凤凰的声音如银铃般动听。

"我是不是已经死了？"陆湘湘虚弱地问道。

"汝乃吾之血精，得永生，无拘无束，驶于天地。"凤凰淡淡地说。

血精？陆湘湘有些迷茫。凤凰见她茫然地看着自己，只好解释道："世人都有贪欲，会有所求，但求得，必然是要付出代价的，这个代价，不一定可以负担得起，就像徐福那样，得到了不死药，却送不到秦始皇的手里，代价就是抱憾千年，还会被世人遗弃，只能郁郁寡欢，独自存活。其实，你会遇到徐福，全都是因为机缘，因为你是第五卷轴。当初我将第五卷轴封印在穿梭印盘，不想，徐福居然跳出了第五卷轴的束缚，反而造了个假象，将第五卷轴逼了出来，看来，他真的是有心替秦始皇求取不死药。"

"那第五卷轴的秘密到底是什么？"陆湘湘迷惑地问。

"其实，第五卷轴，记载着的，是有关于穿梭印盘的一切。包括来历跟销毁。"

"也就是相当于说明书了。"陆湘湘摸着胸口上的钥匙形印迹，淡淡地问了一句，"那，我身上的钥匙印记，又代表着什么？"

凤凰垂下眼帘，就着陆湘湘扯开的衣领扫了一眼，"这，莫非是……"

凤凰的脸色大变，眼珠四下转动，陆湘湘内心一紧，"是什么？这，难道不是第五卷轴？徐福说，我可能跟第五卷轴合为一体了。"

凤凰诡异地笑了笑，高声吟唱起来。"往生者，皆因缘尽，赐吾之愿，洗汝之魂……"在吟唱声中，陆湘湘看着四周的一切渐渐散去，成了灰尘，墓穴里突然刮起风，让那些人最后的模糊影像在风中散去，快到陆湘湘来不及去记起朋友们的脸。她急忙回头去寻，那些与她生死与共的朋友，哪里还见得着身影，陆湘湘眼含泪水，向前跑了几步，"林翔，林翔……"回答她的，只有呼呼的风声。

凤凰的声音已经愈发轻盈，带着淡淡的尾音，终于结束了。"接下来的路，你会走得很辛苦，往生者，我也已经超度了他们，但是，有一位旧友，还是会再相见的。什么都不用做，到你该去的地方去吧。"凤凰怜爱地看着陆湘湘说。

"我该去哪里？"陆湘湘一脸茫然，"风之城没了，那么多的朋友，也因为我的冲动丧命了，我该去哪里？哪里，又是我该去的地方？"

凤凰低鸣一声，抖动着绚丽的羽毛，空荡荡的墓室变得明亮起来，在亮光中，渐渐褪去色彩，并开始变得透明起来，直到陆湘湘感觉到强烈的阳光，发现自己置身于森林中，凤凰这才停下动作。

远处有一片蒲公英田，风中有着淡淡的香味，陆湘湘往前迈了一步，望着那片洁白，突然忘记了身在何方，而此刻，又是几月。

这个时候，又怎么会有蒲公英生长呢。

第十六章　契　约

"放开我。"小黑屋子里，有一个人在挣扎，身上的衣服已经碎裂成烂布，只见被严严实实捆绑起来的那个人，正愤怒地盯着眼前的男人，他挣脱不了，只能用眼神跟咆哮，将内心里积压的愤怒，赤裸裸地展现出来。

这个人，就是林翔，而站在他面前的，没错，就是李天翔了。

面对林翔此刻的癫狂状态，李天翔不紧不慢地点了支烟。"想好要跟我合作了？"眼角轻轻扫过林翔，接着说："如果没想好的话，我还可以再给你点时间。"

虽然李天翔没有显示出他异于常人的面貌，但林翔盯着眼前的男人，还是觉得他是个魔鬼，是比他显示出来的真身还要丑陋百倍的魔鬼。

朋友们在自己的眼前，一一被这家伙的党羽所害，林翔想到这里就咬牙切齿，恨不能扑过去将李天翔的肉咬下一块来。不过，所幸还有陆湘湘没有遇害，只是，不知道她现在怎样，还好不好。

另一边的陆湘湘，似乎是陷入了梦境里面。

此刻，她躺在自家温馨的小床上，一切显得很安详，就像从未发生过什么一般，风轻轻地吹着，陆湘湘小声呢喃地说着梦话，翻了个身侧卧，又抬起手指，蹭了蹭鼻尖。

在这之前，陆湘湘是在一片蒲公英田的，但是，她怎么会突然出现在自己家里面呢？原来，走出墓室，凤凰，就将陆湘湘送回早已是空城的风之城，但陆湘湘觉得太累了，于是，睡了过去，眼前朦胧中，只看到一片蒲公英田。

"说吧，你还没告诉我你想要去哪里呢？"凤凰站在蒲公英田，不耐烦地看了陆湘湘一眼，大概是因为说了太多话，觉得有些疲倦。

"我想去找秦始皇。"陆湘湘握紧手中的玉佩，想都没想就脱口而出。

"当真？"凤凰笑得有丝狡黠，"这一趟，可是要付出代价的哦，你考虑好没有？"

"当真，如今，我没有父母，没有朋友，风之城也被李天翔毁灭了，我能去哪里，你都说了，我是你的精血所在，那我也就不是人类喽，我最想的就是去一睹秦始皇的风采，看一看秦始皇。"陆湘湘说得很诚恳。

凤凰的眼睛眯成一条缝，虽然没发出声音，但显然是在笑。"好吧，那就如

你所愿。"凤凰慢慢变得透明，然后消失，五光十色的异彩，也慢慢褪去，陆湘湘只觉得倦意袭来，轻轻合上眼，就睡了过去。

也不知道睡了多久，醒来的时候，陆湘湘发现自己躺在一片蒲公英田。"真好看。"陆湘湘喃喃念着。蒲公英漫天飞舞，宛若精灵。

繁华落尽，如梦无痕，君无言，妾含笑，莫言那世道无情，终不过繁梦一场……

远处有女子弹唱的声音，软软的声线，带着些许凄凉，陆湘湘站起身，远远的树下，一个女子拨弄琴弦，唱得正欢。

陆湘湘慢慢朝着女子走去，走得近了才看仔细，女子一身素衣，靠着巨大的，叫不出名的树下，盘着流云发髻，发髻间插着一只蝴蝶形状的三步摇。

还有一个男子，也是一身素衣，静静地站在她的身后，这男子虽然只看得到半边侧脸，却也显出了俊朗的线条，听到声音，男子转过身，见到陆湘湘，似乎很是惊讶的样子，陆湘湘看着这个男子，虽然面目清秀，眉宇之间却透出一丝霸气，虽然年轻，却有些仙风道骨之貌。

但是，男子一开口，陆湘湘就真想骂他个狗血淋头，男子说："七月，你怎会在这里，你，不是已经死了吗?"

"你才死了呢，有病啊你，哪有一见别人，就问别人怎么还没死的?"陆湘湘很激动，自己才经历过生死，见到第一个人，居然就问自己怎么还没死。

听到动静，女子别过头，俊俏的脸庞上有一对如水般温柔的眼眸，这一眼，就让陆湘湘羡慕得不得了，想想自己刚刚粗暴的样子，马上收回伸出去指着男子的手。

女子在陆湘湘的注视之下，缓缓起身走到男子身边，每一步都走得很精致，举手投足之间更是柔媚尽显。见到陆湘湘，女子也顿时花容失色，"七月姐姐，你……"后面的话，女子吞了下去，显然是陆湘湘刚刚凶巴巴的样子被她尽收眼底，现在，她可不想被再骂一遍。"素年哥哥，这……"女子疑惑地看着身旁的男子。

男子轻笑，像是一切都明白了，他轻轻问陆湘湘："我见你奇装异服，你，也是?"男子举起一只手，画了道弧线。陆湘湘不大明白，只好坦白说："我是来找秦始皇的，你们知不知道怎么去秦国?"

听罢陆湘湘的话，男子哈哈大笑，声音浑厚，霸气尽显，"如果我告诉你，我就是秦始皇，你信不信?"

这话可叫陆湘湘有些气愤，这个人是在戏弄我吗?

只见男子叹了口气说："这里，是暗夜王朝。"

等等，等等，陆湘湘有些混乱，等等，七月，暗夜王朝，素年哥哥，这都是什么，陆湘湘参不透。

陆湘湘掏出玉佩，死死地盯住它，心里一直在默念，我要去找秦始皇，我要去找秦始皇。眼前的一男一女也用奇怪的眼神看着陆湘湘。

听到笑声，陆湘湘抬头看了看，还是那个男子，还是那个女子，咦，怎么还在这里，难道我不是在发梦？

"寡人真的是秦始皇，你手中的这块玉佩，是寡人收到的进贡。"男子认真地说。

等等，如果说他真的是秦始皇，那么他不会不知道秦朝的事情，如果他不是秦始皇，肯定就什么都不知道，因为暗夜王朝，跟秦始皇的年代，都不晓得隔了多少年，说不定，都不是一个时空的，要不，考考他？

"你一生最大的心愿是什么？"陆湘湘眼珠一转，主意就算是拿定了，她看着男子，谨慎地问道。

男子往旁边走了一步，看向远方，"寡人最大的心愿就是统一六国，自寡人称霸天下之后，求取不死药却成了寡人最大的心愿。只可惜被那徐福小儿所骗，若不是得你手中玉佩，寡人估计早就该进皇陵了。"

男子提起统一六国的时候，眼中依稀闪现出深深的渴望，提到不死药跟徐福的时候，光芒却黯淡了下去，莫非，他真的是秦始皇？

等等，他竟然自称自己是秦始皇，这些事情又是众所周知的，答得出来也正常，换个问题再试试好了。

问什么问题好呢，陆湘湘在心里否决了一个又一个问题，对了，徐福说过，从蓬莱岛回来之后，就将海岛图给了秦始皇，对外宣称那是《搜神录》，但是《搜神录》只有徐福跟秦始皇两个人见过，如果他答不出来，就肯定是在骗我玩儿的。

打定主意，陆湘湘清了清嗓子，"徐福带回的《搜神录》里记了什么？"

男子激动了，"我一代君王，《搜神录》记载，乃是隐秘，怎可告知你这等闲杂小人？"陆湘湘一听，怒不可遏，"我看你是答不出来了吧？就算你是秦始皇，这里，跟你的年代隔了十万八千里，是不是在同一个时空都不知道，还有什么秘密可谈？"

男子一听，觉得陆湘湘说的话也对，但陆湘湘的口气里带着讽刺，他有些生气，一甩衣袖，说："《搜神录》乃是一份海岛分析图，另外，还记录了蓬莱仙岛的线路图。"

陆湘湘懵了，这当真是秦始皇，但是，他怎么会在这里？

"秦始皇，你，真的是秦始皇，你怎么会在这里？"陆湘湘茫然地问。

长篇盗墓小说

盗墓时空

"寡人有一日小休，拿出玉佩玩赏，这曾经是小国的国宝，那小王对这玉佩看得比和氏璧还珍贵，可寡人怎么看，它都仅仅只是一块古玉，于是丢于枕边，寡人就休息了，但茫然睡梦之中，有人问寡人的愿望是什么，要寡人说来听听，寡人一统天下，想要的当然就是长生不死，当然也就那么回答了，听罢寡人的回答，那个声音又问寡人，想不想去到一个永生的国度，寡人愣了一下就回答了"好"。谁知醒来，却成了龙城国师，寡人乃天下霸主，怎可屈居人下，凑巧又有了法术，于是寡人就开始精心布局，想要策反那狗皇帝，正当安排好一切的时候，却被个黑鬼拉到这个世界，这里人人法术高深，寡人如同稚嫩孩童，反正是会永生，于是就这么心安理得地过了下去。"

"那你没想过要找到秦国吗？"陆湘湘听得痴了。

"当然有，顶名国师的时候就搜寻了，派出众多人马，却寻不到世间有秦国，年月也不是公元，到了暗夜王朝之后就更不用说了，跟龙城隔了五百年。"想了想，素衣男子，也就是我们伟大的秦始皇陛下接着说，"这个国度大多永生除非法术低下者，才会跟凡人一样生死，所以寡人在这里习仙术，日子过得倒也逍遥。对了，你，是这么得到这玉佩，怎么来到此地的？"

"这……"陆湘湘支支吾吾了半晌不敢说话，她总不能对着秦始皇说，我是去探你的皇陵才得到的这块玉佩，后人挖了你祖坟之类的现实问题吧。

陆湘湘灵机一动，决定转换话题，"其实，徐福是真心为你求取不死药的。"

"何以见得？"秦始皇冷冷地问。

"我见过他了，活了两千几百年，就为了守护你的皇陵。"

经过一番交谈，陆湘湘将事情来龙去脉大概地讲了一番，提到秦始皇陵墓的时候，陆湘湘基本就是一带而过，听陆湘湘讲完之后，秦始皇龙颜大悦，"原来徐福小儿当真没有哄骗寡人。"得知陆湘湘的经历，也是哈哈大笑了起来，显然，对陆湘湘进过他的皇陵不是很在意，"愚钝无知，寡人的陵墓，后人谁能找得到呢，哈哈，你们盗了寡人的墓，妄想得到神物穿梭时空，却没想到，盗时空的事情，寡人比你们早了两千几百年。"

陆湘湘还真没想过这一茬，经历过那么多神神怪怪的事情，见过那么多高科技，还真没想过，古人会比现代人还要先想着盗时空。

"对了。"陆湘湘想起来一件事情，似乎死了那么多人，发生那么多事情，都是因为第十卷轴，问问秦始皇第十卷轴的事情，这才是重点，"那，第十卷轴？你是怎么得来的？后人研究结果说你曾经遇到过外太空的人，是他们喊你修建的长城，目的是与金字塔的布局相互呼应，是不是真的？第十卷轴，是不是外星人给你的？"

"你在胡言乱语什么？寡人听不懂，长城，只是为了抵御外敌罢了。但是说

到长城布局，的确另有玄机。"

"玄机？是什么？"陆湘湘好奇地问。

秦始皇哈哈大笑，就是不肯说。陆湘湘只好绕回第十卷轴的问题。

听到第十卷轴，秦始皇笑得更厉害了，"第十卷轴，那是寡人命有方之士卜卦算出来的，寡人也不知准不准，那有方之士，时灵时不灵的，寡人也只是为皇陵做个预防而已。"

"第十卷轴上的预言已经开始实现了。"陆湘湘神情严肃地说，"现在，马上就要应验最后一个预言了，关于人类灭亡的预言。"

这一下，秦始皇愣住了，"你说什么？第十卷轴最后的预言？不可能，绝对不可能。"

"为什么？"陆湘湘很是不解，秦始皇明明说了，这第十卷轴，是卜卦结果所得，谁都知道，古代人善于卜卦，卦象一向很准的，怎么这秦始皇却斩钉截铁地说不可能呢？这，又是为什么？

秦始皇愣了愣，笑得不能自已，"第十卷轴的最后预言，是寡人杜撰的。"

陆湘湘只觉得天旋地转，眼前一黑，晕了过去。

醒来的时候，陆湘湘才发现自己躺在家中，陆湘湘几乎是在惊愕跟诧异中醒来，直到触摸到柔软的床单，还有自己酸涩的肩膀，才发现，原来，方才那些，只是一个梦，可是，又那么那么的真实，陆湘湘感觉掌心凉凉的，抬手一看，是那块形似凤凰的玉佩。

陆湘湘起身走到窗边，微风吹进来，陆湘湘扶着窗框，觉得有一丝不正常。"我怎么会在家里？"陆湘湘小声地问自己。显然，她给不了自己答案。

陆湘湘扶着头，按住太阳穴轻轻揉了揉。窗外，安静得太过祥和，陆湘湘这才想起来，风之城早已是座死城。

难怪自己觉得这里安静异常。

陆湘湘警惕地看了看窗外，李天翔的家离得不远，此时，淡淡的灯光在窗帘后透出，陆湘湘内心一惊，莫非，李天翔还没有死？！

陆湘湘蹑手蹑脚地走向了李天翔的家。月光淡淡地洒下来，没有路灯。四周死一般安静，不，是安静得像是城市被拖进了第三空间。

室内，房间里。

"林翔，三天了，我多给了你三天的时间思考，难道你还是没想好吗？不过，我可没打算让你考虑太多的时间。"李天翔上前一步，捏住林翔的下巴。"你知道的，我的时间很宝贵，只要你跟我定下契约，我们一起去找出陆湘湘，用她这把钥匙，打开第十卷轴的暗锁，这样，就会有一个全新的世界了，想必，你也不想看着世界灭亡的对不对？众所周知，第十卷轴的最后一个预言，是有关于世界的灭亡，但却没有人知道，这个预言，是可以破解的。你们人类总是仗着高科技，认为单凭你们愚蠢的智慧可以去解决所有的问题，但有些东西，其实是与科学社会相违背的。就像我们一族，在你们人类的脑海，是不可能存在的，甚至认定了是第十卷轴的预言所导致诞生的第三方生物，真是愚不可及，对自己的无知，居然可以找这样的借口。"李天翔放开捏住林翔的手，或者说，爪子。"当然了，你就不一样了，虽然你还处于人类的懵懂期，对人文社会理解得也不是太透彻，但是，你就是你，我寻找了多年，除了以前那个适合穿越的项少龙之外，只有你林翔，才适合与我盟誓。"

对于李天翔这番没头没脑的话，林翔听得不是太懂，偷溜进来的陆湘湘，更是只听到了后半段，也不懂李天翔在说什么，她很想推开门，指着李天翔的鼻子，叫他把话给说明白了，但是，她知道她不能这么做，她现在能做的，只有先躲在暗处，听听李天翔到底想说什么。

"为什么我是适合与你盟约的？"林翔淡淡地问着，陆湘湘在门外止不住地点头，她也很想知道这个问题。

"因为，那是契约默定者，作为契约默定者的条件，就是灵魂，你的灵魂里，封存了另一个人，这，就是我选择你的原因。"

"另一个人？"林翔觉得简直就是在看修真玄幻小说，连灵魂封存都出来了，这么说，自己就不是自己，而是另一个灵魂的容器，自己的出生，只是为了给另一个灵魂做个载体，或者说，可能只是个引子。

李天翔才懒得理会林翔的异样，自顾自走到一旁的酒架，取下一支酒，打开给自己倒了一杯。"你想听个故事吗？"李天翔轻呷一口，冷冷地看着林翔。

林翔没有回答，依然淡淡地看着李天翔，他知道，即使自己不问，李天翔也会忍不住给讲出来。

果然，李天翔并没有等林翔回答，就已经自顾自开始讲了起来。

"我跟我父亲，感兴趣的，不仅仅是穿梭印盘，还有第十卷轴。相传秦始皇当年接见过几个外族人，也就是你们所说的外星人，并从他们那里得到了长生不死之术，还按照他们的意思，建造了长城。"李天翔疑惑着开了口，显然是因为有些事情他也觉得匪夷所思。

"当然，这是很多人都知道的传闻，各界对此也是议论纷纷，家父对此传闻更是深信不疑。要知道，我族人虽然可以存活比较久，但还是免不了一死，所以家父对长生不死也是寄予厚望的，对秦始皇之事，更是历尽毕生心血……"

林翔对李天翔的家世没太大兴趣，对李天翔父亲的兴趣爱好更是不想听，但

又不能不听，他害怕放过一丁点的细枝末节。

李天翔没有注意林翔的表情变化，他只是一味沉浸在他自己的情绪之中。"……直到有一天，家父寻得了一本野史，上面记录了这样一个故事，说的是一个男子被带入另一个时空。恰巧，在同一时间，家父得知，秦始皇皇陵出土一个石盘，家父去看过之后，认定是穿梭印盘，然后给带了回来。"

"你们为什么确定那一定就是穿梭印盘？"林翔还是忍不住打岔了。李天翔没有理他，倒是在书架上翻翻找找，摸出一本旧书，"你先听我给你念完这个故事。"李天翔带着不可反抗的口吻，林翔也只好暂且把疑问吞进肚子里。

"那一日阴雨连绵，水滴顺屋檐滑落，甚是规律，像一袭帘子隔开朦胧，又似在诉说一切都是有迹可寻的。"李天翔端起旧书，有板有眼地念起来，认真的表情，倒是像个小学生。

"撩开掩住眼睛的长发，嘴角闪过一抹笑意。"李天翔微微皱了皱眉头，似乎是在思索书里的用词。

"廊下男子着一袭华丽长袍，银色为底，上面开满大朵大朵诡异花朵。他把玩着自己的发丝，眼角银光闪烁。"林翔听着李天翔空洞没有感情的声音，暗自在想，这些华丽的用词，被这样的口吻念出来，真是叫人乏味，但很快，林翔还是陷入了故事之中。李天翔一边念，一边感觉眼前出现了另一个世界。这种突然真实起来的感觉，连在门外的陆湘湘，也被感染到，她觉得眼前出现了绵绵细雨，不远处的长廊下，有一个男子在饮茶，一道黑影闪过，故事也就此开始。

"既然到访，又何须藏于人后，不如共饮一杯清茶。"指尖划过唇角，那一抹笑意晕开得更深。

顷刻间，有人闪至桌边坐下，毫不客气地为自己倒了杯茶一饮而尽。

他顿时失了优雅，尖叫失声，绝望地抱住脑袋一副不可置信的表情。

"粗鲁！野蛮人！哪有人像你这般喝茶！你这是糟蹋！糟蹋！"

"喂。那么大声音做什么。吵死了。"

"哎！你还真是没礼貌啊！什么叫吵死了！礼貌！你懂不懂啊！"

他气得不再顾及优雅的形态，来人却是不紧不慢地掩住了耳朵，一副满不在乎，忽视他的样子。

他看着来人悠闲的神态，内心隐起一丝寒意，此人此番潜入，必定不是一般狂妄之徒，甚至对他，亦是毫无惧意。

从未被冷落过的他，顿时觉得好生掉面子，好意请他饮茶，他却是那般粗鲁，他欧阳倾城的眼里，可容不下任何不雅之象。

长篇盗墓小说

盗墓时空

"喂。还有没有？口干，不够喝。"来人打断他的抓狂。

回了神看向那桌面，那一壶上好的清茶已被喝干，完全不知道茶是要用品的。

他只觉得眼前无数星星闪耀，委屈溢满心头，这人是谁，待查清底细，他欧阳倾城定不要他好过！

"娘娘腔，金丝雀你买不买？"

来者问得莽撞，他觉得胸口有点堵，一团无名之火在蓄积着能量。

娘娘腔？眼前这个可恶的人是在叫自己吗?! 他的眼里都能冒火了，想他堂堂国师，何曾受过此等侮辱！

黑衣男人在心中暗笑。他看着眼前这个不得不用绝色来形容的男人，仅仅只是看他抓狂的样子，就连他这种从来都不苟言笑的人，也实在是想多逗他一下，于是索性双臂环于胸前，换了个舒服的坐姿看他。

"对，就是你，娘娘腔，金丝雀你买不买？"看倾城愣在那里不知所措的样子，黑衣男子故意戏弄他道。

"黑鬼，你知道这里是什么地方吗？你又知道我是什么人吗？"倾城也懒得跟他扯那么多废话了，看那黑鬼懒懒散散地坐进他最心爱的紫木藤椅，他就气不打一处来，更何况他还叫自己娘娘腔，普天之下，有谁敢对他国师不敬！

说话间他提壶煮茶。是他所喜欢的西湖龙井，那叶片采茶叶之嫩芽，不经发酵，晾青后直接在热锅中炒制，以保茶味之鲜，茶水色之绿，不解茶之人会觉得看似生涩，其实饮之，清香萦绕口舌，甚是鲜爽。

稳坐紫木藤椅的男子在对面凝神看他。看他轻拈茶叶于壶中，那茶壶与见过的都不同，是能看到里面的，像法师的水晶球般通透。他甚至能看清茶叶与沸水结合瞬间，那叶片竞相舒展。

漫过雨水的潮意，顷刻间只觉得清香肆意蔓延。

那黑衣男子看他注视茶水时那含笑的、妩媚的眼，与刚才的冷峻不同，此刻却是说不出的温柔。

倾城专注的样子，即使同是男人的他也会被迷惑。

"不过是皇宫而已，那又如何？"来人反问他，言辞之中溢满不屑。

倾城抬眼看向声源处，不由得打量起眼前之人，何等狂徒竟敢口出狂言！

但细想来，能闯进他御寒宫的人，实在是奇人。

暂且不说瞒过宫内守卫，单是他设下的结界，就能使闯入者在这院内丧失所有功力。眼前这人却丝毫未损，势必不是善类。

"那你知我是谁吗？"他柔柔浅笑，甚是妖娆。

"不知道你是谁也就不来了，喂，你到底要不要金丝雀啊？"

"何为金丝雀？想必不是普通鸟类。"为茶壶盖上盖子，他似不经意地问道。

那男子沉进椅中不言不语，似笑非笑地看他。他轻抬眼角看那男子，眼中有寒光轻闪。

"若是要会如何？不要，又会如何？"他接着问。举起一杯茶送至唇边，心里泛起诸多涟漪。

"你若是要，我便为你送至此地，若是不要，那也无妨。不要的话，我便走了。"黑衣男子的声音听不出任何的波动，甚至是没有温度，似刻板必说的台词。

"无妨？你擅自闯进我行宫，岂是你一句无妨便可带过的吗？"他眼中的寒光自睫毛的根部蹿到尖端，愈发明亮。

丝毫不理会他变得冰冷的声音，男子轻笑。

"不过话说回来，你这茶水还真是极品。"男子放下茶杯，这才抬眼正视着他。

只听抓狂的尖叫声萦绕耳际，他掩住耳朵，无奈地摇摇头，眼前这男子的确是很有意思的人，只是这样的小事就会叫他失态，实在是有趣。

他的茶！天呐！居然叫这无耻狂徒给偷偷喝光了。他到底有没有在听我讲话啊！实在是过分呐！

"什么破金丝雀啊，不要不要。"他不耐烦地挥挥手，摆明了一副你给我离开的架势。

"无妨，无妨。"男子一阵狂笑，冲他耸耸肩便消失了踪影。

可恶！他随即闭眼，想以法力追踪，但并没有丝毫蛛丝马迹。惊讶叫他睁开了好看的妩媚的眼，那丝寒光也在他张开眼睛的瞬间滑进眼角。

等等，这样怪异的感觉！他轻轻闭上眼，长长的睫毛微微抖动，狐媚的眼角有丝寒光闪耀。结界根本就没感觉到曾有人进出过。他诧异地瞪大眼睛，那抹寒光顺着睫毛的尖端滑进眼里。

除了他，世间无人能破解、修改这结界，更不用说外人出入能不被结界拦截。

但现在又是为何？为何这野蛮人能视结界于无形，来去自由且结界对他亦是毫无察觉。

那黑衣男子绝非等闲之辈。

嗯，等等，野蛮人啊！那可恶的野蛮人！粗鲁！没礼貌！他欧阳倾城要在心中狠狠咒上那野蛮人上万次，他凭什么呀！

再看向桌面，那一壶上好的清茶早已被那野蛮人喝干，那可是他仅剩的一点儿茶叶了啊！本打算细细品尝的，好心请他饮茶，不想这野蛮人……

他顿时感到痛心疾首，眼神哀怨，就连好看的眉毛都皱到一起去了，说来也奇了，那雨下得极其温柔，似乎也在替这男子惋惜。

转至桌边坐下，咦，那是什么？那野蛮人坐过的凳子上有个小包裹，包装居然也是黑色的，哼！就跟那个黑鬼一样，黑乎乎的。

拆开来竟是一包茶叶，是他叫不出来名字的茶叶，有一股奇异的清香扑鼻。没想到这黑鬼人品倒是还不错嘛，虽然人是可恶了点。

他欢欢喜喜地泡了茶，那股香气愈发浓烈。真是上好的茶品。那味道勾得他心里痒痒的，他对诱人的好茶总是没有自控能力。

举着茶杯看向雨帘，懒懒地靠上桌沿，沉醉的神情显出一丝媚态，像醉酒的人沉醉酒精的甜美。

对于茶水他有依赖，一沉溺便沉入深深的睡眠。

有一股奇异的清香扑鼻。

嗯？这是什么地方？

耳边有人轻唱：我们都是不合格的戏子。

浓烈的压抑席卷而来，周身不得动弹。他不由得发出轻微的呻吟声。张开眼，竟看到一素衣女子坐在湖边弹着琵琶，一个人咿咿呀呀的唱着：我们，都是不合格的戏子……

戏子？他的眼角不觉湿润了。

"戏子如棋，我们不是戏子，是棋子……"女子唱道。

这里，究竟是什么地方？

他努力环视四周，发现自己竟躺在大片蒲公英田里。有风在吹，那洁白、柔软的花朵随风飘扬，洋洋洒洒地落了他一身。

听那女子声音叫他心里溢满悲伤，这是为何？为何突然有种怜惜她的感觉？还有一种似曾相识的感觉。

可是，不是只能看到女子的背影吗。

"嘿嘿，娘娘腔，金丝雀，你要吗？"耳畔又是那可恶男子的声音。

一转身，竟看到他就蹲在自己身边。

"你究竟是谁？"他问那男子。但对方似乎并没有搭理他的意思，而是自顾自地折了支蒲公英拿在手中把玩。

是看错了吗？那男子眼神中显出一丝幽怨。

"你真的不记得了吗？你不是说，无论在什么时候，只要问你要不要金丝雀，你就会记得我是谁，都会记得我吗？"

黑衣男子哀怨地说着，尔后侧身看他。

他唤他素年。

"素年，你真的，不记得金丝雀为何物吗？"他抓住他的双肩，开始剧烈地

摇他。

"痛，痛，你这野蛮人，你就不会轻点啊？你没看到我现在一点力气都没有吗？你这家伙……"

他顿时傻了眼。他不是堂堂国师欧阳倾城吗，怎么会成了他口中的素年？

"素年，你不记得金丝雀，也该记得锦时吧？"

什么？什么？他更加迷茫了，这都什么跟什么嘛。

"黑鬼，你是不是弄错了啊？我是欧阳倾城！我是堂堂国师欧阳倾城！"他都几乎是用吼的了。

那男子放开他，一下子瘫坐地上。

看到那黑衣男子跌坐在地，想必是终于明白了自己不是他那口口声声说的素年了吧！他可是这龙城的国师，欧阳倾城。

"素年，没有金丝雀，你又怎能开启时光锁，又怎么回暗夜王朝呢！"他喃喃自语，声音轻得似梦呓。

男子似乎并未听进去他的话，转脸来看他。

"还是说我错了，你只不过是长了张跟素年一模一样的脸呢。"

他不是一般的无言。他不是他口中的素年，不是，不是，他不是，眼前这男子怕是疯了吧！

我们都是不合格的戏子……女子的声音飘忽着，他的心抽痛了一下。

蒲公英飞舞得漫天都是，那明亮的白晃了他的眼，眼泪弥漫双眼。

啊！他呻吟着，动了动胳膊，睁开眼，连自己都感觉到自己湿润的睫毛，伸手摸了一把，触了满手惆怅的液体。

竟是做了场梦，那感觉却比现实还要逼真。

那男子究竟是谁，那个梦又是怎么一回事！

"来人！"

"在！国师大人有何吩咐？"

"去把画师招来吧。"

"领命！"

他发觉自己的声音竟有那么点无力。

哼！他发出极其不屑的声音，将头往右一偏，窝进他心爱的宽大紫木藤椅里。

虽然那个梦让他觉得疲惫。

"国师大人，有何吩咐？"来人单膝跪地。

画师妙笔丹青，随他叙述将黑夜男子容颜示于纸上。

他在一旁看着男子的轮廓逐渐清晰，脑海中浮现的竟是那男子蹲于他身边时的哀伤表情。

我们都是不合格的戏子……他似又听到女子轻唱，不由得把手按上胸口。为什么会觉得这般心碎。

"你听到弹唱声没有？"他转过脸问画师。

"没有。不知国师所言是何种声音？"在一旁执笔的男子应声停下画笔，安静地听了一会儿。

他沉默了一会儿，挥手示意他接着画。

"没有金丝雀，你又怎能开启时光锁，又怎么回暗夜王朝呢！"

他想起在梦中那男子的话，那么忧伤的口气。

暗夜王朝，很是熟悉的名称，会是什么地方呢。

"国师，画已按您吩咐画好，请过目。"画师不合时宜地打断他的思绪。

"好的，就放在那儿吧。"

他实在是不喜欢思绪被打扰的感觉，皱了皱眉，拿起桌面上的画像。

"来人，给我以最快速度搜寻此人的所有资料。"

该死的家伙，野蛮人，居然扰乱了平静的心。

时光锁？这倒是个新名词。这天下间居然也有他没听过的东西，是什么东西呢？他顿时来了兴致。虽然被疑问占据内心并不是他所喜爱的感觉。

他时常梦见自己小的时候。这梦境不断重复，将那种绝望后的平静一点一点地注入他的内心深处。

欧阳倾城的法力是天生的。也许在很多人眼里这是值得骄傲的事情，可对于一个没有法师的朝代而言，他是异类，是怪物。

他只有自己为自己做伴。更多时候，他只能远远地看着同龄的孩童玩耍，倘若他们发现他，也都会一哄而散，远远地避开。

母亲是软弱的女子，而父亲更是不会多看他一眼。

那个时候欧阳倾城常常做梦，他的梦没有别的内容，只有一个女子，袭一身素衣，背对着他坐在树下。

那是他童年唯一信赖跟喜爱的人。

他对她述说他的心情、感受，哪怕只是生活中的一些琐事。

她只是安静地听，偶尔能看到她一小半的侧脸，透着忧伤的神情看远方。

她从未开口对他说点什么，只是安静地听他讲。跟她在一起，那是种非常心安的感觉。没有委屈，没有忧伤，没有寂寞，没有压抑，没有嘲讽。

他带着撒娇的口吻告诉她，今天受了什么委屈，做了什么。

她会一味包容他所有的情绪。

从未看过她的容颜，也未曾想过去看她的相貌。她亦从未流露出要回头看他的意思。

她只是坐在树下，轻轻依偎着树干，那是棵年老的巨大树木，叫不出名字。

然而有一天，他试图去看她的脸。双方执拗，气氛僵持着。

他停止哭闹，奔向她。可怎么往前跑，场景都会停留在她的背影。纠结得多了，她随那老树一起消失。从此也没再在他梦中出现过。

那个时候他时常一个人躲起来哭，直到某天，他突然明白，一味的逃避是没有用的，索性正视自己天生的法力，终究是成了让自己骄傲的男子。

可现在，他又有了当年那种委屈的感觉。凭什么呀！那黑衣男子凭什么能肆意穿越他的结界，那个粗鲁的野蛮人，这让他有点挫败感，更可气的是他根本就是糟蹋茶嘛，喝干了他心爱的茶，虽然他有留茶叶给他。

这样细想来，貌似，那野蛮人也不算很坏嘛。

想到那黑衣男子留下的茶叶，他又高兴起来，去寻来茶叶泡起茶来。

顷刻间清香四溢。

这究竟是什么茶呢，他决定研究清楚，不然等这点茶叶喝完了，他又该去哪里寻这茶呢。

闭眼闻那香味，有股淡淡的幽香。脑海中浮现梦境中那大片的蒲公英田，突然就开始想念洁白种子飞舞空中的感觉。

对了，这股细微的幽香就是蒲公英的味道。

他惊讶地张开眼。

茶已经泡好，叶片在壶中沉浮、翻滚。他端起茶壶端详起来，在壶中却没能看到蒲公英的痕迹。

是感觉错了吧，难道他在想念那个地方？

撩了撩额前的发丝，然后为自己倒了杯茶。

雨已经停了。阳光从云后透了出来。

哼！怎么能叫这莫名其妙的感觉毁了自己的好兴致呢！没有必要嘛！

想到这里他又回到那个妖妖娆娆的男子。

要不去买茶叶吧，府上已没有茶了。虽然之前喝的都是周边小国送来的贡品，可现在没有了，总不能跑去问皇上要茶吧，那算什么呀！

或许民间也能碰到好茶也说不定吧。

就当替皇上微服私访好了。

嗯，嗯，就是这样。

为自己想好出宫的借口他便动身了。

民间总归是要比那冷冷清清的皇宫热闹上千倍。

有叫卖的摊贩，为几文钱讨价还价的大妈，吵闹着要买糖葫芦吃的幼童，到处洋溢的是一片太平祥和之态。

也不是说他自大，但有他在，天下间哪路毛贼、大盗听了他的名不闻风丧胆的！不太平那才是稀奇事。

咦，前面有间茶铺，古色古香的房子也算得上精致，一般店铺来不得如此气派，窗帷上的镂空雕花是燕子的图文，似乎是有上颜色的，幽暗的深红透出一丝神秘。

耶，怎么那燕子看起来有那么点哀怨？

细看来才发现那门前、窗帷上、墙壁上的雕花竟能组出幅图来。

是个女子的背影，那燕子衔个神秘东西朝那女子的方向飞去。

心里抽疼一下，不经意地想起梦中唱戏的女子，还有那咿咿呀呀哀伤的曲子。

冤家路窄啊！要是倒退那么片刻，他断定他绝对不会进这家店铺！

才进门就看到那黑鬼窝在宽大的摇椅里，还是用那么不中看的样子在喝茶。

真是糟蹋！这是赤裸裸的浪费啊！

"娘娘腔，你怎么跑到这里来了？"

哎呀呀，若是有条地缝他钻进去那该多好，此刻，店内众人齐刷刷地看向他。那黑鬼跟他梦中简直是两个人嘛！那个野蛮人怎会是那样忧伤的男子呢！

他决意不理会那个粗鲁的野蛮人，他的形象啊！！！

"哎，你怎么不理我呢？这可不是礼貌啊国师大人！"

黑衣男子大声嚷嚷起来，不顾他闪躲的容颜。

"国师大人！"

这个该死的家伙！人家身份岂容你大肆宣传，这下可好，满屋子的人全作揖着跪下参见了，这，这，哪儿叫帮皇上微服私访啊！行踪都暴露了！

"黑鬼，你给我闭嘴！"他不满地朝那黑衣男子嚷嚷，又发现这实在是太破坏他形象了，于是还是决定拿这野蛮人当成透明的好了！

流年不利啊！那黑鬼似是缠定了他的样子，他竟然跑过来跟他瞎咧咧。

"娘娘腔，你到这儿是来买茶叶的吗？我给你介绍好茶。"

咦，你算得个什么东西啊，还要你帮我介绍，丢了个白眼给那家伙之后他回头看向店内伙计，柔柔地向他笑后问道："伙计，你们店内掌柜是哪位？"

顺着伙计指的方向回头看，他自认为亲和地笑着，却对上一个坏笑的脸，这简直就是浪费表情，回头对上的居然是那个没品味的黑鬼！

掌柜是他？他的下巴都要脱臼了，不可置信地反复问这伙计，那人只好一次

219

又一次地肯定着。

"娘娘腔，你是想要怎样的茶啊？"

呸、呸、呸，他要疯了，这家伙，难不成是他克星啊！这掌柜竟就是他不想看见之人。也并非是怕，可就这家伙，就他喝茶的那个样子，他懂茶吗他！

转身准备离开，哪想那家伙竟在身后追问道："留给你的茶还不错吧？"

为这句话他又不得不停下脚步，"那茶，是什么名字？"

可跟他对视的却是含笑的眼，他有点恼火，可那人就是笑而不答，于是转身朝店外走，跨出门槛的一瞬间，听见男子说了三个字，金丝雀。

那夜，他又做了个梦。

还是那片蒲公英田，一个女人在打一个小男孩，看起来，应该是那孩子的母亲。

"叫你不回家，在外面疯，有什么好玩的啊？先生布置的课，你温习了吗？人家都说温故而知新，跟你父亲一样，不争气的东西！你是不是也想学你父亲离开我？你是不是也想离开这个家？"

女人骂骂咧咧，拿竹枝狠狠地抽打那孩童，那孩子倒是倔强，不哭也不喊叫，只是跪在那里任女人肆意折腾。

他想喊，可叫不出声音。想过去阻拦那女子，却动弹不得。又是那种感觉，只是那竹条似乎是抽打在他的身上，细密的疼痛，如火烧一般。

傍晚的蒲公英田多了夕阳火红而金黄的光泽，那女人声嘶力竭地咒骂着，他就那样看着她一脚将那孩子踢倒。终于，她指着他吼道，你给我滚！

他的心在抽痛。一股莫名的哀伤涌上心头，那孩子站起身，他看到那孩子平淡没有波澜的眼神，对视了一眼，还没来得及想明白那眼神为何那般熟悉，那孩子已经掉头朝远方跑去，只留下立在原地的女子突然濒临绝望的哭泣。

画面一转，对上一双清澈的眼眸。一个柔软稚嫩的女孩拉了拉那孩子的衣袖，他柔顺地跟在她身后，她为他的伤口上药，眼里噙满泪水，喉咙里发出伤心的哽咽声。

任谁都看得出她在努力忍着泪水。

"锦时乖，我没有事。"男孩怜爱地抚摸女孩的头，轻轻地柔了柔女孩柔软的长发。

那稚嫩的女童再也忍不住泪水，丢了药瓶子一把抱住男孩就哭了出来，"我不要蜻蜓了，哥哥我不要蜻蜓了，呜呜，对不起，都是我的错。"

"不关锦时的事，锦时乖，那个女人是个疯子。"

"哥哥我不要蜻蜓了，不要了，不要了，锦时不要了，呜呜……"

"锦时乖，我没事。真的。你看，这是什么。"男孩拿出一个小布袋，那小女童扬起挂满泪珠的小脸看他，他佯装神秘地打开布袋，自己偷偷朝里看了一眼。

"哥哥，我也要看，我也要，我也要。"

那小男童故意不给，只见她重又瘪起小嘴，又有了哭的趋势。

"喏，给你。锦时不哭啊！"怕她又挂满银豆豆，便不再逗她，把小布袋塞在小女童手里。

虽然身上很疼，可只要能看到她的笑脸，那就足够了。

"啊！蜻蜓，哥哥，是蜻蜓。"像是见了稀罕物，她兴奋地尖叫，脸上洋溢着欢喜。

他柔柔浅笑地看着她，柔媚的眼角上扬着，他突然发现，那孩子浅笑的眉眼，竟是像极了他。

他突然被这突如其来的想法吓到了自己。

那孩子像他。这个发现真是叫他吓了一跳。

还没等他从那念头回过神，就听见那女童唤那小男孩，"素年哥哥，这蜻蜓好漂亮啊！"

素年。那不是梦中那黑衣男子唤他的名字吗。

如此说来，那黑衣男子该是唤的成年后的这小男孩吧。

那孩子眉眼像极了他，这，又是怎么一回事。

头痛。身上也酸痛着。就仿佛真的曾被竹条抽过一般。

撸起袖子看了一眼，有几条鲜明的红痕，是竹条抽打过的痕迹。

只是在梦中有过疼痛的感觉，这印记竟真的留在身上。

梦中的场景竟成了现实！什么情况啊！他顿时觉得脑子都蒙了，这究竟会有什么预示！是好还是坏呢！

哎呀！全身酸痛啊！什么呀！这都是那个梦之后，痛的第三天了。

哼！什么嘛！这算个什么情况啊！

虽然伤口有擦皇上曾经御赐的金创药，是集各种名贵药材而制的。上药当天，伤口就已成愈合状态，第二天时，那印记就已经淡了许多。

可全身的那种酸痛感却没有随印记消失，一点都没减弱的趋势。

自那黑衣男子出现，他便常常陷入梦境，在梦中看那孩子的成长。那孩子的喜怒哀乐，同时也牵引着他的喜怒哀乐。

每次从梦中醒来，那孩子若是有受伤，醒来，他的身上必定会有与那孩子一样的伤。那种酸痛感也都会浓烈地席卷而来，让他有片刻动弹不得。

终于，他不想再让自己迷茫了，他要去找那男子问清楚，这孩子跟他到底有

什么联系。最主要的是，那好喝的茶叶已经没了，他要去买来。是叫金丝雀吗，上次从那家店出来时，那男子是说了这个名儿吧。

古色古香的房子依旧静默地立在一边，还有那镂空的图腾，在阳光下闪耀着奇异的光泽。一进门，就四处看了下，类似偷瞧的那种。

耶，真是神奇哎，居然没有发现那野蛮人的身影，那个粗鲁的家伙，又跑到哪里游荡去了。不在就好，嘿嘿，买了茶便走吧。

"客官可是来买金丝雀的？"店内伙计凑上来，打断他的暗喜。

"咦，你怎么知道，是这茶在这店内卖得好吗？"

"不是，是掌柜的吩咐过的。若是国师大人来的话，让国师去城郊武泰亭寻他拿。"

"为何要去郊外？"他疑惑着。

"这个，这个小的就不知了，掌柜的就那么吩咐的。"伙计说的是实话，他亦不过是个伙计，老板怎么吩咐他便怎么做，哪管得到老板头上去，又怎么好问原因。

只知武泰亭在城郊，却没去过，在哪个方向都不知道，店内伙计告诉他要出城西的城门，从城门出去下坡，便能看到一座桥，过了桥往南走，待过一片花海便能看到武泰亭了。

哎，这伙计对城郊还真是熟悉，果然如他说的一样，那城郊景色怡人，让人不由得觉得放松，身上的酸楚感也顿时消退了许多。

依他说的，过了桥往南才行数十米，一片如梦境中相同的蒲公英田映入眼帘。

这就是那伙计讲的花海吗？

他愣在那儿，就在那直直地看着蒲公英田，突然地就开始想念梦中那倔强的小男孩，还有那个稚嫩的女孩。

纷飞的蒲公英绕着他打转，肆意地漫天飞舞着，他妩媚的眼闪着泪光，也不知是什么时候，他竟被泪水盈满了眼眶。

哼！什么嘛！错觉！这绝对是个错觉！他怎么会流泪呢！

发觉了自己的异样，他擦干湿润的眼。

正准备转身继续南行，目光却被锁定在花海深处。

是那黑衣男子。耶，不是说他在武泰亭等自己吗。

他如初次在他梦境中出现的神情一样，是无端落寞的。他寂寥地看向远方，不知在思索着什么。

他看他的身影隐在那一片花海中，蒲公英围着他寂寞地飞，突然地就有那么一种错觉，觉得那男子会融入那蒲公英，消失在他眼前。

长篇盗墓小说

盗墓时空

就那么心疼了，狠狠的。

为什么呢？擦干的眼重又湿润，他怎么就突然心疼这野蛮人呢。

细想起来，他闯入他行宫之罪还未罚他呢！

对了，那群办事不力的家伙，那个时候叫画师画了这男子相貌，交予他们去查这男子底细，结果到现在，也没见他们回来复命。

最最可恶的是这家伙居然能自由出入他布下的结界，他甚至都察觉不到他的闯入跟离开。

还有就是那奇怪的梦境，他到底跟那个叫素年的人有什么瓜葛。

哼！他要找那男子问个明白，他可不想再被莫名的心疼纠结了。

"野蛮人，你不是在武泰亭等我吗？怎么在这里一个人赏风景？"他戳了戳男子的肩膀，男子看了他一眼并没回话。

"还有，素年到底跟我有联系吗？为什么我会在梦里看到他的生活？"他盯住男子的眼，一本正经地问道。

"素年，你真的不记得吗？你看到的，不是梦境，是你的潜意识，你其实还记得那些，只是你并不自知。"

男子看他绝色的容颜，此刻疑云密布，看他狐疑地看着自己，那男子忍不住开口道："所谓的潜意识，也就是你所拥有的记忆，你有那份记忆，只是被隐藏起来了。素年，跟我回去吧！"

"回去？去哪儿？"他更不懂了，他是要带他回茶铺，拿金丝雀吗？

嘿嘿，想不到那男子还不错嘛，惦记着给他拿茶叶，他笑着看那男子，"那就走吧，正好你上次留给我的茶已经喝完了，我今日来，就是问你买那茶叶的。"

耶，怎么感觉好像是他领错情的样子，那男子并没有带他往回走的意思，只是紧紧抓住他的胳膊，整片的蒲公英全都离开花枝尖端，浮在半空中，突然，他发现被蒲公英包围了，它们绕着他们打转，并逐渐加快旋转速度。

怎么感觉行走在光年里。周围有着银色闪亮的光圈，那男子的脸，那孩子的脸，还有那稚嫩女童的脸不断交错出现在他眼前。

那光圈越来越亮，越来越耀眼，等再看清东西的时候，他发现身边的场景换了，虽然还是在一片蒲公英田里，却是他梦里出现的那个。

"这里不是龙城城西，这是什么地方？"他环视四周，失了淡定。

"这里当然不是，素年，我终于把你找回来了。"男子看着他，有着明媚的笑意，"素年，这里是暗夜王朝。"

暗夜王朝？那是什么地方！虽然在梦里听他提过这地方，可这难道他把他带到别的国度了！

"什么暗夜王朝啊！你这黑鬼，快送我回宫！"想了想，他又补了句话，"你就是不送我回也可以，告诉我怎么走，我自己回。"

"素年，我好不容易穿越时光带你回来，又怎会送你回500年后的龙城呢！"男子把玩着蒲公英，调侃地看他。

500年后？龙城跟暗夜王朝相隔500年？开什么玩笑啊！这男子是疯子吗？尽说些疯言疯语！

"少在那里胡言乱语了，什么500年后，你不过是把我带到了别的国度而已，皇上若是知道，定会判你奸细之罪，光这一条便足以诛你九族！更何况你绑架了我这堂堂国师！"他觉得十分气愤。这家伙居然敢在他面前口出狂言！

"那么国师大人，我想请问，你的法力是天生的吧？你的法源在眼睛里，是吧？"

他并不惧他，对上他愤怒的眼神，他竟然还能从容地调侃他！

"不过，素年，你还是没变，你即使是生气还是这般美艳，虽然这个词用得不妥，但用来形容你，倒也不算过分。"

啊！这，这，这什么情况啊！他居然还窥视他的容貌，莫不是眼前这男子还有断袖之癖？

早知如此就该离他远点，他对这粗鲁的野蛮人可没有丝毫兴趣！

等等，他刚说什么来着，他为何知道自己法源的事情，这件事他可从未对人提起，他怎会知道！

"你究竟是什么人？对我的事情为何知道得那么多？"他声色俱厉，冷冷地看着眼前男子，亮光已经从眼里蹿上睫毛尖端，身体周遭也有了结界护体。

只见黑衣男子就轻轻弯曲了下左手食指，他身边的结界已被化解，他瞪大眼睛，这男子也是会法术之人。

"素年，你的结界法术都是我教的，那些在我面前，都只是小伎俩。"男子哈哈大笑。

他愤愤地看着对方，决意攻击，而不再是防御。

我们都是不合格的戏子……女子哀伤的声音再度充斥耳边。

听了这声音，那亮光滑回眼中，他回头寻那声音，不远处的参天大树下，坐了一位素衣女子，只看得到背影。

是她，那个他童年唯一信任且依赖的女子。

他远远看着她的背影，时间仿佛是退回到那一年的梦境里了。

丢下男子在蒲公英田，他跌跌撞撞地朝那女子走，那野蛮人居然没有拦他。

为什么丢下我一个人，为什么不再出现，他委屈得想哭。那女子端坐树下，

长篇盗墓小说
盗墓时空

依然没有回头的意思。

他立在女子身后，好看的眼里透露出怜爱。他看了那女子许久，听她咿咿呀呀地唱着。

戏子如棋，我们不是戏子，是棋子……她并不知身后有人，独自抚琴吟唱。

"人生如戏，不是棋子是戏子。"他喃喃念了句。

接着听到的是琴弦断裂的空洞声音，良久，女子才慢慢转过身来。

"素年哥哥，是你吗？"她看着那熟悉的容颜，那眉眼，那神情，哪一点又不像她的素年哥哥呢！

"姑娘，你认错人了，在下欧阳倾城，是龙城国师。"他跟她介绍自己，从她叫他的那一刻起，他就已经狂汗了，他知道，又是一个认错人的。他才不是什么素年呢。

"素年哥哥，你在说什么呢？难道仁浩哥哥没告诉你吗？龙城，是500年后的国度，而这里，是暗夜王朝啊！素年哥哥，我是锦时啊！"女子噙满泪水，单薄的身子有些支撑不住似的晃了下。

他的心又疼了起来。眼前这女子有着完美的容颜，他甚至觉得她才该叫倾城！

锦时，不是梦中那稚嫩女童的名字吗。细细分辨，那眉眼竟也能对上号，那女童生得可爱，没想到却是如此佳人。

此刻，这佳人羸弱的样子让他有了一丝负罪感，可要他接受自己在500年前，这更叫他难以接受。

若是说这里的人都是会法术的，相比没有法师的龙城而言，他的结界能被破解倒也不稀奇，只是，他瞬间就变成弱者了吗？！

这也太离谱了点吧！根本就说不通嘛！

他的脑子一团乱麻，这都是什么事儿啊！

"仁浩哥哥，你没诉他吗？"女子的泪珠在眼眶中转了几圈，终究还是掉了下来，她看着不知何时走到他身边的黑衣男子，委屈了。

"这，好不容易赶上时光锁是开着的时候，我不想再等他的记忆完全恢复了，于是将他带了回来。"

男子的声音还是那么淡淡的，没有温度的感觉，但在这女子面前，却也算是柔和了许多。不像在他面前，即使他是忧伤的，或是在笑，或是调侃他时，再或是平淡言语之时，他都是显出一副冷冷的样子。

他往旁边跳了一步，还是离这断袖之癖的男子远些好。

"走吧。"男子回头对他丢了这简洁字句，尔后独自在前方带路，自顾自地走着。

什么啊！野蛮人！哼！都没问他愿不愿意，他凭什么自作主张啊！他又不是他的谁，干嘛他说走就走啊，可是这陌生地带，暂且又回不了龙城，也只能硬着头皮尾随其后。

堂堂国师混到这份上，他又有了挫败感。

女子抱着琴行于他右侧，低头不语。似乎是在思索着什么，认真看，倒也不难发现，她其实是在努力忍着泪水。

在穿过一条大街，八条巷子之后，那被锦时唤做仁浩的男子，终于是停下了脚步。立于一扇有着奇怪图腾的门前，敲响了厚重的木门。

耶，回自己家还要敲门的？

可看他神情却又显得很尊敬的样子，处处显露出谨慎的样子。虽然他不懂这里的风俗，倒也能看出他的一系列动作里，有着一些礼节。

有门童出来应声开了门，那孩童侧身让他们进，说是叔公已等候多时。

男子向孩童道谢，引他们入内。

正对大门有一个大堂，他们才进去，仁浩就单膝跪地，叩拜了坐在主位的老者。

"承蒙叔公赐教，仁浩已将素年带回，或许是一时冲动所为，但见那时光锁开启，我实在不想再拖延时间，于是擅自提前将素年带回。他记不得那许多事，叔公，您看如何是好？"

唤做仁浩的男子眉头紧锁，看向他的眼神毅然似在表明，他，欧阳倾城，也就是他口中的素年，是失忆人士。

他心里暗暗不爽，就算是有你所谓的记忆，也是你这野蛮人强行给予的！我又没说我是素年，是你一相情愿的。

想到这里，他鄙夷地看了男子一眼。

老者捋了捋胡子，他长得有些仙风道骨的样子，他还蛮喜欢这老者，于是索性盯着他，悄悄研究起来。

女子一直抱琴沉默不语。老者看了看她，"锦时你先坐下罢。"

"是。"锦时小声应着，尔后行至一旁的凳子坐下了。

"仁浩你也起来坐下罢。"

"是。"那黑衣男子也起身退至桌边坐下。

"你是叫欧阳倾城吧？"老者问道。

耶，终于不是唤他素年了。他对这老者的好感顿时又多了几分。

"嗯，嗯，是呢！"他笑眯眯的看着老者，好看的眼睛显出些许柔媚。

老者眼含笑意，向他招手，"过来。"

他像孩子般过去老者身边，觉得很是亲切，然后蹲在老者身边，把手搭过去，趴到老者腿上，再把下巴凑过去压上自己的手背。

这下屋子里的人，顿时下巴全都快掉了下来。

他也不知道自己为何会有如此举动。只是觉得老者就是自己的长辈，就像是自己的亲人那般。

他又觉得困了，朦胧中只知最后一个场景，是那老者轻轻抚摸他的头发，唤他素年。

什么嘛，怎么连他也唤自己素年，可是怎么那么困呢，根本就没有力气去争辩什么。眼睛，张不开了。

"叔公，他怎么又睡了?"女子焦急地问。

"无妨，无妨。是我施的法。我们虽然穿越了时光接他回来，可他毕竟已经是另一个人，除非能唤醒他前世的记忆，叫他忆起前世身份，可是，这却不是法术所能控制的领域。"老者叹了口气。

"为何不能呢? 叔公，我们的法术连时间都能穿越，甚至能带他回来，为何不能唤醒他的记忆?"仁浩迷惑地问道。

"空间，是个很规律的东西，它看似无形，可万物却是因它规律循环、轮回。能将他带回，是因为在这个空间，已经没有素年这个人了，同一个人不可能出现在同一空间，假如说素年还在，他是断断来不到此地的。"

老者起身走到门口看着天空，白云大朵大朵的漂浮，时而聚成个什么形状，老者指着那云，"你们看，即使是云朵亦逃不离这空间，虽说它是无时间限制的，但其实它也在这循环之内，它们是水珠密集而成之象，变成雨滴落下，成为露水，蒸发，再次聚集成云，这是它们的轮回，而轮回之后，因着前世的记忆，因着天性，它们会再次重复它们的轮回。它们不是永恒不变的，所以即使是看起来再怎么相似，也绝不再是那朵云，比如说就是那有着兔子形状的云朵，你若是在龙城看过，那也绝对不是这朵，而是轮回过许多次的它的后世。这，是它们的空间，再高的法力也改变不了，亦打破不了这规律。"

随后老者许久没有言语，只是一味望着天空。

他们思索着老者的一番言语，亦没有说话。

念到这里，李天翔停了下来，"这个故事念到这里就够了，后面的，听不听也无所谓。"

"为什么说无所谓?"林翔听得意犹未尽。

"因为我只想让你听到'时光锁'这三个字而已。"李天翔回头来看林翔，带

着顽皮的神情。

这李天翔八成是个疯子，没事绕那么大一个弯子，只是为了让人听这三个字，真是无聊。"你要想让我听这几个字，你说出来不就可以了？何必还要绕个弯子，给我念故事，你真有闲情逸致。"林翔白了李天翔一眼，而后者当没看见，也没听到林翔抱怨。

"这本虽然说是野史，但是，是出自另一个秦皇皇陵，除了这个故事的记载之外，还有附语表示了，这本野史，属于穿梭印盘的来历介绍，也就是说，这一本，其实就是类似于你们人类科技物品的说明书，却没有跟对应产品放在一起，还好，密探报告说另一端的秦皇陵被挖掘，还有被怀疑是穿梭印盘的物品出土，所以，家父连夜赶去，千方百计把穿梭印盘弄到了手。"

"弄到又如何，还不是毁掉了。"林翔冷冷地打断李天翔满怀憧憬的眼神。

"难道你没听到刚刚那个故事吗？那个人带走别人去他的国度的时候，是没有借助印盘的，所以，穿梭印盘必然有其他的方式，其他的媒介来引导打开时光锁。"

门内的林翔不是很懂李天翔的意思，但门外的陆湘湘心里却是明白了七八分，更何况，锦时，素年，这些个名字，在梦里，她也已经听过了，就是所谓的秦始皇跟他身边的娇柔美人所用的称呼。

陆湘湘有理由相信，这个故事里，肯定隐藏了什么秘密。

但是，是什么秘密呢？在梦中，他们喊自己七月，莫非，跟这个叫七月的女子有关？但方才李天翔念的故事里面，却根本没有七月的登场，之后呢？书里有没有七月出场，有没有说出是什么秘密呢？陆湘湘的心里就像是有一百只小猫在挠，又痒又痛，她好想完完整整地知道这个故事，胸口的小钥匙图形隐隐作痛，陆湘湘死死按住胸口，又伸出一只胳膊，怕自己因为疼痛而呻吟出来。

载体，林翔听得仔细，记得那个人，是说了用什么金丝雀打开时光锁，可是，这金丝雀是什么呢？林翔参不透。

李天翔随手将野史丢在桌面，林翔的目光跟随着那本旧书被丢出去的曲线沉浮，李天翔说了太多话，有一点累，他定定地看着林翔，目光凶过洪水猛兽，李天翔说："林翔，我给你最后一天，今晚，我来跟你定下盟约，然后，我们去找陆湘湘。"

听到动静，陆湘湘赶紧躲起来，李天翔开了门，侧身出来，又顺手带上了门把手。

看到李天翔渐渐走远，从拐角处转了过去，陆湘湘这才从暗处钻了出来。

"林翔，林翔……"陆湘湘轻轻拍着门，小声又急切地喊道。这一拍不打紧，倒是把门给推开了，看来这李天翔自信大爆棚，压根都没想过林翔能逃走。

一推开门，就看到林翔被人五花大绑，在房间的正中央，身上破衣烂衫，污秽不堪，陆湘湘眼里一热，泪水就掉了下来。难怪李天翔那么放心林翔在这里，门不关紧都不在意。

"陆湘湘？"林翔十分诧异，显然是没想到会在这里再次遇到陆湘湘，被李天翔抓回来的这段时日里，他最担心的就是陆湘湘了，朋友们都离开了这个世界，他林翔，也只剩下陆湘湘这么一个朋友了，可是，陆湘湘在魔鬼森林，离风之城还很远，当初他们开去的车子，也不一定有足够的汽油供陆湘湘开车回来，再说了，他好像没听说过陆湘湘会开车。

"林翔，你等等，我来救你。"陆湘湘掏出军刀，绕到林翔背后一边给他松绑。一边警惕地查看四周，"林翔，这里有没有监视器？如果有，等一下，我们死命往外跑，千万别犹豫。"陆湘湘小声吩咐着林翔。

林翔回答她："放心吧湘湘，李天翔这里始终是他跟他爸爸的家，谁会在家里放监视器，我来的时候就已经全都仔仔细细地看过了，没发现有监控。"

"那就好。"陆湘湘松了口气，一使劲，割断了一节绳子，但绳索在林翔身上绕了太多，仅仅割下这一节绳子，还是没有松绑的迹象，也没有像电视里演的那样，一割断，绳子就哗啦哗啦全自己掉下来了。

陆湘湘一连割断几根，绳子这才没有像蛇一样死死缠住林翔，开始有了松动的迹象，陆湘湘三把两把地从林翔身上把绳子扒拉下来，然后就冲向书架翻找起来。

"你在找什么？"林翔不解地问道。

"那本旧书，就是记载了故事的那本，有关于穿梭印盘的。"陆湘湘急切地翻找起来，即使回答林翔的问题，也都没有放松一丝，始终都在急迫地搜寻书架上众多的书目。

"不是在这里吗？"林翔从桌面上抓起野史，递给陆湘湘。

"嗯？你在哪里拿的？"

"桌面上，刚才李天翔就随手丢在这里的。"

"好吧，现在我们快走。"陆湘湘一把夺过林翔手里的书，另一只手又极为顺手地拉起林翔的手，冲着门，就跑了出去。

林翔没来得及发愣，就被陆湘湘给带着跑了出去。

一切似乎太过容易，陆湘湘拉着林翔，三步并作两步地往外跑，本来以为会被李天翔的狗腿子发现，但跟来时一样，一个人都没有见到，李天翔更是在大门相反的方向，自然也就不会撞到。

229

殊不知，李天翔站在窗前，看着飞奔出去的两个人，阴沉沉地笑了起来。

一口气跑到家，陆湘湘反手拴紧门，带着林翔去了父亲的书房。

"你先休息下，我要来看看这本书。"陆湘湘带着命令的口吻对林翔说。

林翔有些不解，陆湘湘怎么知道这本书的，还这样地感兴趣。陆湘湘看出了林翔的疑问，于是把在门外偷听的一切，都跟林翔一五一十地说了。

"啊，说起这本书里记载的故事，我也有疑问的。"林翔认真地看住陆湘湘，"首先，这本书只记录了一则故事，但是，这又是穿梭印盘的介绍书，但就李天翔说的，这本书里应该是没有提到穿梭印盘的，而是关于时光锁，也就是说，时光锁跟穿梭印盘虽然都是用于穿梭，但是，时光锁是需要媒介就可以进行的，而印盘却是实质的物体，也就是说，穿梭印盘可能是时光锁所衍生的物体。不过，里面提到的金什么雀的，我还是不大清楚是什么。"

"嗯，我跟你也有同样的疑问，不过，这里面提到的几个名字我很熟悉，之前做过一个很真实的梦，里面的人的名字，跟书本里提到的一模一样，我想没有那么凑巧，而是那个梦，其实是在对我暗示什么。我记得……"

"记得什么？"见陆湘湘话说到一半，就埋头翻书去了，林翔的好奇心被吊得高高的，但是陆湘湘既然看书去了，也就证明得等到她找到答案，他才能从她的口中听到后面的话，于是，林翔也只好先压制住自己的好奇，跟着陆湘湘一起，看起那本传说是穿梭印盘的说明书的野史。

一路看了下去，陆湘湘的眉头越锁越紧，这本书，始终就像是题外话，跟现实里的事情，是两码子事情，但是，陆湘湘还是看到了一点自认为很重要的东西。

那，就是七月。

"倾城……"有人试探地叫着。

坐在树下的倾城回头观望，好看的脸上挂满疲惫。

声源来自素年的父亲。

倾城觉得好生平静，他也不知自己为何这般平静。

老者上前，脚步有些踉跄，他颤颤巍巍地行至倾城身边，小心翼翼地打量着眼前这个酷似素年的异度男子。

好看的眉眼，清秀的绝色容颜，怎么看，都是素年。

带素年回来。耳边回响起妖娆的话语。

老者心生歹意，反正这国度，谁都会认为这男子是素年无遗，何况他也服用金丝雀。

倘若自己将倾城带与妖娆，自己还是有机会做暗夜王朝的第一法师。

长篇盗墓小说
盗墓时空

想到这里，老者暗自舔了舔嘴唇。

"倾城啊，你怎么自己在荒郊？"老者试探着问，不时打量着四周，他害怕仁浩追随于倾城左右。这会破坏他的计划。

但几次观望之后，老者放心地直起身，上前拉倾城。"孩子啊，随我来，我带你回去。"

倾城有点虚弱，扶着老者起身，风肆意地盘旋着，身后的树叶簌簌作响，发出尖锐的哀号。

倾城抬头看天空，云朵快速地变幻着，带一点灰蓝的颜色。

老者殷勤地扶倾城上马，自己坐在倾城身后，向远方奔去，风凛冽地灌满他们的衣物，将倾城的长发高高扬起，倾城突然觉得自己在梦里。

有那么一刻，倾城想要欢呼，想狠狠地去夹马肚子，向着未知的远方狂奔。

四周的景物开始快速旋转，倾城觉得有类似雪花一样的东西打到脸上，快速得叫他睁不开眼，打得他的脸生疼生疼。

老者从身后递了什么过来，倾城想也没想地塞进了口中。

有熟悉的淡香在口中回旋，倾城想不起来是什么，只觉得昏沉，想要睡觉。

"孩子，睡吧，我在你身边。"

老者的声音轻似梦呓，在倾城的耳边回响。

眼皮沉重地耷拉下来，有一丝光亮迅速从眼底升起，倾城好看的睫毛颤抖着，那光亮蹿至尖端，闪着异样的光芒，倾城就这样在老者的眼前变得透明起来。

老者有一丝惊慌，死死地盯住倾城。

他发现无法破解这结界，但却清楚地知道倾城并不会随着这光亮消失，索性把心一横，唤来移形隧道，策马驶入光圈。

醒来的时候，觉得头痛欲裂，隐约听到有人说话的声音。

"素年我已带来，这法师的冠首之位……"

老者不时舔着唇，压抑着自己的欲望，又略带兴奋地搓着手。

堂上女子身着华丽色彩的云锦织物，腰间佩玉，青葱般的玉指在把玩着胸前的长发。

倾城躲在帘子后面，看不到那女子的脸。

对面的老者看向堂上女子，充满欲望而扭曲的脸写满渴望。

那女子倒是平静，倾城虽看不到她的脸，但仍然能感觉出她的平静。或者说那是一种优雅的淡定。

也不知过了多久，空气中充满静默的味道。

老者不时搓着手，随着这静默的时间，脸上开始挂上一丝焦躁。

"姑娘，我已按你的吩咐带了素年前来，你是否也该按你所言将妖娆交予我呢？"

"这男子当真是素年？"女子的声音柔软、甜腻，但却带着一丝冰冷。

"当真。我自己的孩子，难道我会认错？"素年的父亲将声音提高了几度，音色略显颤抖，他咳了几声，掩饰自己的兴奋。

"素年，你出来吧。"

女子的声音带着一丝温柔。"既然已经醒了，也就不必藏于人后。"

倾城顿了顿，想必那女子早知自己躲在帘后。

堂上女子浅浅地笑着，看着那个绝色男子从帘子后面走出来，立在堂中，目不转睛地看着自己。

"公子请坐。"她柔柔地对他笑，又冲门外喊了声上茶。门外有人大声应着，很快便有婢女端了茶水给倾城。

老者看到倾城，有点拘谨，但那女子却是并不掩饰什么。

"倘若他真是素年，那你取他左手中指指心之血于这花瓣上给我。"女子随手从身边桌上摘了片花瓣。

老者起身过去，压抑不住的兴奋叫他几乎是夺来那花瓣。

倾城若无其事地看着堂上的另外两个人，仿佛这一切都与自己无关。

他面目平静地看老者舐着嘴唇过来，一把抓了自己的左手过去。

倾城没有抗拒，只是看着指心之血滴了一滴到花瓣上。

老者放开他的左手，送那花瓣给堂上女子。

女子轻启薄唇，含了花瓣的边缘在唇间。

倾城看着红色的花瓣在刹那间变成粉白。

女子托着花瓣向倾城走来。

到他身边的时候，女子蹲在倾城身边，小心地拉过他的左手，将花瓣覆上他被划开的手指。

花瓣中托着晶莹的水珠。大概是自己的血像那花瓣一样褪去了色彩罢。倾城那么认为着，花瓣上的水珠碰触到指心，有丝凉凉的感觉，甚是舒服。

取下花瓣的时候，倾城看到自己的手指上并没有伤口，平整如初。

女子抬头对倾城笑，妖媚的脸又不失清纯。

她看着眼前的男子，这个唤做素年的男子抬手抚摸她的眼角，像当初一样。就在这一刻，她确定了这是她失而复得的素年，这一次，她不会再让那老者伤了她的素年。

倾城伸手触上她的脸，轻轻地抚摸她的眼，沿着那双狐媚的眼触碰她的眼角，他的心有一丝柔柔的暖意，说不上为什么，只是想那么做。

眼前这女子跟七月的脸重叠，但他心里清楚，这并不是七月。

那么，眼前这女子，应该便是妖娆了。

想到这里，倾城抬眼看向老者。这老者还问她要妖娆，必定是因为他并不知这女子便是。又或者，七月才是那妖娆。

妖娆心里有丝慌乱，她看着素年，不知道他想要做什么。他不动声色的脸，叫她有丝慌乱。

倾城起了玩心，俯身在她耳边轻唤："七月。"

女子张大的瞳孔说明了一切。

她看着倾城，还好，他以为自己是七月。也就是说，在他眼里，自己与七月本是一人。

倾城想起在梦中，老者也是带着素年来见的这女子，第一眼，这女子便看上了素年，认定是自己的主人。只是素年的父亲并不知。

女子额间有颗朱砂痣。此刻，七月在那里看着眼前的倾城，带着哀伤的眼眸。

一如往昔。

妖娆喜欢饮食选中人之血。

素年的父亲也不记得是听谁讲的了。既然那女子不肯将妖娆交予自己，必定是因为没去满足妖娆吧。

于是他决定每日取素年的血交予那女子。

女子每日去看望素年，却看不到素年身上的伤。

素年觉得这女子可怜，甚是喜爱她，他在她的身上，看到年幼的自己。

女子有时是着素衣前来，她浅笑着告诉他，公子叫我七月便好。

她带他游园，为他做可口的饭菜，却从不跟他一同进食，只是在他的身边安静地看他吃，或是在一旁拨弄香炉。

就像他倾城在七月府上所过时日那般。

对素年而言，那是段伤痛与欢笑并存的日子。

痛的是每日与父亲争战，不明不白地被夺去血液。

笑的是有这七月陪在身边，看到的是她安静的样子，而不是妖娆带着残酷的媚态。

然而某天，他突然看到她在饮用父亲从自己身上取去的血液。

恐惧占据心头，更多的是心痛。

他推开门看她，面目平静。

"素年。"她轻声唤他。

素年捋起衣袖，深深浅浅的疤痕盘踞他的手臂。素年走上前，以法力划开手腕，伸至她面前，"你不过是想要我的血罢，给你，全都给你。"

素年觉得自己活在一个骗局里。心里的绝望泛滥开来，原来自己爱上的，不过是场幻象。

女子这才明白，每日所饮之血，来自素年。

愤怒涌满心间，她伸手想要去拥抱素年，但被推开。

"素年。"她立在原地，显得有点无助。

她上前，想要帮素年治愈伤口，但素年只是转身离开。

"素年，你给我站住。"

老者追出门来，拦住素年的去路。

"这就是你所谓的忏悔？你的心里，只有妖娆，只有那法师冠首之位。"

素年觉得有丝茫然，淡淡地看着自己所谓的父亲。

良久，眼前浮现锦时的脸。

眼前，那个素衣女子坐在湖边弹着琵琶，一个人咿咿呀呀地唱着：我们都是不合格的戏子……

锦时。

此刻，素年想念他的锦时。

"姑娘，你已证实这是素年了，可以把妖娆交予我了吧！"素年父亲的脸上已经摆明了自己的不耐烦。

倾城抬眼看他，浅笑着。"她便是妖娆。"

女子诧异地回头看他。素年为何这般，看来他真的很恨自己吧。

"她？"老者挂满欲望的脸迟疑着，但想想自己曾经仔仔细细地搜索过这女子的住处，也跟踪过她很多时日，却始终没见她去见传说中所谓的妖娆。

如此说来，她可能真的是那妖娆。

老者上前拉住她，有藤蔓随着光线缠绕上她，动作快到她来不及反抗。

她不可置信地看着素年。

倾城看她，心里划过一丝怜惜。他心里明白，其实她并未想过要去伤害素年。

就像他明白，仅凭老者，并不会伤到她。

但她并没有反抗的意思，只是看向他的眼神充满绝望。

倾城有一点慌张，他知道自己是斗不过素年的父亲的。

但这女子并不去反抗，这叫他该如何是好。

他回来，是为了找她报仇吗？她的心里写满问号。七月在那朱砂痣里泪流满面，不相信素年会去伤害自己。

长篇盗墓小说

盗墓时空

倾城不明白自己为什么要这样做，是为了素年吗？还是为了素年那可怜的母亲。

心里想念锦时，那个哀怨的女子。

为什么不反抗？倾城在心里大声呼喊。

突然地，就听到七月安静的声音，因为我不相信你会伤害我。

倾城瞪大眼睛，眼前的她分明没有开口讲话。

老者狂笑，声音因兴奋而颤抖。他抓住了妖娆，妖娆是他的，他是暗夜王朝的第一法师。

老者与那女子周围出现了光圈，他想要带走她。

倾城伸手想抓住那女子，眼底的寒光迅速蹿上睫毛的尖端，愈来愈亮。他在努力追踪老者的法源及动向，但老者的动作实在太快，他来不及跟随，只能眼睁睁地看着他们隐却在光圈中。

他无助地垂下手，只看到那女子消退的容颜泛着凛冽的寒光。

"七月。"倾城大声喊叫，无力地跪倒在地。

他并非真心想要去伤害她的。

那亮光还在眼前闪烁。虽然倾城什么也感应不到。

抬起的眼眸中噙着泪水。

倾城抬手抹去眼角的水珠。

"叔公，叔公。"

锦时慌慌张张地进门，高高的门槛差一点就将她绊倒。

"锦时，你因何如此慌张？"仁浩上前扶她。

堂上老者不语，捋捋胡子，没有开口。

"叔公，锦时刚在外面听说素年的父亲抓了妖娆。"锦时迟疑着，"叔公，你说，素年有没有事？"

老者愣了愣，没有作答。

倒是仁浩先开了口，"妖娆？素年的父亲竟能降了妖娆？"

老者沉默着，良久才开口，"大概是妖娆不想再吸食一次素年的血罢。"

叔公话毕，所有人都沉默了，锦时想起当日素年回来时的那般模样，泪水涌上眼眶。

锦时开始在心里想象那幅场景。

在想象中，锦时看到素年的父亲束缚住他，狞笑着走向素年，他划开他的皮肤，去接他流下的血液，那些血液温热而浓稠。素年偏过头，苍白的脸上没有一丝表情。

235

有一点隐忍，或是麻木。

还有那妖艳的女子嘴角挂着素年的血，浅笑的样子。

锦时颤抖着抱住自己，仿佛自己站在一旁看着这些发生，可是却不能动弹一样，她感到心口闷闷的，为素年觉得痛心。

就在那老者划开素年皮肤的刹那，锦时觉得听到了素年皮肤裂开的细碎声音。

血液的亮丽的颜色在锦时的眼前开出诡异的花朵，带着浓稠的腥甜气味。

"叔公，锦时要去寻素年。"锦时上前两步，面向老者跪下请求着，想要得到老者的允许。

锦时纤细的身形看得仁浩心里疼痛，她不是那般柔弱的样子，眼里写满坚决，他也上前道："仁浩愿随锦时一同前往。"

"也罢，我就随你们一同去吧。"

锦时与仁浩对视一眼。"叔公，你……"

老者挥手打住锦时的问话，转身进内厅去了。

"七月……"倾城瘫软在地，眼前浮现七月在自己身边静默的样子，安安静静的，拨弄着香炉，偶尔拿起筷子给自己夹菜。

就像是守在素年的身边一样。

素年对七月的感情在他的心里翻腾着，那是一种夹杂着心疼、隐忍及肆意滋长的爱慕。

所以当素年看到七月在饮用自己的血时，疼痛大过于恐惧。

倾城仿佛看到素年隐忍的脸上带着一丝平静，眼里噙着委屈的泪水，推开门上前，看着自己心爱的女子，划开手臂，递到她的面前。

"不是想要我的血吗？给你，全都给你。"

七月震惊着看向素年的伤口，深深浅浅的疤痕丑陋地盘踞。

那些伤口同样弥漫着素年的心间。

七月想要去抚摸、亲吻素年的那些伤口，想要给他所有她对他的在意。

妖娆的宿命不是要自己选定人的血液，而是在选择跟寻得之后，去守护她的主人，或者说她命定的爱人，不离不弃。

除非，对方选择离开。

即使对方选择离开，也不会去憎恨。只会将自己封印，等待下一个主人的第一声啼哭将她唤醒。

妖娆的宿命是悲哀的，她是被选择的那一方，永远不能去选择自己的宿命及自己想要的。

长篇盗墓小说
盗墓时空

她也并不认为这样的生存方式是哀伤的，她只知该如此。就那么活在等待中。

素年的父亲每日拿血液来供奉与她，她嗅出素年的味道，但粗心地以为那味道来自于素年所继承的他父亲的味道。

那女子与七月，是同一人，又是不同的两个人，七月成长、生存于她额间的朱砂痣。

失了七月，妖娆便不是妖娆。换句话而言，七月便是妖娆的元神，是妖娆所有的源泉。

那么多世代的转变，素年是七月爱上的第一个人，所以妖娆更是用尽了全力去爱素年。那占有的念头巨大得快要将她吞噬。

素年的父亲第一次端来血液，她认为，只要自己有了跟素年一样的味道，便更是亲近了。

血液是暧昧的东西。妖娆感受着那液体在自己体内奔腾、交织、融合，觉得那温暖叫她热泪盈眶。那是素年特有的味道，但是，现在，她也有。

七月的任性让她跟妖娆肯定地以为，自己才是素年最亲近的人。

但是眼前，流淌着的温热血液，来自素年，自己心爱的主人，命定的爱人。

妖娆顿在那里，不知该说些什么，额间的朱砂痣更是烫到快要溶了开来。

妖娆知道，那是七月的无助与愤怒。

七月一度悲伤到想毁了自己与妖娆。但理智却叫她等待，等待素年的再次出现，她不要这样带着误会离开，她要为素年报仇。

虽然素年一切的悲哀，源自自己。

素年看着自己心爱的人，感到心口压着巨石，内心空洞得发不出声音。

难道自己只是爱了一场幻象吗？素年自嘲地笑笑，转身推开门离开，将七月温柔的笑脸从脑海中抹去。

素年的父亲看到他从妖娆的房间出来，往大门方向离开，以为他要逃走，慌忙追了出去。

素年战不过父亲，带着满身的伤口倒在地上绝望地嘶吼。

父亲狰狞的面孔写满欲望，"素年，我辛辛苦苦地找到你，你不能毁了我的计划，等了那么多年，我一定要做法师冠首。"

他走向素年，因欲望扭曲的脸咧嘴发出笑声，素年感到一丝绝望。

想起母亲去世前平静的脸孔。

周身不得动弹，却觉得一下一下的抽痛。

素年张开眼，看到自己年幼时的身躯，跪在地上，眼前的母亲因害怕而颤抖，她挥动手中的树枝，一下一下地打在他的身上，巨大的风声里，夹杂着母亲的谩骂。

母亲。素年张口唤眼前的女子。

一抬眼，看到母亲的眼里带着心疼，却还是狠狠地抽打着。

母亲。素年想哭。为自己可怜的母亲，她竟然会遇到父亲那么一个男人。

屋内的七月感应到素年悲伤的情绪，还有一丝接近死亡的气息，慌忙唤来大风带素年离开。

素年的父亲看到巨大的风带着凛冽的声音靠近素年，他伸手想去拽素年，却碰上风壁，将他弹开。他狠狠地摔倒在地，疼痛叫他动弹不得。

熟悉的蒲公英的味道灌满整个腔道。素年微弱却贪婪地呼吸着。这般清香的味道，叫素年以为自己在梦中。

睁开眼，看到一望无际的蒲公英田。

素年看到年幼的锦时乖巧的容颜，在耳边轻声唤着哥哥。

伸手想要抚摸，摸到的只有蒲公英传来的真实的触感。

他挣扎着起身，向着叔公家的方向踉跄着走去。

倾城觉得自己快被素年的情绪灌满，压抑得只想哭。

他不知道自己要去哪里寻找素年的父亲与七月，想要去找叔公求救，却连怎么回去都不知道。倾城绝望得失声痛哭。

一路上，被尊称叔公的男子并无多言，只是报了个地名，便陷入了沉默。

边境处的龙城紫阳轩。锦时跟仁浩来不及多想，向着目的地狂奔。

到了目的地，映入眼前的是座漂亮的宅子，大门洞开，整座宅子，陷进了寂静。

这几日，倾城在这宅子里不断搜索着地图、妖娆的手记，或是一切可以带来线索的东西。

听到有人进入的声音，倾城奔了出去，大声唤着七月的名字。

锦时看着倾城带着颓废的神色奔进大厅，喊着什么。

倾城愣在原地，就那么看着锦时。

仁浩跟在锦时身后进来，最后，进来的是叔公。

"外公。"倾城唤道。这几日，他当真以为自己是素年了。

外公？锦时与仁浩更是百思不得其解。

叔公看着倾城，眼里闪过一丝慌张。

"倾城你，你已经知道了？"

"早已知晓。同意随仁浩回翟府之前便已然知晓。"

倾城规规矩矩地立于一侧，老者坐下，茫然地点头。

仁浩看着眼前的叔公与倾城，等着他们继续往下讲。

锦时觉得诧异，又想起叔公是在素年母亲往生之后出现的，待素年向来很好，原来是素年的外公。

"外公你怎么会知道这里？"倾城问道，这也是锦时与仁浩心中的疑问。

"年轻的时候，我也曾像素年的父亲那样，找寻过妖娆。"老者顿了顿，"但我发现那妖娆并非传说中那样，其实妖娆是很悲哀的生物，我怜惜她，但更怜惜你跟你的母亲。"

"只是当我回去时，你母亲已经……"老者哽咽着拉倾城过来自己身边，此刻，他也忘了眼前的是倾城而非素年。

"我那可怜的女儿啊，我可怜的素年。"

倾城突然明白，为何素年的父亲离家丢弃素年母女，素年的母亲会有那么大的反应，那么害怕素年会去步后尘。

那是因为童年幼小的阴影早已贯穿她所有的思想。

"外公，我想去救七月。"

老者看倾城，对上的是那双带着坚定的好看眼眸。

叔公行于门口，伸手从指缝间看向天空。他的身体变得透明，良久，他收回手掌，淡淡地说了句西北方向，声音透出一丝疲惫。

倾城不敢停留，他们即刻启程，往西北方向追赶。

一行人一路策马狂奔，倾城听到耳边传来大片鸟飞过的声响，心里飘过一丝类似难过的情绪，抬眼看那微风中的天空，有一望无际的蓝，泛着病态的光芒。

锦时紧紧跟随在倾城身后，风冲撞着瞳孔的感觉让她觉得眼眶里湿润起来。

这一次，她不会再放开倾城，她不想再看到那张好看的脸沾满鲜血的样子。血液在素年的脸上干涸，在锦时的心里，留下泯灭不掉的腥甜味道。

素年哥哥，不要再丢下锦时。

锦时在心里大声呐喊着，心跳快得要从她的胸腔中跃出。锦时压抑着自己几近失控的情绪。

倾城的背影在眼前，是与素年一模一样的轮廓。锦时突然地，就想跃上倾城的马，从背后抱住那个男人，将脸贴上他的脊背，感受他的骨骼与温度。

一些后知后觉中成熟的蒲公英开始纷飞、播种。

那些洁白的小绒花漂浮在空中，零星地、孤独地飘飞着。拂过倾城的脸、锦时的脸，还有仁浩与叔公的脸。

倾城闻到熟悉的清香味道，禁不住勒马张望，看向路过的草原，有零星的蒲公英隐在青草中起舞，带着惯有的清香。

那种残缺的美，叫倾城看得痴了，他深深地呼吸着这种清甜的气息，轻轻闭上眼。

脑海中，忽然就浮现七月的脸。

在阳光中微笑，含了花瓣于唇间，柔柔地看他。

一直在注视着倾城的锦时因了他的突然勒马而差一点撞上他。所幸及时停了马，看着倾城微微皱起的眉，猜想他是不是在想那七月。

"素年哥哥。"锦时忍不住开口喊他。但倾城像是没有听到那般。

"哎，娘娘腔，你在干嘛？还要不要赶路了？"仁浩调头过去拍了拍倾城，锦时感激地看了看仁浩，仁浩别过头，避开那对清澈的眼眸。

仁浩随着倾城的眼光也看向草原，沉思中听到锦时唤倾城，回头去看，但倾城似乎陷入了自己的世界，并未答复锦时。

锦时的脸挂了一丝失望，略带哀怨地看着倾城，他知道，锦时当了他是素年，虽然自己也时常会这样，但总归知道，眼前的，不是素年。

"黑鬼，怎么又喊我娘娘腔了嘛，我哪一点娘啦？"倾城大声嚷嚷起来。这个黑鬼总是那么令人讨厌，就是想亲近也还是亲近不起来。

"黑鬼……哎，你是想怎样啊，哎……哎……你什么态度啊……"

仁浩策马继续奔向西北方向，丢下在身后呱呱乱叫的倾城。

锦时抿嘴浅笑，夹紧马肚子，随仁浩奔向西北方。

一直不语的老者也爽朗地大笑起来，捋了捋胡子，也朝西北方奔了去了。

哎，这，什么情况啊！

倾城有些恼怒，看着外公大笑，自己不禁在这边涨红了脸，但很快平静下来，又看了一眼那些蒲公英，追赶同伴去了。

画面转到七月这边。

这女子带着惯有的高傲神情，漠视地冷眼看束缚着自己的年迈男子。

"好你个妖娆，我赔了儿子你都不告诉我你便是那妖娆。得了你，我便是天下第一法师了。"老者张狂地大笑，并未意识到束缚住妖娆的，并非自己的法术有多高超，而是妖娆并未反抗罢了。

七月并不相信素年会是真心伤害自己。

虽然也有想过，素年是否有伙同眼前老者来抓自己，也曾想一口吞了这老者去找素年对质，但对素年的信任，叫她放弃了这个疯狂的念头。

素年立在自己眼前割开手臂，皮肤裂开的细碎声响一直在她的心中回荡，就是要她死，她也不信素年会来伤害自己。

"素萌，这是你的名字吧？"妖娆淡淡地问了句。

"是的，你居然还记得我的名字。"

"有何不知，这世间，只有我不想知道的事情，未曾有我不知之事。"女子冷笑着嘲讽道。"你怎会舍得牺牲你自己的亲骨肉，换那点噱头？"

心跳漏跳一拍，难道她已经知道倾城并非素年？老者仔细地端详起面前藤蔓中的女子。但她试过倾城的血，也认可了是素年的，想必她是太信任素年了吧。

想到这里，老者胆子也大了起来，至少可以放心这妖娆会让自己如愿，做世间第一法师。

"你已是我囊中之物，可以告诉我如何摘得法师桂冠的称号了吧！"素萌忽略掉她的问题，一心扑在桂冠之名。

欲望充斥的脸垂涎着，让人心生厌倦。

妖娆看着这张脸，在心里恶狠狠地将他撕烂。她也不知道自己到底在等待什么，但总觉得该等待，于是忍住恶心，对这年迈男子冷眼相待。

倾城策马出现的时候，七月终于知道自己在等的是什么了。她在等素年，等素年出现给她一个说法。

虽然去要说法，对女人而言，是件愚蠢的事情。

倾城的衣物在风中高高扬起，有着说不出、道不明的孤独。

随行人中，有个熟悉的面容。

叔公下马上前，看着那个缠绕在藤蔓中的女子。她带着惯有的冷漠神情，好看的脸有一丝消瘦。

显然，马蹄的声响早已惊动素年的父亲，那个唤做素萌的老者。

早在声响接近前，他悄悄取了妖娆的一根发丝，借助自己的血造了结界。

风灌进他伸出的右手，宽口的衣袖被灌得满满的，发出凛冽的呼啸声，在他们周围形成球型炫紫色结界。

倾城想上前触摸那结界，感受结界的突破点，但被外公制止。

"年儿，不要去碰。"倾城诧异地回头，如果不去碰触，他无法寻得那结界的突破处。

"年儿，这结界，有毒。"老者沉重地看着那绚丽的紫色。"倘若贸然触摸，那紫色会在瞬间浸入皮肤，游走全身。"

结界在阳光下变得多彩，有着折射的光芒。

仁浩试图用念力去感受那结界，但很快被色彩侵入，额间出现炫紫血点。

"仁浩哥哥。"仁浩觉得有些瘫软，一个跟跄差点摔倒，锦时上前去扶。

"哈哈，就凭你们，也想破我的结界。"素萌的脸因兴奋而扭曲。倾城看着那张脸，觉得恶心。七月在素萌身后，向倾城投过意味深长的目光。

"年儿。取你左手中指之血，滴到仁浩额间。要快。"

倾城不敢多问，慌忙划开指尖，滴到仁浩的额间。

只见血液迅速渗透进紫色血点，仁浩觉得额间发烫，他们看着血液在血点中与紫色交融、缠绕，末了，变成黑色，像痣一样留在仁浩额间。

锦时依叔公取了发簪扎破那血点，老者随手摘了片树叶来接下流出的血，以迅雷不及掩耳之速弹向那炫紫结界。

素萌看着自己的结界被破，觉得有点唐突，唐突到他还未反应过来，这结界，他冥想了十年，却这样轻易地被破，他不甘心。

他挡在妖娆面前，"你们为何要夺我的冠首之位?"他有点发狂，眼里充血发红。"这结界，我冥想了十年，你为何知破解之法?"

叔公上前一步，"若不是仁浩贸然以念力去碰触结界外壁尝试感应，确实一时难有破解之法。但只要有血点出现，这便好解，只要取与你相同血源，必能破解。"

"至于这炫紫，想必是你偷取了妖娆的发丝。"老者捋须肯定道。

"你怎会知?"素萌发狂的声音有掩饰不住的慌张。

"翔。"有女子轻唤道。

是七月。

老者看向那女子，眼中带着温柔，他拱手作揖，"七月姑娘。"

女子浅笑，"上次一别已有多年罢。"

"二十载余三个月。"老者抬眼去看妖娆。

这下，不仅仅是素萌。倾城一行人也愣在原地。

原来素年的外公与妖娆却也相识。

同样也是血气方刚的年华，年轻气盛的他妄想得到妖娆做法师冠首，但寻得妖娆后，发现江湖所传并非属实，而这妖娆的宿命，叫他心生怜惜，索性留在她身边，守护多年。

待到年过半百，突然想念女儿稚嫩的面孔，匆忙寻了回去，却赶上白发人送黑发人。

想起曾经，老者不禁连声哀叹，但对于曾经守护妖娆一事，却始终不觉悔意。

"爹爹，你不要蓉儿了吗?"小女孩稚嫩的容颜画满疑问，看着眼前低头不语，一心收拾细软的刚毅男子。

"蓉儿乖，爹爹很快就会回来接蓉儿了。"男子停下手中的动作，蹲在女孩面前，粗糙的大手抚上女孩柔软的发丝，小心地抚摸着。

留在女孩心中的最后影像，是这个高大男子的模糊背影。

这一等，就再也未曾相见。

母亲终日以泪洗面，却在某天平静，拉过她，认真地告诉她："蓉儿，不要再等了，爹爹不会再回来了。"

女孩不信，哭闹着挣开母亲的双臂，奔至门口，坐上高高的门槛，远远的看向父亲离开的方向。

等待是一味药，带着慢性的毒，一点一点渗入，渗进皮肤、血液、内脏、心房，直至灵魂。

末了，留下名叫绝望的根源，一点一点腐蚀人的心智。

她日复一日地等待着，始终坚信父亲是会回来的。

直到自己的丈夫推开素年的手，她终于绝望了。

看着眼前昏厥的孩子，念起父亲抚上额头的温暖，甩甩头，决定不要了，再也不要这种痴傻等待了。

素年是她的，她失去了太多太多，不能再失去这个孩子了。

这是她怀胎十月生下的孩子。

是她的骨肉。

流着她的血。

有着她给予的生命。

他是她的。

翔离了家，去寻那传说中的妖娆，能给他无上荣耀的妖娆。

因是人形蜥蜴化身，妖娆有着传说中无上能量，只要她想，没人可近她主人的身，贸然靠近的，会被妖娆变成石像立在那里守护园林。

所谓的法师冠首，并非是真的让得到妖娆的人拥有无上的法术，而是得到妖娆的守护。

守护。一个让人太过安心的词语。

但对翔而言，作为男人，得到女人的守护，这对尊严是种打击。

看着眼前的妖娆，清秀的容颜不失妩媚。

柔柔地立在那里，周身却有让人不敢轻易靠近的气场，怕破坏了那种安宁的气息，玷污她的神圣。

她立在那边，眼里泛着冷峻的光芒，眼前的一帮男子犹豫地互相看着对方，"得到妖娆便可得天下，妖娆必定是我囊中之物。"终于有人发起挑衅。

刀光剑影，法术横生。四处飞溅的血液散发着异样的光芒。

妖娆只是淡淡地看着眼前厮杀的男人们，不动声色的。

翔亦是淡淡地看着。

这就是所谓的天下吗？

这就是自己抛妻弃子寻求的第一吗？

他突然觉得搞笑。眼前的一切像是一场闹剧。

然后在妖娆静默的眼神中，她看着那个男子冷眼看着他们厮杀，尔后转身离开。

妖娆觉得有些诧异。"真性情的男子，懂得自控与要的是什么。"七月在朱砂痣里轻声说道。

"为何离开？你来，不也是为了得到我吗？"七月追了出去，挡在翔的马前。

阳光甚好，光芒透过树叶折射的阴影印上七月的脸。

翔看着眼前一身素衣的女子。她浅浅地笑着，带着与世无争的神情，与那妖娆的淡漠冷态却是两种神色。

"我虽一介莽夫，但仍然知道自己寻求的是法术，不是女子的庇护。"

"公子曾认为妖娆是法术？"

"是，但现在发现，是我错了。"

翔策马准备离开，抬眼却对上七月哀怨的眼，心里突然地就有一丝慌乱。

"姑娘你……"

"这许多年来，透彻的，竟只有你一人。"七月侧脸抬头看天，身旁男子闪烁的眼带着坚定的神色。

"我不过是在寻我命定的爱人，不想却成了这世间祸果。"

翔看着她好看的侧脸，妄想猜测她心中的悲伤。

那一定是种空洞的，无限巨大的寂寥。

带着绝望过后的平静。

又或许不曾绝望过，只是一味热忱地等待着，念想有个人出现，厮守一生。

哪怕一生只有短短的几十年。

甚至根本就等不到。

在未知中等待，这究竟需要多大的勇气。

没有承诺，没有表态，没有言语，但行动表明了一切。

翔决定留下来，守护这个寂寥的女子，并认为这是自己应该做的事情。

她的浅笑，是他的所有，却是无关爱情。

"翔，我带你去游园。"

"翔，我为你做了糕点。"

"翔，随我去趟西域。"

"翔，我觉得那个人快要出现了。"

长篇盗墓小说

盗墓时空

七月浅笑着，含了花瓣于唇间，在阳光中起舞。

他只是安静地守护着，觉得内心安宁，并认为这种无争的心境，是件好事情。

那日中存活的男子，结局如何，他并不知道。

只是某日在园中发现神态一样的男子雕像。

他立在那里看他，七月在身侧，看向雕像的眼神，带着悲伤。

他知道，她并不想伤害他们，只是他们的欲望折射的，是妄想对她的伤害。

跟七月一起生活的那许多年，他参透了许多法术，多到自己都觉得神奇。

一环扣一环，环环相扣。

这便是法术的至高境界。

无论什么样的法术都有破解之法。但是环环相扣，却是难以叫人破解，因为无论从哪里断开，总有许多环节会自动连接，快到让人招架不住。

缜密，迅速，高深。

这样的日子是叫人快乐的。能去冥想法术，亦有七月的浅笑相伴。

但他始终清楚，这一切无关爱情，他想守护，但却不是爱。

这种感觉自由，没有束缚。没有猜疑。没有争执。有的只是内心的平静。

他亦想就那么一直一直生活下去。但却在某日醒来，突然地，就念起女儿稚嫩的容颜。

他想起抚上女儿发丝的柔软。

现在，那才是他想要的。

未曾言语，七月便已替他打点好一切。

翔起身上马，七月靠在门边柔柔浅笑。离开的时候，甚至连告别都没有。

无需言语，他们谁都不属于谁。

都是内心太过自由的人。只是相伴的两个人。

辗转问来女儿多年来的生活。还未到达住处，便已接到女儿无疾而终的消息。

翔向着女儿的家策马狂奔。蓉儿，他的蓉儿，竟在他之前离开。

翔忍不住老泪纵横。

才进堂内。第一眼看见的，是立在一侧的静默男子。

有着刚毅的线条，柔媚的眼角，好看的容颜带着平静。

眼里甚至没有一滴泪水。

素年说，母亲走得安详。所以他并不知道该如何悲伤。对于母亲而言，这样的安详，可能是最好的结局。

翔的心有着巨大的震撼。

他伸手去抚素年的发，有着女儿一样的柔软与温暖。

终于，他抑制不住地拉过素年，抱着他失声痛哭。

"爹爹，你不要蓉儿了吗?"女孩稚嫩的容颜画满疑问，有阳光穿透窗户照射进来，在那张稚嫩的面孔打下阴影。

低头不语，一心收拾细软的刚毅男子回头看她，带着自己内心压抑不住的兴奋。

只是那是对妖娆的渴望。

"蓉儿乖，爹爹很快就会回来接蓉儿了。"翔停下手中的动作，蹲在女孩面前，粗糙的大手抚上女孩柔软的发丝。

孩童惯有的清香随着空气吸入腔道，他小心地抚摸，感受着那个孩童的温暖。

"我的蓉儿，爹爹对不起你。"

素年听到老者在耳边唤出母亲的名字，明白了这是自己消失多年的外公。

他不恨他，就像并不恨父亲那般。

他知道，母亲也并不曾恨过外公。

于是他伸手抱住这个悲伤的老者，在他耳畔轻唤，外公。

钉棺，送葬，入土，立碑，上香，磕头，守夜。

素年始终没有一滴眼泪。

翔看着这个男子淡然的脸，突然地，就想起七月。

这是素年的宿命，亦是七月的，他无权干涉。

"翔，你还好吗? 可曾见到你家小女?"妖娆轻轻挣脱束缚，反手束缚住素年的父亲。

"待我返乡，她已经亡故。"翔念起蓉儿，始终还是抱有愧疚的。

素年立在一旁，面无表情。

"素年，是蓉儿的孩子。"翔坦言告知妖娆。

七月回望素年。这个男子，自己深爱的男子，是翔的外孙。

这，就是宿命罢。

"你是蓉格的父亲?"素萌还是有些震惊。

妻子消失多年的父亲竟与这妖娆有那么深的瓜葛，而这妖娆，却是深爱素年的。

妖娆行至素萌面前。

素萌感到有种神圣不容侵犯的气场在妖娆的周身环绕。他感到深深的恐惧。

但很快他便平静下来，是自己欠了素年太多。

那么一切，也是该终结的时候了。

妖娆的眼，渐渐变成淡淡的紫色。

素萌毫不畏惧地与之对视，带着悲壮的神色。是自己欠了素年的，他甘心去还。

素萌在众人的眼中渐渐石化。

倾城不知说何是好。

锦时立在一旁端详起妖娆的背影，这个女子，终究是悲哀的。

仁浩看着那张石化的脸，一切，都结束了吗？

翔看着妖娆，这个自己一心守护的女子。

良久，妖娆转身，轻唤素年。

翔有些悲伤，轻声告诉她，这是倾城，素年，早就死了。

七月不相信，从朱砂痣中流泪。

眼前这男子，好看的眉眼，绝色的容颜，哪一点不是她的素年。

"这是真的，七月，他不是素年，是仁浩自五百年后的龙城带回的倾城，是素年的转世。"

妖娆不再言语，闭了眼。

画面流转，一幕幕在七月的眼前出现影像。

七月张开眼，抑制不住地抽泣起来。

她看着眼前的倾城。这个男子，有着与素年一样好看的容颜，就连心境，也是那般的相似。

但再也不是她的素年了。

"七月，你要做什么？"倾城跟翔一起喊道。

锦时悲伤地看着妖娆，她看着她自头上取下发簪，刺进朱砂痣。

"七月。"倾城的声音带着颤抖。

妖娆看着眼前揽住自己的男子，伸手去抚摸那张绝色容颜。只是那温度来自倾城，不是她的素年。

七月悲伤地看倾城，心里念着素年。

"不是想要我的血吗？给你，全都给你。"

七月震惊着看向素年的伤口，深深浅浅的疤痕丑陋地盘踞。

不是的，素年，不是你想的那样。

七月在心里大声呼喊。

"素年，我的素年。"妖娆变得虚弱，七月在她的体内慢慢裂开，一块一块地剥离着。

身上的那些伤口，同样弥漫着素年的心间。

七月内心明了那些伤口的存在。

此刻，她抚着倾城的脸，想象着自己抚摸着素年。

一寸一寸抚摸着那个自己深爱的男子。

抚摸着他的肌肤、温度、气息、伤口，还有他那颗早已伤痕累累的心。

尽管那些伤口，是她给予他的。

看着划开手臂的素年。

七月想要去抚摸、亲吻素年的那些伤口，想要给他所有她对他的在意。

"妖娆的宿命不是要自己选定人的血液，而是在选择跟寻得之后，去守护她的主人，或者说她命定的爱人。不离不弃。"七月哭着告诉倾城，想象着自己在告知素年。

"除非，对方选择离开。"她流着泪，哀伤地看倾城。

倾城抓紧她的手，分不清自己到底是素年还是倾城。

即使对方选择离开，也不会去憎恨。只会将自己封印，等待下一个主人的第一声啼哭将她唤醒。

这，就是妖娆的宿命。

"七月，你这又是何苦啊。"翔蹲在妖娆身边，看着这个自己一心守护的女人。

七月哽咽着，并不回头看翔。

她要用尽全力去记住这个男子的脸，这个自己深爱的男子。

"素年，除了你，我不想再去等待他人。"七月哭到不能自已。那么多世代的等候，眼前的，却不再是同个人。

即使有一样的容颜，有一样的心境，有着他的记忆，那又如何呢？

哪怕他是素年的转世。

但那个灵魂，早已不再是当初那个了。

她要的，只有素年。

"七月，毁了元神，你的结局会如何？"倾城轻声问道。

"变成石像罢。"七月回答道。倾城张开口，半天发不出声响。

"七月，把我石化罢。守护你，我从未后悔。"翔看着这个虚弱的女子，她的身下，已经出现了蜥蜴的尾巴。

"翔。"她有些不想带走这男子。因为她，他失去了幼女，还有素年。

但他的神情却是不容抗拒般坚定。

倾城有些想哭。

锦时有些紧张，抓紧手中的锦帕，那是素年送的。

仁浩知道她心中恐慌之事，大声唤着倾城，怕他也要随她去了。

繁华落尽，如梦无痕，君无言，妾含笑，莫言那世道无情，终不过繁梦一

长篇盗墓小说

盗墓时空

场……

妖娆开口吟唱，锦时小声地和着。

人生如戏，戏子如棋，我们不是戏子是棋子……

"锦时，好好照顾倾城。我夺了素年，只能还这倾城于你。"妖娆说得认真，苍白的脸柔柔地浅笑。

妖娆回眼看翔，眼前浮现他年轻时的容颜。突然地就发现，那是与素年一样好看的绝色容颜，带着刚毅的线条。

原来自己爱的，是翔的影子。

她放声大笑，发出自嘲的声音。

"翔，原来，素年，是你的影子。但是他对我的疼爱，他会表达，但是你不会。原来，只是你的影子。翔……"

七月破碎到体无完肤，终于快要消亡。

"那种宁静的爱情是剧毒，早已渗透进我们的内心，只是我们并不自知，还傻傻认为无关爱情。"翔哽咽了，去抱那个自己深爱却并不自知的女子。

妖娆的眼变成淡紫，翔看了倾城一眼，发现那真的是与自己年轻时酷似的容颜，只是多了丝柔媚。

他浅笑着，收回眼光，对视上淡紫的眼眸。

"叔公……"锦时大哭着想要上前，但被仁浩拉住。

倾城呆在那里，突然地，就为素年哀伤起来。

原来，他终究只是配角。

谁都不能替代谁，哪怕一时错爱，以为自己是在爱，但终究只能是错爱一场。

素年的体内，流着翔四分之一的血。

那种清香的腥甜味道，不是来自素年，而是翔的。

对翔的占有，七月并不自知。

而翔一直认为只是相伴的两个人，无关爱情。

但那情种早已在心底滋生，只是并不自知。

七月浅笑，看着眼前年迈的老者，眼前浮现他年轻时的容颜。

"翔，我带你去花园。"

男子浅笑，轻轻点头应允。

她含了花瓣于唇间，在阳光中浅笑。

他们含笑对视，紧紧拥住对方。

石化的声响持续着，他们含笑看着对方。"七月，这次，我会一直守护，不再离开。"

女子点头应允，轻轻浅笑。

倾城觉得眼角湿润，流着配角的眼泪。

那么自己自龙城来这里，是为了什么呢。

脑海间闪过一个女子的背影，那是他幼年唯一信任的人。

那个女子，袭一身素衣，背对着他坐在树下。

那是他童年唯一信赖跟喜爱的人。

他对她述说他的心情、感受，哪怕只是生活中的一些琐事。

她只是安静地听，偶尔能看到她一小半的侧脸，透着忧伤的神情看远方。

她从未开口对他说点什么，只是安静地听他讲。跟她在一起，那是种非常心安的感觉。没有委屈，没有忧伤，没有寂寞，没有压抑，没有嘲讽。

她会一味包容他所有的情绪。

从未看过她的容颜，也未曾想过去看她的相貌。她亦从未流露出要回头看他的意思。

她只是坐在树下，轻轻依偎着树干，那是棵年老的巨大树木，叫不出名字。

梦到锦时的时候。她也是那般，坐在年老、唤不出名字的巨大树木下面。

背对着他，只见一身素衣。

她坐在那里，一个人咿咿呀呀的弹唱着：我们，都是不合格的戏子……

倾城噙满泪水的眼看向彼端柔弱的女子。

锦时立在那里哀伤地看他，手里抓着素年赠予的锦帕。

锦帕上的绣花，与她当年换糖给素年吃的那一块，一模一样。

也许这一世，自己真的是来替素年还欠下锦时的情罢。

所以心里，一直念着这个柔弱的女子。

记得她咿咿呀呀的弹唱，记得她的笑，她的背影，还有那一身素衣。

是幼年的自己，唯一信任跟依赖的人。

同素年一样。

回头看一眼石化的妖娆。念起那时的七月。

七月懒懒地靠在大红漆木门边。

倾城上马，在夹紧马肚子的同时，回头看那七月。

七月眼角含泪靠在门边，显得柔弱无比。

那一刻，倾城只想逃。

此刻，因何又有了那一种感觉呢？倾城不知。

仁浩觉得自己在这场闹剧中，只是个幻象，一个给予素年与倾城金丝雀的幻象，一个必不可缺的幻象。

他立在那里，发不出声响。

也许，是该回家的时候了。

一行人将石化的三人带回七月的宅子。

他们将他们放置后花园。

风中有七月浅笑的声响。倾城回头张望，入眼的只有满园艳丽的花朵。

倾城学着七月摘了片花瓣含在唇间，有清甜的味道在口腔回绕。

拿出来的时候，花瓣泛白。

仁浩好奇地去闻那花朵。

金丝雀。

这是金丝雀的味道。

原来这才是纯正的金丝雀。

仁浩念起爷爷口中念念不忘的艳丽花朵。传说家族一直在寻找这金丝雀的根源。

原来是这奇异花朵。

他觉得内心欢喜，但这些花，不属于他。

他去到七月的雕像前请求着。

"带走吧。"风中夹杂着七月的声音。

他不知是自己的幻觉，还是七月真的应允他了。

出宅子的时候，仁浩的手中抱了一盆花。

身后传来巨大声响，七月的宅邸在顷刻间成了荒漠。

仁浩低头看手中花盆，那花开得异样艳丽。

仁浩决意回翟家。

倾城他们不做挽留，知道仁浩心意已决。

连告别也没有，像当初的妖娆与翔。

仁浩策马飞奔。衣衫在风中高高扬起，带着孤独的坚决。

倾城回头看锦时，锦时也在看他，她唤他，倾城。

倾城上马，尔后伸手给锦时。

锦时昂首看眼前男子，那是与素年一样绝色的容颜。

他在阳光里伸手给她，带着柔柔的浅笑。

锦时不再犹豫，探手放进对方掌心。

倾城拉她上马，锦时自身后环住倾城，将脸贴上他的脊背。

在奔跑的凛冽风中，锦时看到素年的嘴角微微上扬，从锦时柔软的掌心拿了一颗糖，送到她嘴边。

251

"锦时不吃，哥哥吃。"她含泪看他。

他咧嘴冲她笑。"你吃我就吃。"

"真的?"其实锦时也想吃得不得了，但她还是想让给素年吃。

看着她咽了咽口水，他的笑意晕得更开，"真的。"

她张嘴含了那颗糖。他的手指触上她的唇，柔软，甜腻。

"哥哥你也吃。"锦时把小手举得高高的，也要学他那样把糖送到他嘴边。

她比他矮了一个头，又是在屋子外面，所以即使是踮起脚，举高手臂，也还是差了一截。

他温顺地低头迁就她。

他冰冷的唇，有着只有锦时才懂的温存。

此刻，锦时抱着他的转世，将脸贴上他的后背，感受他的身体传来的温度，还有他后背骨骼的线条。

锦时抱紧倾城，这一次，她再也不要放手。

第十七章　第十卷轴

"我懂了。"看完后，在沉默的第一分三十秒后，陆湘湘欢呼起来。林翔虽然看得不明就里，满脑子的疑问只问了一个问题，这个传奇故事跟穿梭印盘有什么关系。除此之外，林翔没觉得有什么与众不同的地方。

但是陆湘湘却在此刻高呼起来，"我懂了。"

陆湘湘欣喜地拉住林翔。"是血，他们之前的契约，肯定是血。这本书里讲得很隐晦，一切似乎都跟穿梭没有任何的关联，但是，跟七月有关的就是血。比如说，她断定那个人是不是她要寻找的，她就会去饮用那个人的血，然后，把剩下的，还给那个人。意思就是说，交换血液。"

"交换血液来盟约？"林翔有些懵了。陆湘湘的念头，着实是疯狂。

"徐福给我们讲的故事你还记不记得？凤凰把血给徐福，也是靠着凤凰的血，徐福才能发动穿梭印盘的，也就是说，一切跟血液有关。虽然我不懂李天翔为什么要跟你盟约，但是，盟约的方式，却一定是交换血液。不过，正常的思想跟行为是，与一个人盟约之后，是不可以跟其他人定下盟约的，林翔，要不，我们定下契约吧！这样的话，李天翔再来抓你，也没什么用的，是不是？"

陆湘湘承认，她此刻可能是有些疯癫了，但是，只要是办法，她就一定要试一试。

"可李天翔也说过，契约之后要去找你。"林翔不无担忧地说。

"找我？"不知为何，陆湘湘突然想起凤凰欲言又止的脸，忍不住伸出手摸了摸胸口上的钥匙印记。"七月会把人变成石像，也一定可解，石像说不定只是个虚像，一个无比真实的虚像。"陆湘湘自言自语着，林翔听得心中一紧，"我记得李天翔说过，他跟他爸爸，一直在研究的，除了穿梭印盘之外，还有第十卷轴。我第一次见他爸爸的时候，那老头跟我说，他变成那副鬼样子，是因为窥见天机，你说，这跟第十卷轴是不是有什么关联？"

"第十卷轴不明去向。"陆湘湘低下头，声音压得低低的，"我爸爸妈妈跟我讲他们的研究心血的那一晚，最后的一句话就是告诉我第十卷轴不明去向，这么说，有可能也是他们李家父子做的好事。"

"那？"

"莫非，我身上的印记，是开启什么的？但又跟第十卷轴有关。"

"第十卷轴，是石像，还是要被变成石像？"林翔莫名其妙地问了一句。陆湘湘一下子没有反应过来。

"你在说什么？"陆湘湘问林翔，后者摇摇头，如梦初醒一般，"哦，没什么，我只是突然有些比较奇怪的想法罢了。"

陆湘湘顾不上林翔的奇怪想法，催促道："我们交换血吧，这样的话，李天翔就不能与你契约了，这样一来，你对他就没用了，即使他想做什么坏事，也没办法了。"

看着陆湘湘脸上欣喜的神情，林翔郑重其事地点了点头，此刻，除了相信陆湘湘，他不知道自己还可以做些什么。

陆湘湘拿出军刀，在灯光下，刀身光亮，折射出的光芒透出寒气，却代表着陆湘湘的决心，她伸出食指，划了道口子，殷红的血液冒了出来，林翔接过军刀，在自己手上，同样的位置，也划了一刀。

林翔不知道该怎么做，他伸出手给陆湘湘，陆湘湘拉过林翔的手吸吮了一口，然后将自己的伤口，印上他的。

陆湘湘不知道自己为什么会去吸吮林翔的血，只是潜意识里认定该这么做，于是，就这样做了，在她的唇碰触到林翔的血液的时候，林翔的心里，却"腾"地升起一种莫名的情绪，他觉得自己能体会素年的心情，平静地看着自己的血液被另一个人吸吮。

倦意袭来，林翔脑袋一歪，就睡过去了，陆湘湘看着林翔消瘦的脸庞，干裂的嘴唇，估计是没怎么吃东西，陆湘湘起身去冰箱里翻了翻，没有食物，只好先给林翔喂了点葡萄糖，然后把林翔拖到沙发上，让他平躺着睡。

做好一切之后，陆湘湘捧起书，再次细读了一遍，还是没有什么疑点。既然已经破了李天翔的契约，下一步，他们该做什么，又该怎么做呢？陆湘湘揉了揉昏昏沉沉的脑袋，拿不定主意。

"七月，毁了元神，你的结局会如何？"倾城轻声问道。

"变成石像罢。"七月回答道。倾城张开口，半天发不出声响。

书里的对话，淡淡出声，在陆湘湘的耳边，一遍一遍地播放。陆湘湘只觉得天旋地转，然后，就昏睡了过去。

醒来的时候，印入眼帘的，是李天翔的狞笑。

没有父母的微笑，没有早安吻，没有清晨绚烂的阳光，有的只是熟悉的四面墙，还有，满身的绳索。

特别是眼前，刚好是李天翔那张让人厌恶的脸。

"陆湘湘，你真是大胆，竟然破坏我与林翔的契约，你以为我想拿与他的契约做什么？呵呵，不过，我没想到你陆湘湘会这么傻，你以为我李天翔的房子，是你想走就走，想来就来的？我是故意放你进来的。"

陆湘湘的眼里，简直可以喷出火。

但李天翔却好死不死的，在一旁继续燃烧陆湘湘的愤怒之火。

"别用这种眼神看我，我会得意的，哈哈，陆湘湘，你不是一直想知道这是什么吗？"李天翔拉开陆湘湘的衣领，惹得林翔在一旁愤怒的大声骂。"你倒也算个多情的种子，放心，我不会对她做什么。"李天翔把手指轻轻按在自己的嘴唇上，对着林翔做了个安静的动作。随后，目光又移回到陆湘湘这里。

陆湘湘的衣领被李天翔扯开，那把小钥匙的形状被完完全全地展露了出来。

"第十卷轴的最后一条，其实是要靠钥匙开启的。这钥匙，如果没出差错的话，就应该是第五卷轴。当然，现在已经不存在什么第五卷轴了，因为，你，就是第五卷轴的载体，也是第十卷轴预言的开启钥匙。"李天翔轻轻抚摸陆湘湘身上的印记，指腹碰触到的地方，惹起陆湘湘一身恶寒。"把你的脏手从我身上拿开。"陆湘湘鄙夷地怒骂李天翔。

李天翔抬起头，陆湘湘这才看到他的眼里迸发出来的，都是渴望占有的神情，如果不是陆湘湘的怒骂打断他的情绪，估计他现在的情绪堆积得，想要一口把陆湘湘吞进肚子里，恨不能来个天人合一，让自己做了这载体，到时候，就可以随意开启跟重组第十卷轴。

李天翔咽了咽口水，陆湘湘仿佛听到空洞的声音在回荡。"本来我是打算跟林翔定下契约之后再去找你的，但是，你既然自己送上门来，的确是省下了我的时间。"李天翔转过身，带着自认为亲和的笑容看向林翔。

"你为什么想和林翔定下契约？"

"不为什么，魔鬼与人定下契约，无非是想要那个人的灵魂，我也一样。只有林翔跟我乖乖合作，你才会被这诱饵吸引，然后乖乖进我的圈套，但是，我没想到的是，诱饵不跟我合作，你都会自己送上门来，哈哈……"李天翔发出张狂的笑声，陆湘湘依旧满脸愤怒。

"那你现在打算怎么处置我们？"林翔冷冷地开口，自从进入魔鬼森林，林翔早已把生死置之度外，现在，他只是想要李天翔解答他的疑问。

"处置？别说得那么难听。"

"既然没打算处置，何必把我们绑得这么结实？这就是你的待客之道？好吧，这个无所谓，有所谓的是，我想知道，第十卷轴。"林翔没有拐弯抹角，没有拖泥带水，只是冰冷而又直接地把话题从李天翔的洋洋得意，拉到了正题。

李天翔估计也是没料到林翔突然会这么直接地问第十卷轴，虽然吃惊，但人类对他不足畏惧，倒也很快就心神宁静下来。

"咳……咳……"李天翔干咳了几声，恢复冷峻的神情。"第十卷轴的撰写，本身就存在很大的疑团，学术界更是各种猜测，除了接见过外星人之外，研究里，还是跟当年的有方之士的关联，似乎更大一些。秦始皇突然广招有方之士，起初只是因为一场关于死亡的噩梦，醒来之后，始皇大怒，然后广招有方之士，要求算出自己的死期，但哪个皇帝不想活个千秋万载的，后来，算出来的，不仅仅有秦始皇的死期，更有几次灾害的预测，秦始皇不信，认为是人为的胡诌，但当时一位有方之士就说了，始皇你不如先看看这几次灾害预测得准不准，如果准，就放我去隐居，当然，这个人是聪明的，等他的预言成真，秦始皇必然不会放过他，但他先行要下一个承诺，秦始皇必然会顾及颜面放他走，只要能走出皇宫，他就有办法避开追兵，所以，秦始皇当年广招有方之士，不仅仅是为了求取不死药。"

"后来呢？"林翔问道。

"后来，必然是预测成真，始皇不得不放走隐士，但要求是预测未来。隐士顺手写下八条预言，但卷轴上的名称，却是写的第十卷轴，始皇不解，为何是八条，但要提名第十卷轴，而且卷轴上所描述之事，更是始皇闻所未闻，以为那打算隐居的有方之士只是敷衍了事，于是提笔在尾端加上一条预言，然后丢卷轴于有方之士面前，大怒喝道，'第十卷轴却为八条预言，朕加一条，你补一条。'有方之士一看卷轴上的最后一条，顿时大惊，于是滴血施法，愣是横加了一道隐藏起来的门，挡在始皇顺手提笔之处的前端。"

李天翔顿了顿，"有方之士做完一切之后，不顾大堂礼仪站起身，手捧第十卷轴递向始皇，始皇大惊失色，因为那个有方之士已然成了一尊石俑。大概是因为这样，所以始皇陵墓后来才出现了大量兵马俑吧。不过，这个不是重点，重点是，你，陆湘湘，是打开这道门的钥匙，只要开启大门，第十卷轴的最后预言，才能被开启。"

林翔没想到，原来第十卷轴里还有这么一段，陆湘湘都没想到，自己身上的印记，居然会跟第十卷轴有这样的直接关系。

"既然现在已经用不上林翔这个媒介，那么，陆湘湘，我们开始吧。"李天翔一抬手，手里赫然多了一样东西。不用猜，陆湘湘也都知道，这肯定是传说中的第十卷轴。现在不是追究第十卷轴怎么会在李天翔的手上的时候，现在重要的是，该怎么去阻止李天翔开启第十卷轴。不过，一切怎么发生得这么快呢？快到陆湘湘还没做好准备，自己都要被当成祭品开坛了。

长篇盗墓小说

盗墓时空

李天翔展开第十卷轴，伸出手轻轻触摸第十卷轴最后一道预言的前端，妄想要碰触到那个锁孔，展现他的野心，让世界彻底陷入黑暗的野心。

第十卷轴的最后一条，分明写着：世界将归于混沌，一切重新开始，黑暗力量将占据世界大半个世纪，直到太阳初生。

李天翔摸了半天，也没找到钥匙孔，想了想，绕着陆湘湘走了几圈之后，李天翔有了主意。

他在陆湘湘的身边走了几圈，盯着钥匙的形状若有所思，最后，李天翔拿定了主意，他燃了几支蜡烛在陆湘湘的身边，嘴里嘀嘀咕咕地念着，不知道是哪一个朝代的咒语，只见陆湘湘的脸变得苍白，有一个透明的物体从她的印堂，一点一点地凸出，林翔就在一旁看着陆湘湘的身体里面渐渐拉出半人高的透明体，仔细看看又有点人形，原来，李天翔思前想后，都没想出怎么去寻找那个钥匙孔，所以干脆将陆湘湘的灵魂给提了出来，封锁进那个钥匙的图形之中。

"不……"林翔哀号了一声，然后看到一枚透明的钥匙，从陆湘湘的身上，掉到地上。而陆湘湘，也晕了过去。

"陆湘湘……陆湘湘……湘湘，你怎么了？陆湘湘……"林翔尽量大声，想要叫醒陆湘湘，李天翔嘲讽地朝他看了一眼，"别白费心机了，她的灵魂在这里。"

李天翔从地上捡起钥匙，朝着林翔得意地挥了挥。

钥匙虽然拿到了，但李天翔还是参不透该如何开启。

怎么办呢？

李天翔坐到书桌前，将第十卷轴平铺，陆湘湘变成的透明钥匙，就随意地丢在第十卷轴上，李天翔漫不经心地把玩着钥匙，在最后一条预言前，摆出各种造型，但都没见有什么奇迹发生，直到他把钥匙搁置在第八跟最后一条预言中间的时候，第十卷轴上出现一个小小的黑色旋涡。钥匙急速地隐进第十卷轴，一秒钟之后，陆湘湘的灵魂蹲在第十卷轴之上，然后慢慢地舒展身体，口中淡淡地念叨着：第十卷轴已解除，最后预言，无效，无效。

陆湘湘的灵魂看到自己的躯体，想要飞扑过去，却被李天翔一把捏在手里，"你刚刚说的是什么意思？什么叫最后预言无效？"李天翔的脸色凝重，陆湘湘的灵魂看向他，神情鄙夷，"无效就是无效。"

"为什么会无效？为什么？"李天翔咆哮着，震得房间都有些晃动。如果说他做的一切都是白费心机，那他做这些，还有什么用？肯定是哪里出了差错，肯定是。

"你看我的手指。"陆湘湘的灵魂伸了一根手指给李天翔看，可是她太小了，她手指上有什么，根本就看不清楚。

李天翔怒目圆睁，陆湘湘的灵魂看了看自己的手指，这才反应过来，李天翔怎么可能看得清。"咳咳……那什么，我手上有个伤口，林翔的手上也有，他跟我做了契约。我吸吮了他的血，估计是他的血，与我体内那滴凤凰血混在了一起，那么凤凰血也就不是纯的了，我也就不是凤凰血精的载体了，当年徐福开启穿梭印盘，靠的就是滴上一滴凤凰血，我这滴，最多只有半滴，或者更少，所以，当年那个有方之士，应该是下了一个要靠凤凰血来开启最后预言的门，跟我们开门插错钥匙一样，结果只能是反其愿而行。嗯，大概就是这样。"

李天翔愤怒地站起身，看了看陆湘湘的躯体，又看了看林翔的手指，证实了陆湘湘的灵魂是没有说谎的。

"你，你们，你们竟然敢破坏我的契约。"李天翔怒不可遏，一用力，捏得陆湘湘的灵魂魂飞魄散。

"陆湘湘……"林翔好恨自己，他好恨自己除了大声喊陆湘湘的名字之外，什么都做不了，他看着陆湘湘的灵魂散成无数碎块，零零散散地散落在地面。

陆湘湘在一片混沌之中看到一块玉佩，上面雕刻着一只凤凰，那神态，像极了凤凰神殿中徐福雕刻的那些。

陆湘湘又感到有些困，慢慢地想要闭上眼，恍惚中，只觉得眼前出现五光十色的异彩，煞是漂亮。一只彩色的凤凰，在亮光中慢慢出现，站立在她的面前。

"汝之愿，诉于吾知。"凤凰的声音如银铃般动听。

"我是不是已经死了？"陆湘湘虚弱地问道。

"汝乃吾之血精，得永生，无拘无束，驶于天地。"凤凰淡淡地说。

"那如果，我是不纯的血精呢？还能得到永生吗？"陆湘湘满脸期盼。她还有太多事情没有做完，她还没有亲眼看到李天翔离开这个世界，她还没有看到林翔得救。

"这……"凤凰愣住了，"不解之事，唯凭天意。"

"不过……"凤凰又说，"血精不可能不纯，再说了，你不过是吸吮了凡人一滴血，而且，你的使命已经完成了，你应该会恢复到你的正常生活。"

"嗯？"陆湘湘疑问着抬头，看到的不是那个五光十色的凤凰，而是因为愤怒，变成半人半兽的李天翔。

李天翔的上半身又变成黝黑的样子，头上的犄角也尖锐得发亮，林翔还在哀号，好像，是为了自己的死。虽然被绑住了，但脸部的表情变化，一点都没少过李天翔。

"林翔，你别哭丧了，我还活着。"陆湘湘终于看不下去了。

"嗯？"林翔听到陆湘湘的声音，以为是自己出现了幻觉，忍不住继续哭起

长篇盗墓小说

盗墓时空

来。李天翔木愣愣地盯着陆湘湘，一副不可置信的表情。

　　林翔心里是真不好受，以前，自己的世界很小，小到只有母亲，只有杨萤萤一家，但也正是因为杨萤萤一家，他林翔才有书念，因为有书念，这才认识了一帮好朋友。但是因为陆湘湘，大家卷入了一场与生命斗争的事件，当然，如果没有被卷入的话，怕是连自己是怎么死的都不知道，如今，连陆湘湘都死了，林翔心里很难受，再也顾不得所谓的男人的自尊，所谓的男儿有泪不轻弹。再说了，除了两行清泪，他林翔也做不了其他的事情了，他能做什么呢？自己面对的不是人类，即使是人类，也比自己强壮了那么多，单打独斗都打不过，更何况自己还被对方绑得结结实实。

　　林翔感到绝望在内心里滋生，那种无能为力的感觉，原来当真是可以把人的意志都给摧毁的，刚才，他都出现幻觉了，居然听到陆湘湘跟他说话，告诉他，她没死，林翔伤心不已，他都开始编造幻觉给自己安慰了，这可怎么办？自己跟李天翔，还有拼死一战呢！

　　"你怎么还没死？"李天翔问出声来，随着李天翔的问话，林翔这才收起了心酸，转过脸对着陆湘湘。

　　"陆湘湘？"林翔的眼泪顿在眼里，像个委屈的小媳妇，没错，他就是个俗人，俗到不能再俗气的俗人，他不懂什么救世救民，他只知道，此刻，他很希望有个人能跟他站在同一战线，能彼此鼓舞一下，就够了。

　　"终于哭够了？啊，没想到你还这么舍不得我啊？"陆湘湘不紧不慢，对着林翔开起了玩笑，把李天翔的问话当成耳边风。

　　"我真以为你死了，我没打算做风之城的最后一个活人。"林翔大声喊出来，陆湘湘只觉得耳膜都要被震破了，"你神经啊，叫那么大声，你不要耳朵了我还要呢！"

　　"那你答应我，你不能死。"林翔不依不饶，继续扮演小媳妇。

　　"答应不了，我是凡人，生老病死，多正常呀！"陆湘湘白了他一眼，没想到平时少言的林翔，还有这么娘娘腔的一面，真是叫人受不了，不过，怎么会觉得有点小甜蜜呢……

　　陆湘湘在心里偷笑起来，李天翔受不了这两个无视他的人类了，站在两人中间，对着陆湘湘怒目相向，"说，为什么你还没有死？"

　　"你才要去死。"陆湘湘朝着李天翔的脸上唾了一口，哪有人问别人死没死，做梦的时候也是，一见到人，就被来人问自己怎么还没死，没想到死里逃生之后醒来，又被讨厌的人追问怎么还没死，陆湘湘真想把李天翔大卸八块。

　　李天翔上前一步，掐住陆湘湘的脖子，就在他快要掐死陆湘湘的时候，第十

卷轴飞了起来，在三人的头顶上，造出一个时空旋涡。

李天翔愣愣地看着卷轴，突然意识到什么，飞身就往旋涡里面冲，还不忘带着陆湘湘跟林翔。

"陛下。"堂下男子跪地作揖，呈上卷轴。"陛下，臣已按陛下旨意立书预言，此卷轴名为第十卷轴。"

"哦？"始皇坐于案前，"呈上来。"虽只是淡淡一句，但帝王之风还是尽显。堂下有方之士在呈递之后抬头扫了一眼。

始皇阅过之后提笔撰写，片刻之后，便丢掷到有方之士脚边，"第十卷轴名不副实，其一，只立八条，不符十卷之名，其二，卷上所言，俱是千年之后，寡人如何会知真假。即使寡人提笔胡诌，也算赐你一条，还有一条，你倒是可以大胆添上，待寡人百年之后，拿这入陵，震慑后人。"

"还有，你附上的第十卷轴附录，寡人阅后，只觉得是故事一则，与这第十卷轴有何干系？"

有方之士捡起第十卷轴，展开看后，这才不紧不慢地告诉始皇，因为，这里藏有不死之谜，说话间，有方之士破了食指，滴了一滴血在卷轴之上，默念几句，卷轴上的血液一闪即逝，始皇大惊，视堂下之人为天人，"你这是使的什么法术？为何滴血于卷轴，却能了无痕迹？"

"始皇陛下，方才始皇提笔与我下的一道暗书，这才完整了第十卷轴，而附上的故事，只是提供破除之法，否则，待千年之后，预言实现，而我的预言迟迟未破，时限一到，始皇的提笔，也是会实现的。"

"什么？"始皇大惊，"那只是寡人的随意胡诌，岂能当真？更何况，你这故事，寡人看不出任何提示。倘若后人无法破你之术，寡人的江山，岂不是要毁于一旦。"

"始皇不必担忧，江山易主，国度更新，不过是必然之事。"

"大胆！"秦始皇怒不可遏。"依你所言，寡人之江山必然会对他族人拱手相让？真是岂有此理！寡人一定要寻得不死仙药，护寡人江山千秋万载！"

有方之士轻笑，双手举起第十卷轴，面向秦始皇站起身，并与之对视。"始皇陛下，小人愿以小人之躯为始皇陛下守陵。"

还没等始皇下来斩掉他的脑袋，那有方之士已然失去肉身，变成了一尊栩栩如生的石像。身上的术士之衣，也变成大将军袍。

始皇大惊失色，这有方之士的行为，已经说明了自己必然会死，他亲手捧着第十卷轴，说要为始皇守陵，他的自信，表明了他的法术跟预言必然成真，而始皇的胡诌，也只能是胡诌。还有就是，始皇迟早会驾崩。

秦始皇有些怕了，他看着大殿之外，自他一统江山，完成祖辈几代人心心念念的春秋大业，却在太平的时候，被人预言必然会改朝换代，更新世界，始皇不能放任自己的大业被拱手相让，"来人。"始皇面色凝重，"传令下去，让寡人朝中有方之士，替寡人寻求不死仙药。"

"陛下，朝中正好有一有方之士，上奏一载有余，都是请命去求取不死仙药的，不如……"立在一旁的公公向始皇建议着。"陛下，老奴认为，陛下可以先试探试探此人口风，如果老奴没有记错的话，此人是叫徐福。"

"徐福？"陆湘湘叫出了声，可是，除了跟她一同来的李天翔跟林翔，没有人听得到她的声音。陆湘湘喊出声后发现除了他们，没人听得到，索性扯开嗓门继续说："徐福说过，他上奏折一年秦始皇才肯接见他，原来，是这样。"

李天翔看了看陆湘湘，徐福跟他们的谈话，李天翔不是太清楚，但接下来也会看到发生了什么事情，所以李天翔也懒得问，倒是秦始皇雄厚的声音传进了耳朵。

"嗯，可以先宣奏此人上殿进谏。"始皇点头应允。

"吾皇万岁万岁万万岁。"声音颤颤抖抖的，只见大殿之上，一个男子俯身在地，别说脑袋，就是整张脸，都几乎是贴着地面的，他的口里高声喊着吾皇万岁万岁万万岁，大殿一旁的公公微笑地点了点头。

陆湘湘跟林翔心里都清楚，这个男人，肯定就是徐福了。

这徐福，倒也知道点天子跟庶民之间，是有那么点差异的，又或许是根本就没见过什么大人物，更何况，大殿之上的，是他一直求见不成的秦始皇。徐福不敢抬头。

殿中摆了一方长书桌，书桌的四角雕刻上代表吉祥的神物，一个浑身透露出威仪的男子埋头在一堆奏折中，良久，抬眼看了一眼殿下跪拜着的男子，"平身。"他淡淡地说了一句，目光继续转回奏折中。

殿下男子站起身，依然弯着腰不敢直起身子，只见他微微抬眼，偷偷看着殿堂里高高在上的男子，那个一统天下，霸气四射的皇帝，秦始皇。

又过了许久，秦始皇方才放下手中的奏折，站了起来。

男子瞟见皇帝甩着衣袖站了起来，腰弯得更低了。

"你的奏折朕看过了，天下真有此种仙物？"秦始皇带着一贯俯视一切的漠然神情。

"陛下，确有此物，微臣故里有一个传说，关于'千岁'……"

"寡人不想听这个。"秦始皇拿起桌面上的一份奏折，拿指节敲了敲，"你所

说的，寡人早些年就听说过了，寡人知道，你们有方之士，追求的正是这一种超脱世外的东西，寡人之所以召集天下有志之士，不仅为国出谋划策，亦要稳固朕的江山千秋万代。"秦始皇一甩衣袖，言谈之间霸气尽显。

不错，殿下男子正是徐福，这徐福多精明呀，秦始皇这么一说，他就听出来了，秦始皇不会无缘无故对一个传说这么上心，一句稳固江山千秋万代，秦始皇的心事也算是对着他徐福说明了，秦始皇是想要真正配上朝圣的那一句，万岁万岁万万岁。

徐福在心里暗自笑了笑，也不绕弯子了，明确指了出来，"微臣熟读《山海经》，书中指明仙岛就在东方海中。"

说话间，徐福偷偷查看秦始皇脸上表情的细微变化，"微臣在习有方之术之时与学友交谈，众人皆认为仙者必定隐世于深山密林，悬崖绝壁之巅，但微臣以为，山海经之说是确有其事的。"

秦始皇拿起一旁的佩剑擦了起来，看似漫不经心地听徐福讲，但他并未插嘴一句，很显然，他在仔细地听，并在心里暗自打算。

见秦始皇似乎没有出现厌倦神色，徐福索性一斗胆，站直身躯，向前走了一步，"幼时家母亦曾谈论过'千岁'传说，他人却言少闻此传说，微臣以为，皆因微臣故里属东海之滨，为此，微臣曾做过调访，故里愈是靠近东海，'千岁'之说愈是广传，所以，微臣以为，仙物必定是以东海为媒，若微臣顺东海而行，必能为始皇寻回'千岁'，始皇，微臣大胆恳请陛下恩准微臣出海，寻回不死仙药。"

徐福"扑通"一声跪了下来，声响在空荡荡的大殿内引起小小的回音，秦始皇收回佩剑，淡淡地看了徐福一眼，心里却因徐福的话风起云涌，眼前的男子是否可信？他亦是奢望长生者，会不会借此机会让我助其寻得仙药呢？

徐福知道秦始皇不会轻易相信自己的一面之词，更何况，自己并非始皇亲信，恩准朝见，已是大恩。

秦始皇站在殿堂之上没有说话，嘴唇抿得紧紧的，徐福这才开始后怕起来，自己一时冲动，那么激昂愤慨，秦始皇说不定会认为自己有不轨的想法，这一次，徐福跪在地上不敢再偷瞄秦始皇，汗珠开始大颗大颗地掉落，徐福觉得衣裳估计能拧出水了。

良久，秦始皇终于开了口，"你为有方之士，追求永生之道，你想不想寻得仙物？"才问出口，不给徐福回答的机会，秦始皇接着自问自答起来，"哦，当然，这会是你毕生的理想，你又怎会不想寻得仙物呢！"最后几个字，秦始皇落音很重，显然是故意说给徐福听的。

徐福慌忙抬头看着秦始皇，急切地想要表明心意，"始皇英明，寻得仙物固然是诸位有方之士的梦想，但其意义却不同，要看是为己，还是为奉献者。"

"奉献者？此话怎讲？"秦始皇摸着下巴，眼神瞟向屋顶。

"天下曾被诸小者瓜分，自立为王，常年肆虐，始皇灭六国，统一天下，是为天下百姓之福，这是其一。始皇爱才，召集天下有志之士，为保国家，亦是天下之福，这是其二。还有……"徐福一张口，就列了一堆出来，秦始皇细细推敲他的话，想看看有没有什么弦外之音。

徐福说着说着，只觉得脑袋一片空白，自己在讲什么，会有什么后果，他都不清楚了，他只知道，如果不能消除秦始皇的疑虑，未得到恩准，就该被杀头了。

在一长串的列举之后，徐福终于说结束语了，"综上所述，始皇是为社稷之福音，是为奉献者。"

秦始皇可不是那种听信谗言的人，如果他是有点小功德，就喜欢被人夸到飘飘然的那种人，那他也不一定会成就他的千秋大业了，所以徐福口口声声说的赞赏，除了推敲有没有画外音，秦始皇基本就在当他放屁，他哪里在意那些，若是说起他的功德，以徐福这种小人物，哪里配谈论他的行为。

"那何为意义？人心都为己，这一点寡人深有体会。"秦始皇继续试探徐福的口风。

作为一国之君，若不懂得识人，那必为一方笑谈，更何况，秦始皇这样犀利的人，更是懂得捕风捉影，宁错杀三千也不可放过一人。

自然，秦始皇的作风，徐福也心知肚明，他知道始皇问得话里有话，若是错答哪怕一个字，恐怕等待他的，只能是死无全尸了。但刚刚的话，他也只是随口一说，这下可好，该如何作答才能尽消秦始皇心中的疑虑呢?！徐福心乱如麻。

最后，徐福决定了，反正横竖都是一死，那就怎么想怎么说好了，与其小心翼翼地讲话，生怕言错一个字，那还不如坦坦荡荡说个痛快，能过了这一劫，他徐福也算是苦尽甘来，日后也不怕秦始皇不信他所言，但倘若不能过这一关，他横竖都是会去阎王爷那里报到，只是早晚的时间问题而已。

秦始皇还在殿堂上等着看这徐福如何作答。

秦始皇看着那个跪在地上的有方之士，也在暗自心想，倘若真的有私心，那就直接拖出去砍了，以除后患，倘若是真心去为寡人求取仙物，那就姑且让他试上一试，看他的神情，还有谈及"千岁"之时，那种坦坦荡荡的自信，怎么看都不像是装出来的。

徐福第一次觉得自己算是个顶天立地的人物，这是自出生以来的第一次，他顾及不了其他了，索性丢开礼仪，不等秦始皇发话，就径自站起身来讲话。

一旁的公公吓得眼珠都快掉下来了，扯着尖锐的嗓音高声喊起来，"大胆刁

民，陛下还没叫你起来呢，谁叫你起来的？你是吃了熊心豹子胆吗？"

公公的声音颤抖着，伸出手，翘着个兰花指，直直地指向徐福。

秦始皇默默地看着这一切，然后挥了挥手说，"无妨，让他讲。"

"是……"公公低着头退到一边。

画面转动，三个人被丢回房间，第十卷轴带来的旋涡渐渐消失，然后，在他们的面前，第十卷轴化为灰烬。

这是第十卷轴给世界唯一的幻境，也是历史重现。

一切，都跟徐福所描绘的一模一样。当然，徐福不知道，在他之前，有位有方之士曾出现在秦始皇身边。当然，他也就根本都不知道，秦始皇为何突然要寻求不死药，在对他的严格"审问"之后，终于信任了他，派他去求取不死仙药。

徐福虽然对秦始皇的知遇之恩铭记在心，但是，得不到的就是得不到，无论你花怎样的心机，布下怎样的局势，但最终，该来的，始终都会来。

从第十卷轴给的幻境中回来之后，李天翔一度陷入了沉思之中。

"看到没？第十卷轴的最后预言，注定是要被解除的，李天翔，你的野心，可以收回到肚子里了。"林翔不怕死地朝着李天翔放狠话。"你老爸为了野心耗尽一生，你也想？"林翔一下子没忍住，他有些受不了这样安静的气氛，习惯了李天翔的张牙舞爪，他突然的沉思，让林翔跟陆湘湘都有点小怕，死就死了，林翔这样想着，反正现在这样子，说不定横竖都是一死，干嘛不搏一搏，起码，自己死前还可以图个口快，也算是畅快了，所以，他与陆湘湘对视一眼之后，给了陆湘湘一个肯定的眼神，然后就不怕死地找李天翔晦气。

陆湘湘还沉浸在秦始皇的容颜跟霸气之中，虽然说他的王者之风让他不甘心被命运左右，但秦始皇的心理倒也算是正常的。

陆湘湘沉浸在这样的思索中的时候，看到林翔看了自己一眼，然后，突然对着李天翔破口大骂。陆湘湘吓了一大跳，这李天翔是个疯子，如果说能让她跟林翔死个痛快，那还好说，可他不是人类，最怕的就是他变回野兽，然后让陆湘湘跟林翔，眼睁睁地看着自己，被李天翔一口一口咬碎。

本来以为李天翔会反手掐死林翔，要不就让林翔痛不欲生，但陆湘湘没想到的是，李天翔抬眼看了他们一眼，问："如果可以穿梭时空，你说，我能不能改变历史？"

这一问，倒是叫陆湘湘跟林翔愣住了，改变历史？这李天翔果然是个疯子。

"我跟我父亲，花尽毕生心血只为穿梭时空，如果不是你们这些想要盗墓的人类，也就不会破坏我们那个世界的结界之门，我们安详的生活也就不会被打破，你们人类才是贪欲最重的，所有的果，也都是你们自己种下的因。"

"你们为什么一定要找到穿梭时空的方法？为什么一定要穿梭时空呢？"林翔是真不理解，如果说李天翔刚才的那一番关于因果的话，那么他赞同，但是，因跟果的循环，跟穿梭时空又有什么关系呢？

"时空是个很奇妙的东西，刚刚你们也被我带着，跟随那股神秘力量穿梭了一趟，你们难道不觉得那种感觉非常奇妙吗？做的事情，也都是很有意义的，再说了，我们改变不了历史，可以穿越，比你们所谓的教科书，知道的东西，不知道真实跟现实多少。"

"当然，如果，穿梭之后，可以接触人类，可以交谈，可以改变某些事情……"李天翔的眼中又开始闪烁着光辉，好像是看到了自己的梦想之门朝着自己打开了一般。

林翔心里"砰砰"直跳，这李天翔，不会又打算拿自己跟陆湘湘当做媒介，或者是一次性的钥匙吧？这不禁又让林翔想起了杨莹莹，想起了后来变成李天翔同类的村民，三叔他们，一下子就从亲近的亲人模样，变成了丑陋的嗜血恶魔，那么，杨莹莹，不会当初也被变成了三叔他们的那种模样吧？

还没等他担心完，李天翔就转过脸来看着他了，"林翔，你的确是把上好的钥匙，更何况，你跟陆湘湘，第十卷轴的钥匙，定下了契约，如果说，我就此放过你，你自己说，会不会有些可惜？"

"当然不可惜了，陆湘湘不是什么钥匙，她只是个普普通通的女孩子。"林翔解释道，如果不是被绑得太结实，他还真想挡在陆湘湘的前面，免得李天翔又用那种如狼似虎的表情，直愣愣地盯着陆湘湘看，林翔不喜欢自己跟自己的朋友，被别人当做物品来看待，尤其，还是一次性的那种。

"普普通通的女孩子？你看看她的印记，是钥匙模样的，这就证明了，她跟第十卷轴是有莫大关系的，虽然现在第十卷轴毁灭了，但她如果拿来做钥匙，我可以让她变得非常有价值，不仅仅是开启时光锁，说不定，是一把万能的钥匙。"李天翔激动地一把扯过陆湘湘，拉到林翔的面前，扯开陆湘湘的衣领，给林翔看陆湘湘胸口上的那个印记。

"李天翔，你自己看清楚了再说，有些东西，注定不会长久，有些东西，注定是要被破解，就比如说第十卷轴上，秦始皇杜撰的最后一条预言。"林翔镇定地说道，陆湘湘看着他笃定的神情，不由得低头看了一眼，原来，自己胸口上那枚钥匙的印记，已经消失不见。陆湘湘不由得觉得内心空落落的，毕竟那个印记，在自己记事之前，就已经有了，伴随了自己这么多年之后，突然失去它，陆湘湘真实地感觉到在空墓穴里，失去朋友时的那种疼痛。不是说她留恋印记，而是觉

得，朋友们的死，终于有了价值，可是，为什么非要牺牲那么多人不可呢？陆湘湘内心悲切。

李天翔转过陆湘湘对着自己，"怎么没有了，怎么会这样？"李天翔翻找着陆湘湘的脖子，想找到那枚钥匙的印记。

"无耻。"陆湘湘毕竟是少女，被人粗暴地扯着衣领查看，还是会觉得十分羞涩的，她一低头，张口咬了李天翔的脸颊。

"啊……"李天翔突然感觉到疼痛，一把推开陆湘湘，力道之大，使得陆湘湘被丢到墙上，撞得脑袋发懵。

"陆湘湘……"林翔冲着陆湘湘喊道。他再次感觉到自己的无力，怎么总是只能对着陆湘湘，发出无用的呼喊。李天翔捂住脸颊，脸上布满乌云，陆湘湘在墙根呻吟，林翔死死地瞪着李天翔，屋子里的气氛，再一次变得凝重起来。他们都以为死定了，林翔还换上了一副视死如归的表情，但不想，李天翔一挥手，替俩人松绑，"你们走吧，趁我还没有反悔。"李天翔别过脸，执拗地说道。

其实，李天翔一直都不知道父亲想要什么，即使可以穿梭时空又能怎样？结局不能改变就是不能改变，两千多年前，秦始皇不是也想要改变世界，留住自己的城池吗？可世界，不还是变了吗？

父亲要的，他不懂，只会按吩咐去做，如今，第十卷轴自毁，钥匙也没有了，虽然可以抓陆湘湘跟林翔做备用的一次性钥匙，但是，即使有钥匙了，但是接下来，他要做些什么呢？发生的一切，毁掉了他跟父亲多年的心血，一切重归于零，现在，如果有人来问他，李天翔，你的野心是什么，李天翔觉得，他肯定答不上来。他的野心，是什么呢？李天翔想不出来。

"快走，趁我没反悔，如果我反悔了，你们谁都别想活了。"李天翔冷冷地说着，林翔拉着陆湘湘就往外跑。

长到这么大，这是林翔第一次感到轻松。没有任何拘束，仅仅只为离开一个地方，什么都不想，简简单单地拉着一个人，然后，就这样向着光明的地方跑。

其实在这整件事中，林翔算是什么呢？林翔不确定，但呼呼的风中，林翔看着变成空城的风之城，突然觉得自己只是一个看客，是的，看客，就像史官一样，冷静又漠然地看着这个世界，然后轻描淡写地记录下来。